MW00849261

KARSTEN DUSSE

ACHTSAM **MORDEN** IM HIER UND JETZT

ROMAN

WILHELM HEYNE VERLAG
MÜNCHEN

Penguin Random House Verlagsgruppe FSC® N001967

Vollständige Taschenbuchausgabe 01/2024
Copyright © 2022 by Karsten Dusse
Copyright © 2024 dieser Ausgabe
by Wilhelm Heyne Verlag, München,
in der Penguin Random House Verlagsgruppe GmbH,
Neumarkter Str. 28, 81673 München
Redaktion: Heiko Arntz
Umschlaggestaltung: Cornelia Niere, München,
unter Verwendung von Motiven von © Gettyimages
(Fairfax Media Archives/Kontributor)
und © Shutterstock.com (Evgeny Haritonov, Arctic ice,
Yuliia Konakhovska, MILKXT2, Roman Baiadin, Reid Dalland)
Satz: satz-bau Leingärtner, Nabburg
Druck und Bindung: GGP Media GmbH, Pößneck
Printed in Germany
ISBN: 978-3-453-42764-8

www.heyne.de

Für Lina

»Sei dir selbst ein Witz, der dich erheitert.«

BHAGWAN SHREE RAJNEESH,
INTELLIGENZ DES HERZENS

INHALT

PROLOG

»Bhagwan ist der Finger, der auf den Mond gezeigt hat. Ich verehre nicht den Finger. Ich bewundere den Mond. Aber ich bin dem Mann mit dem Finger dankbar für seine Geste.«

JOSCHKA BREITNER,
»GODWORK ORANGE –
MEINE ZEIT MIT BHAGWAN«

SELBSTVERSTÄNDLICH LESE ICH keine fremden Tagebücher.

Ich respektiere das Recht anderer Menschen auf Privatsphäre.

Es sei denn, irgendjemand – meinetwegen ich – behauptet, durch das Lesen fremder Tagebücher könnten Menschenleben gerettet werden.

Die Chance, durch das Lesen eines fremden Tagebuches ein einziges, unendlich wertvolles Menschenleben zu retten, mag sehr, sehr klein sein.

Und die dadurch begangene Verletzung der Privatsphäre eines Einzelnen mag sehr, sehr groß sein.

Aber die Anzahl der tagebuchschreibenden Menschen ist nun einmal endlich.

Und deswegen ist die Rechnung eindeutig:

Unendlich mal sehr, sehr klein ist immer größer als endlich mal sehr, sehr groß.

Aus mathematischer Sicht ist es also geradezu alternativlos, fremde Tagebücher zu lesen.

Ich mochte das als Jurist mal ganz anders gelernt haben – aber der Wissenschaft zu folgen, macht die Sache mit der Moral wesentlich einfacher.

Das getrocknete Blut auf dem Versteck des von mir ohne die Zustimmung des Verfassers an mich genommenen Tagebuches verströmte den Geruch nach frischem Eisen.

Ich hatte es geschafft, es binnen weniger Tage fast komplett zu lesen. Vor mir lagen noch die Seiten der letzten Eintragung:

20. Dezember 1984, Big Muddy Ranch, Oregon, USA

Ich mochte den Schreibstil. Der Verfasser beschrieb seine Emotionen ehrlich, seine Umgebung bildlich und die Ereignisse detailreich. Ich sah es förmlich vor mir, wie sich der emotional völlig irritierte Anhänger Bhagwans mit dem roten Ärmel seiner Winterjacke den Schweiß von der Stirn wischte, während sich die eisige Dezembersonne am minus sechs Grad kalten Himmel über der Wildnis Oregons dem Horizont näherte.

Bhagwan persönlich hatte ihm den Namen Swami Anand Abheeru verliehen: der Furchtlose.

Wenn es das Privileg des Furchtlosen sein sollte, Fürchterliches zu tun, so hatte er gerade seinem Namen alle Ehre gemacht.

Nur Abheerus Seele sah das offenbar anders. Er schwitzte. Angst und Schrecken standen ihm ins Gesicht geschrieben. Er hatte gerade achtsam einen Menschen erschossen: Swami Prem Parvaz, den »Vogel der Liebe«.

Abheerus Atem, sein Geist, seine ganze Wahrnehmung waren im Hier und Jetzt konzentriert gewesen auf diesen einen, einzigen, erfolgreichen Kopfschuss.

Er hatte getroffen, aber das löste seinen Stress nicht auf, sondern weiteren aus.

Es wird immer behauptet, im Moment des eigenen Todes laufe vor dem inneren Auge der persönliche Lebensfilm ab. Bei Abheeru war das offensichtlich anders. Nicht der Moment des Todes, sondern der Moment des ersten Mordes löste bei ihm Kopfkino aus.

Mit der noch rauchenden Maschinenpistole in der Hand, feierte sein eigener Lebensfilm in seinem Kopf Premiere.

Mit Abheeru in allen bisherigen Rollen.

Als deutsches Wirtschaftswunderkind.

Als Einser-Student mit fast vollendeter Dissertation und besten Karrierechancen.

Als Sinnsuchender in Bhagwans Ashram in Poona.

Und, in der letzten Einstellung, dann als Mörder, auf einem zweitausend Fuß hohen Berg gegenüber dem Walt Whitman Grove in Rajneeshpuram, Oregon.

Als Mensch, der keine Ahnung hatte, wie es nun weitergehen sollte.

Die Stimmung des Tagebuchs hatte sich zwischen den ersten und den letzten Seiten elementar verändert. Am Anfang des Tagebuchs ging es um positive Energie und Lebensfreude. Dieses letzte Kapitel handelte nun davon, wie voller negativer Energie zwei Leben beendet worden waren. Absichtlich das des Erschossenen und – eher aus Versehen – das von Abheerus ehemaliger Geliebten, die er eigentlich durch den Schuss hatte retten wollen. Wie hatte er nur übersehen können, dass sie mit Handschellen an seinen Gegner gefesselt war? Ganz offensichtlich war sie nun mit dem Erschossenen zusammen ins über fünfzig Meter tiefe Tal gestürzt.

Der Verfasser des Tagebuchs fragte sich, wie das alles hatte so schrecklich schieflaufen können.

Wenn der Schuss für Swami Prem Parvaz allein nicht schon tödlich gewesen wäre – der Sturz war es garantiert für beide.

Swami Anand Abheeru, der Furchtlose, beschrieb auf diesen letzten Seiten sehr klar, wie er von seiner Angst zurückerobert worden war.

Er ging zögerlich an den Rand des Plateaus, auf dem er stand. Tief unter ihm sah er zwei rote Punkte leblos im Tal liegen. Er nahm seine Mala vom Hals, die aus hundertacht Holzperlen und einem Bild Bhagwans bestehende Kette, und steckte sie in die Tasche seiner Jacke. Er würde auch die rote Kleidung ausziehen, sobald er genügend Abstand zwischen sich und die Ranch gebracht hatte.

17

Hoffentlich, bevor die beiden Leichen entdeckt werden würden.

Er würde versuchen müssen, sich ein Leben jenseits des Ashrams neu aufzubauen. Er hatte keine Ahnung, wo und wie. Aber der erste Schritt würde sein, wieder einen eigenen Namen anzunehmen. Er würde sich mit dem Verlassen der Ranch nicht mehr Swami Anand Abheeru nennen.

Von nun an würde er wieder seinen alten Vornamen annehmen: Joschka.

Ergänzt durch den Mädchennamen seiner Mutter: Breitner.

Ich klappte die letzte Seite des Einbands zu und dachte nach.

Ja, es war ein Vertrauensbruch, meinem Therapeuten das Tagebuch zu klauen.

Aber zumindest wusste ich jetzt nicht nur, wer meinen Therapeuten töten wollte, sondern auch, warum.

ERSTER TEIL

TANTRA

1 SEX

»Das einzig Problematische am Sex ist die Anzahl der dazu notwendigen Personen.«

JOSCHKA BREITNER,
»GODWORK ORANGE –
MEINE ZEIT MIT BHAGWAN«

SELBSTVERSTÄNDLICH HATTE ICH eine grobe Vorstellung davon, was Tantra ist.

Immerhin erwirtschaftete meine Mandantschaft einen nicht unbeträchtlichen Teil ihrer Einnahmen mit sexuellen Dienstleistungen.

Tantra-Massagen zum Beispiel waren das sexuelle Pendant des Veggie-Burgers.

Nicht ganz so geil wie die echte Befriedigung der Fleischeslust, dafür aber hinterher ohne schlechtes Gewissen.

Für das Gute-Gewissen-Imitat – für den Veggie-Burger wie für die Tantra-Massagen – ließen die Kunden sogar gern mehr Geld springen als für das Original.

Irgendwie schien Askese einfacher zu sein, wenn man sie mit finanziellem Rumgeaase kompensieren konnte.

Meine grobe Kenntnis von Tantra-Massagen hatte mit tatsächlichem Tantra ungefähr so viel zu tun wie ein vor Mayonnaise triefender Veggie-Burger mit gesunder Ernährung.

Dass Tantra eine Philosophie war, in der es nicht um Hunger, sondern um Appetit ging, wurde mir erst durch meinen Achtsamkeitstrainer bewusst.

Tantra ist keine Methode, den Hunger zu stillen.

Tantra ist die Kunst, den Appetit zu genießen.

Zu der Zeit, als ich mir das erste Mal Gedanken über das tatsächliche Tantra – jenseits von Massagen – machte, glich mein Sexleben einem Kärcher-Hochdruckreinigungsgerät. Es war vorhanden, stand aber die meiste Zeit des Jahres unbeachtet in einer Kellerecke. Wenn ich es benötigte, holte ich es hervor, machte mir kurz Gedanken über das alberne Aussehen des Schlauches, war aber erfreut festzustellen, wie schnell doch wieder Druck im System war. Ich genoss nach dem Gebrauch für ein paar Tage das Gefühl, altes Moos von der Terrasse meiner körperlichen Bedürfnisse weggespült zu haben. Der Kärcher stand da schon längst wieder im Keller und sah dabei zu, wie die Terrasse jeden Tag wieder ein bisschen mehr von Sehnsüchten überwuchert wurde.

Tantra ist ein Leben ohne Hochdruckreiniger.

Tantra ist die Freude daran, auf der Terrasse der eigenen sexuellen Bedürfnisse so glücklich tanzen zu können, dass sie gar nicht erst von unbefriedigten Sehnsüchten überwuchert wird.

Dass mein Sexleben in der Tat brachlag und somit jede Menge an Optimierungsmöglichkeiten bot, hatte mich bislang nicht gestört. Ich hatte zumindest schon einmal ein befriedigendes Sexleben gehabt. Ich hatte sogar bereits erfolgreich ein Kind gezeugt. Und ich hatte in den letzten Jahren genug damit zu tun gehabt, mein sich daraus ergebendes Leben als Vater in den Griff zu bekommen.

Darüber ist mein Sexleben dann wohl irgendwie eingeschlafen.

Die bisherigen Konsequenzen meines Intimlebens waren so lebensverändernd gewesen, dass ich Sex seither nicht mehr bloß als unbefangene Freizeitbeschäftigung ansah.

Was ich als nicht weiter schlimm empfand.

Die Optimierung meiner erotischen Aktivitäten stand auf meiner Prioritätenliste irgendwo zwischen »Studienplatz für meine Tochter finden« und »mich über häusliche Pflege informieren«.

Meine Tochter war zu dem Zeitpunkt sechs.

Ich Ende vierzig.

Dass ich aus dem Nichts heraus anfing, mich ziemlich intensiv mit den entspannenden Höhepunkten von Tantra zu befassen, lag daran, dass mein Entspannungstherapeut aus mir nicht erklärlichen Gründen keine Zeit fand, sich vereinbarungsgemäß mit mir um die Vermeidung meiner seelischen Tiefpunkte zu kümmern.

Seit mehr als zwei Jahren besprach ich mit Joschka Breitner alles, was mein Seelenleben bewegte. Jedenfalls alles, was nicht justitiabel war. Er half mir, Ordnung in meine Gedanken zu bringen, meine Seele aufzuräumen. Joschka Breitner war ein Mann, der Klarheit und Struktur schätzte. Wir hatten einen festen Termin im Monat: Jeden zweiten Donnerstag klingelte ich Punkt 17.30 Uhr an der Tür seiner Praxis, um mich anschließend für zwei Stunden mit ihm auszutauschen. Ich gab ihm meine Ängste – er mir seinen Rat. Das funktionierte nach dem immer gleichen Prinzip. Entweder ich hatte eine konkrete Fragestellung, mit der ich zu ihm kam. Diese wurde meist außerhalb des Antwortrahmens gelöst, der mein Denken bis dahin eingeengt hatte. Oder ein Thema ergab sich aus dem, was ich seit der letzten Sitzung erlebt hatte. Ereignisse, denen ich ohne Herrn Breitner meist gar keine Bedeutung beigemessen hätte.

Manchmal brachte mich Herr Breitner auch mit einer Fragestellung zum Nachdenken über etwas, was ich für mein Leben bislang gar nicht als relevant betrachtet hatte.

Kurz: Es brachte nichts, mir vor 17.30 Uhr vorzustellen, wie eine Sitzung bei Herrn Breitner verlaufen würde. Ich war am Ende immer überrascht. Positiv überrascht.

Auch Anfang August stand ich um Punkt 17.30 Uhr vor der Tür des Altbaus, in dem sich seine Praxis befand. Aber auf mein Klingeln hin geschah zunächst einmal gar nichts.

Ich war weder zu spät noch zu früh.

Ich war weder schlecht gelaunt noch euphorisch.

Mein Leben spielte sich zu diesem Zeitpunkt in verschiedenen, mehr oder weniger strikt voneinander getrennten Kreisen ab.

Da war zunächst der äußerste Kreis: meine Arbeit.

Mein offizieller Job als selbstständiger Einzelanwalt wurde von niemandem angezweifelt. Mein inoffizieller Job als Geschäftsführer diverser ebenso illegaler wie mittelständischer Betriebe im Produktbereich von Drogen, Waffen und Prostitution wurde von keiner der beteiligten Personen infrage gestellt. Ich war beruflich angekommen.

Dass ich auf dem Weg dahin mehrere Menschen achtsam ermordet hatte, weil ich meine ganz eigene, ganzheitliche Lebensphilosophie befolgte, schien niemanden zu interessieren. Im Gegenteil.

Ich hatte vor über zwei Jahren unter anderem zwei Mafiosi getötet.

Um meine eigene Haut zu retten, hatte ich gegenüber deren Mitarbeitern die schöne Geschichte erfunden, die beiden Chefs seien nur kurz untergetaucht. Und ich als ihr Anwalt würde lediglich vorübergehend und ausschließlich zur Vermeidung von Gefahren in ihrer Abwesenheit die Alltagsgeschäfte führen.

Mit jedem weiteren Tag der vorübergehenden Ausnahme hätte diese Geschichte unglaubwürdiger werden müssen.

Wurde sie aber nicht.

Ganz im Gegenteil.

Je länger diese vorübergehende Lösung andauerte, desto gemütlicher richtete sich meine Umwelt in diesem Provisorium ein. Je offensichtlicher meine Lügen wurden, desto begieriger waren die Mitarbeiter, sie zu glauben. Meine Anweisungen wurden nicht nur nicht hinterfragt, sondern in vorauseilendem Gehorsam befolgt.

Wenn die Wahrheit die Erkenntnis ist, belogen worden zu sein, dann glauben die Belogenen offensichtlich lieber die Lüge, sie seien selber Teil einer besseren Wahrheit. Auch das war eine Erkenntnis für mich.

Da war der nächst innere Kreis: mein Privatleben.

Es war überschaubar, aber geordnet.

Ich war vor einiger Zeit einen Monat lang auf dem Jakobsweg gepilgert. Dabei war ich zu der Erkenntnis gelangt, dass der Sinn des Lebens darin bestand, das eigene Leben voller Lebensfreude zu leben. Und beides – die Freude wie das Leben – weiterzugeben.

Die Energie dieser Erkenntnis trug ich immer noch in mir.

Ich war kein Mensch mit ausuferndem Freundeskreis.

Ich hatte ein sehr entspanntes, freundschaftliches Verhältnis zu meiner

Ex-Frau Katharina. Wobei ein Teil der Entspannung auch der Tatsache geschuldet war, dass Katharina am Ende meiner Pilgerreise in meinem Beisein ihren damaligen Freund erschossen hatte.

Es vereinfacht eine Beziehung ungemein, wenn man mehr über die Morde des Partners weiß als umgekehrt.

Da war außerdem Sascha. Zu ihm hatte ich eine Beziehung, die einer Freundschaft ziemlich nahe kam. Er wohnte im selben Haus wie ich, war der ehemalige Fahrer eines der ehemaligen Mafiosi und nun der Leiter des Kindergartens meiner Tochter. Dass er von einigen meiner Morde wusste, verband uns. Ebenso wie seine Mithilfe dabei.

Sascha und Katharina waren die einzigen Menschen in meinem Umfeld, die von meinem Achtsamkeitscoach wussten.

Und schließlich war da noch die Sonne meines Lebens in meinem innersten Kreis: mein geliebtes Töchterchen Emily.

Sie hatte mein Leben umgekrempelt. Sie trug das Leben in sich, das ich voller erfüllender Lebensfreude weitergegeben hatte.

Und ich stellte jeden Tag aufs Neue fest, mit welch großen Schritten sie in ihr eigenes Leben trat.

Vor ein paar Jahren hatte ich noch mit Mafia-Methoden einen Kindergarten übernehmen müssen, um ihr als liebender Vater einen Kindergartenplatz zu sichern.

Nächste Woche sollte nun ihr erster Schultag sein.

Die anstehende Einschulung meiner Tochter war derzeit das einzige Thema, von dem ich wusste, dass ich es mit meinem Entspannungstherapeuten besprechen wollte.

Als ein meinen innersten Kreis betreffendes Ereignis betraf sie unmittelbar mein Seelenleben.

Nächsten Mittwoch würde ich meine Tochter in das System der Schulpflicht übergeben müssen.

Je näher der erste Schultag kam, desto nervöser wurde ich.

Ich merkte, wie alte Gefühle aus meiner Kindheit in mir emporstiegen, über die ich gern sprechen wollte.

Mein Eintritt ins Schulleben war damals von einer ganzen Reihe negativer Empfindungen geprägt gewesen.

Von der Sorge, Freunde zu finden.

Von den Ängsten, in ein fremdes Haus gehen zu müssen, das noch mal so viel größer war als der Kindergarten, den ich bereits gehasst hatte.

Von der offen ausgesprochenen Drohung meiner Eltern, jetzt beginne der Ernst des Lebens.

Von der von allen Seiten an mich herangetragenen Erwartung, mich die nächsten dreizehn Jahre in ein System außerhalb der Familie einzuordnen, damit ich dann – am anderen Ende der Schulzeit – eventuell meinen eigenen kleinen Anspruch auf Glück geltend machen könne.

Eine gute Woche vor der Einschulung meiner Tochter durchlebte ich all diese Ängste erneut.

Verbunden mit der Sorge, meiner Tochter könnte es emotional genauso ergehen wie mir damals. Und ich könnte ihr womöglich keine große Hilfe bei ihrem Schulstart sein.

Ich brauchte Herrn Breitners Ratschlag, wie ich den emotionalen Spagat hinbekäme, meine Tochter aus den Zwängen eines Systems herauszuhalten, dem ich sie dennoch übergeben musste.

Mit der realen Situation meiner Tochter hatten meine Sorgen dabei nicht das Geringste zu tun.

Meine Tochter hatte ihren kleinen Kindergarten geliebt und freute sich mit der gleichen positiven Energie auf die größere Schule.

Sie war anderen Kindern gegenüber aufgeschlossen und hatte keinerlei Probleme, Freundschaften zu schließen.

Emily war schon längst ein Schulkind im Geiste.

Täglich machte sie neue Schritte in die Selbstständigkeit. Am anstehenden Wochenende, dem letzten vor der Einschulung, wollte sie sogar zum ersten Mal allein bei ihren Großeltern – Katharinas Eltern – übernachten.

Emily bot im Grunde keinen realen Anlass zur Sorge.

Aber ich besprach mit meinem Coach ja auch nicht die realen Probleme meiner Tochter, sondern meine realen Empfindungen.

Herr Breitner war der einzige Mensch, dem ich den Inhalt meines Seelenlebens offenbarte.

Niemand aus meinen anderen Kreisen kannte Herrn Breitner persönlich.

Bis auf Katharina kannte sogar niemand seinen Namen.

Und so sollte es auch bleiben.

Herr Breitner war mein ganz persönlicher Zufluchtsort.

Einmal im Monat.

Jeden zweiten Donnerstag.

Um 17.30 Uhr.

Nur an diesem Tag eben mit dem Unterschied, dass Herr Breitner auf mein Klingeln hin nicht öffnete.

2 ACHTSAMER SEX

»Sie können alles achtsam tun. Sie können achtsam essen, achtsam wandern, achtsam Sex haben. Es macht allerdings einen Unterschied, ob Sie eine Erdbeere beim Wandern im Wald oder ein Stück Harzer Roller beim Bummeln durch ein Industriegebiet essen. Warum sollte das beim Sex anders sein?«

JOSCHKA BREITNER,
»ENTSCHLEUNIGT AUF DER ÜBERHOLSPUR –
ACHTSAMKEIT FÜR FÜHRUNGSKRÄFTE«

ICH STARRTE DIE KLINGEL an. Sie bestand aus einem schwarzen Knopf, der sich in der Mitte einer runden Messingplatte befand. Sie starrte einäugig zurück. Neben der Klingel hing ein Schild: »Joschka Breitner, Sprechstunden nach Vereinbarung, dienstags geschlossen«.

Herr Breitner hatte bereits das ein oder andere Mal meine Unpünktlichkeit zum Anlass genommen, diese zum Sitzungsbeginn zu thematisieren.

Aber heute war ich pünktlich.

Und wir hatten Donnerstag.

Ich klingelte erneut und versuchte, die Wartezeit für eine kleine Atemübung zu nutzen.

Ich stellte meine Beine schulterbreit auseinander und ließ die Arme locker am Körper baumeln. Ich atmete ein. Ich atmete aus. Ich wollte im Hier und Jetzt darauf warten, dass Herr Breitner die Tür öffnete. Ich fühlte mich … wie ein Kind auf dem Schulhof, das die Glocke gehört hatte und darauf wartete, dass der Lehrer die Kinder in die Klasse führte. Hoffentlich würde Emily diese absolute Leere des Wartens nicht so spüren wie ich damals.

Ich merkte, wie mir die Übung entglitt.

Ich war in Gedanken nicht mehr im Hier und Jetzt.

Ich oszillierte emotional über vier Jahrzehnte.

Im Moment dieser Erkenntnis wurde meine kleine Stehmeditation ohnehin vom Türsummer beendet.

Das war sonderbar.

Bisher hatte mir Herr Breitner immer persönlich die Tür geöffnet.

Fast zeitgleich mit dem Summer erklang seine Stimme aus der Gegensprechanlage.

»Ich ... bin noch am Telefon«, sagte Herr Breitner in einer Tonlage, die nicht nur aufgrund der elektronischen Verzerrung völlig anders klang, als ich es von ihm gewohnt war.

»Gehen Sie ... schon mal rein. Ich komme gleich.«

Irgendetwas stimmte hier nicht.

Herr Breitner war bei jedem meiner Besuche immer Herr des Geschehens. Er ließ die Dinge gerne im von ihm kontrollierten Tanzbereich laufen. Aber er überließ die Tanzfläche nie gänzlich mir.

Ich öffnete leicht irritiert die schwere Eingangstür aus massivem Holz und ging durch den langen, mit einem Bambusfaser-Läufer ausgelegten Flur. Linker Hand befand sich sein Büro, in dem ich noch nie war. Auch heute war die Tür dazu geschlossen. Ich hörte allerdings leise seine Stimme.

»Ja ... nein ... danke ... ich ...«, klang es tonlos durch die Tür.

Geradeaus befand sich eine kleine Toilette.

Rechter Hand lag das Besprechungszimmer, dessen Türe offen stand. Ich trat ein.

Es ist leicht, in einem spartanisch eingerichteten Raum Unordnung zu erzeugen. Es reicht schon, wenn ein einziger Gegenstand sich am falschen Platz oder sich ein neuer Gegenstand im Raum befindet.

Die spärliche Möblierung in Herrn Breitners Arbeitszimmer war für mich fester Bestandteil unser Coaching-Normalität. Die zwei Stühle an einem Tisch, das Bücherregal mit den nie variierenden Bänden sowie der Beistelltisch mit Teekanne und Gläsern.

Alles war immer dort, wo es hingehörte.

Bereits beim Betreten des Raumes fiel mir auf, dass die geöffnete Zeitschrift auf dem Beistelltisch dort nicht hingehörte.

Ich setzte mich auf den einen der beiden Freischwinger-Sessel, auf dem ich immer Platz nahm. Er bestand aus einer Stoffeinlage, die äußerst bequem auf einem Aluminium-Rohr-Gestänge befestigt war.

Ich wippte ein wenig vor mich hin und wartete.

Nichts geschah.

Mein Blick wanderte zu dem aufgeschlagenen Magazin. Es lag so auf dem Tisch, dass ich es nur verkehrt herum lesen konnte. Am Aufdruck des Logos am Seitenbeginn erkannte ich eine mir vom Flughafenkiosk bekannte populärwissenschaftliche Zeitschrift mit psychologischem Touch.

Die Überschrift der Doppelseite konnte ich auch ohne Lesebrille verkehrt herum entziffern. Sie füllte in großen Buchstaben das komplette obere Viertel der linken Seite:

TANTRA, SEX UND ACHTSAMKEIT

Die komplette rechte Seite des Artikels bestand aus einem Text, der zu klein geschrieben war, als dass ich ihn hätte lesen können.

Das den Artikel illustrierende Foto, das den Rest der linken Seite einnahm, nahm allerdings auch meine ganze Aufmerksamkeit ein.

Das Bild zeigte den von Kerzenschein erzeugten Schatten eines nackten Paares auf einer ockerrot verputzten Wand. Es hatte eine nostalgisch stimmende Siebzigerjahre-Ästhetik. Es wirkte leicht körnig, es dominierten – rund um den dunklen Schatten – gedeckte Orange- und Rottöne.

Die Proportionen des Paares waren schräg verzerrt. Fotograf, Kerze und Paar mussten im Dreieck vor dieser Wand positioniert gewesen sein.

Die Konturen des Paares waren deutlich zu erkennen.

Sie saß auf seinem Schoß, den Kopf mit den langen Haaren in Ekstase zurückgeworfen.

Er liebkoste mit einer Hand und seinem Mund ihre Brüste. Obenrum waren die Schatten klar abgegrenzt, untenrum verschmolzen sie. Auch sein Haar war schulterlang. Zudem warf er einen Bartschatten an die Wand.

Das Foto nahm mich komplett in seinen Bann.

Es strahlte eine völlige Natürlichkeit aus: Friede, Heimat, Vertrauen. Indem es im Vordergrund die Schatten dessen zeigte, was man auf dem Bild nicht sah, wurden die Erotik und Harmonie zwischen den beiden Schattenspendern wesentlich deutlicher sichtbar, als wenn man das Pärchen direkt fotografiert hätte.

Bis auf die Konturen der Köpfe und der Brüste war den Schatten nicht zu entnehmen, welchen Körperbau oder welches Alter das Pärchen hatte.

In dem Bild konnte sich jeder wiederfinden.

Mich erinnerte das Bild an die Zeit, in der ich noch ein wunderbares und ausgeglichenes Sexleben hatte.

Am Anfang meiner Beziehung mit Katharina.

Das kurz auflodernde Feuer der Erinnerung warf den Schatten eines Hochdruckreinigers an die Wand meiner Seele.

Ich überlegte, ob ich mir die Zeitschrift einfach nehmen und den Artikel lesen sollte.

Dagegen sprach, dass Herr Breitner nie irgendwelche Zeitschriften in seinem Wartezimmer zur freien Verfügung liegen hatte.

Weil er kein Wartezimmer hatte.

Diese Zeitung war also offensichtlich seine.

Es konnte sich hier allerdings auch um eine bewusste Versuchsanordnung für mich handeln. Leerer Raum, abwesender Therapeut, ungewohnter Gegenstand auf dem Tisch – wie reagiere ich?

Herr Breitner hatte bereits bei unserem allerersten Treffen aus meinem unbewussten Verhalten auf sein bewusstes Die-Tür-nicht-Öffnen zahlreiche Rückschlüsse auf mein Seelenleben ziehen können.

Vielleicht war er ja auch heute ganz bewusst nicht im Raum, um dadurch Rückschlüsse aus meiner unbewussten Reaktion darauf ziehen zu können.

Vielleicht wollte er testen, wie lange ich brauchte, um mich zu entscheiden, der Versuchung zu widerstehen oder ihr nachzugeben.

Was auch immer der Grund sein mochte, Herr Breitner würde mich schon erhellen. Nachdem ich den Artikel gelesen hatte.

Die Ästhetik des Fotos faszinierte mich zu sehr, um der Versuchung zu widerstehen.

Und auch die Überschrift hatte mich neugierig gemacht: »Tantra, Sex und Achtsamkeit«

Achtsamkeit war die mein Leben verändernde Entspannungstechnik, zu der ich ohne Herrn Breitner keinen Zugang gefunden hätte. Vielleicht war die Zeitung tatsächlich als Impuls für meine Sitzung gedacht. Ich nahm die Zeitschrift meines Therapeuten, drehte sie auf dem Tisch um und zog sie zu mir herüber. Grob überflog ich den Inhalt. Der Artikel handelte von der Renaissance der östlichen Philosophie des Tantra, einer Unterform des Yoga.

In unserer medial völlig sexualisierten Welt setze sich langsam die Erkenntnis durch, dass Sex eben mehr sei als Pornografie, Machtmittel oder Verkaufsargument.

All das sei nicht Sex. All das sei lediglich Sexualität.

Sex sei etwas völlig anderes.

Sex sei der natürliche Ursprung unseres Lebens.

Sex könne auch die natürlichste Meditationsform des Lebens sein.

Im tantrischen Sex befänden wir uns tatsächlich im Hier und Jetzt und würden eins mit dem Augenblick.

Die Lehre von Tantra sei die Kunst des achtsamen Sex.

Auf dem Foto waren all diese Aussagen in einem einzigen Moment vereint.

In den Artikel integriert war ein kleines Kästchen, das ein Interview mit einem Tantra-Therapeuten enthielt. Wie bei allen Experteninterviews, bei denen das Foto des Experten größer war als dessen Expertise, schenkte ich auch diesem beim ersten Überfliegen des Artikels keine Beachtung.

Ich fragte mich, warum Herr Breitner den Artikel für mich dort hingelegt hatte.

Wollte er mich indirekt fragen, welche Rolle Sex in meinem Leben spielte?

Ich horchte in mich hinein.

Die anstehende Einschulung des sexuellen Erzeugnisses meiner Ex-Frau und mir berührte mein Leben, ehrlich gesagt, mehr als die Möglichkeit der seelischen Erlösung durch rhythmische Sex-Gymnastik mit wem auch immer.

Aber war es nicht Herr Breitner, der mir einprägsam aufgezeigt hatte, dass sich mein Leben nicht ausschließlich um meine Tochter drehen sollte, sondern ab und an auch mal um mich?

Vielleicht sollte dieser Zeitungsartikel ein Fingerzeig sein, um mich daran zu erinnern.

Ich war gespannt, wie Herr Breitner das Thema Tantra gleich angehen würde.

Leider kam es nicht dazu.

Just in dem Moment, wo ich den Artikel zurück auf den Beistelltisch legte, öffnete sich die Tür, und Joschka Breitner trat in den Raum.

Nichts an dem Anblick, den er bot, passte zu dem, was ich bislang in diesem Zimmer erlebt und erfahren hatte.

Mein Entspannungstherapeut wirkte völlig durch den Wind – und um Jahre gealtert.

Sein gewohnt minimalistisch anmutender Kleidungsstil aus Jeans, Leinenhemd, grober Strickjacke und Filzpantoffeln an nackten Füßen wirkte heute derangiert. Was ein wenig daran liegen konnte, dass er die Strickjacke auf links und die Pantoffeln gar nicht trug. Seine sonst immer ausgeglichen wirkende Erscheinung machte heute einen ausgemergelten Eindruck. An seinen Schläfen glänzte kalter Schweiß. Seine Stimme war ausdruckslos und brüchig. Seine Augen waren gerötet, so als hätte er vor Kurzem noch geweint.

Ich hatte den in sich ruhenden Asketen bislang immer auf maximal Mitte fünfzig geschätzt. Als er jetzt aufgewühlt und verunsichert den Raum betrat, wirkte er wie jemand, der die sechzig längst überschritten haben musste. Seine Stimme klang tonlos und brüchig.

»Entschuldigung, Herr Diemel ... aber wir müssen die heutige Stunde leider verschieben ... ich ... da ist etwas ...«

Herr Breitner war in den vergangenen Jahren für mich immer der Fels in meiner Brandung gewesen.

In diesem Moment wirkte er wie eine Flaschenpost, die auf dem Uferkies des Lebens entkorkt in den Wellen hin und her taumelte.

Die Erscheinung des Mannes, der mich ansonsten bereits durch seine Erscheinung beruhigte, beunruhigte mich.

»Ich hoffe, es ist nichts Schlimmes?«, rutschte es besorgt aus mir heraus.

Eigentlich hatte ich keine Antwort auf diese Bemerkung erwartet. Mir war sehr wohl bewusst, dass es eine Therapeuten-Klienten-Schranke gibt, die nicht überschritten werden soll. Wir redeten über die Brandung. Nicht über den Felsen. Herr Breitner wusste alles über mich. Doch bis auf seinen Namen und seinen Beruf wusste ich eigentlich nichts über ihn. Das Privatleben meines Therapeuten ging mich nichts an.

Auf die Frage nach dem Inhalt der Flaschenpost erwartete ich also nicht wirklich eine Antwort.

Herr Breitner schien aber in diesem Augenblick derart kraftlos neben sich zu stehen, dass er sich offensichtlich auf dem Ausgleichsgewicht der Therapeuten-Klienten-Schranke abstützen musste und damit den Schlagbaum für einen kleinen Moment sperrangelweit öffnete.

»Ich habe vorhin erfahren, dass eine alte Freundin vor ein paar Wochen gestorben ist ....«

Das zu hören war nicht nur sehr privat, sondern auch irritierend.

Herr Breitner war der Mensch, der mir beigebracht hatte, dass der Tod das natürlichste Ereignis der Welt war. Alle alten Freundinnen sterben irgendwann. Warum warf ihn das so aus der Bahn? Und so eng konnte die Freundschaft ja nicht gewesen sein, wenn er von ihrem Tod erst Wochen nach dessen Eintreten erfuhr.

Das war verwunderlich – ging mich aber nichts an. Doch irgendwas musste ich erwidern. Ich hatte diesen ins Morbide abgleitenden Small Talk schließlich begonnen. Und Herr Breitner tat mir in diesem Moment schlicht und ergreifend als Mensch leid.

»Kann ich Ihnen irgendwie helfen? Die Nachricht vom Tod Ihrer Freundin scheint Sie sehr überrascht zu haben …«

Herr Breitner sank auf seinen Stuhl, nahm wie nebenbei die auf dem Tisch liegende Zeitschrift in die Hand und legte sie auf seinen Schoß. Dort faltete er seine Hände über dem Bild des sich liebenden Pärchen und sank sichtbar in sich zusammen.

»Nein. Eigentlich hat mich überrascht, dass sie überhaupt noch gelebt hat.«

3 GRÜBELN

»Grübeln ist Sinn-los. Sie können es stoppen, indem Sie Ihren Gedanken einen Sinn geben. Oder zwei. Oder drei. Lassen Sie Ihre Gedanken sich mit Ihren Sinnen beschäftigen. Geben Sie Ihren Sinnesorganen — den Augen, den Ohren, der Nase, der Haut, dem Mund — Aufgaben. Sie werden feststellen, dass sich Ihr Kopf mit dieser Beschäftigung sehr schnell Sinnvoller und besser anfühlt.«

JOSCHKA BREITNER,
»ENTSCHLEUNIGT AUF DER ÜBERHOLSPUR —
ACHTSAMKEIT FÜR FÜHRUNGSKRÄFTE«

ZUM ERSTEN MAL, seit ich Herrn Breitner kannte, verließ ich seine Praxis aufgewühlt und einigermaßen ratlos. Herr Breitner hatte mir beim Weggehen noch nachgemurmelt, er werde sich wegen eines neuen Termins bei mir melden. Er hatte sich zur Verabschiedung nicht erhoben, sondern war in sich zusammengesunken sitzen geblieben.

Statt meine Sorgen bezüglich der Einschulung meiner Tochter hatte ich nun erst einmal den offensichtlichen Zusammenbruch meines Therapeuten zu verarbeiten. Aufgrund der ausgefallenen Sitzung hatte ich dazu fast zwei Stunden geschenkter Zeit. Und zwei Fragen im Kopf.

Was mochte Herrn Breitner so aus der Bahn geworfen haben?

Und: Ging mich das überhaupt etwas an?

Die letzte Frage war spontan sehr einfach zu beantworten:

Natürlich ging mich das etwas an.

Die Ursache für Herrn Breitners Irritation war schließlich auch die Ursache für meine ausgefallene Stunde.

Was meinem Therapeuten schadete, schadete auch mir. Es handelte sich um nicht weniger als um eine Störung mit Einfluss auf meinen innersten Kreis.

Auf der anderen Seite hatte aber auch jeder Mensch das Recht auf einen Zusammenbruch. Nur meistens war man dabei eben unbeobachtet.

Ich hatte ihm meine Hilfe angeboten. Er wollte keine.

Vielleicht sollte ich um Herrn Breitners Privatsphäre willen die

Möglichkeit in Betracht ziehen, seinen Zusammenbruch einfach zu vergessen.

Sich Mühe zu geben, etwas zu vergessen, ist leider die beste Methode, dieses Etwas langfristig im Gedächtnis zu behalten. So bekam ich das Thema garantiert nicht mehr aus dem Kopf.

Ich ging nicht zu meinem Auto, um nach Hause zu fahren.

Ich beschloss, so mit dieser Irritation umzugehen, wie es mir Herr Breitner wahrscheinlich geraten hätte.

Um meine Gedankenwelt zu beruhigen, ging ich erst einmal achtsam spazieren.

Ich wollte das anlaufende Gedankenkarussell durch die achtsame Beschäftigung mit meinen eigenen Sinnen stoppen. Ganz so, wie bei Joschka Breitner gelernt:

>*Grübeln ist Sinn-los. Sie können es stoppen, indem Sie Ihren Gedanken einen Sinn geben. Oder zwei. Oder drei. Lassen Sie Ihre Gedanken sich mit Ihren Sinnen beschäftigen. Geben Sie Ihren Sinnesorganen – den Augen, den Ohren, der Nase, der Haut, dem Mund – Aufgaben. Sie werden feststellen, dass sich Ihr Kopf mit dieser Beschäftigung sehr schnell Sinn-voller und besser anfühlt.*«*

Ich ging die baumbestandene Straße des Altbauviertels vor Joschka Breitners Haus entlang und begann, diesen Ansatz in eine Achtsamkeitsübung umzusetzen. Eine Übung, in der ich zunächst jedem einzelnen meiner Sinne nacheinander eine Beschäftigung gab.

Ich registrierte mit den Augen die Sonnenstrahlen, die von dem grünen Laub der Alleebäume gebrochen wurden. Ich nahm mit den Ohren das Rauschen der Blätter im Wind wahr, mit meiner Nase den Geruch des frisch gemähten Grases eines Vorgartens. Ich leckte mit der Zunge kurz über mein Handgelenk und schmeckte ganz leicht das Salz des Schweißes auf meiner Haut. Ich umfasste den schmiedeeisernen Pfahl eines Gartenzauns und fühlte die Kühle des Metalls.

Danach ging ich einen Schritt weiter, indem ich versuchte, mindestens zwei Sinne miteinander zu kombinieren.

Mein Ohr hörte das vertraute Gemecker einer Amsel in einem Baum am Rand des Gehwegs. Ich suchte sie so lange mit meinen Augen, bis ich ihren schwarzen Körper und den kleinen gelben Schnabel durch das dichte Sommerlaub einer Kastanie sah.

Ich ging an einem Vorgarten vorbei. Mein Auge sah ein paar üppige, lila-gräulich blühende Lavendelbüsche, die einen hellbraunen Holzzaun überwucherten, dessen wettergegerbter Lack bereits an einigen Stellen abblätterte.

Ich nahm einen kleinen Lavendelast in die Hand und zerrieb ein paar Blüten sanft zwischen meinen Fingern. Ich spürte auf der Haut der Fingerkuppen, wie sich die Blüten dem Widerstand der Reibung ergaben. Anschließend sog ich mit meiner Nase den entspannenden Duft Südfrankreichs ein.

Ich sah einen Kieselstein, ungefähr so groß wie eine Kastanie, der vor mir auf dem Gehweg lag. Er war elfenbeinfarben, bis auf eine kleine rötliche Ader, die ihn durchzog.

Ich wollte erfahren, wie es sich in meinem Schuh anfühlte, den Stein ein wenig vor mir herzukicken und dabei auf das Geräusch achten, das ein Stein verursacht, der über Betonplatten kullert.

Das Gefühl war ein kleiner dumpfer Stoß im Gelenk meines großen Zehs. Ich hatte den Stein viel zu fest und obendrein nicht gerade getroffen.

Das folgende Geräusch war auch nicht das, was Stein auf Beton verursacht. Es klang eher nach Stein auf Wagentür.

Zumindest hatte dies zur Folge, dass sich meine Gedanken nun nicht mehr um Herrn Breitner, sondern um den Besitzer des Wagens drehten. Ich brach die Übung ab.

An der nächsten Straßenecke sah ich die Eis-Flaggen eines kleinen Kiosks. Ich würde mir dort einen Kaffee holen, Geruch und Geschmack auf mich wirken lassen, um nicht mehr an den Wagenbesitzer denken zu müssen, und dann nach Hause fahren.

Und mir über Herrn Breitner erst wieder bei seinem angekündigten Anruf Gedanken machen.

Der Kiosk entpuppte sich als ein kleiner Ein-Raum-Supermarkt im Souterrain eines Mehrparteienhauses. Der Besitzer wollte gerade schließen. Er hatte die Drehständer mit den verschiedenen Tageszeitungen, Wochen- und Monatsmagazinen bereits vor der Tür seines Geschäfts zusammengestellt, um sie in den Verkaufsraum zu tragen. Aber er war gern bereit, mir noch einen Kaffee-to-go zu machen. Während er im Inneren des Kiosks die laut gluckernde Pumpe der Thermoskanne bediente, streifte mein Blick über die Zeitungen. Er blieb auf dem aktuellen Cover des Psychologie-Magazins hängen, das auch bei Herrn Breitner auf dem Tisch gelegen hatte. Einem spontanen Impuls folgend, kaufte ich nicht nur den Kaffee, sondern auch die Zeitschrift.

Wenn Herr Breitner mir mit der Zeitschrift ursprünglich irgendetwas hatte sagen wollen, dazu aber aufgrund privater Gründe nicht in der Lage gewesen war, dann konnte ich ihm ja die Arbeit ein wenig erleichtern. Ich konnte mich zunächst einmal allein mit dem Thema beschäftigen.

Als Vorbereitung. Auf die nächste Sitzung.

Wenn die Zeitschrift auf dem Tisch von Herrn Breitner als Brotkrumenspur gemeint war, anhand der ich ihm in den Tantra-Wald folgen sollte, warum sollte ich mir dann nicht meine eigenen Krümel kaufen? Mit dem Magazin in der einen und einem Pappbecher in der anderen Hand schlenderte ich durch das Altbauviertel zurück zu meinem Wagen. Unterwegs konzentrierte ich mich Kaffee trinkend auf meinen Geschmackssinn, um achtsam den am Straßenrand stehenden 7er-BMW mit der zerbeulten Autotür zu ignorieren.

4 ENERGIE

»Ob Sex als Energiequelle taugt, hängt nicht von der Größe des Steckers, sondern von der Intensität der Spannung ab.«

JOSCHKA BREITNER,
»GODWORK ORANGE –
MEINE ZEIT MIT BHAGWAN«

IM TREPPENHAUS DES ALTBAUS, in dem ich wohnte, begegnete mir Sascha. Er kam gerade aus seiner Wohnungstür, als ich an ihr vorbei die Treppe hochging. Er sah auf die Uhr.

»Nanu? Hast du heute nicht Coaching?«

Neben Katharina war Sascha der einzige Mensch, der von meinem Achtsamkeitstrainer wusste.

»Fällt aus«, antwortete ich lapidar.

»Dann komm mit in die Stadt. Ich wollte was essen und dann ins Kino.«

»Das ist nett, aber ich wollte noch was lesen.« Ich hob die Zeitschrift andeutungsweise hoch.

»Worüber?«, wollte Sascha wissen.

Vielleicht war dieser Moment gar keine schlechte Gelegenheit, eine kleine Praxisprobe zu machen. Ich hatte so gut wie keine Ahnung von Tantra. Wie sah es mit Sascha aus?

»Kennst du Tantra?«

»Tantra direkt nicht. Aber Tantra-Massagen.«

»Wo liegt der Unterschied?«, fragte ich interessiert.

»Zum Tantra gehen die Frauen aus der Dove-Werbung. Zur Tantra-Massage deren Männer.«

Ich war ein wenig irritiert. Mit dieser Antwort hatte ich nun überhaupt nicht gerechnet.

»Frauen aus der Dove-Werbung?«

»Na – diese Seifenfirma mit der verrückten Idee, in der Werbung auf professionelle Models zu verzichten und nur ›natürliche‹ Frauen zu zeigen, damit sich die Kundinnen nicht hässlich fühlen.«

Ich war noch irritierter.

»Was soll daran verrückt sein? Und vor allem: Was hat das mit Tantra zu tun?«

»Kennst du eine Plattenfirma, die so verrückt ist, auf professionelle Musiker zu verzichten, damit sich die Hörer nicht unmusikalisch fühlen?«

»Nein, aber das ist doch kein Vergleich.«

»Kennst du ein Restaurant, das so verrückt ist, auf professionelle Köche zu verzichten, damit die Kunden nicht das Gefühl haben, nicht kochen zu können?«

»Nein, aber ...«

»Warum sollte dann ausgerechnet Werbung für Körperpflege auf professionelle Models verzichten, damit sich die Kunden nicht hässlich fühlen?«

Warum sollte ausgerechnet ich jetzt im Hausflur diese philosophische Frage beantworten?

»Sascha. Was haben die ›natürlichen‹ Frauen aus der Dove-Werbung mit Tantra und was deren Männer mit Tantra-Massagen zu tun?«

»Schau dir die Homepage eines Tantra-Seminars an, und dann schau dir die Homepage eines Tantra-Massage-Studios an. Dann siehst du es. Zu Tantra-Kursen werden Frauen aus der Dove-Werbung mit dem Versprechen gelockt, dass Aussehen beim Sex zweitrangig ist. Zu Tantra-Massagen werden deren Männer mit dem Versprechen gelockt, dass das in Bezug auf die Masseurinnen nicht gilt.«

»Du willst mir doch nicht ernsthaft erzählen, dass die Frauen aus der Dove-Werbung keine sexuelle Attraktivität ausstrahlen?«

»Frauen aus der Dove-Werbung wirken sehr erotisch. Wenn du amerikanischer Präsident bist und deine Frau aussieht wie Hillary Clinton.«

»Aber das ist doch völliger Unsinn. In der Realität sind wir nun mal nicht alle Models. Weder Frauen noch Männer.«

Sascha schien abrupt das Thema wechseln zu wollen.

»Weißt du eigentlich, warum ich gleich ins Kino gehe und mir einen amerikanischen Blockbuster anschaue?«

»Warum?«

»Weil das spannender ist, als mich mit dem Kissen aus dem Fenster zu hängen und mir die Realität anzuschauen. Das Leben wäre ohne bewusste Illusionen ziemlich langweilig. Warum sollte das beim Sex anders sein?«

Sascha war also kein Freund von Tantra und kein Freund von Arthouse. Aber er war mein Freund. Ich musste seine Meinung nicht tolerieren. Ich konnte sie akzeptieren.

»Dann wünsche ich dir großes Kino.«

»Und ich dir sexuelle Erleuchtung.«

Damit ließ Sascha mich und seine Vorurteile im Hausflur stehen.

In der Wohnung angekommen, flegelte ich mich sofort auf mein großes Wohnzimmersofa.

Aufgrund von Saschas Bemerkungen dachte ich zunächst ein paar Momente über meinen eigenen Körper nach. Es war der Körper eines Geheimagenten: Man sah ihm sein Potenzial nicht direkt an.

Ich war mit meinem Körper zufrieden.

So wie ich mit meiner Wohnzimmereinrichtung zufrieden war.

Aber ich würde weder mein Wohnzimmer auf dem Cover von *Schöner Wohnen* noch meinen Körper auf dem Cover von *GQ* sehen wollen.

Ich fühlte mich auch nicht unwohl, wenn es in Zeitschriften schönere Einrichtungsstile und schönere Körper als meinen zu sehen gab. Ganz im Gegenteil. Das erwartete ich. Deswegen las ich sie.

Ich mochte die Vision von Menschen, die schöner waren als ich und in schöneren Wohnzimmern als meinem lebten. Mit all den für sie damit verbundenen Einschränkungen.

Denn der schöne Mann auf dem *GQ*-Cover würde nicht eine 500-Gramm-Packung Party-Frikadellen mit auf sein *Schöner Wohnen*-Cover-Sofa nehmen können, ohne dass beide Cover ihren Reiz verlieren würden.

Ich konnte beides.

Ohne jeden negativen Effekt.

Das war Freiheit.

Derart inspiriert, stand ich noch einmal auf, ging zum Kühlschrank, holte mir ein paar Frikadellen und setzte mich zurück auf mein Sofa. Dort las ich den Tantra-Artikel mit dem ästhetisch schönen Foto ohne Supermodels zum ersten Mal in aller Ruhe.

Der Artikel erklärte in wenigen, kurzen Absätzen, worum es bei Tantra tatsächlich ging. Es war der Erfahrungsbericht einer Journalistin, die selber an einem Tantra-Kurs teilgenommen hatte. Wie sie aussah, erfuhr der Leser nicht.

»Bei Tantra geht es nicht einzig und allein um Sex. Bei Tantra geht es einzig und allein um dich. Da es dich ohne Sex nicht geben würde, gibt es auch Tantra nicht ohne Sex. Tantra lehrt dich, dich vollständig so zu akzeptieren, wie du bist. Wenn du zu dir selbst Ja sagen willst, kannst du nicht zu Sex Nein sagen. Ein ganzheitliches Leben ist ohne ein liebevolles Verhältnis zu Sex nicht möglich.

In unserer medial völlig sexualisierten Welt glauben viele, Sex sei Pornografie, Machtmittel oder Verkaufsargument.

All das ist nicht Sex. All das ist lediglich Sexualität.

Sex ist etwas völlig anderes.

Sex ist der natürliche Ursprung deines Lebens.

Sex kann die natürlichste Meditationsform des Lebens sein.

Im tantrischen Sex befinden wir uns tatsächlich im Hier und Jetzt und werden wir eins mit dem Augenblick. Die Lehre von Tantra ist die Kunst des achtsamen Sex.

Sex ist eine rohe Energie. Als Energieform ist Sex ist wie der Wind: Wenn du diese Energie nutzen willst, musst du sie umwandeln.

Wenn du dir aus Holz ein Haus baust, um dich vor dem Wind zu verstecken, wird dir seine Energie zuerst das Dach und dann die Wände

nehmen. Wenn du dir aus demselben Holz ein Boot baust, wird dich
die Energie des Windes hinter jeden Horizont segeln lassen, den du
dir vorstellen kannst.
Und genauso ist es mit Sex.
Wenn du Sex verleugnen willst, wird dich das weder befriedigen noch
befrieden.
Wenn du dich im Fluss des Sex treiben lässt, führt dich das nicht bloß
zur Befriedigung, sondern auch zum inneren Frieden.
Tantra lehrt dich das Schwimmen, um dich im Sex treiben lassen zu
können.
Tantra lehrt dich die Kunst, Sex als unerschöpfliche Energiequelle zu
nutzen.«

Sex als Energiequelle. Ich hatte schon wissenschaftlich blödsinnigere
Aussagen zur Begründung des gleichzeitigen Ausstiegs aus Kohle-
und Atomenergie gehört.
Die Sex-Energie war im Gegensatz zum Wind allerdings jederzeit
abrufbar. Und sie musste ja auch nicht nachts bei Flaute die gesamte
Schwerindustrie erleuchten, sondern laut dem Artikel nur die am Akt
beteiligten Personen.
Sex als Energiequelle zu betrachten wirkte für mich auf den ersten
Blick ziemlich unerotisch. Auf den zweiten Blick gab diese Sichtweise
dem Sex aber eine sehr angenehme Alltagsnormalität. Sollte Sex ge-
nauso natürlich sein wie der Espresso gegen das Mittagstief?
Dem schien nicht so zu sein, wie ich dem Artikel im Weiteren ent-
nahm. Die Autorin erzählte begeistert davon, dass Sex mit Tantra über
Stunden ausgedehnt und genossen werden könne. Das klang eher nach
Bergischer Kaffeetafel als nach Espresso-Quickie.
Wie auch immer: Die Vorstellung, Sex als etwas durch und durch
Positives in mein Leben einbauen zu können, fand ich verlockend.
Und zwar umso mehr, da mir bewusst wurde, welche geringe Rolle
Sex in meinem Leben tatsächlich spielte.

Sex war für mich bislang immer eine Kombination aus Stunden des unterdrückten Verlangens, Momenten der ungewohnten Erregung, Minuten der Geilheit und Sekunden weltentrückten Höhepunktes.

Wobei die Abstände zwischen den Höhepunkten über die Jahre immer größer geworden waren.

Und nach jedem Höhepunkt lief das Gedankenkarussell an und drehte sich um die Frage, ob das alles so richtig war, wann sie oder ich gehen würde oder ob wir jetzt heiraten müssten.

Sex einfach nur zu haben und zu genießen, ohne sich dabei Gedanken um Zeit, Unterdrückung oder Folgen zu machen, war mir schlicht fremd.

Aber es war eine wunderbare Vorstellung, dass dies möglich sein sollte.

Konnte es sein, dass es da einen Quell Glück bringenden Potenzials in meinem Leben gab, den ich einfach nicht nutzte? Und dass Herr Breitner heute darüber mit mir hatte reden wollen?

Ich nahm mir das Kästchen mit dem Interview vor, das ich bei Herrn Breitner nicht gelesen hatte. Es enthielt ein kurzes Gespräch mit einem Dozenten aus dem Tantra-Kurs der Journalistin. Er wurde als »Günther, 63, Sexualtherapeut« vorgestellt. Offensichtlich ein Mann. Ein Familienname fehlte. Aber warum sollte man sich auch in Zeiten des frei wählbaren Geschlechts an überwundenen Lappalien wie Nachnamen festklammern? Ein im Vergleich zum Interview ziemlich viel Platz einnehmendes Schwarz-Weiß-Bild zeigte das Gesicht eines asketisch anmutenden Herrn mit durchdringendem Blick. Er wirkte wesentlich jünger als dreiundsechzig und wäre auch als Anfang fünfzig durchgegangen. Aber vielleicht war das Foto auch nicht aktuell. Der Sexualtherapeut trug kurz geschnittene graue Haare auf dem Kopf und ein Lächeln auf den Lippen. Letzteres passte nicht ganz zum durchdringenden Blick seiner Augen. Wie Robert de Niro hatte er ein Muttermal auf dem rechten Jochbein. Seine Nase wirkte ein ganz klein wenig schief, so als wäre sie einmal gebrochen gewesen.

Dem Foto nach zu urteilen, verfügte Günther über genügend Selbstbewusstsein, sich nicht nur selbst als sexuelle Bereicherung zu empfinden, sondern gern auch andere an diesem Reichtum teilhaben zu lassen. Eine Art Doktor Sommer für Erwachsene.

Aber das war lediglich mein erster Eindruck anhand eines Bildes. Wenn mir Herr Breitner über den Artikel einen Zugang zu Tantra ermöglichen wollte, dann sollte ich mich mit meinen subjektiven Empfindungen vielleicht einfach mal zurückhalten.

Das Institut, an dem Günther tätig war, nannte sich »Superconsciousness Tantra Center (STC)« und war in der Nähe meiner Stadt ansässig.

Günther behauptete nun in dem Interview, der Mensch könne durch Sex ein höheres Bewusstsein erlangen.

Unter erfahrener Anleitung.

Selbstredend seiner.

Früher hätte ich so eine Behauptung als Hochglanz-Diskotheken-Abschleppspruch abgetan.

Aber mein Zugang zur Selbstoptimierung war zwischenzeitlich ein anderer geworden.

Sich selbst etwas Gutes zu tun war durchaus einfacher, wenn ein Profi dabei half, das, was einem nicht guttat, auszusortieren. In jedem Lebensbereich.

Warum also nicht beim Thema Sex von einem Günther?

Wenn Herr Breitner der Ansicht war, Tantra könnte eine Erweiterung meines achtsamen Lebenswandels sein, dann sollte auch dies unter Anleitung geschehen.

Vielleicht bestand ja die Möglichkeit, Herrn Breitner diesbezüglich ein wenig zu entlasten.

Ich beschloss, schon mal allein ein wenig tiefer in den Wald zu gehen, als die von ihm gelegte Brotkrumenspur führte.

Denn schließlich: Wann war der richtige Zeitpunkt, sich selber etwas Gutes zu tun?

Es war zu jedem Zeitpunkt im Leben derselbe: Jetzt!

5 HÖHERES BEWUSSTSEIN

»Geistige Entwicklung ist wie Tanzen. Die Grundvoraussetzung zum Tanzen ist es, mit beiden Beinen fest auf dem Boden stehen zu können. Die Grundvoraussetzung für ein höheres Bewusstsein ist ein Bewusstsein.«

JOSCHKA BREITNER,
»GODWORK ORANGE –
MEINE ZEIT MIT BHAGWAN«

ICH HOLTE MIR MEINEN LAPTOP auf das Sofa und ergoogelte die Homepage des »Superconsciousness Tantra Center (STC)«.

Mir kam das Gespräch mit Sascha wieder in den Sinn.

Ich ergoogelte aus Interesse ebenfalls die Homepage des Tantra-Massage-Studios, das von Carla betrieben wurde, der Geschäftsführerin der Erotiksparte des von mir als Anwalt vertretenen Unternehmenskonsortiums.

Ich legte beide Homepages nebeneinander.

Beide Homepages arbeiteten mit fernöstlichen Grafikelementen. Beide Homepages stellten den entspannenden Wellness-Charakter ihrer Dienstleistungen in den Vordergrund.

Die Unterschiede zeigten sich allerdings, wenn man auf den Button »Mitarbeiter« klickte.

Bei Carlas Tantra-Massagen trugen die durch die Bank attraktiven Mitarbeiterinnen Dessous und gepixelte Augenpartien.

Beim Superconsciousness Tantra Center trugen die Mitarbeiterinnen und Mitarbeiter ein weißes Poloshirt mit Namensschildchen und zeigten ein strahlendes Lächeln.

Von den Kunden wurden auf beiden Homepages keine Gesichter gezeigt.

Ich hatte das Gefühl, dass Sascha mit seiner Einschätzung nicht ganz neben der Spur gelegen hatte. Dies war im Endeffekt aber egal. Ich wollte mich ausschließlich auf das STC konzentrieren. Schließlich hatten die von Herrn Breitner gestreuten Brotkrumen dorthin geführt und nicht zu Carlas Tantra-Tempel.

Der Leitspruch des Institutes lautete »Durch Sex zu einem höheren Bewusstsein«.

Name und Slogan des Centers bezogen sich auf das mir unbekannte Buch *From Sex to Superconsciousness* eines mir unbekannten Autoren namens Osho.

Durch Sex zu einem höheren Bewusstsein zu gelangen klang ambitioniert, aber interessant.

Wobei mir mein Schulenglisch einredete, das Wort »from« heiße gar nicht »durch«, sondern »von«. Aber zu diesem Zeitpunkt hielt ich das für eine Petitesse.

Das Center befand sich in einem hochwertig restaurierten Bauernhof ungefähr eine halbe Stunde Fahrzeit außerhalb der Stadt. Den Bildern nach hätte es auch als Fünf-Sterne-Wellness-Resort durchgehen können. Es gab dort Seminarräume, ein veganes Restaurant und Übernachtungsmöglichkeiten für die Seminarteilnehmer.

Tantra wurde dort als eine Mischung aus Yoga, Meditation und Achtsamkeit gelehrt, mit der der Zugang zur sexuellen Energie geschaffen werden sollte.

Genau das sei die Bedeutung des aus dem Sanskrit stammenden Namens »Tantra«: Gewebe und Zusammenhalt. Die Teilnehmer des Seminars sollten verwoben werden mit der universellen Energie. Das STC bot eine Vielzahl von allen möglichen Kursen rund um das Thema Tantra an. Von Tantra-Wochenendseminaren für Anfänger über Tantra-Wochen-Workshops und Abendkurse für Frauen zum Thema Selbstliebe bis hin zu Sommerkursen für Männer zum sexuellen Rollenverständnis – ein offensichtlich befriedigendes Angebot an bewusstseinserweiternden Entdeckungsmöglichkeiten.

Ich konnte den Kursnamen nicht entnehmen, was sich inhaltlich hinter ihnen verbarg, und konzentrierte mich deswegen konkret auf das Tantra-Angebot für Einsteiger.

Die Einsteigerseminare fanden einmal im Monat über ein Wochenende als offene Gruppe statt.

In jedem Seminar war Platz für acht Teilnehmer. Es wurde von der Seminarleitung darauf geachtet, dass es in jedem Seminar ein Drittel Singlefrauen, ein Drittel Singlemänner und ein Drittel Paare gab. Also zwei Männer, zwei Frauen, zwei Paare.

Die Kursgebühr betrug inklusive Unterkunft und Verpflegung pro Person 640 Euro.

Ein hoher Preis, der in meinen Augen die Seriosität des Centers unterstrich.

Der griffigste und dennoch weitgehend inhaltsleere Satz darüber, was in den Seminaren stattfinden würde, lautete, dass die Teilnehmer dort die Erfahrung machen würden, eine Schwelle zu überschreiten, ohne eine Grenze zu übertreten. Das klang für mich im weitesten Sinne nach höflichem Fummeln.

Jedes Seminar begann freitags am frühen Abend mit einem ersten Kennenlernen und kleinen Ritualen, deren Inhalt ebenfalls nicht näher beschrieben wurde.

Im Anschluss sollte dann gemeinsam vegan gegessen werden.

Am Samstag würde es einen Wechsel aus körperbetonten Ritualen und Sharing-Runden geben. Ich interpretierte das als einen Wechsel von Übungen und Besprechungen. Was dort konkret ritualisiert geübt und geshared besprochen werden würde, wurde nirgendwo auf der Homepage im Detail erläutert.

Mit dem Satz »Kein Teilnehmer wird zu irgendetwas gezwungen« wurde es aber hinreichend angedeutet.

Den Teilnehmern stünde es am Samstagabend frei, wie sie den Abend gestalteten.

Am letzten Tag, dem Sonntag, würde in der Gruppe Bilanz gezogen, bevor das Seminar mit einem gemeinsamen Mittagessen endete.

Es wurde um die Mitnahme von leichter Wohlfühlkleidung und Wechselgarderobe gebeten, da es bei einigen Massageübungen zu

Ölflecken kommen könnte. Das war der erste inhaltliche Anhalts-punkt: Wir würden uns also gegenseitig mit Öl einreiben.

Jedes Seminar wurde von mehreren Dozenten begleitet, die, jeder für sich, über jahrelange Tantra-Erfahrung verfügten.

Das Center machte in seiner Internetpräsenz einen ausgesprochen herzlichen, einladenden und umarmenden Eindruck.

Wenn ich mich näher mit Tantra befassen wollte, wäre die erste Schwelle, die ich zu übertreten hätte, wohl, an einem solchen Semi-nar teilzunehmen.

Ich schaute im Buchungsbereich der Homepage nach dem nächsten Kurs mit freien Plätzen.

Schnell bemerkte ich, dass das Überschreiten der Schwelle des An-meldens schnell von der Kapazität der Plätze begrenzt wurde.

Der nächste Platz für einen männlichen Single-Teilnehmer in einem Einsteigerseminar war erst in drei Monaten frei. Das war nicht ganz der Zeitpunkt, den ich mir für den Beginn meiner Tantra-Erfahrun-gen gewünscht hatte, um Herrn Breitner bereits in der nächsten Stunde mit meinem neuen Wissen zu überraschen. Dieser gewünschte Zeitpunkt war: jetzt.

Ich blätterte ein wenig weiter. Und siehe da: Der nächste Platz für ein Paar in einer Einsteigergruppe war bereits am morgigen Freitag frei.

Mehr »jetzt« ging eigentlich nicht.

Ich hatte am Wochenende Zeit.

Ich hatte bloß keine Partnerin.

Ich überwies spontan 1280 Euro an das Institut.

Wie schwer konnte es schon sein, innerhalb von vierundzwanzig Stunden eine Partnerin für ein Tantra-Seminar zu finden?

6 WAHRHEIT

»Die Suche nach der Wahrheit ist etwas sehr Anstrengendes. Im Grunde ist die Wahrheit das, was übrig bleibt, wenn man zu faul ist, die Lügen seines Gegenübers zu hinterfragen.«

JOSCHKA BREITNER,
»ENTSCHLEUNIGT AUF DER ÜBERHOLSPUR –
ACHTSAMKEIT FÜR FÜHRUNGSKRÄFTE«

MEINE EX-FRAU ZU FRAGEN, ob sie kurzfristig Zeit hätte, mit mir an einem Tantra-Seminar teilzunehmen, war weder meine erste noch meine beste Idee. Und aus beiden Gründen bedurfte sie einer gewissen Vorbereitung.

Die Frage, ob es überhaupt unbedingt Katharina sein musste, mit deren Unterstützung ich neue Erfahrungen in puncto Achtsamkeit und Sex sammeln wollte, ließ sich am besten durch eine Gegenfrage beantworten: Mit wem denn sonst?

Am liebsten wollte ich meine ersten Tantra-Erfahrungen – von deren Inhalt ich keinerlei konkrete Ahnung, sondern nur jede Menge ungefähre Vorstellung hatte – in einem gesicherten Wohlfühlumfeld machen.

Der Mensch, mit dem ich mich am wohlsten fühlte, war ich selbst.

Ich war der Kern meines innersten Kreises. Zu mir hatte ich Vertrauen.

Ich hatte keine Ahnung, wie Tantra zu zweit ging.

Ich ging aber fest davon aus, dass es allein eben nicht ging.

Sonst bräuchte es ja keinen Kurs mit ausgeglichenem Verhältnis der beiden früher mal anerkannten Geschlechter.

Ich musste meinen innersten Kreis also so oder so verlassen, um an diesem Kurs teilnehmen zu können. So gesehen wäre es vielleicht doch besser gewesen, zunächst mal abzuwarten, warum Herr Breitner mich auf das Thema hatte bringen wollen. Aber als mir dieser

Gedanke kam, hatte ich die 1280 Euro Kursgebühr bereits überwiesen. Und nun wollte ich an dem Kurs auch teilnehmen.

Um ohne weibliche Begleitung als Single-Mann am nächsten Tantra-Kurs teilzunehmen, hätte ich ein Vierteljahr warten müssen.

Warten an sich stört mich nicht.

Das Denken beim Warten stört mich allerdings sehr.

Ich wusste, dass ich mich in diesen drei Monaten an jedem einzelnen Tag in Gedanken gefragt hätte, auf welche mir unbekannte Single-Dame ich dort wohl als Tantra-Partnerin treffen würde.

Nichts war in meiner Fantasie verstörender als das mögliche Aussehen der Antwort auf diese Frage.

Noch beunruhigender war für mich nur die Vorstellung, dass die mir zugeteilte Partnerin bei meinem Anblick selbst schreiend den Raum verlassen würde.

Dass meine eigene Unsicherheit, meinen innersten Kreis zu verlassen, bereits ein Teil der Schwelle war, die es vor dem Seminar zu überschreiten galt, kam mir nicht in den Sinn.

Der Gedanke, dass ich auf dem Seminar als Single ganz entspannt einfach einer sympathischen anderen Singelin mit den gleichen Sorgen von Mensch zu Mensch begegnen könnte, lag außerhalb meiner von meinen Ängsten begrenzten Vorstellung.

Entsprechend verkrampft musste ich mich nun um die Beibringung einer eigenen Partnerin kümmern.

Die Liste der innerhalb von 24 Stunden von mir selbst mitbringbaren Partnerinnen war sehr überschaubar. Weil der Kreis der Menschen in meinem privaten Umfeld sehr überschaubar war.

Ich hätte Laura, meine letzte Affäre, fragen können, ob sie mit mir zum Seminar fahren wolle. Sie teilte mein Interesse an Achtsamkeit, war sehr aufgeschlossen und offen für Neues. Wir hatten unsere Affäre vor geraumer Zeit auslaufen lassen und weiterhin ein gutes

Verhältnis zueinander. Aber immer wenn ich sie sah, musste ich daran denken, dass ich ohne ihr Wissen ihren Bruder in meinem Keller eingemauert hatte. Das konnte ich auch beim Sex nicht ausblenden. Eine Leiche im Keller war für mich emotional keine gute Grundlage, um positive Energie aus sexuellen Handlungen zu ziehen. Schon gar nicht auf einem Tantra-Seminar.

Ich hätte auch eine der Damen von Carlas Escort-Service buchen können. Hätte ich Carla gefragt, ob sie mir jemanden für ein Tantra-Seminar empfehlen könne, hätte sie mir sicherlich liebend gern die passende Dame zur Seite gestellt.

Aber auch hier war ich mir nicht ganz sicher, ob dies der richtige Ansatz war.

Eine Frau dafür zu bezahlen, mir einen achtsamen Zugang zu bewusstseinserweiterndem Sex zu ermöglichen, könnte ein Widerspruch in sich sein. Was, wenn das höhere Bewusstsein am Ende nur vorgetäuscht war?

Außerdem wollte ich meine verschiedenen Lebenskreise nicht unnötig miteinander verbinden. Meine Arbeits- und meine Privatwelt sollten so wenig Berührungspunkte wie möglich haben.

Selbstverständlich würde es innerhalb meines »Betriebs« die Runde machen, wenn der Chef mit einer Mitarbeiterin das Wochenende auf einem Tantra-Seminar verbrachte. Nichts ist beredter als eine Mitarbeiterin, die offen mit ihrer »absoluten Diskretion« wirbt.

Blieb also nur meine mir in Freundschaft verbundene Ex-Frau Katharina.

Katharina war eine intelligente und attraktive Frau.

Sie war eine liebevolle Mutter und auf Elternebene eine hervorragende Partnerin.

Von ihrem ersten Mann war sie geschieden, ihren letzten Freund hatte sie erschossen.

Sie war also generell aufgeschlossen gegenüber nicht traditionellen Lebensweisen.

Ich war mir allerdings unsicher, ob die spontane Teilnahme an einem Tantra-Seminar mit dem Ex-Mann von dieser Aufgeschlossenheit umfasst war.

Wir mochten uns. Wir fanden uns auch gegenseitig nicht unattraktiv. Wir hatten nur keinerlei sexuelle Ebene mehr. Je größer unsere Tochter wurde, desto kleiner wurde das sexuelle Verlangen aufeinander. Was auch daran liegen mochte, dass sich der Zeitraum seit der Scheidung in gleichem Maße vergrößerte.

Aber hier ging es ja nicht um Sex zwischen uns, sondern um Selbstfindung für mich.

Außerdem: Wenn jeder von uns beiden – rein theoretisch – auch allein an dem Seminar teilnehmen konnte, konnten wir ja schließlich – rein zufällig – auch durch Zufall zusammengewürfelt werden. Wie viel schöner und natürlicher musste es sein, diesem Zufall zuvorzukommen?

Einen Wildfremden mit Öl einzureiben war sicherlich unnatürlicher, als die Ex-Frau mit Öl einzureiben.

Selbstverständlich bedurfte es einer überlegten und seriösen Herangehensweise, Katharina die Teilnahme an einem Tantra-Seminar schmackhaft zu machen. Ohne entsprechende Anmoderation bestand die realistische Gefahr, dass Katharina die Bitte, mich bei einem Tantra-Kurs zu begleiten, als Aufforderung zur Teilnahme an einem esoterischen Vögel-Kurs sofort ablehnte.

Ich versuchte es deshalb mit einer kulinarischen Taktik.

Die Wahrheit ist wie ein Braten: Man kann sich an ihr überfressen oder hungrig nach ihr sehnen. Ich beschloss, Katharina meinen Wahrheits-Braten kalt und in Scheiben zu servieren. Um ihn ihr schmackhaft zu machen, bevor sie ihn roch.

Ich überraschte Katharina zunächst am Freitagvormittag mit dem Scheibchen-Angebot, am Freitagabend mit ihr essen zu gehen. Emily würde dann bereits bei ihren Großeltern sein, um dort als großes Mädchen das letzte Wochenende vor ihrer Einschulung am darauffolgenden Mittwoch zu verbringen.

Es war also auch Katharinas und mein letztes Wochenende als Eltern eines Kindergartenkindes. Wir hatten es verdient, dies ein wenig zu feiern.

»Das letzte Mal, dass wir beide allein zusammen essen waren, war einen Monat vor Emilys Geburt«, merkte Katharina irritiert an, nachdem ich die Einladung ausgesprochen hatte.

Das stimmte. Und sagte eine Menge darüber aus, wie sehr die Elternrolle unser Leben verändert hatte.

Ich zog die Scheibe schnell zurück, bevor Katharina anfing, daran zu schnüffeln.

»Wir müssen ja nicht …«

»Doch – das ist eine schöne Idee. Lass uns das machen.«

Während ich meine Sachen für das Tantra-Seminar packte, meldete sich Joschka Breitner per SMS bei mir, um wie versprochen für die gestern ausgefallene Coachingsitzung einen neuen Termin zu vereinbaren. Er schlug ausnahmsweise den folgenden Dienstag vor, der Tag, an dem er laut Türschild geschlossen hatte.

Eine Stunde, bevor ich Katharina abholte, erwähnte ich ihr gegenüber beiläufig am Telefon, dass das Restaurant einem Hotel angegliedert sei, in dem wir auch – getrennt voneinander – übernachten und am nächsten Tag – gemeinsam – das Wellness-Angebot nutzen konnten. Massagen. Und so. Wenn sie wolle, könne sie ja auch Wellnessklamotten einpacken.

»Wird das etwa ein Date?«

»Nein. Aber es könnte ein schönes Wochenende werden.«

»Was verschweigst du mir?«

Meine Ex-Frau anzulügen, weil ich mich nicht traute, sie geradeheraus um einen etwas unorthodoxen Gefallen zu bitten, machte mich zum Hampelmann mit Gewissensbissen. Katharina spürte das sofort.

»Nichts, ich …«, hampelte ich vor mich hin.

»Björn!«

»Es ist … eine Überraschung.«

Katharina war bereit, sich auf die Überraschung einzulassen.

Ich bestätigte Joschka Breitner per SMS den Dienstag-Termin, nahm meine Reisetasche und ging runter zu meinem Wagen, um Katharina abzuholen. Ich war zuversichtlich, dass meine Braten-Taktik aufgehen würde.

Das war völlig unbegründet.

7 DEMÜTIGUNG

»Die größte Demütigung für alle Beteiligten ist es, seinem Gegenüber aus Höflichkeit nicht zu widersprechen.«

JOSCHKA BREITNER,
»GODWORK ORANGE –
MEINE ZEIT MIT BHAGWAN«

AUF DEM WEG ZUM BAUERNHOF erzählte ich Katharina beiläufig, dass das Wellness-Wochenende überraschenderweise auch einen Tantra-Kurs enthielt.

Katharinas Reaktion war nicht ganz so beiläufig wie erhofft.

»Du hast uns zu einem esoterischen Vögel-Seminar angemeldet?«, fragte sie mich fassungslos, während ich versuchte, meinen Land Rover Defender in der Spur zu halten.

»Es ist im Grunde ein Achtsamkeitsseminar, das sich auch mit dem eigenen Körperbefinden beschäftigt«, versuchte ich zu relativieren. Jetzt war es an der Zeit, schnell den ganzen Braten komplett zu servieren, bevor Katharina anfing, ihn sich vorzustellen, und dabei auf die abstrusesten Ideen kam.

Ihrem fragend geöffneten Mund sprach ich schnell eine Antwort entgegen.

»Ich bin im Rahmen meiner Beschäftigung mit Achtsamkeit auf das Thema Tantra gestoßen. Es interessiert mich. Dieses Tantra-Center ist ein sehr erfolgreicher Anbieter und auf Monate ausgebucht. Jedenfalls für Singles.«

»Fahr bitte mal rechts ran.«

»Und jetzt gab es diese einmalige Chance, ganz kurzfristig, als Paar ...«

»Fahr. Rechts. Ran.«

Ich. Fuhr. Rechts. Ran.

Wir standen mit laufendem Motor auf dem Randstreifen einer Landstraße.

»Motor aus.«

»Katharina, lass mich dir …«

»Motor. Aus.«

Ich machte den Motor aus und wartete darauf, dass die unzähligen Explosionen in den Zylindern durch eine einzige Explosion Katharinas ersetzt wurden. Aber die Explosion blieb aus. Ganz im Gegenteil: Katharina sprach sehr ruhig und liebevoll mit mir.

So, wie man liebevoll und ruhig mit einem verblödeten Kind spricht.

»Björn. Erst hast du mich zum Essen eingeladen. Das fand ich schön. Dann hast du mich in ein Hotel eingeladen. Das fand ich überraschend. Danach hast du mich zu einem Wellness-Wochenende eingeladen. Das fand ich irritierend.«

Obwohl Katharina nichts davon als Frage formuliert hatte, antwortete ich auf alle drei Feststellungen mit »Ja«.

»Jetzt erfahre ich, dass du nichts davon überhaupt wolltest. Was du eigentlich willst, ist, dass ich dich auf ein Tantra-Seminar begleite. Richtig?«

»So gesehen … ich meine …« Ich kam allerdings nicht zu Wort.

»Jetzt mal ganz ehrlich. Geht es dir dabei darum, mit *mir* an einem Tantra-Seminar teilzunehmen, oder geht es dir darum, eine Begleitung zu haben, weil *du* sonst nicht an diesem Seminar teilnehmen kannst?«

Ich überlegte, mit welcher Antwort ich die Schwelle unserer Freundschaft wohl mit größeren Schritten nach außen verlassen würde. Ich kam nicht drauf und blieb deshalb bei der Wahrheit.

»Ich brauche eine Begleitung. Eine Begleitung, die ich mag.«

Katharina nutzte das als Argument gegen mich. »Gerade weil wir uns mögen, wäre es vielleicht nett, einfach offen und ehrlich miteinander umzugehen, meinst du nicht?«

Ich hasste es, wie ein verblödetes Kind behandelt zu werden. Aber ich mochte es, dass die Situation nicht zu eskalieren schien. Wenn mir Katharina schon einen Strich durch die Rechnung machte, dann wenigstens ruhig und in Freundschaft. Ich nickte. Das reichte Katharina offensichtlich nicht.

»Also, um ganz ehrlich zu sein, bin ich ziemlich enttäuscht von dir.«

Seit dem Tod meiner Eltern hatte ich mit »Ich bin enttäuscht von dir«-Sätzen abgeschlossen. Ich wollte mir aus Prinzip auch keine weiteren von meiner Ex-Frau anhören.

»Es tut mir leid«, sagte ich aus Gewohnheit.

»Warum hast du mich nicht einfach gefragt?«

»Ja, gut. Ich hätte dich geradeheraus fragen sollen. Dann lass uns die Sache bitte einfach vergessen, und wir fahren zurück.«

Katharina schaute mich exakt die Sekunde zu lang mit Augenkontakt an, die Mütter dazu nutzen, ihre Kinder zu demütigen. Ich schaute verschämt weg. Katharina nahm mein Kinn in die Hand und lenkte meinen Blick wieder auf sich.

»Willst du mich nicht vorher fragen?«, fragte sie mich.

»Was fragen?«

»Ob ich dich zu einem Tantra-Seminar begleiten will?«

Ich verstand nicht.

»Ich … verstehe nicht«, stotterte ich.

»Na, bislang hast du mich kein einziges Mal tatsächlich gefragt, ob ich nicht vielleicht sogar Lust darauf hätte, mir das mal anzuschauen. Du hast nur alles Mögliche unternommen, um der Frage auszuweichen.«

Ich verstand. Noch eine letzte Demütigung, danach könnten wir endlich nach Hause.

»Willst du mit mir zu einem Tantra-Seminar fahren?«

»Ja, gern. Ich dachte schon, du fragst nie.« Katharina hatte ein breites Lächeln im Gesicht. Ich einen absolut verdutzten Ausdruck in den Augen.

»Du würdest tatsächlich …?«

»Ja«, grinste Katharina.

»W-w-wieso?«, stotterte ich. Bei mir hatte längst die Trotzphase eingesetzt, um mich vor der erwarteten Ablehnung zu schützen. Dass diese Ablehnung nun doch nicht kam, überforderte mich.

»Mein lieber Ex-Mann – wer sagt eigentlich, dass nur mittelalte Männer ein blödsinniges Verhalten an den Tag legen dürfen, das sie dann mit ›Midlife-Crisis‹ rechtfertigen? Ich habe eine gescheiterte Ehe und eine katastrophale Beziehung hinter mir. Aber ich fühle mich zu jung, um auf meine körperlichen Bedürfnisse zu verzichten. Und zu alt, um es weiterhin vom Verhalten anderer abhängig zu machen, ob diese zufällig auf meine Bedürfnisse eingehen oder nicht. Ich habe keine Ahnung, ob es für dieses Dilemma eine Lösung gibt – aber ich habe schon oft mit dem Gedanken gespielt, einfach mal verschiedene Dinge auszuprobieren. Deswegen interessiert mich auch das Thema Tantra. Ganz allein auf so ein Seminar zu fahren, würde ich mich allerdings nicht trauen. Ich hatte bislang aber auch niemanden, mit dem ich zu so einem Seminar hingefahren wäre. Dich zu fragen, hätte ich nie gewagt. Deshalb – danke, dass du mich gefragt hast.«

»Du hältst Tantra also nicht für Blödsinn?«

»Ich habe keine Ahnung. Nur jede Menge Vorurteile. Aber genau die kann ich mir ja in den nächsten Tagen entweder bestätigen oder widerlegen lassen.«

Ich startete den Wagen.

8 VORURTEILE

»Vorurteile sind – wie der Name schon sagt – keine Urteile. Sie sind der rein subjektive Maßstab, an dem man sein Gegenüber vorübergehend messen kann. Wer behauptet, keine Vorurteile zu haben, will nur die eigene Maßlosigkeit, mit der er sein Gegenüber längst verurteilt hat, als etwas Positives verkaufen.«

JOSCHKA BREITNER,
»ENTSCHLEUNIGT AUF DER ÜBERHOLSPUR –
ACHTSAMKEIT FÜR FÜHRUNGSKRÄFTE«

»WAS SIND DENN DEINE VORURTEILE gegenüber Tantra?«, wollte ich von Katharina wissen.

»Die positiven oder die negativen?«

»Erst die positiven.«

»Ich verspreche mir von Tantra eine sexuelle Befreiung.«

»Das war nur *ein* positives Vorurteil.«

»Mehrmals. Mit verschiedenen Partnern.«

So genau wollte ich es dann doch nicht wissen.

»Und die negativen Vorurteile?«

»Grundsätzlich hege ich die Befürchtung, dass sich hinter den meisten Angeboten, die ich mir im Internet angesehen habe, tatsächlich nur esoterisch angehauchte Vögel-Seminare verbergen.«

»Das war auch nur ein negatives Vorurteil.«

»Dann hier noch drei. Erstens: Frauen, die zu Tantra-Seminaren gehen, haben alle Achselbehaarung. Zweitens: Männer, die zu Tantra-Seminaren gehen, wollen in erster Linie bloß anderen ungefragt ihren Penis zeigen. Drittens: Menschen, die Tantra-Seminare veranstalten, sind alles irgendwelche Sekten-Freaks.«

Wenn ich meiner Ex-Frau eines nicht vorwerfen konnte, dann einen Mangel an Vorurteilen.

Wir hatten den ehemaligen Bauernhof inzwischen erreicht, und ich fuhr langsam auf den Parkplatz. Der Hof hatte nichts mehr von Landwirtschaft, dafür viel von Luxushotel. Der Parkplatz war von einer kopfhohen immergrünen Hecke blickdicht umgeben. Der Boden bestand aus festgefahrenem Rindenmulch. Zwischen Mulch und Hecke

war rings um den Parkplatz eine dreißig Zentimeter hohe Naturstein-
mauer gezogen worden. Das Haupthaus aus Fachwerk war offenbar
erst kürzlich renoviert worden, das Reetdach wirkte wie gerade frisch
aufgekämmt.

Wir rollten in meinem Land Rover Defender auf dem Parkplatz langsam an einem Porsche Cayenne, einem Tesla Model 3, einem Beetle,
einem Skoda-Kombi, einem Golf, einem Mini und einem Renault
Kangoo vorbei.

Ich versuchte, die Autos mit Katharinas Vorurteilen abzugleichen:

Der Drang eines Porsche-Fahrers, seinen Penis nicht kompensieren,
sondern zeigen zu wollen, würde mich wundern.

Achselhaare bei einer Renault-Kangoo-Fahrerin hingegen nicht.

Und einen Tesla zu fahren war in meinen Augen ein deutliches Zeichen dafür, einer weltfremden Sekte anzugehören.

Ich parkte neben dem Skoda Kombi.

Und nahm das Gespräch mit Katharina wieder auf.

»Das heißt, wir gehen da jetzt gemeinsam rein und ziehen das durch?«

»Reingehen, ja. Durchziehen – je nachdem.«

»Je nachdem was?«

»Wie gesagt, ich bin neugierig. Ich habe meine Hoffnungen und meine
Befürchtungen. Lass uns einfach während des Seminars immer wieder gemeinsam besprechen, was am Ende überwiegt.«

»Was ist deine rote Linie?«, wollte ich wissen.

»Sobald mir jemand ungefragt seinen Penis zeigt, breche ich ab, okay?«,
klärte mich Katharina unzweideutig auf.

»Und wenn er höflich ...«

»Björn, Hand drauf!«

Ich gab Katharina meine Hand.

»Dann wollen wir uns die Sekte mal anschauen«, sagte Katharina,
während sie sich abschnallte. Dieser Gedanke irritierte mich dann
doch.

»Wie kommst du eigentlich darauf, dass Tantra irgendetwas mit Sek-
ten zu tun hat?«

»Na, mit Tantra waren doch früher diese Sex-Gurus zugange.«
»Du wirst in wenigen Minuten sehen, wie falsch du damit liegst.«
Ich sollte in wenigen Minuten sehen, wie falsch ich damit lag.

Die Eingangstür des Bauernhauses bestand aus zwei großen, messing-beschlagenen Eichenholzflügeln. Der rechte davon ließ sich öffnen. Katharina und ich traten in den überraschend hellen Empfangsbe-reich des Superconsciousness Tantra Center. Er schien die ehemalige Eingangsdiele des Bauernhauses gewesen zu sein. Die Zwischende-cke zur ersten Etage war entfernt worden. Der Raum reichte nun bis unter das Dach und war locker acht Meter hoch. Es duftete wohl-tuend nach einem Gemisch aus schweren Hölzern, Räucherstäbchen und ein wenig so, als hätte jemand einen Chai-Tea-Latte von Star-bucks in einen der beiden schweren Blumenkübel links und rechts vom Eingang gekippt.
Der Boden bestand aus ausgetretenen, sauber aufgearbeiteten Stein-platten. Die Wände waren in strahlendem Weiß grob verputzt. Links und rechts führten Glastüren zu weiteren Bereichen des Hauses. Ge-genüber der Eingangstür stand als einziges Möbelstück ein breiter, asiatisch aussehender Tisch mit dazu passender Bank aus Tropen-holz. Hinter dem Tisch, mit dem Rücken zur Wand, saß eine viel-leicht dreißigjährige, gut aussehende Empfangsdame. Sie trug einen Business-Anzug und dazu Riemchensandalen ohne Strümpfe. Die schulterlangen schwarzen Haare hatte sie zu einem Pferdeschwanz gebunden. Hinter der Frau an der Wand hingen ein halbes Dutzend Fotos in alten Rahmen.
Alle Fotos waren um ein zentrales Porträtfoto gruppiert.
Das zentrale Foto war etwas größer als die anderen.
Es zeigte einen circa fünfzigjährigen indisch anmutenden Mann.
Sein gütiges, rundes Gesicht wurde untenrum von einem langen weiß-grauen Bart und obenrum von einer Stirnglatze eingerahmt.
Der Mann hatte ein neckisches Lächeln auf den Lippen und leicht hervortretende, gütige Augen.

Ich kannte dieses Bild.

Ich hatte jahrzehntelang nicht mehr an den Mann oder das Bild gedacht. Aber mich überkam das Gefühl, als stünde ein lustiger Onkel aus meiner Kindheit vor mir. Jemand, der lange Zeit präsent gewesen, aber irgendwann einfach nicht mehr auf Familienfeiern erschienen und dann in Vergessenheit geraten war.

Ich hatte beim Anblick des Bildes das diffuse Gefühl, nach Hause zu kommen.

Der Mann auf dem Foto war allerdings kein Onkel von mir. Der Mann war eine der präsentesten Figuren der frühen Achtzigerjahre.

Ich kannte ihn unter dem Namen Bhagwan.

Tief aus den Erinnerungen meiner Kindheit kamen Bilder aus Nachrichtensendungen und Zeitschriften an die Oberfläche. Von Menschen in orangeroter Kleidung. Von übertrieben fröhlich tanzenden Männern und Frauen. Von Holzketten mit diesem Bild in einem Amulett. Von Rolls-Royces und entsetzten Normalbürgern.

»Da hast du deine Sekte.« Katharina zeigte auf das Foto.

»Herzlich willkommen im Superconsciousness Tantra Center«, begrüßte uns die junge Dame hinter dem Schreibtisch. Ausweislich ihres silbernen Namensschildchens hieß sie Yasmin.

»Katharina und Björn Diemel. Wir sind angemeldet«, entgegnete ich mit förmlicher Routine, da mein Gehirn noch damit beschäftigt war zu verarbeiten, dass Katharina mit ihrem Sekten-Vorurteil offensichtlich recht hatte.

Warum sollte Bhagwan an der Wand des Tantra-Centers hängen, wenn nicht auch Bhagwan im Center drin wäre?

»Björn?« Katharina suchte meinen Blick, um ihn erneut auf das Foto Bhagwans zu lenken.

Ich schaute zwischen Katharina, Bhagwan und Yasmin hin und her.

»Ich … äh … ist das hier so ein Bhagwan-Ding?«, wollte ich von Letzterer wissen und zeigte auf das Foto.

Die junge Dame stand mit einem Lächeln auf und drehte sich zu den Fotos um.

»Sie meinen, weil wir ein Foto von Osho hier hängen haben?«

»Wer ist Osho?«, wollte Katharina wissen.

»Osho ist der Autor des Buches, das Grundlage unserer Seminare ist. *From Sex to Superconsciousness.*« Yasmin zeigte auf einen Stapel gleichnamiger Bücher, die auf dem Schreibtisch offensichtlich zum Kauf drapiert waren. Sie hatten das Format und die Farbe einer XXL-Ritter-Sport-Minze-Verpackung. Auf dem Cover war das Foto eines alten Mannes mit Bart, Pudelmütze und Sonnenbrille abgebildet. Das Foto wirkte viel zu hip, als dass ich darauf den gütigen Onkel aus meiner Vergangenheit erkannt hätte.

»Früher nannte er sich in der Tat Bhagwan«, ergänzte die Empfangsdame.

»Also … ist das hier eine Sekte?«, wollte Katharina wissen

Die Frau lachte. Sehr offen, sehr ehrlich und sehr amüsiert.

»Nein. Ein Großteil unserer Therapeuten waren und sind Sannyasins – also Anhänger Oshos. Einige Dozenten sind ihm sogar vor seinem Tod persönlich begegnet.«

»Nach seinem Tod geht ja nun auch schlecht. Ich dachte, die Sekte gibt es gar nicht mehr«, merkte ich an.

»Den meisten Anhängern ist die Bezeichnung ›Bewegung‹ lieber. Und die ist auch nach Oshos Tod sehr lebendig – in zahlreichen Ländern der Erde. Aber unser Institut ist völlig unabhängig. Mit einer Sekte hat dieses Center noch weniger zu tun als eine Bhaggy-Disco.«

Katharina und ich schauten uns an und mussten grinsen. Bhagwan-Diskotheken – oder kurz »Bhaggys« – waren in den Achtzigerjahren in vielen deutschen Großstädten aus dem Nichts heraus entstanden. Sie waren mit ihrem Konzept aus viel Licht, guter Laune und Gewaltfreiheit ein Novum und ziemlich erfolgreich gewesen. Sie hatten über Jahre in vielen Großstädten das Nachtleben geprägt, lange über Bhagwans, also Oshos, Tod hinaus.

Manche der Diskotheken gab es immer noch.

Und genau das war der Grund für unser Grinsen: Katharina und ich hatten uns auf einer Referendariats-Fahrt das erste Mal in einer Bhaggy-Disco geküsst.

Zu behaupten, dass unser erster Kuss im Umfeld einer Sekte stattgefunden hätte, hätten wir damals wie heute als abwegig empfunden. Vielleicht war es ein Zufall, vielleicht war es so gewollt, dass wir uns nach dem Kuss, nach dem Zusammenziehen, nach der Hochzeit, nach dem Kind, nach der Trennung, nach mehreren Morden, nun wieder vor dem Bild genau jenes Mannes wiederfanden, der bereits unseren ersten Kuss so gütig belächelt hatte.

»Und warum heißt er nicht mehr Bhagwan, sondern Osho?«, fragte Katharina.

»Im Hier und Jetzt zu leben heißt, seine Vergangenheit zurückzulassen. Kurz vor seinem Tod hat Bhagwan seinen alten Namen zurückgelassen und nannte sich Osho«, erklärte uns Yasmin. Ein in meinen Augen unkonventioneller, aber sehr achtsamer Umgang mit der eigenen Namensgebung.

»Also der TAFKAP der Spiritualität«, fasste Katharina zusammen.

Die junge Dame guckte irritiert. Katharina erklärte.

»Sie kennen Prince wahrscheinlich nur als Prince. Wir kennen Bhagwan nur als Bhagwan. Die Musik von Prince war genial, egal, wie er hieß. Und wie Ihre Seminare sind, darüber machen wir uns jetzt einfach mal ein Bild.«

Das Sektenvorurteil war also kein Abbruchgrund.

Wir bekamen unsere Zimmerschlüssel ausgehändigt.

Ich kaufte mir eines der mintgrünen Bücher.

9 BESCHREIBUNGEN

»Bewerten Sie andere Menschen nicht. Beschreiben Sie sie stattdessen kreativ und humorvoll. Ein ›arrogantes Arschloch‹ ist ein ›selbstbewusster Mensch, der sich nicht durch soziale Konventionen einengen lässt‹. Dadurch ändern Sie nicht Ihr Gegenüber. Aber Sie vermeiden durch Humor und Kreativität, dass die einfältige, negative Ausstrahlung Ihres Gegenübers Teil Ihrer eigenen Emotionen wird.«

JOSCHKA BREITNER,
»ENTSCHLEUNIGT AUF DER ÜBERHOLSPUR –
ACHTSAMKEIT FÜR FÜHRUNGSKRÄFTE«

DIE VORSTELLRUNDE DER SEMINARTEILNEHMER fand im Hauptseminar-Raum statt, einer ehemaligen Scheune. Der Raum erstreckte sich vom mit groben Holzdielen getäfelten Fußboden bis unter die weiße Innenverkleidung des Reetdaches. Die Dachkonstruktion wurde unterstützt von vier Holzpfeilern, die im rechteckigen Abstand von gut sieben Metern im Raum standen und so in dessen Mitte einen eigenen Bereich abgrenzten.

Der Raum duftete angenehm nach Orange und Zedernholz. Beides schien dem rund ein Dutzend Duftlämpchen geschuldet zu sein, deren Tonschalen zwischen den Holzpfeilern auf dem Boden standen. Mit Verzierungen beschnitzte Tafeln aus antikem Holz an den Wänden gaben dem Raum trotz seiner Größe eine heimelige Atmosphäre. Hätte mich Emily danach gefragt, was auf den Bildern zu sehen war, hätte ich ihr gesagt, die Hälfte der Schnitzereien stelle Männer dar, die auf Besenstielen durch die Gegend schwebten, deren hintere Hälfte fehle.

Die andere Hälfte seien Frauen, die sehr dringend auf die Besenstiele warteten, damit sie ebenfalls losfliegen und sich Kleidung kaufen könnten.

In massiven Holzregalen lagerten hochwertig aussehende Kissen, Handtücher und Yogamatten.

In der Spitze des Dachs, über dem Stützbalkenbereich, befand sich ein großes Fenster, der den Raum mit Tageslicht flutete.

Mit Katharina und mir saßen dort nun seit einigen Minuten acht Teilnehmer und eine Dozentin im Licht und warteten gespannt auf den zweiten Dozenten: Günther – den Mann aus dem Zeitungsinterview.

Nichts sagt mehr über einen Menschen aus, als wenn er zum ersten Eindruck verspätet erscheint. Diese Erkenntnis hatte mir Joschka Breitner in meiner allerersten Achtsamkeitsstunde beigebracht.

Dass ein Dozent eine ganze Gruppe zahlender Kunden und seine eigene Kollegin mehrere Minuten lang auf seinen Auftritt warten ließ, verengte meinen ihn betreffenden Bewertungskorridor auf die Bandbreite von »im besten Falle unorganisiert« hin zu »schlimmstenfalls ein selbstverliebter Gockel«.

Die Scheunentür öffnete sich, und Hahn Günther stolzierte herein. Statt eines Federkleides trug er eng anliegende Radlerkleidung. Mit der Betonung auf »eng anliegend« und »Radlerkleidung«.

Sechzehn zahlende Augen und das Augenpaar der bezahlten Therapeutin durften dabei zusehen, wie Günther an uns allen vorbeistolzierte, sich neben die Dozentin setzte und ihr mit einem Nicken zu verstehen gab, dass das Seminar nun beginnen könne.

Ich merkte, dass ich mich zurückhalten musste, um mich nicht in eine negative Wahrnehmung von Günther hineinzusteigern.

Das Dozentenpaar begann mit der Vorstellrunde.

Siegrid war Mitte fünfzig. Eine in Schönheit gereifte Frau voller positiver Lebensenergie. Ihre Augen strahlten mit ihrem Lächeln um die Wette. Sie trug die grauen Strähnen in ihrem ehemals blonden Haar wie Schmuckstücke zur Schau. Ihre Kleidung bestand aus einer weiten Trainingshose und einem Sommerkleid darüber. Sie erzählte, dass sie als Ärztin für Allgemeinmedizin tätig sei und einmal im Monat ein Tantra-Seminar leite. Sie verbreitete den Eindruck, als sei ihr nichts Menschliches fremd. Ich tippte bei ihr auf den Beetle als Fahrzeug.

Günther verblüffte mich. Selten gab es Menschen, deren Wahrnehmung bei mir einen solchen Schwall an negativen Emotionen auslöste, dass ich ihnen von Anfang an nicht wertungsfrei und liebevoll begegnen konnte.

Warum auch immer: Günther schien so ein Mensch zu sein.

Ich wusste aus meinem Achtsamkeitstraining, dass es solche Menschen gab, die einen – scheinbar grundlos – in eine Spirale der negativen Assoziationen brachten.

Es war unter Achtsamkeitsgesichtspunkten völlig egal, woran das tiefenpsychologisch lag. Wichtig war, sich selbst vor dieser negativen Gefühlseskalation zu schützen.

Herr Breitner hatte mir dafür damals eine sehr einfache Übung mit auf den Weg gegeben:

>*Bewerten Sie andere Menschen nicht. Beschreiben Sie sie stattdessen kreativ und humorvoll. Ein ›arrogantes Arschloch‹ ist ein ›selbstbewusster Mensch, der sich nicht durch Konventionen einengen lässt‹. Dadurch ändern Sie nicht Ihr Gegenüber. Aber Sie vermeiden durch Humor und Kreativität, dass die einfältige, negative Ausstrahlung Ihres Gegenübers Teil Ihrer eigenen Emotionen wird.*«

Um mit dem eindeutig Positiven zu beginnen: Günther wirkte noch wesentlich jünger als auf dem Foto. Sportlich, fit, sonnengebräunt. Das war es dann aber auch schon auf der Haben-Seite.

Am lächerlichsten – nein: am in Bezug auf alle anderen Teilnehmer kontrastreichsten – fand ich Günthers Sprache. Er sprach so, wie sich ein Neureicher kleidete: zu fünfundneunzig Prozent wie aus einem überteuerten Katalog, zu fünf Prozent stillos. Zu hundert Prozent nicht authentisch.

Er kleidete sich in Sätze, die wie ein überteuerter Brioni-Anzug von der Stange wirkten, komplettiert mit einem Paar Camp-David-Sneaker.

Wobei der Anzug seine Worte waren und die Sneaker die Art, wie er sie aussprach.

Schon der erste Satz beinhaltete den Konstruktionsfehler aller seiner weiteren:

»Ich begrüße euch alle mit meiner ganzen Herzenswärme hier im Superconsciousness Tantra Center.«

Jegliche geheuchelte Herzenswärme löste sich in Luft auf, als er die englischen Wörter aussprach wie ein texanischer Countrysänger: »Sjupakontschisnäss tändra sänner.«

Wenn die Summe des Schamgefühls auf dieser Welt eine Konstante war, hätte ihn meine Fremdscham in diesem Moment rechnerisch ein Leben lang davon befreit, sich jemals für sich selbst schämen zu müssen.

Günther stellte sich als Sexualtherapeut vor. Im Gegensatz zu »Ärztin für Allgemeinmedizin« war das ein nicht geschützter Begriff. Kreativ umschrieben hatte er aus einem Hobby einen Beruf gemacht. Seine fachliche Kompetenz unterstrich er, indem er betonte, dass er Osho noch persönlich kennengelernt habe. Namedropping als Qualifizierungsnachweis.

Eine beeindruckend selbstbewusste Vorstellung.

Sie inspirierte mich zu dem Gedanken, mich als Gitarrenlehrer selbstständig zu machen, weil ich Prince einmal live gesehen hatte.

Wovon Günther in der Tat profitierte, war die Tatsache, dass ihm Selbstzweifel völlig fremd zu sein schienen.

Er war vom Schicksal mit einer durchschnittlichen Schönheit gesegnet, aber offensichtlich mit überdurchschnittlichem Selbstbewusstsein überschüttet worden. Sein Lächeln mochte aufgesetzt und selbstverliebt wirken, vollendete aber in der Kombination mit seiner aufgeplusterten Körperhaltung seine Erscheinung zu etwas authentisch Gockelhaftem.

Das Robert-de-Niro-Muttermal und die tatsächlich minimal schief zusammengewachsene Nase waren nicht zu leugnende männliche Attribute. Die es nicht gebraucht hätte. Denn Günthers hautnah anliegende Sporthose bedeckte seinen Unterkörper derart natürlich, dass er sich seine Geschlechtsteile auch gleich mit schwarzem Klarlack hätte lackieren können. Sein Radler-Shirt in Batik-Farben lag ebenso eng an seinem Körper wie an der Geschmacksgrenze dessen, was Menschen über zwanzig tragen sollten.

Oder wertungsfrei formuliert: Günther überwand ästhetische Gräben mit einer mir bis dahin unbekannten Leichtigkeit.

Seinen Augen fehlte die gewinnende Offenheit von Siegrid.

Sie wirkten, als sei ihm alles Menschliche bekannt, aber, sofern es nicht ihn betraf, egal.

Siegrid vermittelte den Eindruck, den Bedürfnissen aller Teilnehmer eine Bühne geben zu wollen.

Günther machte den Eindruck, als wolle er auf dieser Bühne Laientheater spielen.

Ich mochte Siegrid.

Günther mochte sich.

Er trug seine Selbstgerechtigkeit als Statussymbol vor sich her.

Ich ordnete ihm gedanklich den Tesla auf dem Parkplatz zu.

Katharina schien Günther ähnlich sympathisch zu sehen.

»Sobald der mir seinen Penis zeigt, bin ich weg.«

»Der zeigt seinen Penis nicht. Der lässt ihn auftreten.«

Günther nahm unseren kleinen Dialog zum Anlass, Katharina und mich mit der Vorstellrunde der Teilnehmer beginnen zu lassen.

Wir nannten unsere Namen und unser Alter und erzählten, dass wir keine Ahnung hätten, ob und wie ein tieferes Verständnis des obskuren Begriffs »Tantra« unser Leben bereichern könne. Und genau deswegen seien wir hier.

Katharina drückte es ein wenig diplomatischer aus: »Wir sind hier, weil wir neugierig sind.«

Das zweite Pärchen der Gruppe, Mark und Britta, schien sich von Tantra eine paartherapeutische Wirkung zu versprechen. Beide waren zweiunddreißig Jahre alt, verheiratet, kinderlos. Die Sorte von Paar, die sich die Frage, warum sie eigentlich zusammen sind, bereits vor der Hochzeit einzeln gestellt hatte und nach der Hochzeit auch zusammen nicht beantworten konnte. Offensichtlich konnten Spielabende, Wunschsonntage und Tauchkurse die immer deutlicher durchscheinende Leere der Beziehung nicht übertünchen.

Jetzt sollten es eben zwei Tage Tantra als gemeinsamer Nenner sein.

Den optischen Informationen nach, die unter ihren identisch gemusterten Yoga-Leggins zu erahnen waren, wäre vielleicht auch ein dreimonatiger kombinierter Fitness- und Ernährungskurs eine Alternative gewesen.

Keiner von den beiden formulierte das so.

Sie sagte: »Wir wollen unsere Beziehung gleichberechtigt auf eine höhere Ebene bringen.«

Er sagte: »Ja, genau.«

Klassische VW-Golf-Beziehung.

Vor Emilys Geburt waren Katharina und ich genauso gewesen.

Ich hatte allerdings den Umweg über Geburt, Karriere, Ehekrise, drohendes Burn-out, Achtsamkeit und mehrere Morde genommen, um schließlich hier zu sitzen.

Ich wusste nicht, ob ich Mark und Britta gratulieren oder sie bedauern wollte, bereits jetzt an diesem Punkt angelangt zu sein.

Auch die Singles stellten sich vor.

Larissa war mit ihren zweiundzwanzig Jahren die Jüngste der Gruppe. Sportliche Figur, lange blonde Haare, strahlend blaue Augen und ein gewinnendes Lächeln. Bei einem Larissa-Look-Alike-Wettbewerb wäre der jungen Heather Thomas Platz zwei sicher gewesen. Larissa war die einzige Person, die ich sofort und mit Begeisterung nackt hätte sehen wollen. Sie studierte gut aussehend BWL. Sie wollte lernen, Offenheit zu leben. Ich schloss innerlich die Wette ab, dass sie einen Mini-Cooper-Schlüssel in der Handtasche hatte.

Gerd, siebenundfünfzig Jahre, war gepflegter Witwer und betrieb ein Architekturbüro. Sein Haar war voll, aber ergraut, sein Körper wirkte fit, aber geknickt. Beides schien an dem Verlust seines bisherigen Lebensmittelpunkts zu liegen. Er gab sehr ehrlich zu, einsam zu sein. Es hätte mich nicht gewundert, wenn er den Porsche sein Eigen nannte.

Katja, achtunddreißig, war Hebamme und den Achselhaaren nach zu urteilen die Kangoo-Fahrerin. Sie umwehte ein Hauch von Dove-Pflegeprodukten. Katja wollte hier ihre natürliche Weiblichkeit entdecken.

Dieter, zweiundvierzig, war für sein Gewicht zehn Zentimeter zu klein und arbeitete als internationaler Berater in der Sicherheitsbranche. Er wirkte verschüchtert und ein wenig unstet im Blick. Er wollte bei allem beruflichen Stress für seinen reichlich vorhandenen Körper ein neues Gefühl entwickeln. Für ihn blieb nur noch der Skoda-Kombi übrig.

Mit jeder weiteren Person wurde mir wieder klar, was ich an Gruppen generell nicht mochte: die anderen.
Eine Stimme fragte mich sehr laut, ob ich noch alle Latten am Zaun hätte, mit diesem halben Dutzend zusammengewürfelter Fremder irgendeine Schwelle in Richtung Sex überschreiten zu wollen. Überraschenderweise kam diese Stimme nicht von Katharina. Es war eine sehr laute Stimme in mir drin.
Ich bat diese Stimme liebevoll, das Ganze einfach als einen interessanten Ausflug in ein neues Lebensterrain zu betrachten. Wie einen Ausflug in den Zoo. In den Menschen-Zoo. Jetzt waren wir schon mal drin. Sollten mir die Exemplare nicht gefallen, in deren Seelen-Käfige ich während des Seminars Einblick nehmen dürfte, könnte ich den Zoo ja jederzeit verlassen.
Die Stimme beruhigte sich. Nach einem schnippischen: »Bitte, du wirst schon sehen, was du davon hast.«

Nach der kurzen Vorstellrunde wussten Katharina, meine innere Stimme und ich also grob, mit wem wir da auf dem Seminar waren.

Wir wussten allerdings immer noch nicht, was uns konkret als erstes Ritual erwarten würde.

Das brachten uns nun Siegrid und Günther näher.

Siegrids Stimme barg in jeder Schwingung ein umarmendes Lächeln.

»Tantra ist Ergebung. Nicht Kampf. Tantra bedeutet, sich treiben zu lassen, nicht zu schwimmen. Tantra gibt uns Vertrauen in die Natur. Und gerade diese Natürlichkeit tut uns gut. Vertraut eurer Natürlichkeit. Lasst euch in dieser Natürlichkeit treiben. Tantra ist fließen. Tantra ist, sich in seiner ganzen Natürlichkeit gehen zu lassen. Das bedarf einer gewissen Übung.«

Und damit begann der praktische Teil des Seminars.

10 LEBENSFLUSS

»Sich im Fluss des Lebens treiben zu lassen, macht kurz nach dem Wasserfall in der Regel mehr Sinn als kurz davor.«

JOSCHKA BREITNER,
»GODWORK ORANGE –
MEINE ZEIT MIT BHAGWAN«

UM EINE VORSTELLUNG davon zu bekommen, wie es war, sich zumindest schon mal in einem kleinen Teil unserer Natürlichkeit treiben zu lassen, durften wir aufstehen und uns – so wie wir dastanden – ganz zwanglos zu wie aus dem Nichts einsetzender Sitar-Musik bewegen.

Ich tanze durchaus gern.

Nach einer Flasche Rioja, allein in meinem Wohnzimmer.

Es gibt für mich aber kaum einen größeren Zwang, als nüchtern vor fremden Menschen zu tanzen.

Ich schaute Hilfe suchend zu Katharina. Sie hatte bereits ihre Augen geschlossen und schwankte ziemlich natürlich im Fluss der Musik vor sich hin.

Mark nahm Britta in den Arm und schunkelte.

Der Architekt drehte sich allein im Kreis.

Dieter schien bereits von der Vorstellung, sich zu bewegen, überanstrengt zu sein und bildete stehend erste Schweißperlen auf der Stirn, hievte aber abwechselnd je einen Fuß zwei Zentimeter zur Seite und wieder zurück.

Die Hebamme tanzte ausufernd: immer einen Schritt nach vorn, einen zur Seite und dann wieder zurück zur Ausgangsposition.

Einzig Larissa schien eins mit der Musik. Sie floss harmonisch im Rhythmus durch den Raum.

Siegrid und Günther schienen mich zu beobachten, wie ich die anderen beobachtete. Ich schloss die Augen und versuchte, ganz schnell an etwas Positives zu denken. Da ich das Hier und Jetzt intuitiv ablehnte, versuchte ich, positiv in die Zukunft zu denken. Ich stellte mir vor, Larissa gleich mit Öl einzureiben, während Katharina mit Siegrid das Gleiche täte, sobald der Tanz-Humbug vorbei war. Dabei schwankte ich langsam mit dem Oberkörper vor und zurück, um ein Fließen zu simulieren.

Nach fünf Minuten war der Tanz beendet. Siegrid und Günther übernahmen nun abwechselnd das »Sharing« und fragten uns nach unseren Gefühlen.

Die Empfindungen der Teilnehmer waren genauso unterschiedlich wie die Tanzstile.

Katharina erwähnte ein Gefühl der Dankbarkeit, dass sie bei der Übung ihre Augen schließen konnte.

Mark empfand ein Gefühl der Zweisamkeit. Britta schloss sich dem an.

Der Architekt beschrieb das ungewohnte Gefühl, nach vierzig Jahren Ehe das erste Mal allein getanzt zu haben.

Dieter beschrieb, er habe sich eingeengt gefühlt.

Die Hebamme musste bei der Erwähnung der Wärme, die ihren Körper durchflossen habe, weinen.

Larissa fand es »geil«.

Ich beschrieb mein Seelenleben wahrheitsgemäß mit: »Anfangs fand ich es fremdartig, aber dann habe ich mich gedanklich auf etwas Schönes eingelassen.«

Was das Schöne war, wurde nicht hinterfragt.

»Wie ihr seht«, übernahm Siegrid, »hat jeder seine eigene Art der Natürlichkeit. Manchmal kostet es Überwindung, selbst das Natürlichste einfach auszuleben. Tanzen ist natürlich – aber nicht jeder kann sofort vor Fremden tanzen. Aber die Hemmungen beim Tanzen konntet ihr ablegen.

Auch Sex ist natürlich. Um ehrlich zu sein, ist Sex das Natürlichste auf der ganzen Welt.

In dem Moment, in dem wir gezeugt worden sind, waren wir nichts als sexuelle Energie. Sex ist der natürliche Ursprung unseres Lebens.«

Ich überlegte gerade einzuwerfen, dass das erste Leben auf der Erde aller Wahrscheinlichkeit nach aus sich über durch Zellteilung vermehrende Einzellern bestand. Ich befürchtete aber, die sich gerade aufbauende Gruppenromantik durch dieses Basiswissen zu gefährden. Ich hielt mich also zurück und folgte kritisch beseelt den weiteren Ausführungen Siegrids.

»Aber was hat unsere Gesellschaft aus dieser Natürlichkeit gemacht? Viele von uns verbinden Sex mit Scham, mit schlechtem Gewissen oder sogar mit Minderwertigkeitsgefühlen. Mit Hemmungen.

Wenn wir uns schon nicht trauen, frei im Raum vor Fremden zu tanzen – wie sollen wir uns dann zutrauen, unsere Sexualität mit einem anderen offen auszuleben?

Das ist ebenso falsch wie traurig.

Sex sollte als natürlich, energiereich und schön wahrgenommen werden. In unserem Tantra-Seminar werdet ihr lernen, diese Natürlichkeit von Sex wiederzuentdecken und sie ohne schlechtes Gewissen auszuleben. Ihr werdet lernen, eure Hemmungen beim Sex genauso abzulegen wie die beim Tanzen.«

Das hörte sich grundsätzlich gut an. Grundsätzlich mochte ich ja tanzen. Halt nur nicht in der Öffentlichkeit. Und bei Sex war das im Grunde nicht anders.

Anscheinend war ich bei beidem gleich verklemmt.

Hier in diesem Seminar meine Hemmungen zu verlieren war vielleicht gar nicht so schlecht.

Das schlechte Gewissen, das ich vor fünf Minuten noch hatte, weil ich mir vorstellte, wie ich Larissa mit Öl einrieb, während Katharina und Siegrid neben uns das Gleiche machten, war verflogen und einer natürlichen Vorfreude gewichen.

Doch dann kam Günther zu Wort.

»Wir sind hier in einer offenen Einsteigergruppe. Was bedeutet das? Das bedeutet, dass hier Singles und auch Paare sind. ›Offen‹ bedeutet, dass zwischen den einzelnen Gruppenmitgliedern ein ständiger Partnerwechsel stattfinden wird.«

Katharina schaute mich an und flüsterte: »Ich glaube, ich bin raus.«
Ich flüsterte zurück: »Noch hat niemand seine Geschlechtsteile gezeigt. Solange ich Larissa als Partnerin bekomme, ist doch alles in Ordnung.«
Katharina stieß mir ihren Ellenbogen in die Seite. Wir hörten weiter zu.
»Bei besonders intimen Ritualen könnt ihr natürlich bei eurem gewohnten Partner bleiben.«
Ich sah in die Runde. Die vier Singles konnten mit dem Begriff »gewohnter Partner« nichts anfangen. Britta zuckte leicht bei dem Wort »intim«. Mark war enttäuscht bei dem Wort »bleiben«.
Katharina schüttelte zu mir gewandt ganz leicht den Kopf und formte dabei mit den Lippen das Wort »Penis«.
Günther fuhr fort.
»Bei Tantra geht es nicht um den Partner, sondern um das eigene Empfinden. Deshalb spielt weder das Geschlecht des Partners dabei eine Rolle, noch ob er oder sie dick oder dünn, jung oder alt ist. Wir lernen, die Seele des Partners anzunehmen. Die Hülle ist im Tantra nicht wichtig.«
Das stand in meinen Augen in elementarem Widerspruch zu der Aussage des Zeitungsartikels, Tantra sei Achtsamkeit beim Sex. Ich wollte Sex achtsam mit allen Sinnen im Hier und Jetzt wahrnehmen. Selbstverständlich gehörte dazu die Hülle des Gegenübers. Ich wollte den Geruch meiner Partnerin riechen, ihre Augen sehen, ihren Atem hören, ihren Körper fühlen, ihren Mund schmecken.

Kurz: Ich wollte Larissa mit Öl einreiben. Nicht Dieter.

»Alles egal – Hauptsache, Seele!« biss sich damit ein wenig.
In Günthers Augen nicht. Ganz im Gegenteil.
»Manche Gefühle sind gleichgeschlechtlich sogar besser zu ergründen. Die Gefühle, die ihr beim folgenden Ritual haben werdet, sind ein Spiegel eurer Seele. Je größer euer innerer Widerstand ist, zum

Beispiel als Mann einem Mann intim zu begegnen, desto größer sind wahrscheinlich eure euch blockierenden, weil unterdrückten bisexuellen Anteile. In diesem Seminar zu lernen, diesen Widerstand zu überwinden, kann etwas sexuell sehr Befreiendes sein.«

Auch das hatte wenig mit dem zu tun, was ich vor geraumer Zeit über das achtsame Überwinden von inneren Widerständen erfahren hatte. Als ich zunächst widerwillig, dann aber sehr achtsam einen Auftragskiller gefoltert hatte.

Damals hatte ich in der Praxis gelernt, dass jeder innere Widerstand einen positiven Anteil hatte. Eine Sorge, die mir der innere Widerstand mitteilte, um mich zu schützen.

Innere Widerstände zu überwinden bedeutete, diese Sorge ernst zu nehmen und gemeinsam mit dem positiven Anteil des Widerstandes eine Kompromisslösung zu finden.

»Reib jetzt als Mann einen Mann mit Öl ein, sonst bist du schwul!« war für mich weder kausal nachvollziehbar, noch war Homosexualität etwas, vor dem gewarnt werden musste. Manche waren es. Andere nicht. Beides war völlig okay.

Zum Glück musste ich Günthers Logik nicht weiter ergründen. Siegrid übernahm.

»Wir werden uns das eigene erotische Empfinden noch vor dem Essen mit einem bereits etwas körperbetonteren Ritual vergegenwärtigen. Jeder von euch bekommt von uns einen Partner zugeteilt. Und ihr werdet euch gegenseitig den Rücken massieren. Ganz intuitiv. Ohne jede Anleitung. Bitte horcht einfach in euch hinein, was ihr dabei empfindet. Was fühlt ihr, wenn ihr euren Partner oder eure Partnerin berührt und gebt? Was fühlt ihr, wenn ihr berührt werdet und nehmt? Wenn ihr wollt, könnt ihr beim Geben wie beim Nehmen die Augen geschlossen halten, um euch ganz auf eure Seele zu konzentrieren.«

Günther ergriff wieder das Wort.

»Um zu lernen, dass Geschlecht, Alter und Aussehen wirklich keine Rolle spielen, haben wir die Partner völlig willkürlich zugeteilt. Katharina ...«

Katharina schreckte hoch und war bereit, den Raum sofort zu verlassen.

»… deine Partnerin ist Siegrid.«

Katharina stand erleichtert auf und ging widerstandslos zu Siegrid. Sie schien über keinerlei blockierende bisexuelle Anteile zu verfügen. Jetzt musste nur noch Larissa mir zugeteilt werden, und mein Tanztraum ginge in Erfüllung.

Günther fuhr fort.

»Larissa – du kommst zu mir.«

Was für ein Zufall, dass der Kursleiter den heißesten Feger aus dem Seminar zur Partnerin bekommen hatte – und nicht zum Beispiel den übergewichtigen Dieter. Wobei mir in diesem Moment auffiel, dass, wenn Katharina und Siegrid ein reines Frauenpaar bildeten, es auch ein reines Männerpaar geben würde.

Ich hoffte darauf, wenigstens mit Britta ein Massageduo bilden zu können.

Günther sah das offensichtlich anders:

»Dieter, du bildest ein Paar mit Björn.«

11 INTIMITÄTEN

»Wer glaubt, sein Intimleben nur im Team lebend optimieren zu können, braucht entweder einen besseren Logopäden oder ein stärkeres Selbstvertrauen.«

JOSCHKA BREITNER,
»GODWORK ORANGE –
MEIN LEBEN MIT BHAGWAN«

MEIN AUFWALLENDER INNERER WIDERSTAND ging weit über einen verdeckten bisexuellen Anteil hinaus. Der Ekel, der mich bei der Vorstellung überkam, Dieter den Rücken mit Öl einzureiben, qualifizierte mich nach Günthers Theorie des inneren Widerstandes vielmehr zum Leadsänger der Village People.

Hilfe suchend blickte ich zu Katharina.

Katharina blickte anerkennend lächelnd zurück, streckte kurz zwei Daumen nach oben und zwinkerte mir gönnend zu. Auf den Platz, den sie gerade erst verlassen hatte, plumpste die Hülle des Mannes, dessen Äußeres ich hier zu ignorieren lernen sollte.

»Herzlichen Glückwunsch!«, gratulierte mir meine innere Stimme.

1280 Euro zu zahlen, um einen übergewichtigen Sicherheitsexperten mit Öl einzureiben – das war mal eine Hausnummer. Aber ich wollte nicht vor der Gruppe als verklemmt bisexuell gelten, weil ich mich weigerte, einem anderen Teilnehmer den Rücken zu massieren. Wir könnten ja einfach beide die Oberbekleidung anlassen.

»Fängst du an?«, fragte mich Dieter und hielt mir eine Flasche Massageöl entgegen.

Ich nahm sprachlos die Flasche in die Hand, Dieter sein Hemd.

Das Öl stank ekelhaft nach Orange und Zedernholz.

Es war mir nicht möglich, mich während dessen, was in der nächsten halben Stunde folgte, auf meine innere Stimme zu konzentrieren. Dafür schrie sie zu laut.

Nachdem jeder Partner dem anderen eine Viertelstunde lang den Rücken massiert hatte, wollte Siegrid uns den Sinn der Übung erklären.

Für mich war die Erkenntnis der Übung bereits nach dreißig Sekunden offensichtlich:

Die nackte Wahrheit wird nicht schöner, wenn man sie mit Öl einreibt.

Aber Siegrid hatte uns noch mehr zu vermitteln. Wir setzten uns alle wieder zwischen die Holzpfeiler.

»Bei der intensiven Massage eures unbekannten Partners werdet ihr gemerkt haben, dass ihr gar nicht zu zweit, sondern eigentlich zu viert wart. Denken und Fühlen sind bei jedem von euch auseinandergegangen.«

Ich wollte gerade widersprechen, weil Denken (»Iiiiiihhhhh!«) und Fühlen (»Iiiiiihhhhh!«) bei mir deckungsgleich waren. Da alle anderen in der Gruppe allerdings mit dem Gesichtsausdruck erkennender Zustimmung nickten, hielt ich mich zurück.

»Diese Übung war ein erster zarter Schritt hin zu Intimitäten. Nicht so intim wie Sex. Aber einen wildfremden Menschen so zu berühren, wie wir das gerade getan haben, ist bereits ein Schritt über die Schwelle hin zum Sex. Und dieser Schritt bringt uns in Bezug auf Sex bereits eine erste Erkenntnis: Beim Sex können Denken *und* Fühlen eine Rolle spielen. Deshalb gibt es auch drei verschiedene geometrische Figuren beim Sexakt.«

Selbst als Laie fielen mir spontan mehr als drei Positionen ein, die ein Paar beim Sex einnehmen konnte. Aber darum schien es Siegrid gar nicht zu gehen.

»Beim – nennen wir es mal – ›normalen‹ Sex begegnen sich zwei Menschen, von denen jeder einzelne die ganze Zeit über sein Denken und sein Fühlen mitbringt. Das macht zweimal Denken und zweimal Fühlen – also vier Pole. Diese vier Pole ergeben ein Viereck. Das Fühlen der beiden Partner überlagert sich nie, weil immer das Denken dazwischen ist. In diesem Viereck kann keine Energie fließen.«

Wieder siebenmal nicken.

»Beim ›intensiven‹ Sex, der idealerweise beiden Partnern gleichzeitig einen ekstatischen Höhepunkt beschert, werden zwei Menschen für eine ganz kurze Zeit eins. Das Denken hört in diesem einen Moment auf. Das Fühlen ist für einen kurzen Moment deckungsgleich. Die Partner sind wie zwei Schenkel eines Dreiecks, die an einem einzigen Punkt miteinander innig verbunden sind. In diesem Dreieck wird Energie ausgetauscht. Aber sie fließt nicht.«

Ich kannte in Bezug auf Erotik lediglich den Begriff des »Dreiecksverhältnisses« und war entsprechend überrascht über die Erkenntnis, auch zu zweit ein Dreieck bilden zu können.

Blieb noch die dritte Figur zu erklären.

»Die dritte Figur bildet der tantrische Sex. Tantrischer Sex stellt einen Kreis dar. Es geht nur noch ums Fühlen. Das Denken trennt uns nicht mehr. In diesem Kreis kommt es zu einem steten Austausch von sexueller Energie. Und wie das funktioniert, das lernen wir morgen.«

Zum gemeinsamen Abendessen kam ich eine Viertelstunde zu spät, da ich vorher das dringende Bedürfnis hatte, mir zwei Pole meines Vierecks unter der Dusche mit viel fließendem Wasser aus den Poren meiner Haut herauszuschrubben.

Zum Glück verpasste ich dadurch die Vorspeise. Hätte ich heute auch nur noch einen einzigen Tropfen Öl über irgendwas gießen müssen – und sei es über meinen Avocado-Salat –, hätte die Peristaltik meiner Speiseröhre die Umkehrfunktion eingeschaltet.

So erschien ich erst zur Hauptspeise und durfte feststellen, dass sie – eine Quinoa-Gemüsepfanne – ziemlich gut schmeckte. Die Stimmung war gelöst. Und nach einer Flasche veganen Weißweins sah ich das Seminar wieder als das, wofür ich mich angemeldet hatte: als den Versuch, meiner Selbstoptimierung eine weitere Facette zuzufügen.

Katharina hatte ihre Fähigkeit zum lautlosen Lästern nicht verloren. Während alle anderen Teilnehmer nur ihr Lächeln sahen, konnten wir uns in wenigen Worten über die Eindrücke des ersten Tages austauschen. Katharina brachte es so auf den Punkt:

»Die größtmögliche Intimität, die ich mir mit den anderen acht Menschen bis heute Mittag hätte vorstellen können, wäre eine gemeinsame Sitzplatzreservierung in einem ICE-Großraumabteil. Mit wildfremden Menschen darüber zu reden, ob mein Sex ein Viereck oder ein Kreis ist, finde ich völlig schräg.«

»Gut schräg oder schlecht schräg?« Nur weil ich mich bemühte, Dinge nicht zu bewerten, musste ich nicht darauf verzichten, Katharina das übernehmen zu lassen.

»Absurd schräg. So absurd, dass ich mich darauf erst einmal gern weiterhin einlasse.«

Die Umschreibung »absurd« war zumindest schon mal ein Schritt in Richtung wertungsfreier Wahrnehmung.

»Und was hältst du von Günther und Siegrid?«, fragte ich weiter.

»Günther ist für mich ein selbstverliebter Gockel.« Dies war eine Bewertung, deckte sich aber mit meiner Beschreibung. »Aber Siegrid ist nett. Schauen wir mal, wie sich die beiden morgen verhalten.«

»Noch eine Berührung von Dieter, und ich bin heute Abend schon raus«, ergänzte ich.

»Jetzt heul hier mal nicht so bisexuell verklemmt rum.« Katharina goss mir Wein nach.

Zum Glück musste ich mich nicht weiter mit den beiden anderen Eckpolen meines Massagevierecks austauschen. Dieter war in ein angeregtes Gespräch mit Katja vertieft. Immer wieder wehten Fetzen davon zu mir herüber. So erfuhr ich, dass Dieter eine eigene Sicherheitsfirma betrieb, Single sei und für das Seminar vier Stunden Anfahrt in Kauf genommen habe.

Günther grub in einer Tour Larissa an. Larissa ließ sich das nicht nur gefallen, sie ging offen darauf ein.

Ich beobachtete das eine Zeit lang und hatte dann eine Frage an Katharina als Frau.

»Wenn ich dir als Mann sage, dass ich es nicht verstehe, wie sich eine junge Frau wie Larissa auf so einen, wie du ihn beschreibst, selbstverliebten Gockel wie Günther einlässt, was sagst du mir dann als Frau?«

»Dass du als Mann wahrscheinlich eifersüchtig auf Günthers Erfolg bei Frauen bist.«

»Was hat das denn mit Eifersucht zu tun? Jeder im Schnitt halbwegs vernünftige Mensch muss doch erkennen, was für ein ...« Ich suchte nach einer Beschreibung für die Wertung »narzisstischer Blender«.

»Was für ein ... sich selbst bewundernder Illusionist in eigener Sache Günther ist!«

»Du meinst narzisstischer Blender?«, fragte Katharina nach. Ich merkte, wir verstanden uns.

»Ja.«

»Wir sind aber nicht alle im Schnitt halbwegs vernünftige Menschen. Die eine Hälfte der Menschen sind Frauen. Der Rest sind Männer«, erklärte Katharina.

»Und was sagst du als Frau zu Larissa und Günther?«

»Dass ich es mit meiner weiblichen Menschenkenntnis verstehe, dass sich eine junge Frau wie Larissa auf so einen erkennbar selbstverliebten Gockel wie Günther einlässt.«

»Ach? Weil du als Frau nicht eifersüchtig bist, oder was?«

»Nein. Weil ich dir als Frau sagen kann, dass Larissa eine Bitch ist.« Katharinas unschuldiges Lächeln unterstrich, dass sie dies sowohl beschreibend als auch bewertend formuliert hatte.

»Ach, und ich darf das nicht sagen?«

»Du solltest das noch nicht mal denken.«

»Warum?«

»Weil du ein Mann bist.«

Ich fand es versöhnlich, mich derart mit meiner Ex-Frau auszutauschen.

Wir waren immer noch in vielen Dingen einer Meinung.

Mit dem Unterschied, dass sie in diesen Dingen im Recht war.

Weil sie eine Frau war.

Nach dem Essen rief Katharina bei ihren Eltern an, um zu fragen, wie die Übernachtung von Emily klappte. Wie gut es lief, zeigte sich daran, dass Emily darauf bestanden hatte, vor dem Schlafengehen nicht bei Mama und Papa anzurufen, weil sie schon groß sei. Sie schlief bereits.

Im Eingangsbereich des Bauernhauses plauderten noch ein paar Seminarteilnehmer angeregt miteinander, bevor es auf die Zimmer ging. Günther verabschiedete sich überraschenderweise von Larissa. Während Katharina versuchte, sich von einer wortreichen Britta zu trennen, betrachtete ich die einzelnen Fotos an der Wand noch einmal genauer. Das große Foto von Osho, formerly known as Bhagwan, hatte ich mir bereits beim Einchecken angesehen. Drum herum hing eine Mischung aus vielen kleineren Fotos in Schwarz-Weiß oder vergilbter Farbe. Auf den meisten von ihnen war ebenfalls Bhagwan zu sehen, allerdings zusammen mit anderen Menschen, die in weiten Gewändern zu seinen Füßen knieten. Wahlweise presste ihnen Bhagwan im Moment der Aufnahme seinen Daumen auf die Stirn oder hängte ihnen eine Holzkette um. Mein Blick schweifte über die alten Bilder und blieb plötzlich bei einem der Fotos hängen.

Asketische Gesichter bieten der Zeit wenig Angriffsfläche. Das Bindegewebe, das bei dicken Menschen erschlaffen, zu Orangenhaut transformieren oder sich in Falten legen kann, ist bei Asketen zeitlos straff. Entsprechend wenig Möglichkeiten der Veränderung haben ihre Gesichter über die Jahrzehnte.

Ich erkannte auf dem Bild, das meine Aufmerksamkeit fesselte, deshalb auf Anhieb einen sehr jungen Günther wieder, der von Bhagwan eine Kette übergestreift bekam. Er trug zwar einen Musketierbart, und seine Nase schien damals noch nicht gebrochen gewesen zu sein. Aber die Gesichtszüge und vor allem das Muttermal auf dem Jochbein ließen keinen Zweifel aufkommen, um wen es sich handelte.

Doch was mich an dem Bild viel mehr interessierte, war die Person, die im Hintergrund, zwischen Bhagwan und Günther, auf dem Boden hockte.

Sie trug zwar ebenfalls einen Bart, aber die Nase, die Augenpartie, die gesamte Gesichtsform waren unverkennbar.

»Das gibt's ja nicht«, murmelte ich.

»Was gibt es nicht?« Katharina hatte offensichtlich ein Abschiedsende mit Britta gefunden und stand nun neben mir.

»Den Menschen da auf dem Foto, den kenne ich.«

Auch Günther stand auf einmal neben uns und zeigte auf das Foto.

»Ihr schaut euch mein Foto an? Hier, da habe ich Sannyas genommen. Das war 1980 – im Ashram in Poona.«

Es schien ihn zu freuen, uns an seinem Leben teilhaben zu lassen.

»Du hast was genommen?«, wollte Katharina wissen.

»Sannyas. Ich habe mich nach außen sichtbar zu den Lehren Oshos bekannt. Er hat mir meinen Swami-Namen verliehen und meine Mala umgehängt.«

»Kein Wunder, dass du auf dem Bild jemanden wiedererkannt hast. Das ist Günther«, sagte Katharina zu mir.

Dass weder Katharina noch ich nachfragten, was ein Swami-Name oder eine Mala waren, lag ausschließlich an unserem Desinteresse in Bezug auf Günther.

Spätestens mit meiner nächsten Bemerkung musste das auch Günther auffallen.

»Nein«, platzte es aus mir heraus. »Ich meine nicht Günther. Ich meine den jungen Mann da im Hintergrund zwischen Günther und Bhag... und Osho. Den hier.«

Ich zeigte auf den Mann zwischen den beiden.

Günthers Freude begann gefühlt ein wenig zu schrumpfen, was ich darauf zurückführte, dass mein Interesse nicht ihm galt.

Katharina schaute fragend von mir zu Günther.

»Keine Ahnung, wer das war. Der ist rein zufällig auf dem Foto«, bemerkte er kurz angebunden, um die Fragerei nach jemandem, der nicht er war, zu beenden.

»Wer soll das denn sein?«, fragte Katharina wieder mit Blick zu mir.

»Das ist Joschka Breitner!«

»Joschka *wer*?«, fragte Günther eine Spur zu kalt.

»Joschka Breitner. Mein Entspannungscoach. Er hat mich über den Artikel mit deinem Interview und dem schönen Foto überhaupt erst hierhin geführt.«

12 ALTERN

»Das Altern eines Menschen erkennt man nicht an der Zunahme der Falten,
sondern an der Zunahme der Versuche, die Falten zu überspielen.«

JOSCHKA BREITNER,
»GODWORK ORANGE –
MEINE ZEIT MIT BHAGWAN«

AUF DEM WEG zu unseren Zimmern ging mir das Foto nicht aus dem Kopf. Der Mann auf dem Foto aus dem Jahr 1980, den ich für Joschka Breitner hielt, schien damals Anfang oder Mitte zwanzig gewesen zu sein. Konnte es sich rein altersmäßig überhaupt um Joschka Breitner handeln? Dann müsste der jetzt Anfang bis Mitte sechzig sein.

Ich hatte Joschka Breitners Alter – bis auf sein Erscheinen bei der letzten Therapiestunde – immer auf maximal Mitte fünfzig geschätzt.

Aber ich hätte auch Günther für Mitte fünfzig gehalten, und laut Zeitungsinterview war er bereits dreiundsechzig Jahre alt.

Was auch immer dieses Sannyas war, das Günther da in Poona genommen hatte, es hielt offensichtlich jung.

So gesehen, wäre es rein zeitlich möglich, dass Herr Breitner der Typ auf dem Foto gewesen sein konnte. Jedenfalls wirkte er ihm wie aus dem Gesicht geschnitten. Die gleichen asketischen Züge.

Fakt war: Ich hatte keine Ahnung, wie alt Joschka Breitner wirklich war.

Oder ob er Anfang der Achtzigerjahre in einem Ashram in Poona gelebt hatte. Und ich hatte auch keine Ahnung, was seine Beweggründe dazu gewesen sein mochten.

Ich glaubte nicht, dass mich all dies etwas anging, aber irgendwie interessierte es mich.

Dieses Foto weckte erstmals den Gedanken in mir, dass auch mein Entspannungscoach über eine Vergangenheit verfügte.

Gestern spielte für mich noch nicht einmal sein Alter eine Rolle, heute betrachtete ich Teile seiner Vita an der Wand eines Seminar-zentrums.

Wenn er mich dem Thema Tantra näherbringen wollte, warum legte er mir dann »zufällig« eine Zeitschrift in den Coaching-Raum, die mich unweigerlich in seine Vergangenheit führen würde?

Ich nahm mir vor, Herrn Breitner beim nächsten Coaching offen nach seiner möglichen Bhagwan-Historie zu fragen. Wenn er der Ansicht war, dass seine Vergangenheit hinter der Therapeuten-Klienten-Schranke liege, konnte er mir das ja mitteilen.

Katharina riss mich aus meinen Gedanken, als wir vor unseren Zimmern angekommen waren. Sie drückte mir einen Kuss auf die Wange, hauchte mir ein »Träum was Schönes von Dieter, mein Tantra-Tiger!« ins Ohr und verabschiedete sich in ihr Zimmer.

Im Bett blätterte ich noch ein wenig in dem Osho-Buch. Die Grund-aussage war, dass man mit dem richtigen Verhältnis zu Sex eine Be-wusstseinserweiterung erlangen könne. Dies gelinge, wenn wir Sex wie eine Art religiöses Ritual ganz natürlich im Alltag feierten.

Das klang in der Theorie verlockend. In der Theorie gab es aber auch keine Günthers, keine Dieters, keine Achselhaare und keine Gruppe. Ich legte das Buch zur Seite und machte das Licht aus.

Dank des veganen Weines fiel ich sofort in einen tiefen Schlaf, aus dem ich dank des veganen Weines allerdings drei Stunden später unruhig, mit voller Blase und leichten Kopfschmerzen erwachte. Zu-dem meinte ich, vom Gang her ein unregelmäßiges Stöhnen zu hören. Irgendjemand schien dort sexuell mindestens ein Dreieck zu bilden.

Eine Tablette erlöste mich von den Kopfschmerzen, die Toilette vom Müssen-Müssen. Unruhig schlief ich wieder ein und versuchte, das gelegentliche Stöhnen zu ignorieren.

Beim Frühstück am nächsten Morgen wirkte Larissa wie beseelt, als sie sich zu uns an den Tisch setzte. Sie schien bereits am ersten Tag des Seminars ziemlich viel Offenheit gelernt zu haben und uns mit ebendieser am Grund dafür teilhaben lassen zu wollen. Das akustische Problem der letzten Nacht schien ihr Himmelreich gewesen zu sein.

»Ich hätte nie gedacht, solche Orgasmen erleben zu können. Und das nach Stunden wunderbarem Sex. Ich war wirklich viel zu lange in dem Gedankengefängnis von Äußerlichkeiten gefangen. Günther ist so ein toller Therapeut. Dieses Seminar hat sich jetzt schon für mich gelohnt.«

Und für Günther erst. Er hatte also bereits in der ersten Nacht das Kunststück fertiggebracht, nicht nur die äußerlich attraktivste Teilnehmerin abgeschleppt zu haben, sondern ihr seine Befriedigung auch noch als ihren Seminar-Erfolg zu verkaufen. Für 640 Euro!

Damit hatte Günther es in meinen Augen allerdings auch geschafft – neutral formuliert –, die Seriosität des Seminars infrage zu stellen.

Die Therapeuten-Klienten-Schranke schien für ihn lediglich ein jederzeit in die Höhe zu reißendes Phallus-Symbol zu sein.

Wo bei Herrn Breitner ein Ethos wohnte, hauste bei ihm der Eros.

Ich fragte mich einmal mehr, warum mir mein Therapeut dieses Seminar hier empfohlen haben sollte.

Die Diskrepanz zwischen tantrischem Sex mit Studentinnen und Rückenmassagen für und durch einen adipösen Sicherheitsfachmann verursachte für mich als Klienten genau die sexuelle Verspanntheit, die ich durch das Seminar eigentlich auflösen wollte.

Und wir hatten gerade einmal den Kennenlern-Tag hinter uns gebracht.

Katharina sah das, ohne die belustigende Wirkung des veganen Weins vom Vorabend, ähnlich.

Auf dem Weg in den Seminarraum flüsterte sie mir zu: »Meine Vorurteile betreffend Achselhaare und Sektentypen sind bereits gestern bestätigt worden. Das mit der Vögelei gerade eben. Es bleibt dabei: Sobald ich die ersten männlichen Geschlechtsteile sehe, bin ich raus.«

Um neun Uhr versammelten wir uns alle im Lichthof des großen Seminarraumes. Kleidungstechnisch hatte sich etwas verändert. Siegrid und Günther sahen aus, als wären sie im Urlaub. Siegrid wirkte, als wäre sie auf Bali. Sie trug ein weites Tuch um einen Bikini geschwungen. Günther wirkte wie ein Schotte auf Malle: Er trug ein kariertes Handtuch als Rock und dazu eine Weste aus grobem Leinen. Er begrüßte uns wie ein übermüdeter Animateur.

»Gestern haben wir über die verschiedenen Typen von sexuellen Zusammenkünften gesprochen. Wir haben das Viereck und das Dreieck kennengelernt. Heute geht es um wirkliches Tantra. Heute geht es um den Kreis. Heute geht es um die Tantra-Massage.«

Siegrid übernahm, um einiges herzlicher.

»Bei der Tantra-Massage werden beide Partner eins. Absichtslos. Beide Partner warten nicht auf einen Orgasmus, sondern bleiben im Moment. Als Gebender geht ihr in der Berührung auf, als Nehmender lasst ihr euch fallen und steigt auf. Eure Energie fließt im Kreis. Nichts geht verloren. Es kommt permanent neue Energie dazu. Ihr bleibt beide im Hier und Jetzt. Die Massage wird zur Meditation.«

Die Worte klangen gut. Leider konzentrierten sich meine Augen auf die größtmögliche Diskrepanz zum Inhalt von Siegrids Rede. Auf Dieter.

Siegrid schien das zu spüren.

»Weil es dabei ein wenig intimer zugehen kann als gestern, bleibt jeder bei dem Partner, bei dem er sich am wohlsten fühlt«, sagte sie mit einem beruhigenden Blick in meine Richtung.

Mir fiel ein Stein vom Herzen. Mein erlösender Seufzer musste sich für Katharina allerdings wie ein lüsternes Stöhnen angehört haben.

Larissa blieb bei Günther. Dieter rollte ungefragt zu Katja. Die Pärchen blieben zusammen. Der Witwer blieb für Siegrid übrig.

»Wir werden euch gleich mit einigen Massagetechniken vertraut machen, durch die ihr bei eurem Partner Chakra-Punkte stimulieren könnt. Was und vor allem wo diese Punkte sind, dazu kommen wir später. Damit ihr die Massage komplett genießen dürft, baut sich jedes Paar zunächst bitte gemeinsam sein eigenes Wohlfühlnest. Wir haben dafür hinten an der Wand Kissen, Decken und Handtücher bereitgelegt.«

Ich empfand diese sehr theoretische Herangehensweise an etwas, was das Natürlichste der Welt war, als immer absurder.

Während die fünf Paare sich darauf konzentrierten, Nester zu bauen, konnte auch Katharina ein permanent wiederkehrendes Kichern nicht unterdrücken. Ich fragte sie schließlich, was los sei.

»Ist das nicht komisch? Wir bauen gerade die einzigen Nester der Weltgeschichte, in das die Männchen die Eier legen.«

Wir prusteten beide los. Günther verließ sein Nest, das er sich gerade von Larissa bauen ließ, und kam zu uns herüber.

»Kann ich euch helfen?«

»Nein danke, wir …«, fing ich gerade höflich an, als sich Günther breitbeinig vor uns hinhockte. Die Frage, was ein Schotte unter seinem Rock trug, wurde – sehr zu Katharinas Missfallen – eindeutig beantwortet: nichts. Jedenfalls nichts Schönes.

Günthers lediglich um seine Hüfte geschwungenes Handtuch verlor beim Hinhocken und Spreizen seiner Beine den Halt und fiel zu Boden. Vor uns hockte nun ein lediglich mit einer Leinenweste bekleideter, untenrum völlig nackter Ü-60-Mann.

Und tat so, als sei das völlig normal.

»Penis!«, rief Katharina.

»Nein danke, wir …«, versuchte ich irritiert, erneut anzusetzen, um die eingetretene Situation ungeschehen zu machen. Es funktionierte nicht. Ich konnte meinen Blick nicht von den zwischen Günthers Beinen baumelnden Körperteilen abwenden. Ich war noch nie der Ansicht, ein männliches Geschlechtsteil sei etwas sonderlich Ästhetisches. Als Gott nach sechs harten Schöpfungstagen den Mann geformt hatte, hatte er wahrscheinlich keine Lust mehr, aber noch einen Lappen Ton übrig. Und den hat er dann einfach schnell irgendwo hingepappt. Was man halt grad noch so hinbekommt, wenn man so fertig ist, dass man im Anschluss einen Tag frei braucht. In einer perfekten Welt hätte

Gott daraus vielleicht ein Einhorn geformt. Aber wir lebten nun mal in der tristen Realität.

In dieser Beziehung überraschte mich Günther in seiner Nacktheit nicht.

In einer faszinierenden Weise abstoßend war allerdings der Hintergrund, vor dem sein Penis baumelte. Dass Männer im Alter größere Ohren bekommen, hatte ich mal gehört. Dass auch der theoretische Fachbegriff »Testikel« ein in der Praxis dehnbarer Begriff war, war mir neu.

»Wir wollten gerade gehen«, erklärte Katharina und stand auf.

Ihre Hand zog mich mit in die Höhe. Mein Blick weilte weiter auf Günthers Körpermitte.

Ich dachte auf einmal ganz grundsätzlich über dieses Seminar nach.

Welche Probleme glaubte ich gehabt zu haben, dass der lächerliche Anblick der Hoden dieses selbstverliebten, halb nackten Gockels Teil der Lösung sein sollte?

All meine Überlegungen, ich sollte eigeninitiativ mein Sexualleben optimieren, fielen so ins Bodenlose, wie es das Geschlechtsteil meines Tantra-Gruppen-Leiters in den letzten dreiundsechzig Jahren offensichtlich getan hatte.

Tantra mochte etwas ganz Tolles sein. Aber wenn Günthers Gemächt das Gesicht dieses Tantra-Kurses verkörperte, dann war es in der Tat Zeit, meinen Blick abzuwenden.

Uns für 1280 Euro die selbstverliebte Präsentation der Geschlechtsteile eines alternden Gruppenleiters als notwendigen Zwischenschritt zur Achtsamkeit beim Sex unterjubeln zu lassen, war auch für meine Toleranz zu viel des Guten.

Ich stand auf, schaute in die empörten, wild entschlossenen Augen meiner Ex-Frau und fuhr gemeinsam mit ihr nach Hause.

Leider habe ich an diesem Tag nicht mehr erfahren, was und wo diese Chakra-Punkte nun sind.

Das Seminar war für uns beendet.

Ich hatte, so musste ich mir eingestehen, Interesse am philosophischen Ansatz von Tantra gefunden.

Aber auch das größte Vergnügen konnte durch Kleinigkeiten zunichtegemacht werden.

Eine einzige Mücke konnte einem die Freude an einer ganzen Nacht rauben.

Ein selbstverliebter Kursleiter die Freude an einem ganzen Tantra-Kurs.

Ich würde mir ganz achtsam im Hier und Jetzt von Joschka Breitner erklären lassen, was es mit Tantra auf sich hatte.

Ohne den egoistischen Einfluss eines Günthers.

Ich ahnte zu dem Zeitpunkt noch nicht, wie sehr ich mit beiden Hoffnungen danebenlag.

13 VERGANGENHEIT

»Wenn dich die Vergangenheit einholt, um dir die Zukunft zu verbauen, ist es Zeit, im Hier und Jetzt zu leben.«

JOSCHKA BREITNER,
»GODWORK ORANGE,
MEINE ZEIT MIT BHAGWAN«

DIE RÜCKFAHRT MIT KATHARINA war entspannt. Vielleicht gerade weil die unterschwellige Anspannung der im Raum schwebenden sexuellen Entspannung von uns abgefallen war. Nicht miteinander zu schlafen barg anscheinend auch eine Menge positiver Energie in sich. Wir ließen die Gestalten und Erfahrungen des Seminars Revue passieren und brachen dabei immer wieder in schallendes Gelächter aus.

Ich setzte Katharina bei sich zu Hause ab und versprach ihr, Emily am nächsten Tag von ihren Großeltern abzuholen.

Auch das Verhältnis zu meinen ehemaligen Schwiegereltern war in den letzten Jahren wesentlich entspannter geworden. Früher waren es Menschen, an deren vermeintlichen oder tatsächlichen Ansprüchen an mich ich mich mental abgearbeitet hatte. Dank meines Achtsamkeitstrainings hatte sich meine Sichtweise auf sie verändert. Mittlerweile waren es nur noch Menschen, die einen Menschen gezeugt hatten, mit dem ich einen Menschen gezeugt hatte, den ich bei ihnen abholen würde.

Es war schon komisch, wie sich jede menschliche Beziehung auf einen sexuellen Akt reduzieren ließ.

Das Tollste am Haus meiner ehemaligen Schwiegereltern war die Parksituation. In der Regel war die Straße, in der sie wohnten, so zugeparkt, dass ich meinen Land Rover auf der Feuerwehrzufahrt eines gegenüberliegenden Ärztehauses abstellen und mit Verweis darauf die Prozedur des Emily-Abholens auf ein absolutes Minimum reduzieren konnte. So auch an diesem Tag.

Emily hatte von ihren Großeltern vorab zur Einschulung etwas geschenkt bekommen, das sie mir stolz im Auto präsentierte: eine Toniebox.

Eine Toniebox war das Pendant zu dem, was ich in meiner Kindheit als Kassettenrekorder kannte. Nur anders. Komplett anders.

Ein Kassettenrekorder war ein Gegenstand, dessen Aussehen mit seiner Funktionsweise korrelierte. Es gab verschiedene Tasten zur Bedienung, einen Henkel zum Tragen, ein Fach für Batterien, eine Klappe für eine Kassette, eine Fläche, hinter der sich ein Lautsprecher verbarg.

Eine Toniebox war ein Würfel. Punkt. Ohne Tasten, ohne Fächer, ohne Klappe. Auf einer Seite war ein Lautsprecher erkennbar, anhand von katzenkopfförmig ausgestanzten Löchern. Aus der Oberseite ragten zwei katzenohrenähnliche Zacken heraus. Die Unterseite konnte man auf eine Ladestation stellen.

Stellte man ein Püppchen auf die Oberseite, auf den Kopf der Toniebox hinter die Ohren-Zacken, lief ein Hörspiel ab. Das Püppchen hatte immer das Aussehen einer Figur aus dem jeweiligen Stück. In Emilys Fall hatten ihr ihre Großeltern unter anderem eine fingergroße »Bibi Blocksberg«-Figur aus Emilys Lieblingsserie *Bibi und Tina* geschenkt.

Der Kassettenrekorder vermittelte mir damals ein einfaches Prinzip: Ich muss etwas mit Inhalt füllen, bevor der Inhalt wiedergegeben werden kann.

Dieses Prinzip galt offenbar nicht mehr.

Die Toniebox vermittelte Emily scheinbar spielend einen anderen Grundsatz: Ich muss nur jemandem auf dem Kopf rumtanzen, dann macht der, was ich will.

Auch die restliche Funktionsweise der Toniebox empfand ich als pädagogisch fragwürdig.

Schlug man die Box auf die linke Seite, spulte sie zurück. Schallerte man ihr eine auf die rechte Seite, spulte sie vor.

Zwickte man sie am einen Ohr, wurde sie leiser. Zwickte man sie am anderen Ohr, wurde sie lauter.

Meine vollständig gewaltfrei erzogene Tochter verprügelte und misshandelte vor meinen Augen einen eckigen Katzenkopf, um mir in absurder Lautstärke mit ihrer Lieblings-*Bibi und Tina*-Folge auf der Rückfahrt die Ohren vollzubluten.

Das tollste Bedienelement der Toniebox war die Bremse meines Land Rover Defenders. Trat ich nur einmal ganz leicht zu fest auf die Pedale, zog es Emily und mich in die Gurte – Bibi aber flog, mangels Gurtpflicht für fingergroße Hörspielfigurenpuppen, in hohem Bogen von der Toniebox und landete schweigend im Fußraum.

Eine Wohltat.

»Das tut mir leid, mein Schatz«, tröstete ich meine überraschte Tochter.

»Kannst du Bibi wieder hochholen?«, fragte mich Emily.

»Während der Fahrt geht das leider nicht«, erwiderte ich voller geheucheltem elterlichen Bedauern. »Aber wir können ja solange Radio hören.« Ich schaltete einen Achtzigerjahre-Sender ein. Es ertönten die letzten Strophen von »Manic Monday« von den Bangles.

»Da verstehe ich aber nicht, wovon die reden. Ich will wieder Bibi und Tina.«

Genau das gleiche Problem hatte ich mit Kinderhörspielen: Ich verstand auch nicht, wovon da gesprochen wurde. Der Kontext von Sätzen wie »Eene Meene Mai, zurück nach Haus Kartoffelbrei, hex-hex« erschloss sich mir schlicht nicht. Aber um meiner Tochter ein Vorbild zu sein, war ich bereit, an unserer Kommunikation zu arbeiten.

»Weißt du was, mein Schatz, ich übersetze dir einfach, wovon das nächste Lied handelt, okay?«

»Okay …«, ließ sich meine Tochter auf das Angebot ein.

Das nächste Lied war »Objects in the Rear View Mirror« von Meat Loaf.

Dass der beste Freund des Sängers als Kind bei einem Flugzeugunfall ums Leben kam, führte schon zu Fragen seitens meiner Tochter. Dass der Vater des Sängers ihn abends regelmäßig volltrunken verprügelte, übersetzte ich bereits relativ frei mit »er hatte Streit mit seinen Eltern«.

Als es darum ging, dass die erste Freundin ihren Körper auf dem Rücksitz seines Autos mit hochgeschobenem Oberteil wie ein Pflaster auf die Wunden des Sängers legte, fuhr ich rechts ran und holte die *Bibi und Tina*-Figur wieder aus dem Fußraum.

»Aber das Lied hört sich so schön an«, protestierte Emily.

»Ja, aber ich stelle gerade fest, dass ich einige Wörter davon gar nicht kenne.«

»Das macht doch nichts. Kannst du mir das Lied auf den Kreativ-Tonie spielen, dann kann ich es selber immer hören?«

»Den was?«, fragte ich verdutzt.

Emily kramte in ihrer Tasche und holte mir eine rote Figur heraus, die aussah wie eine Mischung aus Katze, Teufel und Playmobil-Fehlpressung.

»Der Kreativ-Tonie. Oma hat gesagt, im Internet steht, wie man da Musik draufspielt.«

Ich verbrachte den Großteil des nächsten Montags damit, mir einen MP3-tauglichen Kassettenrekorder zu besorgen und die Funktionsweise einer Toniebox zu verstehen. Letzteres führte zu der Erkenntnis, dass ich den Kassettenrekorder gar nicht brauchte, sondern den von Emily gewünschten Song aus dem Internet auf meinen Rechner laden und von dort über das Internet irgendwie auf den Kreativ-Tonie spielen konnte. Am Ende des Tages konnte ich die Figur auf die Box stellen und »Objects in the Rear View Mirror« erklang. Hex-hex.

Als ich am Dienstag um 17.30 Uhr vor der Tür von Joschka Breitner stand, um den ausgefallenen Termin vom letzten Donnerstag nachzuholen, gab es viel zu besprechen.

Nach wie vor beschäftigte mich Emilys Einschulung.

Auch aus dem, was ich am Wochenende erlebt hatte, würden sich ganz zweifelsohne weitere Themen ergeben.

Zu guter Letzt war die von Herrn Breitner selbst durch die Zeitschrift aufgeworfene Fragestellung nach meiner Einstellung zur Sexualität noch nicht erörtert worden.

Und dann war da noch die Frage nach Herrn Breitners Vergangenheit, ob er etwa diesen widerlichen Günther von früher kannte.

Als ich bereits im Begriff war zu klingeln, hielt meine Hand irritiert inne. Die schwere Holztür war nur angelehnt. Das war noch nie der Fall gewesen. Auf der Straße vor dem Haus war gerade kein Verkehr, sodass ich den Versuch unternahm, mit einem Ohr ins Innere des Hauses zu lauschen. Nicht als Achtsamkeitsübung. Sondern aus reiner Neugierde.

Und tatsächlich: Vom Ende des langen Flures drangen Geräusche nach draußen, als würden in Breitners Praxis Möbel verrückt. Nein – umgestoßen. Da war erst ein Schieben und dann eindeutig ein sehr lautes Poltern.

Ich trat nicht ein, sondern machte mich durch ein Klingeln bemerkbar. Die Geräusche verstummten abrupt. Ich rief halblaut in den Flur.

»Herr Breitner?«

Nichts.

»Herr Breitner?«

Hastige Schritte.

»Herr Breitner!«

Das Klirren berstenden Fensterglases.

Ich stieß die Tür auf. Nicht mehr aus Neugierde, sondern aus wachsender Besorgnis. Mit schnellen Schritten durchquerte ich den Flur und wäre beinahe auf dem Läufer ausgerutscht. Die Situation, die ich in der Praxis vorfand, war mehr als verwirrend. Der Ort, der für mich immer ein geschützter Raum der Sicherheit und der Ruhe war, bot das absolut gegenteilige Bild.

Waren sonst immer alle Türen – bis auf die zum Besprechungszimmer – geschlossen, standen sie nun alle sperrangelweit offen.

Die Tür zum kleinen Gäste-WC, das ich kannte, war geöffnet. Es war leer.

Die Tür zum Büro, in dem ich bislang noch nie gewesen war, gab den Blick frei in ein ebenso verwaistes wie verwüstetes Arbeitszimmer.

An den Wänden des Büros standen Regale, deren Inhalt – Reihen von Aktenordnern – auf dem Boden verstreut lag. Vor einem großen Fenster mit Blick auf einen Innenhof stand ein massiver Schreibtisch. Auf der Fensterbank stand eine Reihe von Blumenkästen mit Orchideen.

Die Kästen schienen zwischen Fenster und Schreibtisch eingekeilt zu sein und blockierten das Fenster beim Öffnen. Offensichtlich hatte irgendjemand deshalb den Schreibtischstuhl durch das Fenster geworfen, um dennoch das Zimmer in Richtung Hof verlassen zu können.

Daher also das Klirren von Glas.

Ich blickte kurz in den Innenhof, konnte aber niemanden sehen.

Viel wichtiger war mir jetzt, Herrn Breitner zu finden.

Die dritte Tür führte in das Besprechungszimmer, das ich nicht wiedererkannte. Das Bücherregal war auf den Boden geworfen. Die Bücher verteilten sich über die Holzdielen. Die beiden Stühle lagen umgekippt in verschiedenen Ecken des Zimmers.

Fast hätte ich ihn übersehen.

Doch dann entdeckte ich ihn.

In einem der umgestürzten Stühle hing Herr Breitner.

Kopfüber.

Mit den Ärmeln seiner eigenen Strickjacke über Kreuz an die Rückseite des Stuhls gefesselt.

Der Stuhl mit Joschka Breitner war offensichtlich heftig umgeworfen und dabei gegen den Beistelltisch gestoßen worden.

Die Glasplatte des Tischs war zerbrochen. Auf den Scherben der Tischplatte, der Gläser und der Teekanne lag nun, stöhnend und aus einer Wunde am Kopf blutend, Joschka Breitner. Die Augen offen, aber abwesend. Wer auch immer da gerade aus dem Fenster gesprungen war, er hatte vorher meinen Achtsamkeitscoach misshandelt.

»Herr Breitner!«, rief ich erschrocken.

Herr Breitner riss kurz verschreckt die Augen auf und zuckte abwehrend zusammen. Ich weiß nicht, ob er mich erkannte. Er schien allerdings zu realisieren, dass ich nicht der Angreifer von gerade eben war. Seine Abwehrhaltung brach in sich zusammen, und er verlor das Bewusstsein.

Die mich überkommende Anspannung konnte Herr Breitner aufgrund seiner Ohnmacht leider nicht mit mir besprechen. Ich machte mir vielmehr begründete Sorgen über die Gesundheit des vor mir auf dem Boden liegenden Mannes.

Ich kniete mich neben ihn und löste den Knoten in den Ärmeln seiner Strickjacke, mit der er am Stuhl fixiert war.

Ich zog ihn aus den Trümmern des Tischs und legte ihn in das, was ich vor Jahrzehnten in der Fahrschule mal als stabile Seitenlage beigebracht bekommen hatte.

Herrn Breitners Gesicht war aschfahl, seine Nase schien verformt. Blut lief aus beiden Nasenlöchern. Außerdem hatte er einen blutigen Striemen an der Kehle.

Jemand hatte ihm entweder die scharfen Zacken eines Jagdmessers an den Hals gedrückt oder ihm einen Morsecode in die Haut gestanzt. Ich wusste, dass dreimal kurz, dreimal lang, dreimal kurz »SOS« bedeutete. Demnach stand auf Herrn Breitners Vorderseite des Halses schlicht »SSSS«.

Nachdem ich mir sicher war, dass Herr Breitner atmete und das Herz schlug, rief ich den Notarzt und beschrieb Herrn Breitner in knappen Worten als bewusstloses Opfer eines Überfalls.

Während ich auf das Eintreffen des Krankenwagens wartete, versuchte ich, mir ein Bild davon zu machen, was hier gerade passiert war.

Nie im Leben war Breitner Opfer eines Einbrechers geworden.

Die Haustür war nicht aufgebrochen worden. Herr Breitner musste seinen Angreifer also selber hereingelassen haben. An einem Dienstag, an dem normalerweise kein Coaching stattfand. Sofort nach dem Hereinlassen musste eine Situation eingetreten sein, die es ihm nicht erlaubt hatte, die Tür in Ruhe wieder zu schließen.

Zum Beispiel eine Situation, in der man ein Jagdmesser an den Hals gedrückt bekommt.

Nach dem Chaos in den Räumen zu urteilen, musste sich der Täter dann aber über einen längeren Zeitraum hier aufgehalten haben. Er hatte Herrn Breitner gefesselt und das komplette Arbeitszimmer durchsucht. Das braucht seine Zeit. Der Täter musste also weit vor 17.30 Uhr vor der Tür gestanden haben. Herr Breitner wird den Täter also nicht fälschlicherweise für mich gehalten haben, als dieser geklingelt hatte.

Ich war stets pünktlich.

Mit der Tendenz zu »zu spät«.

Und dann war da die Mischung aus Gewalt und planmäßigem Durchsuchen. Das Coaching-Zimmer war grob verwüstet worden. Das Büro allerdings schien systematisch durchsucht worden zu sein. Der Täter hatte in dem einen Raum ein beherrschtes, in dem anderen Raum ein emotionales Verhalten an den Tag gelegt. Das deutete auf ein sachliches Interesse des Täters mit einem persönlichen Bezug zum Opfer hin.

Aber was gab es in den Räumen eines Achtsamkeitscoaches zu finden? Außer Ruhe?

Wertgegenstände jedenfalls nicht. Unterlagen? Vertrauliches über Klienten? So etwas suchte man nachts, ungestört. Aber doch nicht tagsüber, in Anwesenheit des Therapeuten.

Und schließlich war da die Gewalt gegen Herrn Breitner, die für einen Einbrecher absolut unüblich war.

Der Angreifer war nicht von Breitner überrascht worden. Er hatte ihn aufgesucht, bedroht, ihn in aller Ruhe gefesselt und dann das Arbeitszimmer durchsucht. Was auch immer er gesucht hatte, er hatte es offenbar nicht gefunden, war wütend geworden und hatte danach meinen Therapeuten misshandelt.

Ich hatte das Umstürzen des Regals noch selbst gehört. Dies musste nach der vergeblichen Durchsuchung des Arbeitszimmers geschehen sein. Anschließend hatte ich nur noch die Schritte und das Splittern der Scheibe wahrgenommen.

Ich stellte mir also folgenden Ablauf vor: Der Angreifer hat sich von Herrn Breitner öffnen lassen. Er hat ihm das Messer an den Hals gehalten und ihn ins Besprechungszimmer gedrängt, dort gefesselt und dann in Herrn Breitners Abwesenheit etwas im Arbeitszimmer gesucht. Als er das dort nicht gefunden hat, hat er meinen Achtsamkeitstrainer misshandelt und wütend das Regal im Besprechungszimmer umgeworfen.

Es war schon erstaunlich, was sich alles anhand von groben Tatortspuren und ein paar Geräuschen rekonstruieren ließ.

14 FRAGEN

»Die Qualität der Frage ist entscheidend. Die Antwort spricht dann für sich selbst.«

JOSCHKA BREITNER,
»GODWORK ORANGE –
MEINE ZEIT MIT BHAGWAN«

MEINE ÜBERLEGUNGEN WOLLTE ICH weder mit den eintreffenden Rettungs-sanitätern, die kurz darauf die Praxisräume betraten, noch mit dem Notarzt teilen. Ich schilderte ihnen lediglich, wie ich Joschka Breit-ner vorgefunden hatte, vergaß aber intuitiv, die Tatsache zu erwäh-nen, dass er gefesselt gewesen war. Ich teilte ihnen mit, dass Herr Breitner noch bei Bewusstsein gewesen sei, als ich ihn fand, und dann weggedämmert sei.

Die Rettungssanitäter schienen die Lage nicht allzu dramatisch zu sehen. Zumindest hatte einer der beiden die Zeit dazu, den anderen darauf hinzuweisen, dass irgendein Depp bei der stabilen Seitenlage mal wieder die Funktion der Arme nicht begriffen hatte. Dass dieser Depp rein denklogisch einzig der Mensch sein konnte, der sie angeru-fen hatte und jetzt neben ihnen im Raum stand, schien ihm nicht in den Sinn zu kommen.

Der Notarzt, der sich von den Rettungssanitätern vor allem dadurch unterschied, dass er wesentlich jünger wirkte, dafür aber über ein Stu-dium verfügte, überzeugte sich davon, dass der Verletzte atmete und Puls hatte. Die Kopfwunde schien nur oberflächlich zu sein. Er rollte Herrn Breitner behutsam auf den Rücken. Der Arzt ballte seine Faust, drückte Breitner die Knöchel auf das Brustbein und zog sie am Brust-bein entlang.

Der Schmerzimpuls war offenbar stark genug, um Herrn Breitner wie-der zu Bewusstsein kommen zu lassen. Er öffnete desorientiert die Augen.

»Was ...? Warum ...?«

Allein mit diesen beiden aus der Ohnmacht heraus gestellten W-Fragen hätte Herr Breitner auf der Bundespressekonferenz zum oberen Leistungsdrittel gehört. Der Notarzt gerierte sich entsprechend zum Pressesprecher und ließ die Fragen an sich abprallen.

»Ganz ruhig. Sie sind in den besten Händen. Vertrauen Sie uns und regen Sie sich nicht auf.«

Die Fakten »Sie wurden überfallen. Sie waren ohnmächtig.« hätten Herrn Breitner in den Augen des Arztes wahrscheinlich zu sehr beunruhigt, konnten aber bei Gelegenheit nachgereicht werden.

Herrn Breitners Blick wanderte ziellos durch den Raum, bis er schließlich auf mich fiel. Offensichtlich erkannte er mich.

»Herr Diemel ... ich ...«

»Keine Gespräche. Ruhen Sie sich aus!«, fuhr der Notarzt unachtsam meinen Entspannungscoach an.

Herr Breitner sackte wieder in einen halb wachen Dämmerzustand.

Ich hob nur beruhigend meine Hand und hielt mich im Hintergrund.

Die Rettungssanitäter hoben Herrn Breitner auf ihre Trage und schnallten ihn fest.

Ich erfuhr vom Notarzt, in welches Krankenhaus er gebracht werden sollte, und teilte ihm mit, dass ich nicht wisse, welche Angehörigen zu verständigen seien. Ich begleitete ihn zum Rettungswagen.

Während die Trage aus dem Raum gebracht wurde, ergriff Herr Breitner meine Hand.

»Er hat das Buch nicht gefunden«, sagte er ziemlich benommen.

»Welches Buch?«, fragte ich ihn.

»Das Buch ... das Buch ... im Buch ...«, murmelte Herr Breitner.

»Keine Gespräche, bitte. Sie sehen doch, dass ihn das überanstrengt«, raunzte mich der Notarzt an.

»Passen Sie darauf auf«, bat mich Herr Breitner mit einer Handbewegung, die die ganze Praxis zu umfassen schien, während er nach draußen getragen wurde.

Und dann hauchte er noch: »Keine Polizei.«

Irgendwie fühlte ich mich in diesem Moment wieder wie in einer richtigen Therapie-Sitzung mit Joschka Breitner. Ich verstand den Sinn seiner Worte nicht, aber ich versuchte, mich an seine Anweisungen zu halten. Die Erfahrung lehrte mich, dass Erkenntnis und Besserung schon folgen würden.

Die Polizei – warum auch immer – komplett aus der Sache herauszuhalten, gestaltete sich als schwierig. Als ich Herrn Breitner bei der Rettungsleitstelle als Opfer eines Überfalles beschrieben hatte, hatte diese automatisch auch die Polizei informiert. An der Haustür gaben sich die Sanitäter und zwei Polizisten die Klinke in die Hand.

Jetzt waren sie nun mal da.

Ich führte die Beamten ins Coaching-Zimmer. Unter meiner Fußsohle knirschte etwas. Ich schaute auf den Boden. Ich war auf eine Scherbe der ausgeblichenen gläsernen Teekanne getreten.

Die Kanne, die mir seit der ersten Sitzung so vertraut geworden war.

Die Kanne, die jede einzelne der vielen Coaching-Stunden friedvoll mit einem Glas lauwarmem Tee beginnen ließ.

Die Kanne, die so viele Sorgen von mir mitangehört hatte.

Die Kanne, die Zeuge so vieler Lösungen geworden war.

Diese Kanne war Teil meines Lebens geworden.

Diese Kanne war von dem unbekannten Täter zerstört worden.

Das nahm ich persönlich.

Dafür würde irgendjemand Konsequenzen tragen müssen.

Als achtsamer Mensch war ich nicht auf Rache aus, sondern auf Vergebung.

Aber einem Täter vergeben zu können, erfordert zweierlei: Kenntnis des Täters und einen freien Willen zur Vergebung.

Die unkonventionellen Handlungsmöglichkeiten, die mir durch meine Klienten zur Verfügung standen, boten mir in der Regel wesentlich effektivere Möglichkeiten der Wahrheitsfindung als die eingeschränkten Mittel der Polizei.

Zum Beispiel hatte die Polizei für Folter noch nicht einmal ein Formular.

Das knirschende Bersten der Teekannenscherbe unter meiner Fußsohle vereinte mein Interesse mit dem Wunsch von Herrn Breitner, die Polizei so weit wie möglich aus der Nummer rauszuhalten.

Je weniger die Polizei in diesen Vorfall eingebunden werden würde, desto mehr Freiheiten hatte ich, dem wahren Täter später einmal vergeben zu können.

Oder eben nicht.

Selbstverständlich lag es mir fern, die Polizei anzulügen. Um die Wahrheit zu verbiegen, reichte es völlig, einen Teil davon zu unterschlagen. Ich erzählte den beiden Beamten wahrheitsgemäß, dass ich pünktlich um 17.30 Uhr zu einem Coaching-Termin erschienen war, dass die Tür offen und ich eingetreten war und die Situation so vorgefunden hatte, wie sie sich auch den Polizisten darbot.

Dass Herr Breitner gefesselt gewesen war, erzählte ich nicht.

Die wahrgenommenen Geräusche und den daraus resultierenden zeitlichen Ablauf verschwieg ich ebenfalls.

Dass es offensichtlich um ein Buch ging, das der Verbrecher vergeblich gesucht hatte, sagte ich schon mal gar nicht.

Wie von mir erhofft, waren die Polizisten dankbar über den Mangel an Informationen, da sie nun ihre Kreativität frei ausleben konnten.

»Schätze mal, da ist ein Junkie auf der Suche nach Geld gewesen und überrascht worden«, sagte der eine.

»Den finden wir nie«, sagte der andere.

»Aber solange das Fenster eingeschlagen ist, kann der Typ natürlich jederzeit wiederkommen. Erdgeschoss und so«, schloss der eine professionell.

»Schrecklich, wenn der noch einmal wiederkäme«, sagte ich. Und freute mich fast ein wenig auf das Gegenteil. »Ich werde dafür sorgen, dass die Räumlichkeiten bewacht werden, solange Herr Breitner im Krankenhaus und das Fenster nicht repariert ist.«

Die Polizisten notierten meine Daten und überließen den Tatort mir.

15 ZWISCHENLÖSUNGEN

»Suchen Sie nicht permanent nach ›dem Besten für immer‹. Geben Sie sich
ab und an auch mal mit ›reicht fürs Erste‹ zufrieden. Zwischenlösungen
sind die Pausen, die für das Erreichen großer Ziele wichtig sind.«

JOSCHKA BREITNER,
»ENTSCHLEUNIGT AUF DER ÜBERHOLSPUR —
ACHTSAMKEIT FÜR FÜHRUNGSKRÄFTE«

HERRN BREITNERS PRAXIS war für mich immer ein sicherer Hafen gewesen. Ein Bollwerk gegen die Stürme des Lebens, die sich auf offener See zusammenbrauten und austobten. Ein Platz, an dem ich Kraft schöpfen, mir überlegen, wie ich die Segel setzen, und anschließend unabhängig von der Windrichtung kurshaltend wieder raus aufs offene Meer konnte. Oder zu dem Schluss kommen, es zu lassen.

Dieser Hafen lag nun in Trümmern. Die Mauern waren eingerissen. Ich hätte alles am liebsten allein wieder aufgebaut. Im Moment war ich aber bereits damit überfordert, die Trümmer zu schützen. Mir war klar, dass ich dabei auf Hilfe angewiesen war. Zunächst einmal galt es, den Hafen vor dem Eindringling zu sichern, der offensichtlich nicht gefunden hatte, was er suchte.

Dafür musste ich wohl oder übel fremde Menschen in meinen Hafen lassen.

Das war mir zuwider.

Auch dafür würde der unbekannte Täter bezahlen.

Natürlich war ich neugierig, was für ein Buch der Täter gesucht haben könnte.

Aber Herrn Breitners Bitte war nicht, das Buch zu finden, sondern das Buch zu schützen.

Ich beschloss daher, seine Praxis nicht selber zu durchsuchen, sondern so lange zu sichern, bis er wieder da war.

Das Bürofenster von einem Glaser provisorisch verschließen zu lassen, bis er ein neues Fenster einbauen würde, war das eine. Das wäre mit einem Telefonanruf in die Wege geleitet.

Die Praxis rund um die Uhr beobachten zu lassen, um den Täter, der ja offensichtlich nicht gefunden hatte, was er suchte, zu stellen, war das andere.

Dafür brauchte ich Hilfe.

Das Firmenkonstrukt, das ich als Anwalt offiziell vertrat und – nachdem ich den Boss ermordet hatte – inoffiziell leitete, umfasste ein gut aufgestelltes Security-Unternehmen. Sein Chef hieß Walter.

Ich wollte weder, dass Walter erfuhr, dass ich einen Achtsamkeitscoach hatte.

Noch wollte ich, dass Walter erfuhr, dass mein Achtsamkeitscoach bedroht wurde.

Ich rief Walter an. Um meinen Bezug zu Joschka Breitner zu verschleiern, erzählte ich ihm, dass der Mann einer Freundin von mir in seinem Büro überfallen worden sei.

Ich bat ihn, eine Vierundzwanzig-Stunden-Überwachung für das Objekt zu organisieren. Funkgesteuerte Bewegungsmelder und Kameras innen. Ein Eingreifteam draußen.

Walter versicherte, beides sofort zu veranlassen.

Während ich auf Walters Team wartete, gelang es mir, einen Glaser zu kontaktieren, der die Fensterscheibe noch am selben Abend provisorisch verschließen und dann in den nächsten Tagen austauschen würde. Anschließend durchsuchte ich das Arbeitszimmer nach Unterlagen von mir. Auf keinen Fall wollte ich, dass Walters Mitarbeiter meinen Namen als Klienten von Joschka Breitner auf irgendeiner Akte lasen und die Akte öffneten.

Das ehemals alphabetisch geordnete Klientenregister lag aufgrund der Schwerkraft wild verteilt auf dem Boden. Da ich aber Joschka Breitners einziger Termin an diesem Dienstag war, fand ich meine Akte schließlich. Sie lag auf dem Schreibtisch. Ich nahm sie an mich. Ich würde sie unbemerkt zurücklegen, sobald Herr Breitner wieder Herr im Hause war.

In einer der Schreibtischschubladen fanden sich Ersatzschlüssel zur Praxis. Ich nahm ein Schlüsselset an mich.

Nach einer Dreiviertelstunde traf Walter mit seinem Team ein.

Walter war ehemaliger Berufssoldat der Deutsch-Französischen Brigade. Ein Mann, der zweisprachig nicht viele Worte machte, sondern Aufgaben erledigte.

»Die Praxis gehört dem Mann einer Freundin von dir?«, fragte Walter, während seine Leute in allen Räumen funkgesteuerte Mini-Kameras mit Bewegungsmeldern an die Decke pappten.

»Jep. Mandantin von mir. Hat mich vorhin aufgelöst angerufen, dass ihr Mann in der Praxis überfallen worden sei«, sagte ich im Small-Talk-Ton

»Komisch. Der ist gar nicht verheiratet.«

Walter war Profi. Sicherheit fing mit Wissen an. Routinemäßig hatte er Joschka Breitner durch alle möglichen Datensysteme gejagt, zu denen er legalen oder illegalen Zugang hatte.

»Dann hätte meine Freundin also, ohne Ehebruch zu begehen, mit mir schlafen können?«, versuchte ich, Walters Wissen zu banalisieren.

»Der Mann heißt eigentlich auch gar nicht Breitner«, ergänzte Walter.

Das war mir wiederum neu.

»Sondern?«

»Joschka Miggertaler. Geboren 1960. Hat 1985 den Mädchennamen seiner Mutter angenommen.«

Walter war es gelungen, innerhalb von fünfundvierzig Minuten digital Informationen von allen möglichen Ämtern abzugreifen, für deren analogen Besuch normale Menschen innerhalb von drei Wochen noch nicht einmal einen Termin bekamen. Diese Leistung fand ich beeindruckend. Die Information über Joschka Breitner fand ich allerdings irritierend.

»Warum?«, entfuhr es mir ein wenig zu interessiert.

»Irgendwas mit Kriegsverbrechen des Großvaters. Wollte nichts mehr mit dem Familiennamen zu tun haben. So die offizielle Begründung.«

Weiter wollte ich das Thema nicht vertiefen. Jedenfalls nicht hier und nicht mit Walter.

»Wie es aussieht«, lenkte ich auf den eigentlichen Grund der Beauftragung ab, »ist der Täter von Breitner überrascht worden, hat ihn niedergeschlagen und ist geflüchtet. Meine Freundin schiebt nun die Paranoia, dass der Täter wiederkommen könne. Zumal das Fenster auch erst in den nächsten Tagen erneuert wird. Wenn deine Leute das Objekt solange rund um die Uhr bewachen könnten und jeden dingfest machen, der hier reinwill, dann wäre ich dir sehr verbunden.«

»Und wenn wir jemanden schnappen, rufen wir die Polizei?«

»Nein. Dann ruft ihr mich.«

Walter schaute fragend.

»Der Typ hat den Mann meiner Freundin übel zugerichtet. Wenn er die Hilfe der Polizei haben will, kann er sich freiwillig stellen. Tut er das nicht, wird er sich uns stellen dürfen.«

Walter lächelte wissend.

Zum zweiten Mal innerhalb einer Woche verließ ich Breitners Praxis irritierter, als ich sie betreten hatte.

Über die Einschulung meiner Tochter hatten wir immer noch nicht sprechen können.

Diese würde am nächsten Tag allerdings so oder so stattfinden.

Einstweilen würde ich die Trümmer meines sicheren Hafens von den Mitarbeitern des äußeren Kreises bewachen lassen, ohne dass diese wissen sollten, worum es sich dabei handelte. Ein Arrangement, mit dem ich nicht wirklich glücklich war.

Allerdings fiel mir ad hoc auch keine bessere Lösung ein.

16 EINSCHULUNG

»Sehen Sie die Gegenwart nicht als Finger, der immer wieder alte Wunden aus der Vergangenheit aufkratzt. Sehen Sie die Gegenwart als Finger, der heilende Salbe auf alte Wunden streichen kann — aber nicht muss.«

ES GIBT VIELE wichtigste Tage im Leben.

Für viele Frauen ist es der Tag der ersten Hochzeit.

Für viele Männer der Tag der letzten Scheidung.

Für viele Kinder ist es der erste Schultag.

Der Tag meiner Hochzeit war die Kapitulation vor familiären Erwartungshaltungen.

Der Tag meiner Scheidung das Eingeständnis, dass diese Kapitulation ein Fehler war.

Mein erster Schultag war voller Hoffnung, dass alles nicht so schlimm werden würde wie befürchtet.

All diese Tage lagen hinter mir.

Für mich als Vater war der derzeit wichtigste Tag im Leben der Tag der Einschulung meiner Tochter.

Die neue Grundschule von Emily lag ziemlich genau auf halber Strecke zwischen Katharinas Haus und meiner Wohnung. Von beiden Orten aus war sie fußläufig erreichbar.

Ich fuhr am Mittwochmorgen mit dem Wagen zu Katharina, um dann mit den beiden und einer überdimensionierten Schultüte zur Einschulung zu laufen.

Das Wetter war herrlich.

Emily war in einem Kleidchen wunderschön herausgeputzt. Sie sah so jung aus. Ich suchte das Geburtsbändchen an ihrem Handgelenk, die Schnullerkette an ihrem Jäckchen, die Kindergartentasche über der Schulter.

Alles weg.

»Sollen wir nicht lieber doch noch ein Jahr warten?«, fragte ich Katharina.

»Nichts da! Heute wird eingeschult. Sollte dir das emotional zu nahe gehen, bleib halt zu Hause«, erwiderte Katharina in der mir unsere Scheidung so erleichternden Sachlichkeit.

Ich sah Emily an. Da war nichts zu sehen oder zu spüren von Angst. Da war kindliche Freude statt elterlicher Sorge. Da war fröhliche Neugierde statt elterlicher Befürchtungen. Da war Hoffnung statt Desillusioniertheit.

Wo ich den ersten Schritt auf einem langen Weg von Grundschule über Gymnasium, Uni bis hin zum ersten Job sah, mit all den anstehenden Prüfungen, Tests und Examina, sah Emily einzig und allein das Hier und Jetzt: den ersten Schultag.

Da es mir nicht möglich gewesen war, meine Ängste bezüglich der Einschulung meiner Tochter im Vorfeld mit Herrn Breitner zu besprechen, blieb mir nichts anderes übrig, als diesen Tag ebenso achtsam auf mich zukommen zu lassen. Wertungsfrei und liebevoll.

Ich würde nicht meine eigene Einschulung erneut durchleben.

Ich würde an der Einschulung meiner Tochter teilhaben.

Ich würde Gemeinsamkeiten und Unterschiede bemerken.

Aber ich würde sie nicht bewerten.

Wenn ich wertungsfrei durch diesen Tag ginge, würden mich nicht die vermeintlichen Gemeinsamkeiten mit meiner Einschulung belasten, sondern vielleicht sogar die tatsächlichen Unterschiede seelisch erleichtern.

Mir kam eine frühere Bemerkung von Joschka Breitner in den Sinn:

> *Sehen Sie die Gegenwart nicht als Finger, der immer wieder alte Wunden aus der Vergangenheit aufkratzt. Sehen Sie die Gegenwart*

als Finger, der heilende Salbe auf alte Wunden streichen kann –
aber nicht muss.«

Vielleicht würde die Einschulung meiner Tochter ja Wunden aus meiner eigenen Schulzeit heilen können.

Wir schlenderten zu dritt und lachend zur Grundschule.

Mit der vollen Schultüte im Arm und dem überdimensionierten Ranzen auf dem Rücken sah Emily ein wenig aus wie Dr. Peter Venkman aus *Ghostbusters*, auf dem Weg zur Bekämpfung Zuuls.

Dabei war Emilys Ranzen in der Tat ein Hightech-Produkt, das allerdings eher zur Vernichtung der elterlichen Finanzen als zur Vernichtung von paranatürlichen Erscheinungen entwickelt worden war. Ein ergonomisches Trekking-Monster mit verstellbaren Schultergurten, Brustgurten, Bauchgurten und Rückenstabilisatoren. Unkaputtbar. Emilys Schulranzen hatte wahrscheinlich mehr gekostet, als Sir Edmund Hillarys Sherpa, Tenzing Norgay, als Honorar für die Erstbesteigung des Mount Everest bekommen hatte. Allerdings würde sein Plastik auch langsamer verrotten als der Berg.

Ich wollte das nicht bewerten. Aber ich dachte an das Gefühl der Scham zurück, das ich jahrelang mit meinem eigenen ersten Schulranzen verband: ein etwas größeres No-Name-Täschchen aus grün gefärbtem Leder. Völlig unstylisch. Mit zwei Trageriemchen. Keine Innenraum-Aufteilung, kein Markenname. Wie gerne hätte ich damals in großen Buchstaben »Scout« oder »Amigo« auf den Tornister-Deckel geschrieben. Aber in der ersten Woche lernten wir gerade mal das kleine »e«, das leider in keinem der Worte vorkam.

Wenn ich mir jetzt so ansah, wie Emily mit ihrem coolen Ranzen kaum allein gehen konnte, dachte ich dankend daran zurück, dass mit meinem uncoolen Ranzen auf dem Rücken zumindest rennen, klettern und Fahrrad fahren kein Problem war. Das Leder meines Tornisters war in den letzten vierzig Jahren rückstandslos kompostiert. Warum sollte er mich also weiter belasten?

Die Salbe von Emilys Tornister wirkte.

Beinahe wäre Emilys erster Schultag auch ihr letzter gewesen. Kurz vor dem Betreten des Schulhofes wurden wir drei auf dem Gehweg fast von einem elektrischen Lastenfahrrad überfahren. Erst im letzten Moment hörte ich das Surren des Motors, konnte Emily und Katharina zur Seite stoßen und mich selbst in ein Gebüsch stürzen. Dabei riss ich mir die linke Hand an einer kleinen Dorne auf. In der Lastenkiste des Fahrrads saß Lukas, ein Kind aus Emilys Kindergarten. Am Lenker klammerte sich sein Vater fest, Peter Egmann.

Peter, Katharina und ich kannten uns noch aus Studienzeiten. Wir hatten alle drei gemeinsam Jura studiert. Peter ist dann bei der Kriminalpolizei gelandet, Katharina bei einer Versicherung gestrandet, und ich hatte mir nach dem Schiffbruch mit einer Großkanzlei aus den Edelholztrümmern ein Floß als Einzelanwalt gezimmert.

Dass Lukas und Emily im selben Kindergarten angemeldet waren, war kein Zufall. Der Kindergartenplatz für Lukas war mein Dankeschön an Peter, weil er damals die Ermittlungen gegen mich hatte im Sande versickern lassen.

Nichts macht Eltern gefügiger als ein Kindergartenplatz.

Während Lukas nun dem Ernst des Lebens gegenüberstand, hatte Peter so gesehen seine Freiheit wieder. Dank Schulpflicht war er nicht mehr durch seinen Sohn erpressbar.

Das war allerdings kein Grund, mich am ersten Schultag direkt zu überfahren.

»Hey …«, setzte ich wütend an – als ich Peter erkannte.

»Guten Morgen und sorry!«, rief Peter, während er uns gerade noch ausweichen konnte und dann zwei Meter später zum Stehen kam.

»Muss mich noch daran gewöhnen, dass der Lenker nicht direkt über dem Vorderrad ist … Ich hoffe, bei euch ist alles in Ordnung?«

»Bei uns schon. Aber bei dir anscheinend nicht. Seit wann hast du ein E-Lastenfahrrad?«, rutschte es mir neugierig heraus.

»Seit gestern. Haben wir uns von der staatlichen E-Auto-Prämie für das neue Auto meiner Frau gekauft.«

Katharina blickte sich um.

»Und wo ist deine Frau?«, wollte sie wissen.

»Kommt gleich mit dem E-Auto. Ranzen, Kind und Schultüte passten nicht zusammen vorn ins Fahrrad.«

»Ganz zu schweigen von der Mutter«, ergänzte ich.

»Die Transformation zu neuer Mobilität erfordert sicherlich kreative Einschnitte in alte Gewohnheiten«, klärte mich Peter auf.

Lukas und Emily rannten auf den Schulhof. Katharina ging hinterher. Peter nahm den Helm ab und schob sein batteriegetriebenes Mordinstrument schnaufend auf den Schulhof.

Ich wollte mir kurz auf der Schultoilette das Blut von der linken Hand waschen. Auf dem Weg dorthin bemerkte ich, wie ich die Szene mit meiner eigenen Einschulung vor vier Jahrzehnten verglich.

Bei meiner Einschulung fuhren Vater-Mutter-Kind in gebrauchten und in der Regel bar bezahlten Peugeots oder Opels vor der Schule vor. Die lässigen Väter trugen Cord-Sakko zu Schlaghosen. Mein Vater trug Anzug.

Alle Väter hätten sich damals eher die Koteletten abreißen lassen, als ihre Günter-Netzer-Frisur unter einem Plastikhelm zu verstecken.

Dank Emilys Einschulung stellte ich heilsam fest, dass es durchaus Peinlicheres gab als Eltern mit Schlaghosen und Langhaarfrisuren.

Leider waren auf der Toilette alle Waschbecken außer Betrieb. Wieder dachte ich an meine Schulzeit. Die Steuergelder meines Vaters wurden damals noch in funktionierende Sanitäranlagen für Grundschulkinder aller gesellschaftlichen Schichten investiert. Aus diesen Kränen floss nun kein Wasser mehr. Dafür flossen meine Steuern jetzt in die Förderung von Elektro-Spielzeugen der oberen Mittelschicht. Ohne das zu bewerten, spürte ich, wie sich ein weiterer Aspekt meiner Schulzeit weicher anfühlte.

Auf dem Schulhof hatte Katharina bereits ihr Handy herausgeholt und hielt jeden einzelnen Augenblick von Emilys letzten Minuten in Freiheit fest.

Auch hier zeigten sich Unterschiede zwischen meiner und Emilys Einschulung. Katharinas iPhone hatte heute mehr Foto-Speicherkapazität als damals die gesamte Fotoabteilung von Karstadt. Jedenfalls von der Filiale, in der der 24-Fotos-Film meines Vaters entwickelt wurde. Von dem ganze sieben Bilder auf meinen ersten Schultag entfielen. Drei davon verwackelt.

Mit dem Läuten der Schulglocke verlagerten sich die Unterschiede in den Innenbereich.
Inzwischen hatte mich schon so etwas wie nostalgische Vorfreude erfasst.

Bei meiner Einschulung gab es einen altbackenen, ökumenischen Gottesdienst in einer klassischen Kirche.
Mit klassischen Kirchenliedern.
Und einer Geschichte von diesem grundlos gut gelaunten Handwerkerkind aus dem Nahen Osten. Dessen Mutter Jungfrau und dessen Vater gehörnter Schreiner war und das trotzdem die Ansicht vertrat, die Welt sei schön.
Zum Schluss gab es ein auswendig beherrschtes Vaterunser, bei dem darum gebetet wurde, uns allen würde unsere Schuld und wir alle würden unseren Schuldigern vergeben.

Wertungsfrei musste ich nun feststellen, dass diese Zeiten offensichtlich vorbei waren.

Bei Emilys Einschulung gab es einen modernen Öko-Gottesdienst in der Eingangshalle der Schule.
Mit viel GEMA-Gebühren für Rolf-Zuckowski-Lieder.
Und einer Geschichte von diesem nachvollziehbar schlecht gelaunten Oberschichtenkind aus dem hohen Norden. Dessen Eltern die Meinung ihrer Tochter, dass die Welt dem Untergang geweiht sei, recht gut vermarkten konnten.

Und zum Schluss gab es eine kreative Box mit den herzlichsten Wünschen an Gott*in, in die die Pfarrenden den Wunsch warfen, den sechsjährigen Erstklässlern möge die Kraft gegeben werden, den Weltuntergang zu verhindern. Abschließend wurde improvisiert für die Fähigkeit gedankt, die Gesellschaft tolerant aufspalten zu können in die, die an gar nichts schuld sind, und die, die an allem schuld sind.

Grundsätzlich sicherlich ein wunderbar bunter Ansatz.

Aber irgendwie überkam mich dabei ein ungutes Gefühl.

Ich möchte nicht missverstanden werden: Ich halte meine Tochter für den begabtesten Menschen, der je geboren wurde. Aber als ich mich so in der Eingangshalle der Grundschule umschaute, hielt ich es dennoch für arg ambitioniert, Erstklässlern – einschließlich meiner Tochter – die Verantwortung zu übertragen, die Welt zu retten, bevor sie auch nur die Fähigkeit nachgewiesen hatten, allein ihr Zimmer aufzuräumen.

In meiner Kindheit galt das »Zimmer-Aufräumen-Können« noch als Voraussetzung dafür, das Abendessen einnehmen zu dürfen.

Gab es Geplärre, ging es ohne Abendessen ins Bett.

Diese Pädagogik war wohl restlos überholt.

Plärrende Kinder einfach mal ohne Weltenretten ins Bett zu schicken, solange sie nicht dazu in der Lage waren, wenigstens ihr eigenes Zimmer in Ordnung zu halten, war heute wohl undenkbar.

Doch gerade dieser Einschulungsgottesdienst versöhnte mich nun großflächig mit meiner eigenen Schulzeit.

An mich wurde damals lediglich der Anspruch gestellt, einfach mal dreizehn Jahre lang zuzuhören und Informationen zu sammeln.

Um mir danach mein eigenes Bild von der Welt machen zu können.

Um mir dann in dieser Welt meinen eigenen Platz zu suchen.

Im Nachhinein fühlte sich das ziemlich entspannt an.

Und heute? Wertungsfrei und liebevoll betrachtet, war es vielleicht einfach didaktisch überholt, zunächst etwas über Weltuntergangssekten zu lernen, bevor man einer beitrat.

Als der Gottesdienst vorüber war, wurden die Kinder namentlich aufgerufen und an ihre Klassenlehrerinnen verteilt. Interessanterweise gab es in der ganzen Schule keine einzige nicht menstruierende Lehrkraft. Offensichtlich bargen Grundschulen ein bislang noch völlig ungenutztes Potenzial, durch Einführung einer paritätischen Geschlechterquote in die vollständige Dysfunktionalität überführt zu werden.

Emily machte sich über nichts davon Gedanken. Sie platzte schlicht vor Stolz und vor Aufregung. Ihre Einhornschultüte war die schönste von den mindestens neun baugleichen Modellen, die in der Eingangshalle von individuellen Kindern vor sich hergetragen wurden.
Als Emilys Name aufgerufen wurde, sprang sie auf, ging in Richtung Klassenlehrerin, drehte sich unterwegs noch einmal kurz um, um mir und Katharina zuzuwinken, und ordnete sich dann problemlos in die Klassengemeinschaft ein. Peter Egmanns Sohn Lukas wurde derselben Klassenlehrerin zugeteilt.
Als alle Kinder ihrer Klasse aufgerufen worden waren, folgte die ganze Gruppe der Lehrerin in den Klassenraum.
Weg war sie.
Das Kindergartenkind, das wir heute Morgen noch an der Hand in die Schule begleitet hatten, gab es nicht mehr.
Meine Emily war nun ein Schulkind.

Katharina und ich standen auf. Wir würden Emily in einer Stunde wieder vor der Schule in Empfang nehmen können. In der Zwischenzeit wollte Katharina noch ein paar Besorgungen machen. Ich würde solange in einem Café in der Nachbarschaft einen Espresso trinken und im Krankenhaus anrufen, um mich nach Herrn Breitner zu erkundigen.

Auf dem Schulhof stieß mich Katharina unangekündigt mit dem Ellenbogen in die Seite.

Sie machte mich auf einen Mann aufmerksam, der circa fünf Meter von uns entfernt stand.

»Ist das nicht dein Dieter?«, fragte sie mit einem süffisanten Unterton.

»Wer soll denn mein Dieter ...?«, fing ich an.

Ich hatte Tantra-Dieter bereits aus meinem Kurzzeitgedächtnis herausmassiert. Aber Katharina hatte ihn gerade wieder hervorgeholt.

»Wo?«, hörte ich auf.

»Da vorne«, zerstörte Katharina meine beruhigende Unwissenheit.

Aus einer Elterngruppe neben uns ragte tatsächlich der Bauch hervor, mit dem ich vor weniger als einer Woche die Erfahrung gemacht hatte, ein Viereck zu bilden.

17 VERTRAUEN

»Vertrauen ist etwas Intimes. Ungewollt ins Vertrauen gezogen zu werden ist so, wie ungewollt geküsst zu werden. Damit dieses Ereignis nicht auf Ihrer Seele lastet, sollten Sie um Ihrer selbst willen klar auf diese Grenzüberschreitung hinweisen.«

JOSCHKA BREITNER,
»ENTSCHLEUNIGT AUF DER ÜBERHOLSPUR –
ACHTSAMKEIT FÜR FÜHRUNGSKRÄFTE«

MIR FIELEN KEINE KONVENTIONELLEN VERHALTENSWEISEN für den Fall ein, dass man bei der Einschulung seiner Tochter auf einen Mann trifft, dem man auf einem Tantra-Seminar am Wochenende zuvor widerwillig den Oberkörper mit Öl eingerieben hatte. Außer Ignorieren.

Da Dieters Kind aber offensichtlich entweder in der Klasse oder in der Parallelklasse meiner Tochter eingeschult worden war, ließ sich ein Ignorieren schwer über die nächsten vier Jahre durchziehen.

Es sei denn, Emily würde eine Klasse überspringen und Dieters Kind das Klassenziel nicht erreichen. Dann hätten wir bereits im nächsten Jahr zwei Schulklassen Abstand voneinander. Aber das war eine Lösung für nächsten Sommer. Nicht für diesen Tag.

Während ich noch überlegte, wie ich mich verhalten sollte, summte Katharinas Handy.

»Stopp mal kurz. Ich erwarte noch eine Mail von der Versicherung.« Katharina blieb stehen und checkte ihr Handy. Ich blickte verstohlen zu Dieter.

Für jemanden, der noch am Wochenende behauptet hatte, er wäre Single und käme aus einer mehrere Autostunden entfernten Stadt, stand er nun relativ präsent auf dem Schulhof. An seiner Seite stand eine Frau, deren Anblick die Frage aufwarf, ob in der Hölle eigentlich gegendert wurde. Ich hätte sie von Gesichtszügen, Körperhaltung und Kleidungsstil als Teufel*in beschrieben, ohne ihr dabei auf den Schwanz treten zu wollen, weil ich nicht wusste, ob es einen hatte.

Sie war einen Kopf größer als Dieter und trug ein figurbetonendes

Stretch-Oberteil in schwarz-rotem Tigermuster. Die dazu passende Figur schien sie aus Zeitgründen zu Hause gelassen zu haben.

Zu einem weiten, langen schwarzen Lederrock trug sie schwarze Plateau-Stiefel mit silbernen Schnürsenkel-Nieten.

Die Dame schaute, ohne den Anflug jeglichen Lächelns, boshaft auf dem Schulhof herum.

Sollte dies Dieters Frau sein, hatte ich fast Verständnis dafür, dass er mich als liebevollen Wochenendflirt in Betracht gezogen hatte.

»Nichts Wichtiges«, murmelte Katharina, als sie ihr Handy wegsteckte.

Im selben Moment bemerkte uns auch Dieter. Er schien von unserem Auftauchen definitiv nicht freudig überrascht zu sein.

War er beim Tantra-Seminar eher der passive Part gewesen, so übernahm er jetzt aktiv die Initiative.

Noch bevor wir auf Handschüttelentfernung an ihn rangekommen waren, rief er laut: »Katharina, Björn! Ich bin's: *S-T-E-F-A-N* – schön, euch zu sehen!«

Und bevor auch nur einer von uns etwas sagen konnte, erklärte er der Frau an seiner Seite: »Hanna – das ist Björn, ein Kunde von mir. Und das ist seine Frau Katharina.«

»Ex-Frau«, korrigierte Katharina automatisch, wollte Hanna aber die Hand reichen.

Ich war zu perplex, um die Lüge mit dem Kunden in die Wahrheit mit dem Tantra-Partner umzuformulieren.

Hanna ignorierte Katharinas Information und Hand und sah mich herablassend an.

»Ist das die Überwachung, wegen der du am Wochenende unterwegs warst?«, fragte Hanna in einem kalten, verächtlichen Ton. Unter ihrem Rock schien sie Hosen aus Stahl zu tragen, die sie auch zu Hause offensichtlich anhatte.

»Nein, das war ein anderer Auftraggeber *meiner Detektei*.«

Er hieß also nicht Dieter, sondern Stefan. Er war nicht Single, sondern liiert. Er kam nicht aus einer fremden Stadt, sondern von hier. Er war auch nicht internationaler Sicherheitsexperte, sondern lokaler Privatdetektiv.

Als Privatdetektiv schien Dieter alias Stefan nicht die hellste Taschenlampe der Sicherheitsbranche zu sein. Wer noch nicht einmal inkognito an einem Tantra-Seminar teilnehmen konnte, ohne dass sich seine Cover-Geschichte bei nächstbester Gelegenheit ebenfalls entkleidete, qualifizierte sich in meinen Augen nicht gerade als kompetenter Privatermittler.

Und er schien mit einer Frau zusammenzuleben, die aus emotionaler Antimaterie zu bestehen schien.

Weder Katharina noch ich hatten Lust, uns an dieser Farce zu beteiligen.

»Ist euer Kind auch in der 1a?«, bemühte ich mich ein wenig verkrampft, die Begegnung wenigstens mit dem Hauch einer normalen Konversation abbinden zu können.

»1b«, erwähnte Hanna in vollendeter Vermeidung jeglichen überflüssigen Inhaltes.

Mir war schon klar, dass die Verteilung von Kindern auf Grundschulklassen nicht nach den Qualitätskriterien der Eierbeschriftung in einer Legehennenbatterie funktionierte.

Aber dass Emily in der 1a war und das Kind dieser unsympathischen Person lediglich in der 1b, erfüllte mich trotzdem mit Stolz.

Für Katharina reichte es damit auch an Konversation.

»Wir müssen dann mal weiter«, sagte sie mit einem Kopfnicken zu den Parallelklassen-Eltern.

»Schönen Tag noch«, ergänzte ich. Hanna hatte uns da schon den Rücken zugedreht, Dieter schaute hilflos zwischen Hanna und uns hin und her.

Wir gingen.

Als wir außer Hörweite waren, ließ Katharina ihren unveganen Gefühlen freien Lauf.

»Was für eine Wurst!«, bemerkte sie.

»Wer von beiden?«, wollte ich wissen.

»Was für ein Wurstpaar«, korrigierte Katharina und verabschiedete sich, um ihre Erledigungen zu machen.

Eine weitere moralische Einordnung von Dieters Verhalten empfanden wir beide als unnötig.

Das Café lag in der Parallelstraße zur Schule. Es gab eine kleine Verkaufstheke und vier Bistrotische, die bei meinem Eintritt alle völlig leer waren. Ich setzte mich, bestellte einen doppelten Espresso und rief die Nummer der Station an, auf der Joschka Breitner lag. Ich hatte keine Ahnung, ob ich, ohne Angehöriger zu sein, überhaupt Informationen über seinen Zustand bekam. Aber zumindest würde man ihm meine Grüße ausrichten können.

Zu meiner Überraschung stellte mich die diensthabende Schwester direkt durch.

»Hallo, Herr Diemel, sorry für die Umstände, die ich Ihnen gemacht habe«, sagte Herr Breitner mit schwacher, aber gefasster Stimme.

»Mir ist ja nichts passiert. Wie geht es Ihnen?«, wollte ich wissen.

»Nasenbeinbruch, Gehirnerschütterung und ein paar Prellungen. Ich werde wohl ein paar Tage im Krankenhaus bleiben.«

»Sie müssen sich um alles Weitere keine Sorgen machen. Um welches Buch auch immer es geht – es ist in Sicherheit. Ihre Praxis wird rund um die Uhr bewacht.«

Ein bedeutungsvolles Zögern war zu vernehmen.

»Sie ... wissen von dem Buch?«, fragte Herr Breitner.

»Sie haben gestern zu mir gesagt: ›Er hat das Buch nicht gefunden‹, und mich darum gebeten, auf Ihre Praxis aufzupassen, ohne die Polizei einzuschalten.«

Herr Breitner schien über diese Antwort dankbar zu sein.

»Ich war gestern nicht ganz bei mir ... aber das war richtig.«

Ich wartete noch einen Moment, ob Herr Breitner sich zu dem ominösen Buch äußern wollte, das sein Peiniger offensichtlich in der Praxis gesucht hatte. Aber er schwieg. Um die Gesprächspause nicht zu offensichtlich werden zu lassen, plauderte ich weiter.

»Die Polizei geht davon aus, dass Sie einen Junkie auf der Suche nach Wertgegenständen überrascht haben.«

»Das … ist gut.«

»Herr Breitner, wenn es irgendetwas gibt, was ich wissen sollte, dann sagen Sie es mir ruhig. Ich unterliege als Anwalt ebenso der Schweigepflicht wie Sie als Therapeut.«

»Es gibt Dinge, die erzählt man weder seinem Anwalt noch seinem Therapeuten. Aber ich wäre Ihnen in der Tat dankbar, wenn Sie meine Praxis weiterhin ohne großen Aufwand bewachen lassen könnten, bis ich wieder da bin. Fassen Sie nichts an und geben Sie nichts heraus. Es gibt Sachen, die sollten einfach nicht in falsche Hände geraten. Was vergangen ist, ist vergangen. Das geht niemanden was an.«

Ich beruhigte Herrn Breitner mit der Information, dass es in der Nacht keinen weiteren Versuch gegeben hatte, in die Praxis einzudringen. Ansonsten hätte mich Walter darüber informiert. Ich teilte ihm nicht mit, dass Walter bereits gestern in weniger als einer Stunde mehr über seine Vergangenheit herausgefunden hatte als ich in drei Jahren.

Ich beendete das Gespräch mit Gute-Besserungs-Wünschen und legte auf. Joschka Breitner hatte offensichtlich ein Geheimnis, das er nicht mit mir teilen, aber so lange von mir geschützt wissen wollte, bis er es wieder selber schützen konnte.

Selbstverständlich respektierte ich den Wunsch meines Therapeuten.

Und genauso selbstverständlich war ich neugierig.

Ich überlegte, ob ich die Observierung von Joschka Breitners Praxis nicht irgendwie ohne Walter organisiert bekäme. Wenn jemand als Nebenprodukt seiner Professionalität Joschka Breitners Geheimnis entdecken würde, dann Walter. Und dann wüsste zunächst einmal ein Mitarbeiter von mir mehr über meinen Therapeuten als ich.

Das wollten Herr Breitner und ich gemeinsam nicht.

Mein zufälliger Blick durch das Fenster des Cafés auf die Straße hinderte mich an allen weiteren Überlegungen.

Vor dem Schaufenster stand ein suchender Dieter, entdeckte mich und trat ein.

Er kam schnell an meinen Tisch und zur Sache.

»Björn, gut, dass ich dich gefunden habe … also … danke, dass ihr beide gerade spontan mitgespielt habt.«

Ich schaute Dieter irritiert an.

»Nur weil ich dich gerade vor deiner Frau nicht sofort habe auffliegen lassen, heißt das noch lange nicht, dass ich irgendein Spiel von dir mitspiele. Was du am Wochenende vor der Einschulung deines Kindes treibst, geht mich nichts an.«

»Hanna ist nicht meine Frau, sondern nur meine Lebensgefährtin«, erklärte sich Dieter.

»Das wird dein Kind aber sicher freuen, dass seine Mutter ohne Trauschein nur ein Mensch zweiter Klasse ist«, erwiderte ich.

»Hannes ist nicht mein Sohn, sondern aus Hannas erster Ehe«, erklärte sich wieder Dieter.

Ich ersparte mir die Frage, ob Hannes' leiblicher Vater etwa Hanno geheißen habe.

Ich wollte Dieter einfach nur so schnell wie möglich wieder loswerden.

»Dieter – dein Privatleben geht mich nichts an. Es ist mir vollständig egal.«

Das schien Dieter wiederum vollständig egal zu sein.

»Hanna ist … sehr dominant. Das fand ich eine Zeit lang sogar reizvoll. Deswegen sind wir ja zusammengekommen … aber irgendwie fehlt mir auch liebevolle Nähe.«

Ich wollte gerade abwinken, aber Dieter schien es wichtig zu sein, noch etwas loszuwerden.

»Wenn Hanna erfährt, dass ich mich sexuell nach … *Alternativen* umschaue, dann würde bei uns zu Hause die Hütte brennen.«

Dass ich für Dieter nur eine sexuelle »Alternative« gewesen sein sollte, verstörte mich auf sehr vielen Ebenen. Eine von denen war, dass er ein ziemlich teures Selbstoptimierungs-Seminar offensichtlich rein triebgesteuert gebucht hatte.

»Dieter ... oder Stefan ... wie auch immer – du kannst dir sicher sein, dass ich der letzte Mensch auf dieser Welt bin, der deiner Lebensgefährtin erzählt, was wir beide auf Ansage eines gealterten Sex-Hippies am Wochenende getan haben. Kann ich jetzt bitte weiter in Ruhe meinen Espresso trinken?«

Ich konnte nicht. Bei Dieter schien sich jede Menge Redebedarf aufgestaut zu haben.

»Das mit Katja war einfach eine unverbindliche erotische Erfahrung in gegenseitigem Einvernehmen. Aber wenn Hanna davon erfährt, bringt sie mich um. Das meine ich wörtlich. Sie ist gewalttätig. Mir gegenüber.«

Ich musste kurz überlegen, wer Katja war. Dann fiel es mir wieder ein. Katja war die behaarte Hebamme mit dem Kangoo. Vor lauter Überraschung ließ ich die Informationen über Hannas Gewalttätigkeiten unbeachtet.

»Du hast mit Katja ...?«

»Das wusstest du nicht? Ach ja, stimmt, ihr habt das Seminar ja schon am Samstagmorgen verlassen.«

Dieter wirkte über die Erkenntnis, dass erst seine eigene Offenheit die Gefahr des Verrats in sich barg, auf einmal ein wenig verstört.

Hätte Dieter zusätzlich von mir erfahren, dass er unverbindliche, liebevoll vorgetäuschte erotische Erfahrungen bei Carlas Escort-Service für wesentlich weniger Geld und Aufwand bekäme als auf einem Tantra-Seminar mit einer Kangoo-Fahrerin, wäre er wahrscheinlich noch wesentlich verstörter gewesen.

Aber weder Dieters Beziehung zu Hanna noch zu Katja noch seine verquere Erwartung an Tantra interessierten mich im Augenblick.

»Dieter, noch einmal – dies ist ein freies Land. Was du tust oder lässt, was du erzählst oder verschweigst, geht mich nichts an. Kann ich sonst noch was für dich tun?«

Dieter wusste nicht, ob er erleichtert sein sollte, dass ich kein Problem für ihn darstellte, oder enttäuscht, dass dies offensichtlich daran lag, dass er mir vollständig egal war.

»Nein ... gut ... dann, also – vielen Dank noch mal. Und wenn ich einmal was für dich tun kann ... hier ist meine Karte.«

Dieter legte seine Visitenkarte vor mir auf den Tisch: »Stefan Markowski – Privatdetektiv«.

Als Logo hatte er sich völlig überraschend für eine Lupe entschieden, die auf das Wortteil »detektiv« gerichtet war und dieses vergrößerte.

Ich hätte die Karte einstecken und Dieter Tschüss sagen können. Unsere Lebenswege hätten sich wahrscheinlich außerhalb von Schulfesten und Elternabenden nicht mehr gekreuzt.

Leider hatte ich in diesem Moment eine ebenso spontane wie folgenreiche Idee.

»Da fällt mir in der Tat gerade etwas ein, Dieter. Setz dich doch.«

Dieter setzte sich. Uns beiden war in diesem Moment nicht klar, dass er deswegen bereits den ersten Elternabend nicht mehr erleben würde.

18 ANDERE MENSCHEN

»Die Diskrepanz zwischen dem, wie andere Menschen sind, und dem,
wie wir andere Menschen gerne hätten, liegt ausschließlich in unseren
Wünschen. Wenn wir uns über die Dummheit anderer Menschen aufregen,
regen wir uns in erster Linie über die Dummheit unserer eigenen Wünsche
in Bezug auf andere Menschen auf.«

JOSCHKA BREITNER,
»ENTSCHLEUNIGT AUF DER ÜBERHOLSPUR –
ACHTSAMKEIT FÜR FÜHRUNGSKRÄFTE«

DAS ERSTE MAL RIEF MICH Dieter um 2.25 Uhr am nächsten Morgen an. »Es ist jemand im Objekt«, flüsterte er mir zu. Ich hatte ohnehin nur unruhig geschlafen und war schlagartig wach.

»Seit wann?«

»Der Bewegungsmelder hat gerade eben angeschlagen.«

Ich hatte Walter und seinen Mitarbeitern gegenüber noch am Nachmittag den Auftrag für erledigt erklärt. Die Freundin habe den ersten Schock überwunden und gehe davon aus, dass der Täter sich nicht wieder blicken lassen werde. Wahrscheinlich nur ein Drogensüchtiger auf der Suche nach Geld. Ich hatte ihnen für den schnellen Einsatz gedankt, und sie hatten ihre technischen Geräte wieder eingepackt.

Eine halbe Stunde später hatte Dieter die Praxis von Joschka Breitner mit seinen eigenen Bewegungsmeldern versehen und in seinem Skoda-Kombi vor der Tür sein Hauptquartier bezogen. Sein Auftrag war simpel: mir Bescheid geben, wenn sich jemand in der Praxis zu schaffen machte.

Meine zwischenzeitliche Internetrecherche hatte ergeben, dass Dieter seit zehn Jahren als selbstständiger Privatdetektiv arbeitete. Sein Portfolio umfasste die Überwachung untreuer Lebenspartner, betrügerischer Angestellter und die Beweissammlung bei Nachbarschaftsstreitigkeiten. All dies waren Tätigkeiten, für die ein Kissen im Fenster als Grundqualifikation völlig ausreichte. Dieter hatte auf seiner Website aber zusätzlich noch regelmäßige Fortbildungen bei offiziell klingenden Vereinigungen von Privatdetektiven als Referenzen vorzuweisen. Dies ermöglichte ihm den Aufstieg in den Escort-

Blockwart-Bereich: Dieter war auf Stundenbasis außer Haus buchbar. Sein mobiles Separee schien sein Skoda-Kombi zu sein. Ein für eine Observation in der Tat absolut unauffälliges Auto.

Dieter verdiente sein Geld, indem er das Fehlverhalten anderer Leute dokumentierte.

Ich sparte mein Geld, indem ich sein Fehlverhalten verschwieg.

Ein in meinen Augen fairer Deal.

Dieter hatte für mich genau das nötige Minimum an Qualifikation, um ein Auge auf die Praxis von Herrn Breitner zu werfen und mich anzurufen, sollte der Einbrecher zurückkommen. Eine weitergehende Recherche würde ich von ihm weder erwarten noch befürchten. Dieter wusste weder, in welcher Beziehung Joschka Breitner zu mir stand, noch, was in der Praxis vorgefallen war. Er wusste allerdings, dass seine Lebensgefährtin bald eine Menge über ihn und seine Suche nach sexuellen Alternativen wüsste, wenn er mir gegenüber irgendwelche Fragen diesbezüglich stellen würde.

Nun saß also Dieter mitten in der Nacht vor Herrn Breitners Praxis in seinem Auto und hatte doch tatsächlich etwas Verdächtiges bemerkt.

»Was soll ich jetzt tun?«, war eine durchaus berechtigte Frage von Dieter.

»Ist dir außer dem Bewegungsmelder sonst noch irgendetwas aufgefallen?«

»Vor fünf Minuten hat auf der anderen Straßenseite ein Wagen gehalten. Ein Typ ist ausgestiegen und ist durch die Toreinfahrt des Nebengebäudes verschwunden. Ich weiß nicht, ob das was zu bedeuten hat.«

Wenn Menschen die Bedeutung des Offensichtlichen nicht sehen, kann das zwei Gründe haben.

Entweder sind diese Menschen so kreativ, dass das Offensichtliche in ihrer Gedankenwelt nur eines von Hunderten möglicher Szenarien darstellt.

Oder sie sind strunzenblöd.

Bei Dieter sah ich keinen Anlass, von Ersterem auszugehen.

»Was für ein Typ?«

»Keine Ahnung. Dunkle Jacke, Käppi tief ins Gesicht gezogen. Ich konnte nicht viel erkennen.«

»Und was war das für ein Wagen?«

»Muss ein Elektroauto sein. Ich hab jedenfalls keine Motorengeräusche gehört.«

Bevor ich Dieter mit der Frage nach der Marke überforderte, gab ich ihm eine kleine Aufgabe, um die Wartezeit bis zu meinem Eintreffen zu überbrücken.

»Zerstich die Reifen von dem Wagen, und warte, bis ich da bin.«

»Aber ich kann doch nicht einfach ...«

Ich legte auf, zog mich hastig an und fuhr los. Ich verfügte weder über eine Waffe noch über sonderlich viel Erfahrung in Bezug auf körperliche Auseinandersetzungen. Aber ich fuhr auch nicht zu einer Drogenübergabe im Rotlichtmilieu, sondern zu einem Wohnungseinbruch.

Der Täter war gewalttätig genug, um einen Entspannungstherapeuten krankenhausreif zu schlagen. Ich ging jedoch davon aus, dass Dieter in irgendeiner Art bewaffnet war. Notfalls waren wir eben zu zweit und der Dieb bloß allein.

Wenn ich, ohne viel Aufsehen zu erregen, dahinterkommen wollte, wer Herrn Breitner bedrohte, war meine schärfste Waffe nun mal der stumpfe Dieter.

Die Fahrt zu Joschka Breitner betrug tagsüber eine halbe Stunde. Nachts, ohne Verkehr, ging ich davon aus, die Strecke in der Hälfte der Zeit zurücklegen zu können. Nach gut zehn Minuten klingelte wieder mein Handy.

»Er ist aus dem Haus raus und hat was in seinen Wagen gelegt.«

»Hast du erkennen können, was?«

»Sah aus wie ein Buch.«

»Hast du die Reifen zerstochen?«

»Noch nicht. Hab kein Messer.«

»Wo ist der Einbrecher jetzt?«

»Er hat einen Benzinkanister aus dem Kofferraum genommen und ist wieder zurück in die Praxis. Soll ich ihn aufhalten?«

»Wie denn? Ohne Messer?«

»Ich habe einen Revolver.«

Alles, was Dieter tun musste, war, den Typen noch vielleicht fünf Minuten lang daran zu hindern, Joschka Breitners Büro abzufackeln. Dafür dürfte ein Revolver ausreichen.

Ich hatte noch keine konkrete Vorstellung davon, was ich mit dem Typen anschließend anfangen sollte. Aber ich hatte einen ziemlich hohlen Dieter, einen hoffentlich geladenen Revolver und den Rest der Nacht Zeit, mir meiner Wünsche bezüglich des Mannes bewusst zu werden, der meinen Entspannungscoach ins Krankenhaus geprügelt hatte.

»Schnapp dir das Buch, leg es in dein Auto und dann hindere den Typen daran, das Büro anzuzünden. Wie besprochen – keine Polizei! Ich bin in fünf Minuten da.«

»Aber – wie soll ich an das Buch kommen? Das Auto ist abgeschlossen.«

»Nimm deinen Revolver.«

»Ich soll die Scheibe zerschießen?«

»Zerschlagen reicht.«

Ich legte auf und gab Gas.

Fünf Minuten später kam ich in der Straße von Joschka Breitner an. Die gute Nachricht war, dass sein Haus nicht brannte. Die schlechte Nachricht, dass auf der gegenüberliegenden Straßenseite kein einziges Auto mit E-Kennzeichen stand. Dafür gab es dort eine freie Parklücke, in der Reste von Autoglas im Laternenlicht glitzerten. Der Täter schien losgefahren zu sein. Nachdem jemand seine Scheibe zerschlagen hatte. Es stellte sich also die Frage, wo Dieter war. Und vor allem: Wo war das Buch?

Dieters Wagen stand noch am Bürgersteig, zehn Meter von Breitners Haus entfernt.

Ein Blick in den Innenraum zeigte mir ein sauber aufgeräumtes Fahrzeug – in dem kein Buch zu erkennen war.

Ich nahm mein Handy und rief Dieter an. Nach fünfmal Klingeln ging die Mailbox ran.

Da Joschka Breitners Haustür verschlossen war und ich Dieter den Ersatzschlüssel gegeben hatte, musste auch ich durch die Toreinfahrt des Nachbarhauses verschwinden und über eine kleine Backsteinmauer klettern, bis ich vor dem großen Fenster von Joschka Breitners Büro stand. Es sollte eigentlich von einer OSB-Platte provisorisch verschlossen sein, die der Glaser angebracht hatte, nachdem er das Aufmaß genommen hatte.

Nun war nur noch eine Hälfte des Fensters mit der Platte verschlossen. Die andere Hälfte der Platte war so weggebrochen worden, dass selbst ein Mensch mit der Statur von Dieter durch das Fenster in die Praxis hätte einsteigen können. Ich horchte zunächst in die Dunkelheit des Raumes. Nichts war zu hören.

Ich stieg durch das Loch im Fenster auf den Schreibtisch.

Der Raum war in ein Minimum an Mondlicht gehüllt, das durch die geborstene Holzplatte fiel. Ich konnte gerade eben noch die Kontur der Zimmertür erkennen.

»Dieter?«, rief ich leise. Ich bekam keine Antwort.

Dafür bemerkte ich einen Geruch, der alles andere als entspannend auf mich wirkte: Benzin.

Ich griff nach meinem Handy und drückte auf Wahlwiederholung. Aus dem Flur erklang die Titelmelodie von *Magnum*. Ich sprang vom Schreibtisch auf den Boden und ging in den Flur. Um von außen nicht gesehen zu werden, schloss ich zunächst die Tür zum Arbeitszimmer hinter mir. Für eine Sekunde stand ich in völliger Dunkelheit. Der Geruch nach Benzin war hier im Flur fast unerträglich. Ich schaltete die Taschenlampe an meinem Handy an und schreckte zurück.

Vor mir, auf dem Bambusfaser-Läufer, lag Dieter.

Mit weit aufgerissenen Augen.

Und mit dem im Herzen, was er gebraucht hätte, um dem offensichtlich geflohenen Einbrecher die Reifen zu zerstechen: einem langen Jagdmesser.

Mein Tantra-Partner, den ich ganz niederschwellig um eine Objektüberwachung gebeten hatte, hatte diese Bitte mit dem Leben bezahlt.

Mein Magen erinnerte sich an meine erste Tantra-Übung und begann, hemmungslos zu tanzen. Aber ich konnte die Augen nicht von der Szene lassen.

Alles, was ich mit gutem Willen hatte erreichen wollen, war, den sicheren Breitner-Hafen ganz niederschwellig zu schützen.

Alles, was ich mit gutem Willen erreicht hatte, war, dass im Hafenbecken nun eine Leiche schwamm.

Eine beträchtliche Menge Blut war offensichtlich noch aus der Wunde gepumpt worden, bevor Dieters Herz zu schlagen aufgehört hatte. Es bildete rund um Dieters Oberkörper eine glänzende Pfütze auf dem sich vollsaugenden Bambus-Teppich.

Der Anblick war schrecklich.

Kein Vergleich zu Dieters ölglänzendem Oberkörper am Freitag.

Schrecklich genug, um mich zunächst einmal drei Atemzüge lang auf die Festigkeit des Bodens unter mir konzentrieren zu wollen, um das Gefühl loszuwerden, ihn unter den Füßen zu verlieren.

Leider war das nicht möglich.

Der penetrante Benzingeruch des Bodens, auf dem ich stand, verhinderte dies. Der Grund dafür befand sich knapp einen Meter von Dieters Kopf entfernt: ein Fünf-Liter-Tankstellen-Kanister, der umgekippt auf dem Teppich lag und dessen Inhalt sich in die Fasern gesogen hatte.

Ich machte mein Handy wieder aus und floh in das Büro zurück, um dort in Ruhe durchatmen zu können.

Ich stellte mich vor den Schreibtisch, mit Blick aus dem Loch im Fenster in den Innenhof. Die Beine schulterbreit auseinander. Den Rücken gerade. Die Arme locker am Körper hängend. Ich atmete tief ein und ruhig wieder aus.

Das vertrieb zunächst einmal die Schleier des Benzingeruches aus meinen Lungen.

Auch das diffuse Gefühl des Verlorenseins verwässerte sich in meinem Kopf.

Ich wiederholte die Atemübung.

Ich stellte mir beim Einatmen vor, wie ich die Festigkeit des Bodens durch meine Beine in meinen Körper sog. Bei jedem Ausatmen visualisierte ich, wie alle negativen Gedanken meinen Körper mit dem Atem verließen.

Der Schreck, mit einer weiteren Leiche in meinem Leben konfrontiert worden zu sein, entwich ein Stück weit meinem Körper.

Die erschreckende Erkenntnis, dass der Killer, wäre ich nur ein paar Minuten eher hier gewesen, wahrscheinlich auch auf mich losgegangen wäre, verließ mich in spürbaren Dosen.

Die Panik, in meinem ehemals gesicherten Hafen mit Blut, Tod und Benzin konfrontiert zu werden, löste sich zu einem guten Teil in verbrauchte Luft auf.

Nach circa zehn Atemzügen war ich bereit, mich der Realität zu stellen.

Realität war, dass Dieter tot war.

Realität war aber auch, dass Dieter ein erwachsener Mann war.

Dass er – offensichtlich gegen seinen Willen – mit einem Messer in der Brust auf dem Boden meines Entspannungstherapeuten lag, änderte nichts an der Tatsache, dass er alle dahin führenden Schritte aus freien Stücken gegangen war.

Es war seine Entscheidung, an dem Tantra-Seminar teilzunehmen.

Es war seine Entscheidung, dies als moralisch verwerflich einzuordnen und seiner Lebenspartnerin nichts davon zu sagen.

Es war seine Entscheidung, mich an seiner verklemmten Wertewelt in Bezug auf Sexualität, Treue, Katja und »Alternativen« teilhaben zu lassen.

Ich hatte ihm lediglich gesagt, dass ich seiner Hanna von alldem nichts erzählen würde, wenn er mir einen Gefallen tat.

Es war seine Entscheidung, mir diesen Gefallen zu tun.

Am Ende des Tages lag nun nicht ich tot auf dem Teppich.

Sondern er.

Seine Entscheidung.

Realität war auch, dass ich Dieters Tod nicht der Polizei melden würde.

Dieters Ableben war das Resultat meiner Hilfsbereitschaft Herrn Breitner gegenüber.

Und Herr Breitner wollte – warum auch immer – ganz ausdrücklich, dass keine Polizei involviert war.

Und auch ich persönlich hatte diesen Wunsch für mich übernommen: Der Täter, der Herrn Breitner überfallen hatte, hatte die Teekanne zerstört. Er war in meinen innersten Kreis eingedrungen.

In diesem Kreis hatte die Polizei nichts zu suchen.

Deswegen hatte ich das Objekt ja privat überwachen lassen: weil ich meinen sicheren Hafen für mich haben wollte.

Dass nun eine Leiche drin schwamm, war schlimm genug. Es musste aber nicht auch noch ein Polizeiboot drum herumkreisen.

Ich hatte genug Menschen eigenhändig umgebracht, ohne die Polizei zu involvieren. Es hätte mir gerade noch gefehlt, dass jemand, den ich gar nicht selber getötet hatte, nun die Aufmerksamkeit der Justiz auf mich lenken würde. Schon gar nicht um den Preis, dass damit dann meine Teilnahme an einem Tantra-Seminar aktenkundig wurde, weil mein Kurspartner hier erstochen wurde. Ich würde Dieters Leiche irgendwie aus dem Hafenbecken raus aufs offene Meer schaffen müssen. Sobald sie dann an irgendeinem Strand angespült werden würde, könnte sich die Polizei ja immer noch drum kümmern.

Da mir die Polizei offensichtlich nicht als Freund und Helfer bei der Leichenbeseitigung helfen würde, musste ich mich logischerweise selber darum kümmern.

Um meine weitere Vorgehensweise zu planen, musste ich mir erst einmal ein geordnetes Bild vom Ist-Zustand machen.

Ich ging zurück in den Flur, schloss die Tür zum Arbeitszimmer und machte das Flurlicht an.

Ich bemerkte, dass sich ein noch benzinglänzender Fußabdruck zwischen Teppich und Hausflur befand.

Mein Blick wanderte zurück zu Dieters Leiche.

Dieter war nicht von hinten erstochen worden, sondern von vorn. Der Täter hatte sich ihm nicht heimlich genähert. Er musste vor ihm gestanden haben.

Warum hatte Dieter nicht geschossen?

Ich schaute mich nach Dieters Schusswaffe um. Sie lag zwischen seinen Beinen. Ein kleiner Trommelrevolver. Geladen.

War Dieter so verängstigt gewesen, dass er beim Anblick des Einbrechers die Nerven und seinen Revolver verloren hatte, um sich dann erstechen zu lassen?

Diese Frage würde ich von hier aus nicht beantworten können.

Viel wichtiger war die nächste Frage: Wo war das Buch, von dem Dieter gesprochen hatte?

Offensichtlich hatte Dieter die Scheibe des Täter-Autos eingeschlagen und das Buch – zumindest vorübergehend – an sich genommen.

Hatte der Täter es sich wiedergeholt?

Ich schaute nach, ob Dieter das Buch noch irgendwo an sich hatte.

Neben dem Messer trug Dieter schwarze Jeans, ein schwarzes Hemd und eine schwarze Windjacke. Die Jacke verfügte über mehrere große Außentaschen. Ich klopfte die Windjacke ab. In einer der Taschen ertastete ich einen rechteckigen, harten Gegenstand.

Ich kniete mich auf den Boden, öffnete die Tasche und – zog ein Buch heraus.

Ein Buch, das ich schon oft in Herrn Breitners Regal gesehen hatte:

Freud – Gesammelte Werke V:
Sexualtheorie, Neurosenlehre, Metapsychologie.

Lederrücken, Leinen-Einband. In das Regal eines Therapeuten passte es wie ein Baum in den Wald. Warum sollte jemand Dieter fällen, um an dieses Buch zu gelangen? Was in aller Welt sollte an diesem Buch so bedeutend sein, dass dafür Joschka Breitner misshandelt worden war?

Sollte es der immens hohe Preis einer unbeschädigten Erstausgabe gewesen sein, so war dieser jetzt nicht mehr gerechtfertigt: Der Leineneinband glänzte satt vor dunkler Flüssigkeit. Die Seiten des Buches hatten sich bereits durch die Jacke mit Dieters Blut vollgesogen.

Das Buch war ungewöhnlich schwer. Ich klappte es auf. Das Buch verfügte über einen Hohlraum. Die Seiten waren kurz hinter dem Rand so ausgeschnitten worden, dass sich dort Platz bot – für ein weiteres Buch. Es war in Leder gebunden.

Das Buch im Buch, das Joschka Breitner erwähnt hatte.

Ich nahm das kleinere Buch aus der Hülle des größeren Buches heraus.

Die Hülle hatte es vor dem Blut Dieters bewahrt. Das kleine Buch war völlig sauber geblieben.

Hinter dem kleineren Buch war noch etwas verborgen: eine klassische, alte Aufnahme-Kassette. Ohne Hülle. Das weiße Etikett war beschriftet mit »A-Frame-House, Confession S-P-Parvaz«.

Ich ließ die Kassette in dem ausgeschnittenen Fach und wandte mich dem kleinen Buch zu. Ich klappte es auf. Die zahlreichen Seiten ziemlich dünnen Papiers waren fein säuberlich in einer sehr kleinen Schrift per Hand beschrieben. Auf der ersten Seite stand:

Joschka Breitner

Godwork Orange
Meine Zeit mit Bhagwan
1980 – 1984

19 VERSUCHUNG

»Der Versuchung mit schlechter Laune zu widerstehen ist keine Kunst.
Ihr mit schlechtem Gewissen nachzugeben auch nicht. Die Kunst bei der
Versuchung besteht darin, ihr in vollem Bewusstsein nachzugeben und
sie ohne schlechtes Gewissen zu genießen.«

JOSCHKA BREITNER,
»GODWORK ORANGE –
MEINE ZEIT MIT BHAGWAN«

SELBSTVERSTÄNDLICH DRÄNGTE ES MICH, das Buch zu lesen.

Dieses Buch war offensichtlich der Grund für Joschka Breitners Misshandlung.

Dieses Buch war damit also irgendwie auch der Grund für Dieters Tod.

Und wäre ich nur fünf Minuten früher in der Praxis gewesen, hätte der Einbrecher wahrscheinlich auch mich angegriffen. Und vielleicht ebenfalls ermordet.

Wegen dieses Buches.

Womit sich die Frage, ob ich es lesen sollte, dann allerdings erledigt hätte.

Wegen meines Ablebens.

Aber noch lebte ich.

Und ich hielt dieses Buch in meinen Händen.

Und solange ich nicht auch den Täter in meinen Händen hielt, stellte dieses Buch nicht nur eine Gefahr dar, sondern enthielt aller Wahrscheinlichkeit nach auch den Grund, *warum* es eine Gefahr darstellte.

Ich musste also wissen, was in diesem Buch stand.

Um mich und andere zu schützen.

Zumindest redete ich mir das ein.

Irgendwie war mir schon klar, dass das Humbug war.

In Gefahr war lediglich Herr Breitner.

Hätte ich mich nicht in Herrn Breitners Leben eingemischt, wäre Dieter noch am Leben.

Anstatt gegen Herrn Breitners ausdrücklichen Willen tief in dessen Privatsphäre einzudringen, könnte ich ihm das Buch auch einfach ungelesen zurückgeben.

Der Rest wäre dann Sache von Herrn Breitner gewesen.

Er war alt genug, sich selber zu schützen.

Und selbst wenn ich das Buch lesen würde, wäre damit noch lange nicht sichergestellt, dass ich dadurch Rückschlüsse auf den Grund für die Angriffe oder gar auf den Angreifer selbst ziehen konnte.

Geschweige denn, dass ich diese Gefahr dann beseitigen konnte.

Das war einzig und allein eine von mir aufgestellte Behauptung.

Aber es war irgendwie ein zu schönes Gefühl, mich mit diesem Buch in der Hand als letztes Bollwerk zwischen Leben und Tod zu sehen.

Doch im Moment hatte ich ohnehin keine Zeit zum Lesen, sondern alle Hände voll zu tun.

Zunächst einmal lagen zwei ganz profane Aufgaben ohne literarischen Bezug vor mir.

Es gab einen Flur zu reinigen und eine Leiche zu beseitigen.

Bevor es hell wurde und mich die Nachbarn bei Letzterem sehen könnten.

Sonst käme irgendwann doch noch die Polizei auf die Idee, Herrn Breitner beschützen zu müssen.

Und das wollte weder Herr Breitner noch ich.

Ich legte also das Buch zunächst einmal zur Seite.

Das grobe Beseitigen der Spuren im Flur ging relativ einfach.

Zuerst einmal entnahm ich das Messer Dieters Körper. Ich wischte es an seiner Jacke sauber ab und legte es zusammen mit seinem Revolver auf die Holzdielen neben dem Bambus-Teppich.

Dann nahm ich alle privaten Gegenstände von Dieter an mich: Brieftasche, Schlüssel, Handy.

Zuletzt durchsuchte ich seine Taschen nach dem Ersatzschlüssel von Joschka Breitners Wohnung. Ich fand ihn sofort und nahm ihn wieder an mich.

Im Anschluss musste ich nur noch den Bambus-Teppich aufrollen. Mit dem Benzinkanister und Dieter darin.

Doch damit waren die mir möglichen Do-it-yourself-Maßnahmen auch erschöpft. Dieter und Teppich stellten zusammen eine sicherlich mehr als hundertdreißig Kilogramm schwere Einheit dar. Allein würde ich diese nicht aus dem Haus, dann in meinen Land Rover und zuletzt wohin auch immer schaffen können.

Wobei die Klärung der Frage, wo »wohin auch immer« lag, noch mal einen ganz eigenen Punkt darstellte.

Ich brauchte Hilfe.

Ich hatte nicht viele Freunde.

Aber wenige echte.

Echte Freunde erkennt man daran, dass man sie nachts um drei anrufen kann, um eine Leiche zu beseitigen. Und dass sie nicht als Erstes nach dem »Warum?« fragen, sondern sich zunächst nach dem »Wo bist du?« erkundigen.

Ich wählte Saschas Nummer.

»Ist was passiert?«, fragte mich Sascha schlaftrunken.

»Ich brauche deine Hilfe. Kannst du kommen?«

»Wo bist du?« Bei dieser Frage klang Sascha schon hellwach.

Ich gab Sascha die Adresse von Joschka Breitners Praxis. Auch er würde mindestens zwanzig Minuten brauchen, um hier zu erscheinen. Das hieß, ich hatte Zeit zum Lesen.

Ich nahm das Buch wieder an mich.

Das Tagebuch in der Hand fühlte sich ein bisschen an wie eine große Schüssel Haribo Color-Rado auf einem fremden Wohnzimmertisch. Eigentlich sollte man da nicht reingreifen.

Aber das Gefühl, es zu können, war toll.

Und wenn man sich einfach mal nur ein einziges Stückchen nimmt, fällt es auch gar nicht auf. Oder von jeder Sorte eins.

Oder alle von einer Sorte.

Schon beim ersten Griff in die Schüssel ist klar, dass am Ende die Schüssel leer, der Bauch voll und das schlechte Gewissen erdrückend sein wird.

Aber ist der erste Griff einmal getan, ist es eben auch zu spät.

Bei Süßigkeiten wusste ich, wie sie auf mich wirkten.

Beim Tagebuch meines Therapeuten nicht.

Das machte das Ganze noch verlockender.

Verlockung hin oder her, irgendwo würde ich zunächst einmal auf Sascha warten müssen.

Ich ging in das Coaching-Zimmer.

Die Rollläden hatte ich heruntergelassen, als ich gestern – vorgestern – die Praxis an Walters Leute übergeben hatte.

Ich machte das Licht an.

Das Chaos im Raum war noch immer das gleiche wie direkt nach dem Überfall auf Joschka Breitner.

Ich nahm mir einen der Stühle, stellte ihn aufrecht hin und setzte mich hinein.

Hier hatte ich das letzte Mal vor genau einer Woche gesessen.

Und hatte heimlich eine Zeitschrift gelesen.

Niemand hatte mich dabei gesehen.

Und jetzt würde mich auch niemand sehen.

Ein einziges Haribo Color-Rado.

Eine einzige Seite in dem Buch.

Eine Grenze überschreiten, um vielleicht ein Leben zu retten.

Ich öffnete das Buch.

Ich blätterte es zunächst kursorisch durch. Es war von der ersten bis zur letzten Seite in Joschka Breitners Handschrift beschrieben.

Ich beschloss, wirklich nur ein winziges Stückchen der ersten voll beschriebenen Seiten zu lesen.

Auf diesen Seiten hatte Joschka Breitner anscheinend eine Art Vorwort verfasst.

Dies ist mein Bericht über die prägendste Zeit meines Lebens.
Meine Zeit mit Bhagwan Shree Rajneesh.
Ich hatte das Privileg, vier Jahre als Sannyasin in seiner Nähe verbringen zu dürfen.
Im Ashram in Poona, Indien.
Im Ashram in Rajneeshpuram, Oregon.
Aus Gründen, die dieses Buch erklärt, musste ich dieses Leben vollständig hinter mir lassen.
Aus der Fülle meiner Tagebuch-Aufzeichnungen und aus dem Reichtum meiner Erinnerungen habe ich nun, mit dem Abstand einiger Jahre, dieses Buch verfasst. Es konzentriert sich auf die Gründe, die mich zu Bhagwan hin-, und die Ereignisse, die mich von ihm fortgeführt haben.
Sollten mich Letztere jemals wieder einholen, so soll dieses Buch Zeugnis ablegen über die Motive meines Handelns.

Zwei Dinge sind mir beim Verfassen dieses Buches klar geworden:

Bhagwan ist immer noch eine Lichtgestalt für mich.

Und: Wo viel Erleuchtung ist, ist auch viel Schatten.
Mit den nachfolgenden Erzählungen möchte ich aus dem Schatten der anderen heraustreten.
Mein eigener Schatten ist dunkel genug.

Ich legte das Buch zur Seite und ließ die Informationen auf mich wirken.

Wow.

Joschka Breitner war tatsächlich ein Anhänger Bhagwans gewesen.

Joschka Breitner hatte seine Vergangenheit nie erwähnt.

Die Idee, dass er überhaupt eine hatte, war mir das erste Mal am letzten Freitag gekommen, beim Anblick des Fotos an der Wand im Tantra-Center.

Es hatte also tatsächlich den jungen Joschka Breitner gezeigt.

Joschka Breitner und Günther waren zur gleichen Zeit am gleichen Ort gewesen: im Ashram in Poona in Indien.

Anders als Joschka Breitner bekannte sich Günther nicht nur ganz offen zu seiner Zeit als Anhänger Bhagwans, sondern schien daraus auch noch ein Geschäftsmodell gemacht zu haben.

Fest stand nun aber, dass der Mann, der für die Sicherung meines eigenen Seelenfriedens zuständig war, offenbar einen Guru verehrte.

Und zwar nicht nur früher mal, sondern offenbar immer noch.

Ich wusste nicht, ob ich das gut oder schlecht finden sollte.

Ich erinnerte mich allerdings spontan an einen Leitsatz aus meinem Achtsamkeitstraining von Joschka Breitner: Frei nach Epiktet beunruhigten nicht die Dinge selbst uns Menschen, sondern die Vorstellung von den Dingen.

Nichts auf der Welt ist an sich gut oder schlecht.

Die Dinge sind, wie sie sind.

Erst unsere eigene Bewertung ordnet sie als positiv oder negativ ein.

Ich horchte in mich hinein und stellte fest, dass ich eine Menge Vorurteile gegenüber Bhagwan hatte: ein reicher Menschenfänger, der Sinnsuchende mit Sex lockte und sie dann finanziell ausquetschte, um sich von dem Geld eine Rolls-Royce-Sammlung anzulegen.

Nichts davon wusste ich aus erster Hand. Alles nur vom Hörensagen.

All diese Vorurteile, die ich gegenüber Bhagwan hatte, folgten ausschließlich den Bewertungen anderer.

Ich hatte noch nie etwas von Bhagwan selbst Verfasstes gelesen, mich nie bewusst mit einem seiner Anhänger unterhalten. Dieses Tagebuch war im Grunde die erste direkte Quelle.

Wenn ich schon gegen Joschka Breitners Willen sein Tagebuch las, dann sollte ich dies wenigstens nach seinen eigenen Maßstäben tun: wertungsfrei und liebevoll. Achtsam eben.

Ich beschloss, mir selbst ein Bild von dem zu machen, was Joschka Breitner als seine prägendste Zeit beschrieb.

Ich las weiter.

ZWEITER TEIL

POONA

20 LEBEN

»Das eigene Leben beginnt bereits Generationen vor der Geburt. Mit den Ereignissen, die jene prägen, die uns prägen werden.«

JOSCHKA BREITNER,
»DAS INNERE WUNSCHKIND«

GEBOREN WURDE JOSCHKA BREITNER 1960. Als Josef Miggertaler.
Er war der jüngste von drei Brüdern. Ein Nachzügler. Seine älteren
Geschwister waren sechs beziehungsweise acht Jahre älter als er. Aber
alle drei teilten in einem Punkt das gleiche Schicksal.
Joschka Breitner formulierte es so:

>*Das prägendste Ereignis meiner Kindheit war der Zweite Welt-
krieg – auch wenn der bei meiner Geburt schon fünfzehn Jahre
vorbei war.*«

Und dann führte er aus, was er damit meinte.
Aus der Familie der Miggertalers ging im »Dritten Reich« eine Reihe
bescheidener Widerstandskämpfer hervor. Jedenfalls behaupteten
das die Miggertalers. *Nach* dem »Dritten Reich«. Und in einem Punkt
hatten sie recht: Ihr Widerstand war in der Tat sehr bescheiden gewesen.
Josefs Vater, Karl-Josef, war widerwillig Hitlerjunge. Hitlerjunge
sofort. Widerwillig danach. So wie fast alle Jungs seiner Schule.
Es begann mit einem schulfreien Samstag für die, die sich in den
Dienst der guten Sache stellten. Es endete mit dem Einsatz im Volks-
sturm.
Wer das kritisch sah, war bestenfalls ein Außenseiter, schlimmstenfalls ein Führerleugner.
Sich diesem Druck zu stellen war nicht jedermanns Sache. Einigen
gelang es. Den meisten nicht. Trotzdem war nicht jeder Junge im Alter

von sechzehn Jahren gleich widerwilliger HJ-Schulführer. Josefs Vater schon.

Die größte Widerstandsleistung von Josefs Vater bestand darin, noch im April 1945 an der innerdeutschen Front mit einer Panzerfaust in der Hand Widerstand gegen die Amerikaner geleistet zu haben. Keine zwei Stunden vor der Eroberung seiner Heimatstadt feuerte er sein Geschoss in den Turm eines Sherman-Panzers. Und tötete damit fünf junge US-Amerikaner.

In seinen Augen war das alternativlos. Schließlich ging es darum, das zu retten, was er unter der Welt verstand.

Auf die Idee, dass die ihm indoktrinierte Ideologie nicht Teil der Lösung, sondern Teil des Problems sein könnte, kam er als Sechzehnjähriger nach jahrelanger Propaganda nicht.

Josef konnte seinem Vater daraus keinen Vorwurf machen. Er tat ihm nur unendlich leid.

Josefs Großvater, Hans-Josef, war da schon ein ganz anderer Fall. Er war stolz auf die Tat seines Sohnes. Bis auf den Fauxpas, dass sie nicht verhindert hatte, dass die überlebenden Amis die Stadt trotz des Widerstandes seines Sohnes einnahmen.

Großvater Miggertaler war selbst eine Art Widerstandskämpfer.

Aus Widerstand gegen den Wehrdienst war er freiwillig zur Polizei gegangen. Anstatt an der Ostfront widerwillig auf fremde Soldaten zu schießen, befehligte er hinter der Ostfront ein Bataillon anderer Polizisten, die dort freiwillig fremde Zivilisten erschossen.

Diesen Job erfüllte er so pflichtbewusst, dass er auch nach dem Krieg weiterhin bei der Polizei bleiben durfte.

Seine Widerstandsleistungen wurden erst dreißig Jahre nach seiner letzten Erschießung in einem Kriegsverbrecherprozess zur Sprache gebracht. Der Prozess ging ein paar Wochen lang durch die Zeitungen. Josefs Großvater aber ging nicht in den Knast, sondern in Pension. Anscheinend gab es Verbrechen, bei denen es nur Opfer gab.

Die Zivilisten waren Opfer der Täter.

Die Täter waren Opfer der Umstände.

Zwar war nun allgemein bekannt, was Opa Miggertaler im Krieg getan hatte.

Es kümmerte bloß keinen.

Außer den kleinen Josef.

Joschkas Vater, Karl-Josef, machte nach dem Krieg das Abitur, studierte Wirtschaftswissenschaften, wurde Finanzbeamter und heiratete jung.

Seine Mutter, Heidrun Miggertaler, geborene Breitner, war eine sehr positiv gestimmte Christin vor dem Herrn.

Sie sagte zu allem Ja und Amen, was ihr Mann sagte.

Sie hatte im Krieg ihre Eltern und ihre Heimat, Ostpreußen, verloren und tat nun nach dem Krieg alles, um den Familienfrieden in ihrem Reihenhaus in Westdeutschland zu verteidigen.

Joschkas Eltern hatten erlebt, wie ihnen der Glaube an eine absolute Wahrheit Kindheit, Unschuld und Heimat genommen hatte. Die Lehre, die sie daraus zogen, war allerdings nicht, absolute Wahrheiten infrage zu stellen. Die Lehre war, keine Fragen zu stellen. Aus den unverarbeiteten Trümmern der verleugneten Vergangenheit bauten sie sich ihr neues Zuhause. An dessen Mauern nicht gerüttelt wurde. Der Putz hätte sonst sofort Risse bekommen.

Bei den Miggertalers wurde nicht über Fehler, Ängste, Sorgen gesprochen.

Es wurde nicht geliebt, gelacht, geweint.

Es wurde gelebt, gemacht und funktioniert.

In diesem Umfeld wuchs der kleine Josef auf.

Mit emotional heimatlosen Eltern.

Traumatisiert durch die unverarbeiteten Traumata, die seine Eltern und Großeltern im Weltkrieg erfahren hatten.

Er trug die Angst vor Verlust von Heimat und Eltern seiner Mutter, die Feigheit seines Großvaters, die anerzogene Aggressivität seines Vaters in sich.

Wo er als Kind Urvertrauen und Schutz gebraucht hätte, bot man ihm unterdrückte Wut und Verlustängste.

Aber das konnte der kleine Josef nicht wissen.

Er kannte es nicht anders.

Diese Erkenntnis sollte ihn erst Jahre später treffen.

Mit voller Wucht.

Joschkas Kindheit verlief in physikalischem Sinne gradlinig. Es gab kaum Ausschläge nach oben oder unten. Alles hatte seine Routine. Erst Kindergarten. Dann Schule. Um 13 Uhr Mittagessen. Nach den Hausaufgaben raus zu den anderen Kindern auf die Straße. Abends um 17.30 Uhr kam der Vater. Um 18 Uhr das Abendbrot. Nach den 19-Uhr-Nachrichten ging es ins Bett. Sonntags ging es in die Kirche. Gott wurde nicht infrage gestellt.

Entsprechend gab er auch keine Antworten.

Als Nachzüglerkind mit einigen Jahren Abstand gab es für den kleinen Josef nichts, womit er seine Eltern groß überraschen konnte. Das erste Lächeln, die ersten Schritte, die erste Nacht ohne Windel – all das hatten seine Eltern, vornehmlich seine Mutter, bereits zweimal bei seinen älteren Brüdern erlebt.

Und Josefs Brüder ließen ihn ihre altersbedingte Überlegenheit bei jeder Gelegenheit spüren.

Kurz: Josef konnte in seiner Familie nicht mit dem punkten, was er tat. Sondern nur mit der Art, wie er es tat.

Josef war ein hochbegabtes Kind.

Nicht nach heutigen Maßstäben, indem er mit sechs Jahren den Fahrradhelm fast ganz ohne Hilfe hätte zustöpseln können, ohne dabei über die Stützräder zu stolpern.

Josef konnte bereits mit vier Jahren fließend lesen und schreiben.

Mit fünf beherrschte er alle Grundrechenarten.

Er übersprang auf dem Gymnasium eine Klasse und machte mit siebzehn Jahren, kurz vor der Volljährigkeit, das Abitur.

Dass er neben seiner angeborenen Intelligenz auch noch lernte wie ein Besessener, war zu einem großen Teil der tief in ihm sitzenden Angst geschuldet zu versagen.

Eigentlich hätte nun bei ihm, wie bei seinen älteren Brüdern, der Wehrdienst angestanden. Josef hatte im Grunde nichts dagegen. Er war ein sportlicher, fitter Kerl, der auf seine Ernährung achtete.

Ein Stück weit musste er auch darauf achten, was er zu sich nahm, weil er keine Milchprodukte vertrug.

Einzig in puncto Milch war Josef im Vergleich zu seinen Brüdern minderbegabt.

1978 war Laktoseunverträglichkeit noch keine Modekrankheit, sondern ein Ausmusterungsgrund. Joschka Breitner war nach Ansicht des Musterungsarztes wehrdienstuntauglich.

Als Josefs Vater davon hörte, verlor er die Beherrschung. Er schrie Josef an, er solle sich nicht hinter seiner »Milchbehinderung« verstecken, sondern mannhaft seinen Wehrdienst leisten. Wie seine älteren Brüder auch.

Seine beiden älteren Brüder hatten kein Abitur.

Beide hatten eine Ausbildung abgeschlossen und eine Familie gegründet.

Der ältere war mit seiner Jugendliebe verheiratet, die er bereits ebenso lange betrog, wie er sie kannte. Der andere hatte eine Sekretärin aus dem Handwerksbetrieb, in dem er arbeitete, geehelicht. Weil er sie dort auf einer Weihnachtsfeier geschwängert hatte.

Josefs Brüder füllten bereits mit Mitte zwanzig die Enge eines klassischen Lebens aus.

Josef hatte mit siebzehn Jahren das beste Abitur seiner Schule gemacht.

Ihm stand mit siebzehn Jahren die Welt offen.

Aber er genügte nicht den Ansprüchen seines Vaters.

Josef war hochbegabt und milchbehindert.

Das passte in keine Schublade.

Josefs erste Rebellion war nicht laut. Sondern eigentlich ziemlich gewitzt.

Ohne sich als untauglich ausmustern zu lassen, stellte er den Antrag auf Wehrdienstbefreiung, weil seine beiden Brüder bereits gedient hatten.

Sollte sein Vater denen die Schuld geben.

Josef zog von zu Hause aus, um zu studieren. In einer Stadt drei Zugstunden von seinen Eltern entfernt.

Er fand per Kleinanzeige ein WG-Zimmer und schrieb sich ein, um BWL zu studieren, wie sein Vater.

Aus einem Impuls heraus rebellierte er dort ein zweites Mal. Einen Hauch sichtbarer.

Er wollte kein Josef mehr sein, wie sein Vater und Großvater. Er gab bei der Einschreibung seinen Vornamen mit »Joschka« an.

Niemandem fiel das auf.

Das Uni-Leben war zunächst einmal eine Enttäuschung für Joschka.

Er hatte gehofft, der humorlosen, kleinkarierten Spießigkeit seines Elternhauses zu entkommen – und fand sich in einer humorlosen, kleinkarierten, spießigen Uni-Welt wieder. Nur dass die Spießer an der Uni lauter brüllten und längere Haare hatten als sein Vater.

Der Wahrheitsanspruch, die Machtbesessenheit und die Verachtung Andersdenkender waren – ein Jahr nach dem Deutschen Herbst – die gleichen.

Spießigkeit wurde mit spießiger Antispießigkeit bekämpft. Seine Blickrichtung hatte sich um hundertachtzig Grad gedreht. Die Aussicht war dieselbe.

Freilich brüllten nicht alle. Die Mehrheit schwieg einfach.

Eine Atmosphäre, die sich nur spärlich mit Pril-Blumenstickern überkleben ließ.

Es wurde trotzdem versucht.

Auch Joschka schwieg.

Er hielt sich aus allen Diskussionen heraus.

Er ging morgens in die Uni und abends zurück in sein WG-Zimmer.

Außer ihm wohnten in der komfortfreien Vierzimmerwohnung noch drei weitere Studenten.

Burkhard, ein angehender Jurist Anfang zwanzig, der selten da war.

Babsi, eine mauerblümchenhafte Physikstudentin, vielleicht zwei, drei Jahre älter als Joschka, die selbst dann nicht auffiel, wenn sie da war.

Und ein Typ, der sich Hajo nannte, wie Mitte dreißig aussah, sein Irgendwas-Studium mit nächtlichen Taxifahrten finanzierte und tagsüber schlief.

Die vier trafen sich gelegentlich in der Küche und besprachen alle vierzehn Tage den Putzplan.

Josef ging manchmal auf Partys und machte schüchtern seine ersten sexuellen Erfahrungen.

Manchmal wachte er neben einer verkaterten Kommilitonin auf, die ihn am nächsten Morgen entweder verschämt vor die Tür setzte oder sofort ihren Eltern vorstellen wollte.

Beides war nicht seins.

Er wunderte sich über die wachsende innere Unruhe, die er mit der Zeit verspürte.

Über die in ihm köchelnde negative Energie, die manchmal in grundlose Wut umschlug.

Manchmal in Traurigkeit.

Die Wut schluckte er runter.

Ungefähr einmal im Monat verkroch er sich für vierundzwanzig Stunden von Melancholie erfüllt in seinem Zimmer.

Ansonsten konzentrierte er sich an sieben Tagen in der Woche auf sein Studium und war mit zwanzig Jahren der bis dato jüngste Absolvent der Fakultät.

Er hatte einen akademischen Titel.

Er trug eine Urkunde in der Hand, die besagte, dass seine Kindheit, seine Jugend und auch seine Studentenzeit hiermit abgeschlossen waren.

Und mit dieser Urkunde in der Hand fragte sich Joschka Miggertaler nach zwanzig Lebensjahren zum ersten Mal, was er eigentlich vom Leben wollte.

Mein Handy summte. Eine SMS von Sascha. Er stand vor der Tür.

Ich schlug das Buch zu und steckte es in die Innentasche meiner Jacke.

Was mein Entspannungscoach da für sich selber aufgeschrieben hatte, war in der Tat sehr persönlich.

Diese ersten Seiten gaben allerdings keinerlei Hinweis darauf, warum Joschka Breitner wegen dieses Buches im Krankenhaus und Dieter tot im Teppich lag.

21 MORAL

»Ein moralisches Leben ist nicht die Voraussetzung, sondern die Folge
eines in sich ruhenden Charakters.«

ICH LIESS SASCHA DURCH die Haustür ein. Noch bevor er mich begrüßte, sog er einmal tief Luft ein.

»Ist das Benzin?«, war seine erste Frage.

»Ja«, stellte ich in der gebotenen Sachlichkeit fest.

Saschas Blick fiel auf den zusammengerollten Teppich.

Auf den Blutfleck darauf.

Auf die Person, die sich offensichtlich darin befand.

Auf die Schuhe, die herausschauten.

Auf das Messer und den Revolver daneben.

»Will ich wissen, was passiert ist?«, fragte er mich.

»Du ... also ... Ich habe am Wochenende diesen Tantra-Kurs besucht, und der Typ da drin ...«, fing ich an zu erklären.

»Hm – ich glaube, ich will es nicht wissen«, fasste Sascha zusammen.

Wir schauten gemeinsam schweigend auf die Teppichrolle.

»Hast du den ...?«, brach Sascha das Schweigen und schaute fragend zwischen mir und dem eingerollten Dieter hin und her.

»Da reingerollt? Ja.«

Sascha schaute weiter fragend.

»Umgebracht? Nein!«

Ich hatte das Gefühl, dass Sascha vielleicht doch ein paar Eckdaten wissen sollte, um seine Bereitschaft, mir zu helfen, zu unterfüttern.

»Also, im Teppich liegt Dieter. Dieter ist – war – Privatdetektiv. Er hatte von mir den Auftrag, das Objekt hier zu überwachen. Dabei hat er einen Einbrecher erwischt. Der Einbrecher hat ihn erstochen.«

»Dieter sollte das Objekt überwachen, das Walter nicht mehr überwachen sollte, weil deine Bekannte es nicht mehr wollte?«

Sascha war also bereits von Walter über die Geschehnisse in Kenntnis gesetzt worden. Er war offen genug, auf die Widersprüche meiner Geschichte hinzuweisen, und loyal genug, nicht nach deren Grund zu fragen.

Er war mein Freund. Ich gab ihm die Kurzzusammenfassung.

»Das hier ist die Praxis meines Entspannungstherapeuten. Er wurde überfallen und hat befürchtet, dass dieser Jemand wiederkommen wird, um etwas aus der Praxis zu entwenden. Deshalb hat er mich gebeten, die Praxis überwachen zu lassen. Mit Walter gab es mir zu viele Überschneidungen meiner beruflichen und meiner privaten Welt. Da habe ich Dieter angeheuert.«

»Das Ergebnis spricht für sich«, bemerkte Sascha lakonisch.

»Polizei?«, war alles, was er weiter wissen wollte.

»Lieber nicht. Ich würde den Typen, der das gemacht hat, gern selber finden.«

Sascha nickte.

»Hat der Einbrecher gefunden, was er suchte? Was auch immer das war?«

»Nicht, dass ich wüsste.« Ich zuckte unschuldig mit den Schultern. Die Schüssel Haribo Color-Rado wollte ich bei aller Freundschaft zunächst einmal für mich behalten.

Eine Gesprächspause entstand. Da Sascha nicht das Gefühl bekommen sollte, ich würde ihm etwas verschweigen, gab ich ein paar andere Informationen preis.

»Der Typ da, also Dieter … Dieter war mein Tantra-Partner.«

Sascha guckte mich verständnisvoll an.

»Björn – du musst mir generell nichts erklären. In diesem Fall würde ich dich sogar ganz ausdrücklich bitten, mir nichts zu erklären.«

Umso größer war mein Erklärungsbedürfnis: »Es ist nicht, wie du denkst. Ich war mit Katharina bei dem Tantra-Kurs. Dieter war nur ein Partnertausch.«

Ich sah Saschas Augen an, dass er es ernst meinte, nichts weiter wissen zu wollen.

»Gut«, beendete ich die erneut eingetretene Gesprächspause. »Lass uns die Sache professionell angehen. Wo können wir Dieter hinbringen?«

Sascha überlegte. »Ich habe immer noch meinen Kontakt bei den Stadtwerken.«

Sascha hatte mir bei einem unserer ersten gemeinsamen Toten sehr erfolgreich ausgeholfen, indem er die Leiche durch den Bekannten bei der Müllverbrennungsanlage in Luft auflösen ließ.

»Prima«, kommentierte ich den lösungsorientierten Ansatz.

»Ich rufe ihn morgen mal an. Er muss allerdings immer ein bisschen im Dienstplan schauen, wann er einen Extrawunsch dazwischenschieben kann. Das kann manchmal auch zwei, drei Tage dauern.«

In zwei, drei Tagen würden der Benzingeruch und die Blutflecken des Teppichs zweitrangig sein. Sie würden dann längst von Verwesungsgeruch und Leichenflüssigkeit überlagert werden. Ganz abgesehen davon, wusste ich nicht, wann Herr Breitner wieder aus dem Krankenhaus entlassen werden würde.

Bis dahin mussten Dieter und sein Geruch diese Räumlichkeiten verlassen haben.

»Dann müssen wir Dieter also für ein paar Tage irgendwo zwischenlagern«, bemerkte ich.

Sascha nickte. »Fragt sich nur, wo.« Auch er dachte bereits nach.

»Wie wär's mit unserem Keller? Unter dem Kindergarten«, dachte ich laut.

Moralische Bewertungen sind in der Regel selten lösungsorientiert. Im besten Fall legen sie einem auf dem Weg zu einer Lösung keine Steine in den Weg.

Die Frage, ob man eine Leiche im Keller eines Kindergartens lagern darf, kann man unter moralischen Gesichtspunkten durchaus mit »Nein« beantworten. Was dazu führt, dass man anschließend zwar eine gewisse moralische Überlegenheit, aber immer noch eine Leiche an der Backe hat.

Sascha und ich waren – neben dem Kindergarten im Erdgeschoss, den Sascha leitete – die einzigen Bewohner unseres Mehrparteien-Altbaus. Die Kellerräume waren groß und zahlreich. Und standen bis auf einen von uns zugemauerten Bereich einzig uns beiden zur Verfügung.

Zum Glück hatten Sascha und ich diese Frage mit der Leiche und dem Kindergartenkeller bereits zweimal mit »Ja« beantwortet.

Sascha war ein praktisch veranlagter Mensch, der die tatsächlichen Probleme zu lösen versuchte.

»Wenn wir den Teppich vorher luftdicht verpacken, müsste das gehen«, sagte er.

»Du packst vorne an, ich hinten.«

Während Sascha den Teppich anhob, hatte er noch eine weitere praktische Frage.

»Wie ist der Typ hierhin gekommen?«

»Mit seinem Auto, wieso?«

»Das Auto sollte also auch verschwinden.«

Wo Sascha recht hatte, hatte er recht. Den Wagen würden wir allerdings nicht im Keller zwischenparken können. Und es brachte mir nichts, wenn Dieters Wagen anstatt vor der Praxis von Joschka Breitner irgendwo vor dem Kindergarten stehen würde.

Der Wagen würde als zweitrangiges Problem bis morgen warten müssen.

Einstweilen trugen wir mein erstrangiges Problem gemeinsam zu meinem Land Rover und schnallten es mit Tragegurten verkehrssicher auf dem Dachgepäckträger fest.

22 LEBENSFREUDE

»Die linke Hand kann die rechte Hand nicht kompensieren. Aber ergänzen.
Genauso ist es mit materiellem und spirituellem Reichtum. Beide gemeinsam
in Harmonie sind eine gute Basis, die Lebensfreude mit beiden Händen zu
packen.«

JOSCHKA BREITNER,
»GODWORK ORANGE –
MEINE ZEIT MIT BHAGWAN«

GEGEN HALB FÜNF UHR morgens lag Dieter – luftdicht verpackt in mehreren Lagen Plastikfolie – im Keller. Seine Wertsachen lagen in einem kleinen Kästchen daneben.

Nur das Sigmund-Freud-Buch lag mitsamt der darin enthaltenen Audiokassette unter meinen Socken in einer Schublade im Schlafzimmer verstaut.

Das Tagebuch lag auf meinem Nachttisch.

Ich lag im Bett.

Ich wollte noch ein paar Stunden Schlaf nachholen.

Dieters Tod ging emotional nicht spurlos an mir vorüber. Er hinterließ exakt die Spuren, die der Tod eines Menschen, den ich so gut wie gar nicht kannte, eben hinterlässt. Kaum sichtbare. Ich wusste nichts von Dieter, außer der Tatsache, dass er aufgrund seiner Moralvorstellungen seiner Lebensgefährtin gegenüber ein Doppelleben führte.

Und dass er als Privatdetektiv noch Entwicklungspotenzial gehabt hätte.

Ich wollte dieses von ihm gewählte Leben nicht nach dessen Ende durch eine Doppelmoral untergraben und nun so tun, als ginge mir Dieters Tod näher als der Tod jedes anderen Privatdetektivs, der seinem Job nicht gewachsen war.

Rein praktisch ging mir nicht Dieters Tod, sondern die Gefahr nahe, dass Dieters Tod entdeckt und in Zusammenhang mit mir gebracht werden könnte.

Aber diese Gefahr würde sich in ein paar Tagen in Rauch auflösen.

Bis dahin würde niemand eine Verbindung zwischen einem verschwundenen Dieter und mir herstellen.

Von Dieters Tod wussten nur Sascha, der Täter und ich.

Aber um zu erfahren, warum Dieter jetzt im Keller lag, wollte ich vor dem Einschlafen noch ein paar Seiten in dem Buch lesen, das Dieter das Leben gekostet hatte.

Die Stelle, an der ich vorhin von Saschas SMS unterbrochen worden war, hatte ich schnell wiedergefunden und las weiter.

Joschka Miggertaler stellte also mit zwanzig Jahren fest, dass in seinem Leben etwas fehlte. Er wusste allerdings nicht, was. Es war nicht so, dass er keinen Sinn mehr in dem sah, was er tat. Er stellte fest, dass er sich die Frage nach dem Sinn nie gestellt hatte.

Er war der jüngste und beste Abiturient seiner Stufe. Er war der jüngste Absolvent seiner Uni. Aber die Dinge, die er tat, wurden durch Geschwindigkeit nicht sinnvoller.

Die Phasen, in denen er eine in undefinierte Wut umschlagende Unruhe in sich fühlte, wurden häufiger. Seine ihn regelmäßig überkommende Melancholie wurde zur Gewohnheit.

Er wusste weder, woher diese Wut kam, noch, wie er sie rauslassen konnte.

Und wenn ihn die Traurigkeit überkam, klinkte er sich eben aus.

Er begann, gegen die Wut Ausdauersport zu betreiben. Laufen. Mit steigender Besessenheit. Nach kurzer Zeit lief er zehn Kilometer am Tag.

Wenn er zurückkam, war er erschöpft. Und immer noch wütend.

Und wusste nach wie vor nicht, was er brauchte.

Er hatte das Gefühl, als wäre er zu Beginn seines Lebens ungefragt als Samenkorn von einer Pusteblume geblasen worden. Als flöge er bereits sein Leben lang über eine Wüste, auf der Suche nach fruchtbarem Boden, auf dem seine Seele Nahrung fände.

Aber er fand keinen.

Er flog weiter.

Er blieb an der Uni.

Er blieb in seiner WG wohnen.

Er begann mit seiner Dissertation.

Das Thema »Veränderungsprozesse in der Finanzbuchhaltung vor dem Hintergrund von abschreibungsfähigen Verlusten in Zusammenhang mit steigenden Rohstoffpreisen« empfand er als genauso nichtssagend und irrelevant, wie er sein ganzes Studium mittlerweile betrachtete.

Mangels Alternativen tat er aber jeden Tag weiter das, was er zwanzig Jahre lang getan hatte: das, was alle taten. Nur eben schneller.

Er hatte Angst, dass die Luft, die ihn trug, dünner werden würde.

Doch von einem Tag auf den anderen, im Grunde von einer Sekunde auf die andere, änderte sich Joschkas Leben schlagartig.

Durch Babsi, die mauerblümchenhafte Physikstudentin aus seiner WG.

Babsis Anwesenheit war bislang so unscheinbar gewesen, dass Joschka noch nicht einmal ihre Abwesenheit bemerkte. Während der dreimonatigen Wintersemesterferien hatte sie offensichtlich keine einzige Nacht in der WG verbracht.

Joschka fiel das allerdings erst auf, als Babsi wieder da war.

Ihr Wiedererscheinen riss ihn förmlich aus seinem bisherigen Leben.

Babsi war nicht bloß da.

Sie war zum ersten Mal für Joschka präsent.

Er erkannte sie kaum wieder.

Zum einen, weil das ehemals blasse Mädchen mit der unscheinbaren Kleidung auf einmal braun gebrannt und in orangefarbener Garderobe am Küchentisch saß.

Zum anderen, weil sie von innen her strahlte.

Sie hatte ein Leuchten in den Augen, ein Lächeln im Gesicht und eine Aura der Zufriedenheit um sich.

Die unauffällige Mitbewohnerin war wie verwandelt.

Wie ein Samenkorn, das auf fruchtbaren Boden gefallen war.

In dem Augenblick, in dem er Babsi dort am Küchentisch sitzen sah, wusste Joschka, dass diese Frau das gefunden hatte, von dem er noch gar nicht wusste, dass er es suchte.

Fruchtbaren Boden für die Seele.

In ihrer orangefarbenen Erscheinung sah er in der Wüste unter sich erstmals Grün.

»Möchtest du auch einen Tee?«, fragte ihn Babsi mit einer unkomplizierten Selbstverständlichkeit, als wäre dies nicht der erste Tee, den sie in zweieinhalb Jahren Miteinander-Wohnen miteinander trinken würden.

Der Beginn dieses Gespräches sollte für Joschka der Beginn eines neuen Lebens werden.

»Wo warst du?«, fragte er Babsi. Und meinte dabei eigentlich die letzten zwanzig Jahre.

»Grüner Tee ist okay?«, antwortete Babsi.

Sie holte eine zweite Tasse aus dem Regal, goss Joschka ein und gab ihm die Tasse.

»Bitte sehr, lauwarm.«

Während sich Joschka an seiner lauwarmen Tasse festhielt und sich an der Erscheinung seiner Mitbewohnerin wärmte, fing Babsi an zu erzählen.

Sie war in den Semesterferien mit einer Freundin in Indien gewesen. In einem Ashram. In einem Ort namens Poona. Um von einem Philosophie-Professor zu lernen, der von seinen Anhängern Bhagwan Shree Rajneesh genannt wurde.

Ashram – Poona – Bhagwan: Nichts davon sagte Joschka auch nur das Geringste.

Aber was auch immer Babsi in den Semesterferien gemacht haben mochte, wenn dies eine solche Veränderung bei ihr hervorgerufen hatte, musste Joschka mehr darüber erfahren.

»Und was lehrt dieser Philosophie-Professor?«

»Lebensfreude.«

Lebensfreude. Dieses eine Wort traf Joschka mit voller Wucht.

Dieses eine Wort fasste alles zusammen, was in seiner Familie in den letzten zwanzig Jahren nicht die geringste Rolle gespielt hatte: Lebensfreude.

Lebensfreude war das, von dem Joschka nicht wusste, dass es ihm fehlte.

Jetzt gab es für die Lücke einen Namen.

Aber noch keinen wirklichen Inhalt.

»Lebensfreude ist eine Philosophie?«, wunderte sich Joschka.

Babsi musste lächeln.

»Was ist an der Frage komisch?«, wunderte sich Joschka belustigt.

»Darf ich dir den Unterschied zwischen Philosophie, Religion und der Lehre von Bhagwan erklären?«

»Ich bitte darum.«

»Philosophie ist, wenn du nachts in einem dunklen Keller mit verbundenen Augen eine schwarze Katze suchst, die gar nicht da ist«, erklärte Babsi.

Den Spruch hatte Joschka schon mal irgendwo gehört.

»Und Religion?«, hakte Joschka nach.

»Religion ist exakt das Gleiche – nur dass am Ende irgendjemand behauptet: ›Ich hab sie!‹«

Jetzt musste Joschka lachen.

»Und was ist die Lehre von Bhagwan?«

»Bhagwan sagt: Nimm die Augenbinde ab und mach das Licht an. Es geht hier nicht um eine abwesende Katze, sondern um dich.«

»Und wenn die Binde ab ist? Ich meine … was ist die Kernaussage dieses Bhagwan?«

»Kurz und bündig?«

»Wenn das geht.«

»Klar geht das. Bhagwans Botschaft lautet: ›Sei dir selbst ein Witz, der dich erheitert.‹«

Babsi sah Joschkas verständnislosen Blick und musste lachen. So ansteckend, dass Joschka mitlachte.

»Echt jetzt?«, fragte er, nachdem der erste Anfall abgeklungen war. »Das ist alles?«

»Sich selber zum Lachen bringen zu können ist mehr als genug.«

»Sich selber zum Lachen zu bringen kann doch nicht die Kernbotschaft eines indischen Gelehrten sein?«

»Warum nicht?«, fragte Babsi.

Ja, warum eigentlich nicht?, dachte sich Joschka.

»Ich meine ... was gibt dieser Bhagwan dir zu deiner Lebensfreude? Wozu brauchst du ihn?«

»Er nimmt mir das, was ich nicht habe, und gibt mir das, was ich längst habe.«

»Geht das auch auf Deutsch?«

»Jeder Mensch trägt alle notwendigen Qualitäten zur Lebensfreude bereits in sich: Kreativität, Mut, Liebe, Humor ... Bhagwan nimmt uns nur das, was uns daran hindert, die Lebensfreude auszuleben – religiöse Dogmen, gesellschaftliche Zwänge, erdrückende Traditionen.«

»Und wie nimmt er das, was wir nicht haben?«

»Durch Denkanstöße, durch experimentelle Therapien, neue Meditationsformen und Achtsamkeit.«

Unter Denken, Therapie und Meditation konnte sich Joschka etwas vorstellen.

Unter Achtsamkeit nichts.

Joschka hörte diesen Begriff zum ersten Mal.

»Achtsamkeit? Was soll das sein?«

»Achte auf den Moment. Hör mit dem Denken auf. Genieße die Schönheit der Gegenwart. Bleibe im Hier und Jetzt.«

Joschka fühlte sich gedanklich fast ein wenig überfordert.

»Therapien, Meditationen, Achtsamkeit ... Hört sich nach einem langen Weg zur Lebensfreude an.«

Babsi lächelte. »Ein schöner Weg! Er beginnt mit kleinen Übungen und führt über immer intensivere Meditationen bis hin zur Erleuchtung.«

Das ging Joschka einen Schritt zu weit ins Unseriöse.

»Erleuchtung? Gigantischer geht's nicht?«

Wieder musste Babsi lachen.

»Bhagwan versteht unter Erleuchtung die einfache Erkenntnis, dass alles so ist, wie es sein sollte.«

»Das soll Erleuchtung sein? Hört sich ja fast niedlich an.«

»Merkst du was? Du bist gerade innerhalb von zehn Sekunden von dem Extrem ›gigantischer geht's nicht‹ in das Extrem ›fast niedlich‹ gependelt. Vielleicht bist du es ja, der sich seiner eigenen Größe nicht bewusst ist.«

Joschka war skeptisch.

»Jetzt mal ernsthaft. Das funktioniert mit der Erleuchtung?«

»Als Ziel? Keine Ahnung. Aber der Weg ist schön.«

»Welcher Weg führt denn zur Erleuchtung?«

»Wenn Erleuchtung der anhaltende Zustand seliger Zufriedenheit ist, führt der Weg dahin über die Wahrnehmung der zeitlosen Glücksmomente. Über Achtsamkeit und Meditation. Über die Lebensfreude. Dieser Ansatz hat alles auf den Kopf gestellt, was man mir bislang im Leben an Pflichten beigebracht hat«, fuhr Babsi begeistert fort. »Und dabei sind aus mir so viele überflüssige Ängste herausgepurzelt, dass ich plötzlich Platz für das habe, worauf es im Leben wirklich ankommt.«

»Und das ist?«

»Die Liebe«, antwortete Babsi mit einer Selbstverständlichkeit.

Sie brachte dabei das Kunststück fertig, Joschka nicht als Idioten dastehen zu lassen, weil er nicht selbst auf diese banale Kitsch-Antwort aus deutschen Romantik-Schlagern gekommen war.

»Die Liebe zum Leben«, konkretisierte Babsi. Das hörte sich schon wesentlich handfester an.

Für Joschka waren das dennoch völlig überraschende Worte aus dem Mund einer angehenden Physikerin, die auf ihn bislang den Eindruck gemacht hatte, als würde sie »Herz« ausschließlich als physikalische Einheit mit »t« schreiben.

Ihre sichtbare Lebensfreude machte ihn neidisch. Und neugierig.

Und es gab noch so viel mehr, was ihn an Babsis Erscheinung jetzt sofort interessierte.

»Und … warum trägst du Orange? Macht das … freudiger?«

»Die in der Farbe liegende Provokation ist ein Ausdruck von Bhagwans Humor.«

»Bitte?«

»Ein orangefarbenes Gewand mit einer Holzkette um den Hals, der sogenannten Mala, ist in Indien traditionell die Kleidung von heiligen Asketen. Diese sogenannten Sannyasins haben der Welt entsagt und leben in völliger Besitzlosigkeit.«

Joschka zeigte auf Babsis Armbanduhr.

»Seit wann tragen Asketen Rolex?«

»Genau das ist der Punkt. Traditionelle Askese ist völlige Entsagung. Bhagwan schlägt vor, lediglich all dem zu entsagen, was uns daran hindert, glücklich im Hier und Jetzt zu leben. Den Rest können wir behalten. Auch unsere Luxusuhren-Imitate vom Schwarzmarkt in Bombay.«

»Klingt in der Tat nach einem humorvollen Ansatz.«

»Nennt sich spiritueller Materialismus.«

»Spiritueller Materialismus? Ist das nicht ein Gegensatz in sich?«

»Für Bhagwan gibt es keine Gegensätze. Nur Ergänzungen. Der linke Flügel eines Vogels ergänzt den rechten. Die Nacht ergänzt den Tag. Spiritualität ergänzt Materialismus. Spiritueller Materialismus verbindet das Beste, was die östliche und die westliche Welt zu bieten haben.«

»Und das ist?«, wollte Joschka wissen.

»Die Menschen im Osten haben im Inneren einen unglaublichen spirituellen Reichtum, leben aber äußerlich in sehr ärmlichen Verhältnissen. Die Menschen im Westen leben in ungeheurem äußerem Reichtum, sind aber spirituell völlig verarmt.«

»Die im Osten verhungern glücklich, die im Westen sind unglücklich satt?«

»Richtig. Im Osten wie im Westen bekommt so jeder immer nur eine Hälfte seiner Bedürfnisse befriedigt, entweder die inneren oder die äußeren. Bhagwan will beides zusammenführen – den äußeren und den inneren Reichtum. Luxus und Seelenfrieden – keine Gegensätze, sondern Ergänzungen. Der Mensch kann satt und glücklich sein. Ganz ohne jedes schlechte Gewissen, ohne Entsagung der Freude. Der westliche Reichtum ist der Marmor, aus dem der Buddha in seiner östlichen Weisheit herausgemeißelt werden kann.«

Spiritueller Materialismus. Ein faszinierender Ansatz, wie Joschka schien.

»Und du bist jetzt also auch eine … wie sagt man … Sannyasin?«

»Eine sogenannte Neo-Sannyasin, ja. Ich habe Sannyas genommen. Ich trage orangene Kleidung, die Mala mit dem Bild Bhagwans und meinen neuen Namen.«

»Du heißt gar nicht mehr Babsi?«

»Ich heiße jetzt Ma Prem Bagiya.«

»Was bedeutet das?«

»›Ma‹ bedeutet eigentlich ›Mutter‹, ›Prem‹ steht für ›Liebe‹ und ›Bagiya‹ heißt ›Kleiner Garten‹. Ich bin also die Mutter des kleinen Gartens der Liebe.«

»Darf ich dich weiter Babsi nennen?«

»Gerne.«

Joschka hätte noch stundenlang Fragen stellen können. Aber Babsi unterbrach seine Gedanken.

»Es ist schon spät. Gehen wir ins Bett?«

»Schade«, dachte Joschka, »ich hätte mich gerne noch weiter mit ihr unterhalten.«

»Okay«, sagte Joschka, »wir können ja morgen weiterreden. Schön, dass du wieder da bist.«

Er stand auf und wollte in sein Zimmer gehen. Babsi hielt ihn lachend am Arm fest.

»Ich dachte eigentlich zusammen. In meins?«

Das war für mich genau der richtige Zeitpunkt, das Buch zu schließen. Dass die eigenen Eltern irgendwann einmal ein Sexualleben gehabt haben müssen, liegt auf der Hand. Trotzdem mag der Gedanke daran für manche Menschen irritierend sein.

An das Intimleben meines Entspannungstherapeuten hatte ich bis heute nicht auch nur einen einzigen Gedanken verschwendet. Und ich war in diesem Moment auch nicht bereit dafür.

Ich legte das Buch auf den Nachttisch, um selber noch ein paar Stunden Schlaf zu finden. Allein. Ich würde bis tief in den Vormittag ausschlafen können. Katharina brachte Emily am Morgen zur Schule, ich würde unsere Tochter anschließend abholen, sie am Nachmittag bei mir haben und nach Katharinas Feierabend wieder zu ihr zurückbringen.

Das Erlöschen des Lichtes und das Zufallen meiner Augenlider erfolgten nahezu zeitgleich.

23 LÜGEN

»Die Lüge ist wie ein Geschenkpapier: Man kann die hässliche Wahrheit hübsch darin verpacken, bevor man sie aus Pflichtgefühl verschenkt. Das ermöglicht allen Beteiligten, sich über die Form zu freuen, anstatt sich über den Inhalt aufzuregen.«

JOSCHKA BREITNER,
»ENTSCHLEUNIGT AUF DER ÜBERHOLSPUR,
ACHTSAMKEIT FÜR FÜHRUNGSKRÄFTE«

MEINE TRÄUME WAREN – gelinde ausgedrückt – wirr. Joschka Breitner kam darin vor. Mit gebrochener Nase versuchte er mir mehrmals im Traum zu erklären, dass er eigentlich ganz anders heiße.

Dieter kam darin vor, erzählte mir ebenfalls, dass er eigentlich ganz anders heiße, rieb sich dazu aber zusätzlich noch mit Blut ein.

Babsi sah aus wie Larissa aus dem Seminar und wurde von Günther aufgefordert, ihm ein Nest zu bauen.

Als Katharina das sah, lief sie schreiend weg.

Die geometrischen Figuren, die diese fünf Personen bildeten, waberten vom Versuch eines Vierecks über den Versuch eines Dreiecks zu einem unförmigen Kreis, lösten sich auf und formten sich erneut, als Kette.

Ich merkte, dass mich – bei aller tagsüber zur Schau getragenen Abgeklärtheit – die Ereignisse der letzten Tage nachts sehr mitnahmen.

Das Schreien der weglaufenden Katharina wurde in meinem Traum melodischer und nahm an Lautstärke zu.

Ich wachte auf und stellte fest, dass nicht Katharinas melodischer Schrei mich geweckt hatte, sondern das melodische Klingeln meines Handys.

Und zwar gefühlt zu einem Zeitpunkt, wo ich mich nach den Ereignissen der letzten Nacht nicht als ausgeschlafen bezeichnen konnte.

Ein Blick auf das Display meines Handys zeigte mir, dass es gerade einmal kurz nach acht war. Und dass es tatsächlich Katharina war, die mich anrief.

Ihr Schreien nach dem Abheben klang nur Nuancen anders als im Traum.

»Dieser Dieter geht mir so was von auf den Zeiger!«, teilte sie mir mit, noch bevor ich einen elanvollen Guten-Morgen-Gruß auch nur vorheucheln konnte.

Ich hielt mich zurück mit der Bemerkung, dass sie sich entspannen könne, weil Dieter tot im Kindergartenkeller lag.

Vielmehr merkte ich, wie sich mein Nacken versteifte.

Weil Dieter tot im Kindergartenkeller lag.

»Was ist passiert?«, fragte ich.

»Ich habe gerade Emily zu ihrem ersten richtigen Schultag abgegeben, da kommt diese Hanna auf mich zugerannt und pflaumt mich an.«

Ich musste kurz überlegen, ob ich eine Hanna kannte. Im Zusammenhang mit Dieter konnte es nur die Frau sein, die glaubte, er heiße Stefan. Den Rest von Katharinas Empörung musste ich mir allerdings erst noch inhaltlich erschließen.

»Diese Hanna ... Warum anpflaumen?«

»Sie sagte mir, Dieter – oder wie sie es nannte: ›Mein Stefan‹ – hätte gestern Abend für dich eine Überwachung übernommen und sei noch nicht zurückgekehrt. Ob ich etwas davon wüsste?«

Das hatte mir gerade noch gefehlt.

Dieter log verklemmt seine Frau an, wo er eigentlich die Wahrheit hätte sagen können – bei seinen sexuellen Bedürfnissen.

Dafür erzählte er offen die Wahrheit, wo er problemlos hätte lügen können – bei meiner Beauftragung.

Das Letzte, was ich jetzt brauchen konnte, war eine Spur, die von mir zum vermissten Dieter, vom vermissten Dieter zum toten Dieter und vom toten Dieter wieder zurück zu mir führte.

Diese Spur würde nur eine geometrische Form annehmen können: die einer Schlinge, die sich um meinen Hals legte.

Dieters intellektuelle Armut bedrohte meine Lebensfreude gerade wesentlich intensiver als sein nicht vorhandener spiritueller Reichtum.

Ich durchforstete meinen Kopf nach Möglichkeiten, wie ich zumindest Katharina gegenüber Zeit gewinnen konnte, um mir eine plausible

Erklärung für Dieters Verschwinden gestern Abend – möglichst ohne meine Beteiligung – auszudenken.

Das Gespräch mit nichtssagenden Fragen zu füttern war die erste Möglichkeit.

»Und ... wie hast du reagiert?«

In nichtssagenden Antworten stand mir meine Ex-Frau in nichts nach: »Dieser wabbelige Hanswurst hat in meinem Leben nichts verloren. Dass wir ihn nicht bereits gestern vor den Augen seiner Hanna haben auffliegen lassen, war bereits mehr als fair von uns. Dieters Privatleben interessiert mich nicht. Dass er im Gegenzug dafür unser Privatleben für seine nächste Ausrede für nächtliches Fernbleiben missbraucht, ist ja wohl die Unverschämtheit schlechthin.«

Das klang nach sehr viel Zeit, die mir Katharina zum Nachdenken gab. Beantwortete aber nicht meine Frage.

»Ich meine ... was hast du dieser Hanna geantwortet?«

»Ich habe ihr gesagt, sie solle vielleicht mal beim Superconsciousness Tantra Center nachfragen, ob Dieter da eine weitere Nacht verbracht hat. So wie von Freitag bis Sonntag. Als wir ihn da getroffen haben.«

Es war mir nicht unbedingt ein Bedürfnis, der halben Grundschule zu erzählen, was Emilys Eltern am Wochenende so trieben. Aber das war allemal besser, als dem Rest der Welt zu erzählen, ich hätte etwas mit Dieters Verschwinden zu tun.

Sollte Hanna doch von ihrem untreuen Partner erfahren.

Laut Dieter wäre dies ein Grund für Hanna, ihn, Dieter, zu töten.

Zu Dieters Glück ging das nicht mehr.

Er war ja schon tot.

Insofern war es in der Tat ein guter Ansatz, dass Katharina Hanna reinen Wein bezüglich Dieters Freizeiterotik eingeschenkt hatte. Das verschaffte mir nicht nur jede Menge Zeit, sondern löste im Grunde das ganze Problem. Sobald Hanna merkte, dass ihr treuer, ehrlicher Stefan unser Offen-für-Neues-Dieter war, würde die Frage, ob ich ihn für irgendetwas beauftragt haben sollte, völlig nebensächlich sein.

»Und sie hat wie reagiert?«

»Keine Ahnung. Ich habe mich umgedreht und bin gegangen.«

Katharina war sehr praktisch veranlagt. Das mochte andere – in diesem Fall Hanna – vielleicht vor den Kopf stoßen, aber die Wahrheit war nun mal oft undiplomatisch.

Sobald Hanna sich ans Tantra-Center wandte, würde sie sich ihre Frage, wo Dieter gestern Abend war, ohnehin selbst mit einer Lüge beantworten können: untreu irgendwo woanders.

Mir blieb einstweilen daher nichts anderes übrig, als mich so zu verhalten, wie ich mich verhalten würde, wenn ich mit dem Verschwinden Dieters tatsächlich nichts zu tun hätte.

Ich würde abwarten.

»Du hast völlig richtig reagiert. Wie war der Schulbeginn für Emily?«

Katharinas Stimmung besserte sich schlagartig.

»Sie ist fröhlich der Lehrerin hinterhergerannt. Du holst sie nachher ab?«

»Mache ich.«

Ich war nach dem Telefongespräch zu aufgewühlt, um wieder einzuschlafen. Ich stand auf und gönnte mir eine viertelstündige Stehmeditation.

Ich versuchte, die Misshandlung von Herrn Breitner und den Tod Dieters nicht einzig als tragische Ereignisse, sondern als Inspiration zu sehen. Als Inspiration, mich mit dem in der Welt offenbar existierenden Bösen auseinanderzusetzen. Das konnte ich am besten, wenn ich über den Sinn von Gut und Böse meditierte. Stück für Stück ordneten sich dabei meine Gedanken.

Joschka Breitner war für mich die Personifizierung des Guten.

Wie er in seinem Tagebuch geschrieben hatte, gab es keine Gegensätze, sondern nur Ergänzungen.

Ich musste also nach dem Herrn Breitner ergänzenden Bösen suchen, um den Menschen zu finden, der ihn misshandelt hatte.

Welches sinnvolle Ganze das ergeben sollte, war mir allerdings nicht klar.

Die zu klärende Frage dabei war: Warum hatte sich das Böse gerade jetzt gezeigt?

Seine Vergangenheit als Anhänger Bhagwans, sofern sie etwas damit zu tun haben sollte, war vierzig Jahre her. Es musste irgendetwas passiert sein, dass seine Vergangenheit ihn nach all den Jahren wieder einholte. Ich erhoffte mir, diesbezüglich irgendeinen Ansatz im Tagebuch zu finden.

Und dann war da Dieter.

Wenn die Welt aus sich ergänzenden Gegensätzen bestand, dann hätte Dieter von der puren Intelligenz ermordet worden sein müssen. Wenn Herr Breitner und Dieter demselben Täter zum Opfer gefallen sein sollten, musste der gesuchte Täter also böse und schlau sein.

Obwohl – mit dieser einseitigen Beschreibung tat ich Dieter unrecht. Wie ich erfahren hatte, war Dieter in seinem Inneren ein Mensch auf der Suche nach Liebe und Zuneigung. Beides fand er bei seiner Partnerin offensichtlich nicht. Hanna schien eine Frau zu sein, die das Gegenteil dessen war, was Dieter gutgetan hätte.

So gesehen wäre Hanna Dieters ideale Mörderin.

Aber warum sollte Hanna Herrn Breitner misshandeln?

Meine Meditation schweifte ab.

Aber tat sie das wirklich? Wer sagte denn, dass Herr Breitner und Dieter von derselben Person attackiert worden sein mussten?

Nur mal angenommen, Hanna hätte von Dieters Seitensprung mit Katja gewusst, dann hätte sie ein Mordmotiv gehabt.

Sie könnte ihm gestern gefolgt sein und die günstige Gelegenheit erkannt haben, ihn zu erstechen und dem tatsächlichen Einbrecher den Mord in die Schuhe zu schieben.

Das würde erklären, warum Dieter seinen Mörder nicht sofort erschossen hatte.

Und das würde erklären, warum sie heute Morgen Katharina so angepampt hatte: Weil sie sich wunderte, dass ich als Dieters Auftraggeber nicht längst selbst die Polizei wegen Dieters Leiche verständigt hatte.

Dann hätte Dieters Tod inhaltlich gar nichts mit dem Einbruch bei Herrn Breitner zu tun. Dann hatte Dieter den Einbrecher bereits verscheucht gehabt und wäre *anschließend* von Hanna erstochen worden. Ich musste dieses Szenario zumindest als möglich in Betracht ziehen. Diese Hanna konnte sich so oder so noch zur *loose gun* entwickeln.

Wer auch immer Dieters Mörder war, Dieters Leiche müsste ich schnellstens beseitigen. Bevor die Polizei nach ihr suchte.

Das Einzige, was ich darüber hinaus selber in der Hand hatte, war, im Tagebuch nach einer Verbindung von Joschka Breitner zum Einbrecher zu suchen.

Nach dem Grund, warum Letzterer dieses Buch unbedingt an sich bringen wollte.

Ich beendete meine Stehmeditation, duschte und zog mich an.

Anschließend setzte ich mich mit dem Tagebuch an meinen Esstisch.

24 KRÖNUNG DER SCHÖPFUNG

»Hefe und Kartoffeln vermehren sich ungeschlechtlich. Sex ist also nicht lebensnotwendig zur Fortpflanzung. Wäre Gott der Meinung, dass Sex ›pfui‹ ist, hätte er einfach Brötchen und Bratkartoffeln zur Krönung der Schöpfung erklären können. Hat er aber nicht.«

JOSCHKA BREITNER,
»GODWORK ORANGE –
MEINE ZEIT MIT BHAGWAN«

BABSI UND JOSCHKA VERBRACHTEN die Nacht in einer Ungezwungenheit, die Joschka bis dahin noch nicht erlebt hatte. Es war eine Art Sex, die Joschka nicht für möglich gehalten hätte. Babsi und er waren beide nüchtern und völlig klar im Kopf.

Er erlebte dadurch mit allen Sinnen völlig ungetrübt eine herrliche Nacht, ganz im Hier und Jetzt.

Ohne ein einziges Mal an etwas anderes zu denken als an das, was er und Babsi gerade gemeinsam taten.

Wobei – das stimmte so nicht.

Er dachte nicht *nicht* an etwas anderes.

Er dachte überhaupt *nicht*, während die beiden das taten, was sie taten.

Er fühlte nur noch.

Als Joschka am nächsten Morgen aufwachte, befand er sich immer noch im Hier und Jetzt. Kein schuldhaftes Gefühl bezüglich der letzten Nacht. Keine Sorge vor dem nächsten Tag.

»Guten Morgen!«, begrüßte ihn Babsi und stellte ihm einen Tee ans Bett.

Joschka tat etwas, was er noch nie getan hatte.

Er erzählte Babsi, dass die letzte Nacht die erotischste Nacht seines bisherigen Lebens gewesen sei.

Wieder musste Babsi lachen.

Wieder ohne jeden verletzenden Beiklang.

»Das freut mich. Sollte Sex nicht immer so sein?«

»Schon … bloß: Ich habe Sex noch nie in einer so natürlichen Erotik erlebt.«

»Sollte ungezwungener, erotischer Sex nicht das normalste Ereignis der Welt sein? Die ganze Schöpfung ist erotisch. Kein Lebewesen auf der Welt würde ohne Sex existieren. Außer Hefe, Kartoffeln und ein paar Einzellern.«

»Und warum ist es dann nicht das normalste Ereignis der Welt?«

»Weil uns so gut wie jede Religion beibringt, die Erotik zu unterdrücken. Und das ist so lächerlich absurd. Nimm uns Christen. Wäre Gott tatsächlich der Meinung, dass Sex ›pfui‹ ist, hätte er asexuelle Brötchen und Bratkartoffeln zur Krönung der Schöpfung erklären können. Hat er aber nicht. Sondern Adam und Eva.«

»Sagt das Bhagwan?«

»Bhagwan sagt: Nicht Sex ist anormal – die Unterdrückung von Sex ist nicht normal. Schau dir doch die Gesichter der Menschen an, die nach der katholischen Sexualmoral leben. Wenn das der Ausdruck Gott gewollten Glücks ist, wäre Gott ein sehr zynisches Wesen.«

»Bist du getauft?«

»Bis vor drei Monaten war ich katholisch.«

»Und seitdem?«

»Seitdem liebe ich das Leben.«

»Ich meine – ist Bhagwans Lehre irgendeine Religion, der du jetzt angehörst?«

Wieder hatte Babsi ein Schmunzeln im Gesicht.

»Für Bhagwan ist Religion wie Physik. Es gibt keine christliche, muslimische oder buddhistische Physik, es gibt nur *die* Physik. Warum sollte es bei etwas so Wichtigem wie Religion anders sein?«

»Und Bhagwan lehrt *die* Religion?«

»Bhagwan lehrt keine Religion. Er lehrt aber einiges über Religion. Seiner Ansicht nach sollte wahre Religion die Kunst sein, das Leben in vollen Zügen zu genießen. Und mit der Sichtweise kann sogar Sex Teil meines religiösen Lebens sein. Von daher – vielen Dank für den schönen Gottesdienst letzte Nacht.«

Joschka richtete sich im Bett auf.

»Dieser Bhagwan ist also im Grunde ein Sex-Guru, oder?«

Babsi lachte laut auf.

»Was ist daran so lustig?«, wunderte sich Joschka.

»Bhagwan ist der Ansicht, dass Sex vor allem dann eine Rolle im Leben spielt, wenn man ihn verdammt oder verleugnet. Wenn man ein völlig entspanntes Verhältnis zum Sex hat, spielt er irgendwann überhaupt keine Rolle mehr. Durch ein entspanntes Verhältnis zu Sex kannst du Sex komplett überwinden. Wenn du den Sex einmal überwunden hast, kannst du durch diese Transformation ein viel höheres Bewusstsein erreichen. Er hat darüber ein ganzes Buch geschrieben: *From Sex to Superconsciousness.*«

»Durch Sex zu einem höheren Bewusstsein?«

»*Von* Sex zu einem höheren Bewusstsein.«

»Wo ist der Unterschied?«

»Sex ist nicht der *Weg*, sondern der *Ausgangspunkt*. Ein schöner Ausgangspunkt. Aber der Weg ist die Transformation. Wir haben uns ja auch *vom* Einzeller zum Menschen entwickelt. Nicht *durch*. Der Weg war die Evolution. Aber wer deswegen Evolutionsbiologen als Einzeller-Gurus bezeichnen möchte, der kann auch Bhagwan als Sex-Guru bezeichnen. Lustigerweise sind Leute, die solche komplett unlogische Etiketten verteilen, immer derselbe Typ Mensch.«

Ich legte das Buch zur Seite und dachte nach. Der Sex-Guru war also kein Sex-Guru, weil er Sex durch Sex überwinden wollte. Was hängen blieb, war die Tatsache, dass Sex in jedem Fall etwas war, was für die Anhänger Bhagwans bis zur Überwindung frei ausgelebt werden konnte.

Ich dachte an mein abgebrochenes Tantra-Seminar.

Für das Superconsciousness Tantra Center schien dieser erste Teil von Bhagwans Lehre ein Geschäftsmodell zu sein: Wir bringen euch gegen Geld guten Sex bei.

Der zweite Teil von Bhagwans Aussage, nämlich dass Sex überwunden werden kann, wurde nicht gelehrt. Für das STC wäre das wahrscheinlich geschäftsschädigend.

Für Günther geschlechtsschädigend.

Wobei ich mich fragte, wie Günther seit über vierzig Jahren ein Anhänger Bhagwans sein konnte und den Sex immer noch nicht überwunden hatte.

Entweder stimmte mit Bhagwan was nicht oder mit Günther.

Da ich Ersteren nicht persönlich kannte, leuchtete mir Letzteres umso klarer ein.

Wahrscheinlich konnte man sich auch auf dem Weg zu einem höheren Bewusstsein immer wieder verlaufen.

Ich las weiter.

Babsi hatte eine zwei Jahre jüngere Schwester. Ihre Eltern waren früh verstorben. Babsis Mutter bei der Geburt ihrer Schwester, ihr Vater vor fünf Jahren an Krebs. Die beiden Schwestern waren weitgehend bei ihrer Großmutter aufgewachsen. Einer ebenso herzensguten wie toughen Frau, die sich ihr Leben allerdings anders vorgestellt hatte, als zwei Generationen von Kindern hintereinander großzuziehen.

Entsprechend schnell waren die beiden Schwestern flügge geworden. Babsi zog direkt nach dem Abitur aus, um zu studieren.

Babsis Schwester hatte zeitgleich, mit siebzehn Jahren, eine Lehre als Hotelkauffrau angefangen und sich dabei in den Sohn des Chefs verliebt. Gemeinsam führten sie nun ein kleines Hotel auf einer Nordseeinsel. Nach Babsis Angaben war die Verbindung innig, der Kontakt allerdings selten.

Genauso natürlich, wie Joschka und Babsi die Nacht gemeinsam miteinander verbracht hatten, genauso natürlich gingen sie tagsüber ihren getrennten Tätigkeiten nach.

Joschka arbeitete in der Uni an seiner Dissertation.

Babsi erforschte mit Lebensfreude die Gesetze der Natur am physikalischen Institut.

Abends trafen sich beide wieder in der WG-Küche.

Babsi erzählte Joschka immer mehr von Bhagwans Hintergrund.

Wie er als Philosophie-Professor in den 1960er-Jahren unter seinem Spitznamen »Rajneesh« anfing, Vortragsreisen zu halten. Zunächst nur auf Hindi.

Wie diese Vortragsreisen immer mehr Anhänger fanden.

Wie Bhagwan seine Professorentätigkeit aufgab, um sich ganz auf seine Vorträge zu konzentrieren und zusätzlich noch Lebensberatung zu geben.

Beides nun auch auf Englisch.

Babsi erzählte, wie dadurch seine Anhängerschaft weiter wuchs.

Wie er anfing, von Bombay aus moderne Meditationsformen zu entwickeln.

Wie er sich wie ein Kind freute, mit seinen Thesen über Freiheit – auch sexuelle – zu schockieren.

Wie er von seinen Anhängern den Namen Bhagwan akzeptierte – was in Indien so viel wie »der Gesegnete« bedeutete, aber gerne plump mit »Gottheit« übersetzt wurde.

Wie dieser Name wieder viele Menschen schockierte.

Was Bhagwan wieder mit kindlicher Freude erfüllte.

Joschka war nicht nur von dem angetan, *was* Babsi erzählte, sondern auch von der selbstbewussten Art, *wie* sie es erzählte.

Aus dem nichtssagenden WG-Mauerblümchen hatte sich eine Frau entwickelt, die sich durchaus bewusst war, etwas zu sagen zu haben.

Babsi erzählte, wie Bhagwan seinen Ashram in Poona gegründet hatte. Einen Ort, an dem es genügend Raum gab, seine wachsende Anhängerschaft mit Vorträgen, Lebensberatung und neuen Meditationsformen zu beglücken.

»Was sind das für Meditationsformen?«

»Die unglaublichste nennt sich dynamische Meditation. Die musst du einfach mal miterlebt haben.«

»Gut – auf nach Poona. Wann fährt der Bus?«

»Wir müssen gar nicht nach Indien. Es gibt hier in der Stadt eine

Gruppe von Bhagwan-Anhängern, die gemeinsam in einem Haus leben und jeden Tag mit einer dynamischen Meditation beginnen.
Willst du mal mitkommen?«

Joschka wollte.

25 MISSTRAUEN

»Misstrauen kann zweierlei sein: Vertrauen plus Erfahrung oder Vertrauen minus Mut. Ersteres ist gesund. Letzteres macht krank.«

JOSCHKA BREITNER,
»ENTSCHLEUNIGT AUF DER ÜBERHOLSPUR,
ACHTSAMKEIT FÜR FÜHRUNGSKRÄFTE«

EMILYS STUNDENPLAN WAR ÜBERSCHAUBAR. Sie hatte nie länger als bis Viertel nach zwölf Schule. Ich empfand das als große Chance einer positiven Konditionierung. Sobald Emily in Zukunft irgendwo den Satz aufschnappen sollte: »Wir haben bereits fünf nach zwölf«, würde Emily das nicht als Bedrohung auffassen, sondern als: »Wie schön! In zehn Minuten kommt Papa« empfinden.

Um dies zu fördern, wollte ich ihr heute Nachmittag alle Uhrzeiten rund um zwölf Uhr beibringen.

Auf dem Hinweg zur Schule stoppte ich kurz in einem Schreibwarenladen mit Mini-Spielzeug-Abteilung und kaufte für Emily eine analoge Kinderarmbanduhr.

Ich war mir nicht ganz sicher, ob Emily daran Spaß haben würde. Bereits in den Wochen vor der Einschulung war sie der Meinung, alles, was sie wissen müsse, werde sie in der Schule erfahren oder sich notfalls selbst beibringen können.

Eltern, die einem etwas beibringen wollten, fand sie tendenziell eher blöd.

Aber einen Versuch war es wert.

Trotz Uhrenkaufs brachte ich das Kunststück fertig, viel zu früh auf dem Schulhof zu erscheinen.

Zu einer Uhrzeit, die es heute gar nicht mehr gab: fünf vor zwölf.

Um die zwanzig Minuten bis Schulschluss irgendwie rumzukriegen, schlenderte ich zunächst einmal um den Block und holte mir im Café um die Ecke einen Kaffee zum Mitnehmen. Beim Zurückschlendern traf ich auf dem Schulhof auf Peter Egmann, den ehemaligen Studienfreund und jetzigen Kommissar, der ebenfalls sein Kind abholen wollte.

Er war wieder mit seinem elektronischen Lastenfahrrad unterwegs, das wegen seines Lastenkorbes nicht an den Fahrradständer vor der Schule angeschlossen werden konnte. Peter schloss es deshalb mitten auf dem Schulhof ab.

Nach dem üblichen »Hallo, wie geht's, wie hat dein Kind die Einschulung überstanden?«-Geplänkel hatten wir immer noch ein wenig Zeit bis zum Schulschluss zu überbrücken.

»Kennst du eigentlich einen Stefan Markowski?«, fragte mich Peter.

»Wen?«, fragte ich mit einer gespielten Wärme in der Stimme, während mir die Kälte von den Nieren in den Nacken stieg.

»Stefan Markowski. Seine Lebensgefährtin hat ihren Sohn Hannes in Emilys Parallelklasse.«

Er meinte also Dieter.

Für einen unachtsamen Menschen dürfte es zu emotionalen Schwankungen führen, wenn ein Kriminalkommissar bereits am Vormittag, nachdem man seinen erstochenen Tantra-Partner im Kindergartenkeller in Folie eingepackt hat, nach einer Verbindung zu ebendiesem Menschen fragt.

Ich versuchte, Peters Frage ganz achtsam lediglich als das zu betrachten, was sie im Hier und Jetzt war: der Einstieg in ein unangenehmes Gespräch.

Unangenehm vor allem, weil ich Peter seit der Einschulung seines Sohnes nicht mehr mit dessen Kindergartenplatz erpressen konnte.

Unangenehm aber auch deshalb, weil ich reflexartig in den Anwaltsmodus wechselte und es deswegen nicht achtsam würde führen können.

Eine achtsame Gesprächsführung wäre wertungsfrei und liebevoll. Der Job eines Anwaltes ist genau das Gegenteil: Er muss sich permanent überlegen, wie das Gegenüber seinem Mandanten schaden könnte, und genau das dann verhindern.

Ein Anwalt führt ein Gespräch nicht wertungsfrei und liebevoll.

Sondern mit einem Höchstmaß an Unterstellungen. Und mit der unbedingten Bereitschaft, sein Gegenüber bei jeder Schwäche über den Tisch zu ziehen.

Die erste Regel, die man als Anwalt seinem strafrechtlich in Erscheinung getretenen Mandanten nahelegt, ist: Sagen Sie nichts!
Nichts zu sagen steht einer offenen Gesprächsführung rein faktisch im Wege.
Als Beschuldigter hat man selbst in einer gerichtlichen Vernehmung das Recht, die Aussage zu verweigern, wenn man sich selbst belasten könnte.
Und niemand ist verpflichtet, außer der Nennung der Personalien gegenüber der Polizei überhaupt irgendeine Aussage zu machen. Gegenüber der Polizei kann jeder Mensch ohne jede negative Konsequenz schweigen.
Peter gegenüber auf dem Schulhof auf Blockade umzuschalten war allerdings wenig ratsam.
Dadurch würde ich ihn erst recht neugierig machen.
Ich versuchte, ihn mit einer niederschwelligen Diffamierung einzulullen.
»Ich kenne ja noch nicht einmal alle richtigen Eltern aus der Klasse von Emily. Und das ist immerhin die 1a. Warum sollte ich ausgerechnet irgendwelche Stiefeltern aus der 1b kennen?«
»Ich dachte ja nur ... weil dessen Lebensgefährtin vorhin eine Vermisstenanzeige aufgegeben hat. Und dabei hat sie ausgesagt, Stefan Markowski habe gestern Nacht für dich ein Objekt überwacht und sei anschließend nicht nach Hause zurückgekommen.«
Das war eine Information, die in der Tat dazu in der Lage war, meine Lebensfreude zu trüben.
Das erste Gespräch von Joschka Breitner und Babsi aus dem Tagebuch kam mir in den Sinn. Ich trug angeblich alles, was ich zur Lebensfreude brauchte, in mir: Kreativität, Mut, Humor.
Ich musste mich nur von belastenden Dogmen befreien. Zum Beispiel

dem Dogma, Fragen von Polizisten mit Schweigen zu beantworten oder sie maximal einlullend zu beantworten.

Ich beschloss, mit Kreativität, Mut und Humor, möglichst nah an der Wahrheit, schlau zu argumentieren.

»Ach – *der* Typ … Katharina hat mir vorhin schon erzählt, dass diese Frau auf sie zugekommen ist. Ja, den kennen wir. Allerdings nicht unter dem Namen Stefan Markowski, sondern lediglich unter dem Vornamen Dieter. Er scheint ein kreatives Verhältnis zur Wahrheit zu haben. Jedenfalls was seine Lebensgefährtin angeht.«

»Diese Lebensgefährtin hat bei der Vermisstenanzeige in der Tat zu Protokoll gegeben, Katharina habe behauptet, ihr würdet Herrn Markowski von einem Tantra-Seminar kennen.«

Wie schön. Jetzt war ich also aktenkundig Teilnehmer eines Tantra-Seminars. Ein Umstand, der meine Lebensfreude ebenfalls nicht steigerte.

»Diese Hanna hat sofort bei dem Seminar angerufen. Allerdings«, fuhr Peter fort, »konnte sich der Kursleiter laut Aussage der Lebensgefährtin überhaupt nicht an einen Herrn Markowski erinnern. Auch nicht unter dem Vornamen ›Dieter‹. Und auch nicht, nachdem seine Lebensgefährtin ihm ein Foto gemailt hatte.«

Diese Information musste ich erst einmal sacken lassen.

Gar nicht mal, weil mich Peter anscheinend für jemanden hielt, der die Teilnahme an einem Tantra-Seminar lediglich vorgetäuscht hatte. Sondern aufgrund der Tatsache, dass der Kursleiter – es konnte sich hier nur um Günther handeln – ganz offensichtlich gelogen hatte.

Sieben Kursteilnehmer würden bezeugen können, dass Dieter an dem Seminar teilgenommen hatte. Warum behauptete Günther dann Hanna gegenüber das Gegenteil?

Etwa aus Diskretion?

Oder hatte Hanna gelogen und überhaupt nicht bei dem Center angerufen?

Wäre Hanna Dieters Mörderin, hätte sie ein Interesse daran, dass Dieters Untreue nicht gegenüber der Polizei kommuniziert werden würde. Erst durch Günthers Bestätigung von Dieters Untreue käme auch ein Mordmotiv von Hanna in Betracht.

Wie dem auch sei: Bis sich eine dieser Lügen als Lüge aufgeklärt hatte, standen zunächst einmal Katharina und ich als Lügner dar.

Auch dies steigerte meine Lebensfreude nicht.

Vielen Dank, Günther. Oder Hanna.

Es gibt unter Strafverteidigern eine weitere Weisheit, die man seinen Mandanten beibringt: Wer sich verteidigt, klagt sich an. Auch gegen diese Regel verstieß ich nun.

»Mein lieber Peter, die Frage ist doch: Warum sollte ich gegenüber irgendjemandem die Geschichte erfinden, ich hätte den Stiefvater eines Kindes aus der Parallelklasse bei einem Tantra-Seminar kennengelernt?«

Dass ich mir meine Bemerkung besser gespart hätte, machte mir Peter umgehend deutlich.

»Na ja«, druckste Peter herum, »diese Frage mag für euer romantisches Kennenlernen durchaus relevant sein, wir bei der Polizei klären traditionsgemäß allerdings keine Kennenlern-Geschichten, sondern Vermisstenfälle. Die Frage, die sich uns stellt, ist also nicht: ›Wie habt ihr euch kennengelernt?‹, sondern lediglich: ›Wo ist dieser Stefan jetzt?‹«

Umgehend machte ich aus der Defensive heraus die nächste unsouveräne Bemerkung.

»Gut, aber nur weil irgendjemand nach einer langen Nacht mit wem auch immer nicht sofort nach Hause kommt, muss ja nicht gleich die Polizei tätig werden. Wie wäre es erst einmal mit vierundzwanzig Stunden warten?«

»Es ist ein Irrglaube«, klärte mich Peter auf, »dass die Polizei bei Vermisstenanzeigen erst einmal vierundzwanzig Stunden warten müsse, bevor sie tätig wird. Wir werden tätig, wenn eine Person ihren gewöhnlichen Aufenthaltsort verlassen hat, der neue Aufenthaltsort unbekannt ist und der Verdacht besteht, dass die Person in Gefahr oder Opfer eines Verbrechens geworden ist.«

Selbstverständlich wusste Peter, dass ich das als Anwalt wusste. Er ließ halt nur ungern diese Möglichkeit der Belehrung ungenutzt. Ich musste wieder konkreter werden mit meinen Bemerkungen.

»Und welche Gefahr siehst du für Dieter? Oder wie in der Anzeige steht – Stefan? Dass ihn irgendjemand zu Tode massiert hat, kann es ja nach der Aussage des Kursleiters nicht sein.«

»Im Moment sehen wir in der Tat noch keine Gefahr. Der Mann ist volljährig und anscheinend auch völlig gesund, also Herr seiner Sinne und Handlungen. Aber je länger ein Mensch verschwunden ist, desto misstrauischer werden wir. Wenn sich uns dann aber aufgrund von Zeitablauf der Gedanke an eine Gefahr geradezu aufdrängen muss, werden wir tätig und suchen nach der Wahrheit.«

Irgendwie ging mir ein weiterer Gedanke aus dem Tagebuch nicht aus dem Kopf.

»Vom Misstrauen zur Wahrheit. Die Transformation gönne ich dir«, sagte ich gönnerhaft zu Peter.

»Bitte?«

»Na, ich denke, du solltest dein Misstrauen zunächst einmal überwinden, bevor du zur Wahrheit gelangst. Sonst bleibst du immer beim Misstrauen hängen, und das ist wahrheitsfeindlich.«

Peter war anscheinend nicht bereit, sich auf diesen Weg einzulassen.

»Misstrauen ist mein Job.«

»Das tut mir leid.«

»Und wenn mein Misstrauen in Bezug auf das Verschwinden von Herrn Markowski nicht innerhalb der nächsten achtundvierzig Stunden widerlegt wird, werde ich meinen Job ausweiten.«

»Und wie sähe das im Falle von Dieter-Stefan aus?«

»Wenn Herr Markowski bis spätestens übermorgen immer noch nicht aufgetaucht ist, dann würde ich zum Beispiel dich fragen, was du gestern Abend gemacht hast.«

Übermorgen wäre Samstag. Ich hatte also noch zwei Tage, um voller Lebensfreude Dieters Leiche zu beseitigen und mir ein Alibi zu überlegen. Bei beidem würde mir Sascha helfen.

Dass es Peter als Beamtem in einem festgefahrenen System schwerfiel, sich auf meine Lebensfreude einzulassen, machte mir mein Leben nicht leichter. Ich versuchte daher, ihm mit der seiner Denkweise entsprechenden Logik zu begegnen.

»Ich sage dir, ich habe nichts mit Dieters Verschwinden zu tun. Mag seine Lebensgefährtin aus dem Blauen heraus etwas anderes behaupten. Aussage gegen Aussage. Ende der Geschichte. Warum willst du dich ohne weitere Anhaltspunkte überhaupt weiter mit mir befassen?«

»Weil bei uns eine weitere Akte im System ist, in der deine Aussage steht, du wolltest dich um die Überwachung eines Objektes kümmern, in das offensichtlich ein Junkie eingebrochen ist. Der Bedarf für einen Privatdetektiv wäre also bei dir durchaus vorhanden gewesen.«

Mist.

Das war meine Aussage gegenüber den Polizisten vorgestern, die ich in Herrn Breitners Praxis lediglich abwimmeln wollte. Den Täter zu suchen war den Beamten zu aufwendig – die Aussage des Zeugen bis ins letzte improvisierte Detail zu protokollieren schien allerdings durchaus im Zeitrahmen gelegen zu haben.

»Diese Überwachung wird derzeit von einer Sperrholzplatte übernommen«, erwiderte ich und machte mir gleichzeitig die gedankliche Notiz, unbedingt beim Glaser Druck zu machen, die Fensterscheibe zu erneuern. Die aufgebrochene Holzplatte würde nur zu weiteren Fragen führen.

Damit war nicht nur für mich, sondern auch für Peter das Thema erschöpfend behandelt. Jedenfalls für den Moment.

»Wie gesagt«, schloss Peter ab, »heute oder morgen irgendetwas zu tun wäre in der Tat verfrüht. Aber sollte Herr Markowski nicht von selbst wieder auftauchen, werden wir uns übermorgen mal genauer mit der Sache beschäftigen. Und uns vielleicht auch mal das fragliche Objekt anschauen.«

Und alles nur, weil Günther sich weigerte, Hanna zu bestätigen, dass

Dieter in seinem Seminar gewesen war. Dass Dieter somit ein Lügner war, der seiner Frau nicht zum ersten Mal Märchen über irgendwelche Aufträge erzählt hatte.

Weil Günther gelogen hatte.

Oder weil Hanna Günthers Lüge frei erfunden hatte.

Hannas Lüge könnte ich sogar logisch noch nachvollziehen.

Günthers Lüge nicht.

Stattdessen stand jetzt zunächst einmal ich als Lügner da.

Meine Geschichte wurde angezweifelt. Nicht Dieters.

Ich wurde unter die Lupe genommen. Nicht Dieter.

All diese Gedanken schwirrten durch meinen Kopf und bildeten dort die Form eines Skoda-Kombis. Dieters Wagen. Der immer noch vor Joschka Breitners Haus stand.

Die Schulglocke ertönte.

»Na ja, aber bis Samstag kann ja noch eine Menge passieren. Dahinten kommen unsere Kinder«, beendete Peter unser Gespräch.

Ja, bis dahin musste sogar noch eine Menge passieren.

Der Wagen von Dieter musste verschwinden. Dieters Leiche musste verschwinden. Der Glaser musste her. All das so schnell wie möglich.

Am liebsten heute. Ausgerechnet heute.

Heute hatte ich Emily bei mir.

26 VERHANDELN

»Der Trick beim achtsamen Verhandeln ist es, den eigenen Triumph wertungsfrei und liebevoll im Raume stehen zu lassen. Das gibt dem Gegenüber die Möglichkeit, sich sein völlig vergeigtes Ergebnis als eigenen Erfolg schönzureden.«

JOSCHKA BREITNER,
»ENTSCHLEUNIGT AUF DER ÜBERHOLSPUR –
ACHTSAMKEIT FÜR FÜHRUNGSKRÄFTE«

MEINE TOCHTER RANNTE aus dem Schulgebäude heraus auf mich zu.

Sie lief anders, sie rief anders, sie wirkte ganz anders als gestern Morgen auf dem Schulhof.

Aus meinem kleinen Kindergartenkind war innerhalb von einem Tag auch körperlich eine Erstklässlerin geworden.

»Paapaaaaaa!«, brüllte sie und sprang auf mich zu.

Mein erster Versuch, Emily in die Arme zu schließen, scheiterte am Umfang ihres Ranzens. In einem zweiten Versuch fasste ich sie unter ihren Achseln und wollte sie hochheben.

Wieder scheiterte ich am Ranzen. Diesmal nicht am Umfang, sondern am Gewicht. Ein Stich raste durch meine Wirbelsäule.

»Du meine Güte, was hast du denn in deinem Ranzen alles drin?«, versuchte ich, meinen Schmerz gegenüber Emily zu überspielen.

»Alles Bücher!«

Mit einem leichten Knacken meiner Wirbel ließ ich Emily und ihren Schultornister wieder auf den Boden herunter, drehte beide um hundertachtzig Grad und öffnete die Klappe ihres Kinder-Kofferraums. Er war in der Tat randvoll bepackt mit Büchern und Heften.

»Mein Gott – all das schwere Zeug müsst ihr mit euch rumschleppen?«

»Nicht immer – nur am ersten Tag.«

In diesem Moment kam auch Peter mit Lukas zurück zu seinem Fahrrad. Peter trug bereits Lukas' Ranzen. Er hatte meine letzte Bemerkung gehört.

»Unglaublich, was die Kleinen alles schleppen müssen, was? Die sind fast so schwer bepackt wie Kinder in einer afrikanischen Kobalt-mine. Deshalb benutze ich ein elektronisches Lastenfahrrad.«

»Ich glaube, die Kausalität ist umgekehrt«, konnte ich mir nicht ver-kneifen.

»Wie meinst du das?«

»Weil du ein elektronisches Lastenfahrrad benutzt, sind die Kinder in afrikanischen Kobaltminen so schwer bepackt.«

Peter schien sich deswegen nicht den Kopf zu zerbrechen. Er hatte einen Helm auf.

»Das Rad fährt doch gar nicht mit Kobalt, sondern mit Ökostrom?!«

»Richtig, Peter. Sorry, hab ich gar nicht dran gedacht. Ökostrom. Dann ist ja alles in Ordnung. Schönen Tag euch noch.«

Ich sah ihm hinterher, wie er batteriegetrieben einer besseren Zukunft entgegenradelte. Jedenfalls der Zukunft, die er hinter seinem behelm-ten Denkhorizont vermutete.

»Was machen wir jetzt?«, wollte Emily von mir wissen.

Einen Wagen und eine Leiche verschwinden lassen, war nicht die Antwort, die ich ihr geben konnte. Aber irgendwie musste ich meine zu erledigenden Aufgaben und die Kinderbetreuung unter einen Hut bringen.

Sascha konnte ich keine dieser beiden Aufgaben übertragen. Er war als Kindergartenleiter noch bis mindestens sechzehn Uhr mit der Betreuung von wesentlich mehr Kindern eingespannt.

In Emilys ehemaligem Kindergarten. In meinem Wohnhaus.

Und wenn ich Emily einfach im Kindergarten abgeben würde ...?

Zwei Dinge sprachen dagegen: die Liebe zu meiner Tochter und die Angst vor ihrer Mutter.

So gerne ich die Zeit mit meiner Tochter verbringen wollte, heute musste ich in Bezug auf die Liebe zu meiner Tochter nachhaltig berechnend denken. Heute kurzfristig viel Zeit mit ihr zu verbrin-gen konnte dazu führen, mittelfristig wesentlich weniger Zeit mit ihr verbringen zu können. Weil ich stattdessen mindestens wegen der offensichtlich vergeigten Vertuschung einer Straftat im Knast sitzen würde.

Je mehr Emily-Zeit ich hingegen in die erfolgreiche Vertuschung von Dieters Ermordung investieren würde, desto nachhaltiger könnte ich auch in Zukunft meine Zeit mit Emily verbringen.

Blieb die Angst vor Katharinas Reaktion, wenn Emily ihr erzählte, dass Papa sie einfach im Kindergarten abgegeben hatte.

Ich müsste Emily dazu bringen, freiwillig Zeit im Kindergarten verbringen zu wollen.

Die dazu passende Taktik hatte ich mir mit Herrn Breitner für anwaltliche Verhandlungen erarbeitet. Jedenfalls zum Teil. Herr Breitner hatte mich darauf aufmerksam gemacht, auch die Reaktion auf das Ergebnis einer Verhandlung als Teil der Verhandlung anzusehen:

Wer den eigenen Triumph nicht auskostet, gibt seinem Gegenüber die Chance, ebenfalls mit erhobenem Kopf aus dem Gespräch hinauszugehen. Die gemeinsame Freude würde den Erfolg verdoppeln.

Um meinen eigenen Triumph von Anfang an zu tarnen, hatte ich es mir deshalb zur Gewohnheit gemacht, meinem Gegenüber bei Verhandlungen immer zwei Angebote zu machen: ein schlechtes und ein noch schlechteres. Ich war immer dazu in der Lage, mit Rücksicht auf mein Gegenüber schweren Herzens auf eins der beiden zu verzichten. Egal welches miserable Angebot angenommen werden würde: Mein Gegenüber hatte immer das gute Gefühl, dabei auch noch erfolgreich verhandelt zu haben.

Ich tastete in meiner Hosentasche nach und fühlte die gerade frisch gekaufte Kinderuhr. Ich spürte beim Berühren den Widerwillen, den Emily dabei hatte, von mir etwas beigebracht zu bekommen.

In mir formulierte sich die passende Antwort auf die »Was machen wir jetzt?«-Frage.

»Wie wäre es, ich bringe dir gleich bei, wie man die Uhr liest? Und anschließend kannst du deinen ehemaligen Kindergartenfreunden zeigen, dass du das schon kannst.«

Emilys Begeisterung hielt sich erwartungsgemäß in Grenzen.

»Wie lange dauert das mit der Uhr?«, fragte sie.

»Zwei *Bibi und Tina*-Folgen«, erwiderte ich in der Zeiteinheit, die ich meiner Tochter mangels Kenntnis der Uhr bislang beigebracht hatte.

»Das ist aber lang. Muss das sein?«

»Nein. Ich dachte ja nur, du würdest im Kindergarten schon zeigen wollen, was du alles kannst.«

»Kann ich nicht im Kindergarten meinen vollen Ranzen zeigen?«

»Ganz ohne vorher die Uhr beigebracht zu bekommen? Der Kindergarten sollte eigentlich eine Belohnung für dich sein.«

»Och bitte, Papa!«

Yes. Das Gefühl einer erfolgreichen Vertragsverhandlung ist manchmal besser als Sex – Tantra hin oder her.

»Meinetwegen«, antwortete ich zerknirscht, »dann bringe ich dich ohne Uhr direkt zum Kindergarten, du kannst ein bisschen erzählen, und ich hole dich dann später wieder ab?«

»Juhuu!«, rief Emily äußerlich.

Ich innerlich.

Wir liefen den kurzen Weg zu meinem Wohnhaus, in dessen Erdgeschoss sich der Kindergarten befand. Emily erzählte mir unterwegs von ihrem ersten richtigen Schultag. Vor allem anderen habe sie dort festgestellt, dass sie eigentlich schon alles konnte: Sie konnte ihren eigenen Namen schreiben. Sie konnte bis zwanzundzwanzig zählen. Und die Uhrzeit würde sie sicherlich morgen oder so in der Schule lernen.

Ein altklug begeistertes Kind war mir allemal lieber als ein selbstzweifelnd verschüchtertes.

Mit gutem Gewissen gab ich Emily auf ihren Wunsch hin im Kindergarten ab.

Sie würde Katharina heute Abend erzählen, was für ein toller Vater ich war, der gegen seinen eigenen Wunsch zugunsten seiner Tochter auf gemeinsam verbrachte Zeit verzichtete.

Emily lief sofort in ihre alte Nemo-Gruppe.

Ich fragte Sascha, ob Emily auch im Kindergarten mittagessen konnte. Sie konnte.

Erleichtert brachte ich Sascha kurz auf den neuesten Stand.

Er hatte seinen Kontakt bei den Stadtwerken noch nicht erreicht.

Wir müssten Dieters Leiche so schnell wie möglich verschwinden lassen, noch bevor überhaupt irgendjemand offiziell auf den Gedanken kam, dass es sie gäbe.

Ich ging in den Keller, holte aus dem Kästchen neben Dieters Leiche Dieters Autoschlüssel und fuhr zur Praxis von Joschka Breitner.

Auf dem Weg telefonierte ich zunächst mit dem Glaser. Das neue Fenster war bereits zugeschnitten, allerdings hatte der Mann in seinem Terminkalender keinen Platz mehr zum Einbau frei.

Die Tatsache, dass ich den doppelten Preis ohne Rechnung in bar zu zahlen bereit war, schuf erstaunlicherweise zeitliche Kapazitäten. Der Glaser wollte sich umgehend auf den Weg machen.

Bevor der Glaser eintraf, parkte ich Dieters Auto um. Um keine Fingerabdrücke zu hinterlassen, trug ich trotz des warmen Augustwetters Lederhandschuhe. Ich fuhr den Wagen zunächst ein paar Blocks weiter auf den Parkplatz eines Supermarkts, damit der Bezug zur Praxis von Herrn Breitner nicht sofort klar war. Eine endgültige Lösung für das Autoproblem hatte ich noch nicht.

Zurück in der Praxis, schrubbte ich einmal den gesamten Flur mit Bleichmittel, um jede Form von DNA zu beseitigen.

Als der Glaser klingelte, war ich mit dieser Arbeit gerade fertig.

Ich überließ dem Fensterprofi das Arbeitszimmer und zog mich ins Besprechungszimmer zurück. Bis ich den Glaser wieder verabschieden konnte, hatte ich nichts weiter zu tun.

Außer weiter in Joschka Breitners Tagebuch zu lesen.

27 DYNAMISCHE MEDITATION

»Wenn mein Körper ein Bus wäre, hätte ich am liebsten nur entspannte Fahrgäste. Das geht aber nur, wenn man all den verspannten Fahrgästen unterwegs die Möglichkeit gibt auszusteigen. Nichts anderes ist dynamische Meditation.«

JOSCHKA BREITNER,
»GODWORK ORANGE –
MEINE ZEIT MIT BHAGWAN«

DIE UNTERKUNFT DER BHAGWAN-ANHÄNGER befand sich in einem ziemlich herzlos wirkenden Sechzigerjahre-Mehrparteienhaus. Der Anblick passte zu Joschkas Stimmung. Es war Viertel vor sieben am Morgen.

»Warum müssen wir unbedingt mitten in der Nacht meditieren?«, fragte er Babsi missmutig.

»Weil uns das Energie für den ganzen Tag gibt«, antwortete Babsi gut gelaunt.

»Und dieses Haus gehört Bhagwan?«

»Der Eigentümer wohnt seit zwei Jahren im Ashram in Poona«, erklärte Babsi. »Er hat es den Sannyasins hier in der Stadt zur Verfügung gestellt.«

»Und was machen die da drin?«, wollte Joschka wissen.

»Leben?«, antwortete Babsi.

Ein paar Steintreppen mit Kieselbetonplatten führten zur Eingangstür. Babsi drückte eine Klingel und wurde sofort über einen Summer eingelassen. Der Eindruck im Inneren des Hauses war ein ganz anderer als der von außen. Das Treppenhaus war in frischem Gelb gestrichen. Es wirkte hell und gepflegt. Die gefliesten Stufen waren mit einem Sisal-Teppich belegt. Auf den Treppenabsätzen standen Kübel mit Topfpflanzen.

Joschka wollte bereits nach oben gehen, als Babsi ihn zurückhielt und auf die Kellertür zeigte.

»Da geht's lang.«

»Was sollen wir im Keller? Die Katze suchen?«

»Meditieren. Die Nachbarn beschweren sich sonst wegen des Lärms.«

»Lärmbeschwerden? Wegen ein paar meditierender Menschen?«

»Du wirst schon sehen.«

Joschka folgte Babsi die Treppen hinunter. Auch der Keller wirkte hell und licht. Die Wände des langen Kellerganges waren frisch verputzt. Links ging eine Tür zu einer Waschküche ab. Hier standen eine Waschmaschine, ein Trockner und Körbe voller orangefarbener Wäsche.

Rechts gab es einen Fahrradkeller und einen Vorratsraum.

Der Meditationsraum befand sich hinter der letzten Kellertür auf der linken Seite. Wahrscheinlich war er in einem früheren Leben mal ein Partykeller gewesen.

Der Raum war circa vierzig Quadratmeter groß und mit Teppich ausgelegt. An den Wänden lagen zahlreiche Kissen verschiedener Form und Größe. Unverkennbar roch der Raum nach kaltem Schweiß. Ein gutes Dutzend Menschen verschiedener Altersstufen stand bereits in orangefarbener Sportkleidung im Raum. Vier Nachzügler huschten an Joschka und Babsi vorbei.

Zwei davon begannen sofort damit, sich bis auf die orangefarbene Unterwäsche auszuziehen. Einer band sich eine orangene Augenbinde um. All das war für Joschka hochgradig irritierend.

Ein junger Mann Anfang dreißig in orangener Sportkleidung schloss die Kellertür von innen.

»Moin erst mal. Wer ist heute zum ersten Mal hier?«, begrüßte er die Gruppe.

Neben Joschkas Hand gingen drei weitere Hände in die Höhe.

»Gut, dann herzlich willkommen zu eurer ersten dynamischen Meditation. Ich weiß nicht, was ihr schon über das gehört habt, was wir hier machen … solltet ihr noch gar nichts gehört haben, könnte das hier ein wenig verstörend auf euch wirken.«

Joschka war erleichtert, dass der Sannyasin seine Eindrücke nicht bestritt, sondern offen bestätigte.

»Eine finnische Dampfsauna dürfte für einen nordafrikanischen Tuareg ohne Erklärung allerdings auch irritierend wirken. Deshalb hier die Kurzzusammenfassung für das, was gleich passiert: Dynamische Meditation. Dynamik bedeutet Bewegung. Meditation bedeutet Ruhe. Für Bhagwan keine Gegensätze, sondern Ergänzungen.«

Joschka schaute zu Babsi. Diese zwinkerte ihm mit einem Blick zu, der so viel bedeutete wie: *Na? Prinzip verstanden?*

Joschka nickte. Zu Babsi und zum Kursleiter. Letzterer fuhr fort.

»Es heißt immer, Meditation helfe gegen Anspannung. Das stimmt. Übersieht aber ein Problem. Westliche Menschen können nicht still-sitzen. Weil sie sich dann entweder langweilen oder ruhelos sind. Was im Prinzip dasselbe ist. Sie müssen sich immer bewegen, damit die Gedanken im Kopf nicht im Kreis laufen. Der Stress der ›modernen‹ Lebensweise versetzt viele von uns in eine solche Grundanspannung, dass wir zum stillen Meditieren viel zu verspannt sind. Das Problem selbst hindert uns an der Lösung.«

Ein bestätigendes Raunen ging durch den Raum. Joschka verspürte ein Gefühl des Verstanden-Werdens.

»Und um dieses Dilemma zu lösen, hat Bhagwan die dynamische Meditation entwickelt. Erst einmal muss die ganze negative Energie raus, bevor wir zur Stille gelangen können.

Der dynamische Teil wird dazu genutzt, um unsere Anspannungen rauszulassen. Körper und Geist werden so darauf vorbereitet, im meditativen Teil eine viel intensivere Erfahrung von Stille machen zu können. Im Prinzip so, wie wenn man erst einmal lüftet, bevor man tief einatmet. Ich weiß – blödes Beispiel hier im miefigen Keller.«

Die Gruppe lachte.

Der Kursleiter fuhr fort.

»Die dynamische Meditation dauert genau sechzig Minuten und glie-dert sich in fünf Abschnitte. Die ersten drei sind dynamisch. Die letz-ten beiden meditativ. Jeder Abschnitt wird mit einem Gong eingelei-tet und hat seine ganz eigene Musik.

Der erste Abschnitt nennt sich ›Atmen‹ und dauert zehn Minuten. Ihr werdet dabei chaotisch, wild, schnell und stark ein- und ausatmen. Mehr nicht. Dadurch pumpt ihr euch mit Energie voll. Ihr werdet es merken.

Danach läutet ein Gong die nächste Zehn-Minuten-Phase ein: die Katharsis. Ihr lasst alles an negativer Energie raus, was sich in euch angestaut hat. Macht dazu, was ihr wollt – wie ihr es wollt. Rastet komplett aus. Ihr könnt schreien, schlagen, auf dem Boden rollen – wonach immer euch ist. Der Raum ist schalldicht.

Mit dem nächsten Gong beginnt die zehnminütige ›Hoo‹-Phase. Ihr springt zehn Minuten auf der Stelle auf und ab und ruft jedes Mal, wenn ihr mit den Füßen auf dem Boden aufkommt: ›Hoo!‹

Das waren die drei Elemente der dynamischen Phase. Danach beginnt die ruhige Meditation.

Wenn der nächste Gong ertönt, rufe ich ›Stopp‹. Die Musik hört auf, und ihr bleibt exakt in der Position stehen, in der ihr euch bei meinem Ruf befindet. Für fünfzehn Minuten. Absolute Stille, keine Bewegung.

Und mit dem nächsten Gong beginnt die letzte Phase: ›Celebration‹. Bewegt euch zur Musik, wie es euch guttut. Fünfzehn Minuten lang. Alles klar?«

Joschka schaute sich um. Mittlerweile hatte sich die Hälfte der Teilnehmer bis auf die Unterwäsche ausgezogen, und mehr als die Hälfte hatte die Augen verbunden. Auch Babsi hielt eine Binde in der Hand.

»Also – fünf Phasen. Drei davon – ›Atmen‹ – ›Katharsis‹ – ›Hoo‹ – sind dynamisch. Die letzten beiden – ›Stopp‹ und ›Celebration‹ – sind meditativ. Macht alles total. Gebt euch ganz in jede Phase. Wenn ihr wollt, schließt die Augen. Viel Spaß. Los geht's.«

Der junge Mann drückte auf die Play-Taste eines Kassettenrekorders. Ein Band lief an. Ein Gong ertönte. Leise, stakkatoartige Trommelgeräusche setzten ein und steigerten sich in der Lautstärke. Um Joschka herum fingen die Teilnehmer wild und energievoll an zu atmen. Ein Schnaufen erfüllte den Raum. Auch Babsi hatte jetzt ihre Augenbinde um und schien ganz bei sich selbst zu sein. Joschka beschloss, sich auf die Sache einzulassen. Er schloss die Augen und atmete. Erst zaghaft, dann schneller, dann intensiver. Er sog die Luft ein, pumpte sich voll und stieß den verbrauchten Atem wieder aus. Er hörte, wie die Teilnehmer neben ihm ganz bewusst schnaubten, und tat das Gleiche. Joschka öffnete kurz die Augen. Er sah, wie die anderen Teilnehmer ihre Arme und ihren Oberkörper dazu benutzten, die Atmung zu unterstützen. Das sah ... ziemlich albern aus. Aber vielleicht war gerade das der Grund, warum so viele Teilnehmer Augenbinden trugen. Um sich und den anderen klarzumachen: Es ist egal, wie es bei dir aussieht. Ich sehe und bewerte dich nicht. Tu du es auch bei mir nicht.

Joschka fing an, seinen Atem mit pumpenden Bewegungen seiner Arme zu unterstützen. Er dachte, er müsse aussehen wie ein Brathähnchen mit zappelnden Flügeln am Spieß. Das amüsierte ihn. Vorübergehend. Nach kürzester Zeit hatte er das anfängliche Gefühl der Absurdität verloren. Die Atmung verselbstständigte sich – ohne Anstrengung. Er war ganz Atem. Und ehe er sichs versah, ertönte der Gong. Phase eins war vorbei.

Joschka fühlte sich vollgepumpt mit Energie.

Den negativen Teil davon durfte er nun in der nächsten Phase rauslassen. Die Musik wechselte. Sphärische Töne in einem schnellen Takt fluteten den Raum. Babsi neben ihm fing an zu schreien. Joschka öffnete erschrocken die Augen. Babsi fehlte nichts. Sie schrie einfach und schlug wild um sich. Andere Teilnehmer hatten sich Kissen geholt und droschen damit auf den Boden. Ein anderer trommelte mit den Fäusten gegen die Wand. Es sah aus, hörte sich an und fühlte sich so an wie ein Irrenhaus. Joschka machte mit. Erst schrie er leise. Und kam sich blöd vor. Dann schrie er lauter. Und kam sich schon ein wenig weniger blöd vor. Dann brüllte er in das Gebrülle der anderen hinein. Er nahm sich ein Kissen und drosch damit auf die Wand ein. Ihm war, als würde er damit die Tore öffnen, die eine jahrelang in ihm angestaute Aggression bislang zurückgehalten hatten. In einer Orgie der Erleichterung schrie, schlug und tanzte er eine Unmenge an Wut aus sich heraus. Er hörte neben sich jemanden weinen. Ihm kamen selbst Tränen. Die eben in sich reingepumpte Energie floss automatisch aus ihm raus und riss dabei Unmengen an aufgestauter, negativer Energie mit sich und aus seinem Körper heraus. Irgendwann fing er an, wie verrückt zu lachen. Beinahe hätte er den nächsten Gong nicht gehört. Die »Hoo«-Phase begann. Eine Musik setzte ein, die sich anhörte wie ein elektronisches Metronom auf LSD. Immer im gleichen, schnellen Takt. Eigentlich war es gar keine Musik, sondern nur Takt. Und die anderen Teilnehmer im Raum hüpften im Takt hoch und runter, einige hatten die Arme dabei nach oben gestreckt. So weit es die Kellerdecke erlaubte. Immer wenn die anderen mit den Füßen den Boden berührten, riefen sie »Hoo!«. Joschka hoote mit. Er merkte, wie die Monotonie der Sprünge das Chaos, dem die vorherige Phase Raum gegeben hatte, weichen ließ und Raum für eine innere Ordnung schuf.

Wieder ertönte ein Gong. Waren die zehn Minuten tatsächlich schon rum? Der Kursleiter rief: »Stopp!« Alle Teilnehmer blieben in der Haltung im Raum stehen, in der sie sich im Moment des Rufes gerade befunden hatten. Auch Joschka. Er stand einfach da. Und begann, in sich hineinzuspüren. Er spürte etwas Unglaubliches: positive Energie. Eine friedliche Kraft breitete sich in seinem Körper aus, von der er bislang gar keine Ahnung gehabt hatte, dass es sie dort gab. Sie durchströmte ihn. Er hielt still und genoss es.

Die Viertelstunde der »Stopp«-Phase durchlebte Joschka bar jeder Maßeinheit.

Der Gong ertönte.

Asiatische Entspannungsmusik setzte ein. Sie klang nach Schilfgras, ruhigem Wasser, blanken, dunklen, nachtwarmen Steinen im Morgenlicht. Wie unter einer aufgehenden Sonne erwachte die Musik zum Leben und trug Joschka in den Tag.

Joschka schaute nicht mehr nach den anderen. Er spürte nur noch, wie er in der Musik floss. Völlig entspannt. Eins mit sich. Fünfzehn Minuten lang. Ein Gefühl, das er in dieser Länge noch nie gespürt hatte.

Der letzte Gong ertönte.

Die Meditation war zu Ende.

Joschka bemerkte eine Hand auf seiner Schulter. Er öffnete die Augen und drehte sich um. Babsi stand dort. Verschwitzt. Glücklich. Mit fragendem Blick. Joschka nahm sie in die Arme und küsste sie. Gemeinsam gingen sie aus dem Keller. Die Treppe nach oben. Zum ersten Mal in seinem Leben hörte er den zwitschernden Vögeln zu.

Sie feierten den Tag – genau wie er.

28 ORDNUNG

»Ordnung ist nicht das Gegenteil von Freiheit. Das Gegenteil von Freiheit ist Willkür. Seine Seele aufzuräumen und willkürliche Gedanken auszusortieren ist ein schöner Schritt, um Raum für freies Denken zu schaffen.«

JOSCHKA BREITNER,
»ENTSCHLEUNIGT AUF DER ÜBERHOLSPUR –
ACHTSAMKEIT FÜR FÜHRUNGSKRÄFTE«

MEIN TELEFON KLINGELTE. Es war Joschka Breitner, der mich aus dem Krankenhaus anrief. Es irritierte mich ein wenig, gerade noch mit ihm gemeinsam an seiner ersten dynamischen Meditation Anfang der Achtzigerjahre teilgenommen zu haben und in der nächsten Sekunde, vierzig Jahre später, mit ihm zu telefonieren. Auf keinen Fall durfte ich mir anmerken lassen, dass ich gerade tief in seine Vergangenheit eingetaucht war.

»Hallo, Herr Diemel. Ich wollte nur nachgefragt haben, ob Sie zwischenzeitlich mal in der Praxis nach dem Rechten sehen konnten.«

Seine Stimme war fester als gestern. Aber sie klang, als würde er an einem Samstagnachmittag eine öffentlich-rechtliche Radiosendung moderieren. Ich führte dies auf die Tamponade in seiner gebrochenen Nase zurück.

»Ich bin gerade in der Praxis. Der Glaser tauscht das Fenster aus.«

»Das ging ja schnell. Gab es noch irgendwelche Vorkommnisse?«

»Nein, alles in Ordnung.« *Außer dem erneuten Einbruch, dem Mord an Dieter, der Flucht des Täters und der Unterschlagung des Tagebuchs durch mich*, ergänzte ich in Gedanken. *Ach ja – und der Tatsache, dass Dieter jetzt, eingewickelt in den blutdurchtränkten Läufer aus Ihrem Flur, bei mir im Kindergartenkeller liegt.*

»Ach ja – Ihr Teppich im Flur war ziemlich vollgeblutet von Ihrem Nasenbluten. Ich hab ihn weggeschmissen«, erzählte ich, um alle zukünftigen Fragen bezüglich des fehlenden Läufers im Keim zu ersticken.

»War meine Verletzung so schlimm? Das war mir gar nicht bewusst … Gut. Wenn er weg ist, ist er weg.«

»Wie geht es Ihnen?«, wollte ich stattdessen wissen.

»Besser. Ich werde hier wahrscheinlich übermorgen entlassen.«

»Das freut mich.« Ich fand es schwierig, Small Talk mit jemandem zu betreiben, der nicht wusste, wie viel ich bereits über ihn wusste.

»Wenn Sie gerade in der Praxis sind, hätte ich eine Bitte. Könnten Sie vielleicht einmal die Bücher im Regal durchzählen?«, wechselte Herr Breitner wieder auf die Sachebene.

»Im Regal?«, fragte ich verwundert. »Ich meine ... das Regal wurde bei dem Überfall auf Sie umgeworfen. Die Bücher liegen überall herum.« Bis auf eins, das ich gerade lese.

»Ja, das habe ich schon noch mitbekommen. Aber könnten Sie bitte nachzählen, ob es sich um vierundachtzig Bücher auf dem Boden handelt?«

Ich war ernsthaft erstaunt. Nicht, weil ich nicht wusste, was Herr Breitner kontrollieren wollte. Ich war erstaunt, dass jemand wusste, wie viele Bücher er in seinem Regal hatte, wenn keins fehlte.

»Wieso? Ich meine: Woher wissen Sie, dass es genau vierundachtzig Bücher im Regal waren? Und: Was ist an der Anzahl so wichtig?«

»Mein Regal hat sieben Bretter. Auf jedem Brett waren zwölf Bücher. Und – bei allem Dank für Ihre Mühen – der Rest ist Privatsache.«

Die Therapeuten-Klienten-Schranke schien von Herrn Breitners Seite wieder fest in ihrer Verankerung zu sein. Er war der in sich geordnete Charakter von uns beiden. Selbst die Anzahl der Bücher in seinem Regal war ihm bewusst. Er stellte die sinnvollen Fragen. Ich lernte, sinnvolle Antworten zu erfinden.

»Einen Moment – ich zähle eben nach.«

Ich legte das Handy auf den Boden und tat so, als zählte ich die Bücher. Nach ungefähr einer Minute Bücherzählen-Vortäuschen fiel mir ein, dass ich nicht wusste, wie viel Zeit man vortäuschen musste, um den realistischen Eindruck zu erwecken, man würde vierundachtzig Bücher zählen.

Mir fiel ein Trick ein. Um das Zählen von vierundachtzig Büchern ziemlich realistisch vorzutäuschen, könnte ich einfach in Echtzeit die dreiundachtzig tatsächlich vorhandenen Bücher zählen und dann nur die Zählzeit für das nicht vorhandene vierundachtzigste Buch vortäuschen.

Leider war eine Minute bereits sinnlos verplempert.

»Mist – ich hab mich verzählt. Ich fang noch mal an«, murmelte ich ins Telefon.

»Keine Eile«, murmelte Herr Breitner entspannt.

Nach dreiundachtzig tatsächlich gezählten Büchern machte ich eine Sekunde Pause und sprach wieder ins Telefon.

»Exakt vierundachtzig Bücher«, meldete ich an Herrn Breitner weiter.

Ich vernahm ein erleichtertes Aufatmen auf der anderen Seite des Hörers.

»Haben Sie vielen Dank.«

Dass ich Buch Nummer vierundachtzig, *Freud, Gesammelte Werke V*, in der Nacht blutdurchtränkt aus Dieters Jackentasche genommen hatte, konnte ich am Telefon noch für mich behalten. Es lag, nach der Entnahme des Tagebuchs, in der Sockenschublade meiner Schlafzimmerkommode. Dieters mittlerweile wohl verkrusteten Lebenssaft würde ich nie wieder aus dem Einband und aus den ausgeschnittenen Seiten herausbekommen. Wenn Herr Breitner übermorgen aus dem Krankenhaus entlassen werden sollte, musste ich mich vorher dringend bei einem Antiquariat um eine Ersatzausgabe kümmern.

Wenn Herr Breitner seine Praxis betrat, musste wieder die gemeldete Anzahl von vierundachtzig Büchern auf dem Boden liegen. Oder im Regal.

»Soll ich die Bücher wieder ins Regal räumen?«, bot ich meine Hilfe beim Aufräumen an.

»Nein danke. Ich habe schon zu viel Papier in meiner Praxis offen liegen lassen. Das Aufräumen danach muss ich schon selber übernehmen.«

Die letzte Bemerkung kam mir kryptisch vor. Was meinte Herr Breitner damit? Das Tagebuch konnte es nicht sein – er ging ja davon aus, dass es noch in seiner Buchhülle steckte.

Ansonsten wusste ich nur, dass Herr Breitner die Zeitung mit dem Tantra-Artikel letzte Woche im Besprechungszimmer hatte liegen lassen. Aber was sollte das mit der Verwüstung seines Arbeitszimmers zu tun haben?

Wir verabschiedeten uns höflich voneinander. Herr Breitner dankte mir noch einmal für meine Hilfe in Bezug auf den Glaser und für mein Auge auf die Praxis und sicherte mir zu, sich ab nächster Woche bei mir wegen eines neuen Termins zu melden.

Der Glaser war noch nicht ganz fertig, sodass ich noch Zeit für ein paar weitere Seiten im Tagebuch hatte.

29 FLIEGEN

»Es ist ein wenig übereilt, einem Ei vom Fliegen vorzuschwärmen. Der darin enthaltene Vogel muss zunächst freiwillig schlüpfen.«

JOSCHKA BREITNER,
»GODWORK ORANGE –
MEINE ZEIT MIT BHAGWAN«

AUS DEM ZARTEN GRÜNEN PFLÄNZCHEN, das Joschka durch Babsi in seiner Lebenswüste gezeigt bekommen hatte, entwickelte sich für ihn eine ganze Oase. Nicht Babsi war die Oase. Sie war ein Teil davon. Babsis Erscheinen hatte Joschka darauf aufmerksam gemacht, dass es Wasser in der Wüste seines Lebens gab. Und Joschka trank es begierig.

Das durststillende Wasser waren die Denkanstöße dieses ehemaligen Philosophieprofessors.

Aus ihnen konnte er Ruhe, Frieden, Hoffnung, Energie schöpfen.

Babsi hatte eine Reihe von Audio-Kassetten aus Poona mitgebracht. Es waren Mitschnitte von Vorträgen Bhagwans zu den unterschiedlichsten Lebensthemen.

Er hielt in seinem Ashram täglich diese »discourses« in freier Rede vor seinen Anhängern. Die Reden wurden aufgenommen, kopiert und verkauft. Zudem wurden sie auch abgetippt, gedruckt und als Bücher vertrieben.

Babsi hatte sich in Poona ein Dutzend dieser Discourse-Kassetten gekauft. Scheinbar ohne jeden ordnenden Gedanken. Zusammen mit Joschka verbrachte sie nun ganze Abende in ihrem WG-Zimmer, um die Kassetten thematisch ebenso wahllos zu hören.

Es war für Joschka interessant, durch die Originalworte des ihm unbekannten Mannes das Gefühl eines persönlichen Kontaktes zu bekommen.

Bhagwan sprach mit einer ruhigen, warmen, melodischen Stimme. Sein Englisch war grammatikalisch perfekt. Man hörte ihm aber seine indische Herkunft deutlich an.

Die erste Kassette, die Joschka und Babsi gemeinsam hörten, hatte Toleranz zum Thema.

Bereits der erste Satz hatte es in sich.

Er lautete: »*Tolerance is an ugly word.*«

Bhagwan hatte eine einzigartige Art und Weise, S-Laute auszusprechen. Er zog sie in die Länge, als sollten sie den Rest des Satzes unterstreichen. Es war kein Lispeln – es klang eher wie das Züngeln einer Schlange.

Der Satz hörte sich also an wie: »*Toleranssssss issss an ugly word.*«

Joschka musste beim Hören an die Schlange Kaa aus dem *Dschungelbuch* denken. Dem einzigen Film, den sein Vater je mit ihm gemeinsam im Kino gesehen hatte.

Aber die Worte Bhagwans hatten nichts Bösartiges.

Ganz im Gegenteil.

Die schlängelnden S-Laute verliehen den ohnehin klaren Sätzen immer wieder zusätzliche Einschüsse von akustischem Scharfsinn.

Mit solch verbaler Schönheit erklärte Bhagwan dann liebevoll und logisch, worin die Hässlichkeit des Wortes »Toleranz« seiner Meinung nach lag.

Der Tolerierende demütige mit seiner Toleranz lediglich den zu Tolerierenden.

Er gebe mit seiner Toleranz zu verstehen, höher, heiliger, verständnisvoller als der zu Tolerierende zu sein.

Menschen sollten sich aber auf Augenhöhe begegnen. Dazu brauche es keine Toleranz, sondern Akzeptanz. Bhagwan akzeptiere das Recht jedes Menschen, er selbst zu sein. Dieses Recht sei schlicht und ergreifend vorhanden. Es ergebe sich nicht erst daraus, dass er es toleriere. Akzeptanz bedeute allerdings nicht Kritiklosigkeit. Er werde andere Menschen, die er akzeptiere, aber immer aus Liebe heraus kritisieren, wenn er der Meinung sei, dass sie falschlägen. Eben weil er sich Sorgen um andere Menschen mache. Für Bhagwan sei zum Beispiel Freiheit sehr wichtig. Für andere Menschen nicht. Trotzdem werde Bhagwan für deren Freiheit genauso kämpfen wie für seine eigene Freiheit.

Er werde ihren Wunsch nach Unfreiheit nicht tolerieren, sondern stets kritisieren.

Toleranz hingegen sei am Ende nichts anderes als Ignoranz. »Ich toleriere, was du tust« sei lediglich eine höfliche Formulierung für »Fahr zur Hölle – eigentlich bist du mir völlig egal«.

Für Joschka war das ein ebenso unerwarteter wie überlegenswerter Ansatz.

Auf der nächsten Kassette redete Bhagwan über das Ego.

Der Mensch sei das einzige Lebewesen, das überhaupt über ein Ego verfüge. Weil er es sich antrainiert habe, das Leben als einen ständigen Kampf zu sehen, den nur die starken Egos überstehen könnten. Für diesen Kampf brauche es einen Gegner – auch und vor allem, wenn gar keiner da sei.

Denn das Ego sei die rettende Insel im selbst behaupteten Unglück. Diese Insel existiere überhaupt nur durch das Unglück um sie herum. Das Ego nähre sich ausschließlich durch den Wunsch, sich von dem Unglück drum herum abzugrenzen.

Weil das Ego das Unglück brauche.

Ein glücklicher Mensch hingegen brauche kein Ego.

Weil sich das Ego durch das Glück nutzlos und hintergangen fühle, würden viele Menschen, die sich kurz glücklich gefühlt hätten, umgehend vom eigenen Ego ein schlechtes Gewissen gemacht bekommen.

Erst durch die Überwindung des Egos könne der Mensch wirklich glücklich sein.

Dazu müsse der Mensch sein Ego anschauen, es reifen lassen.

Denn das Ego sei wie eine Frucht: Erst wenn sie reif sei, könne der Baum sie fallen lassen.

Deshalb falle es Menschen aus dem Westen leichter als Menschen aus dem Osten, im Ashram ihr Ego zu überwinden. Westler bekämen Ich-Bezogenheit seit frühester Kindheit beigebracht. Ihr Ego sei reifer.

Joschka spürte, dass er noch einen langen Weg vor sich hatte. Noch war er das Samenkorn, das sich der grünen Oase näherte. Dass daraus mal ein Baum werden würde, der reife Früchte tragen würde, die er fallen lassen könne, war offensichtlich noch ein langer Weg.

Aber immerhin sah er diesen Weg. Oder wusste zumindest, dass es ihn gab.

Manche Passagen plätscherten angenehm vor sich hin und teilweise auch ein wenig redundant an Joschka vorbei. Aber auf jeder Kassette gab es Passagen, von denen Joschka den Eindruck hatte, als wären sie ausschließlich für ihn gesprochen.

Einmal kam er abends mit einem ganzen Jahrmarkt an Gedanken-karussellen im Kopf nach Hause. Seine Eltern hatten ihm am Telefon vorgeworfen, er würde sich zu wenig bei ihnen melden. Sein Doktor-vater hatte ihm im Institut einen Stapel Klausuren aufgebürdet, weil ein Co-Doktorand im Urlaub war, und irgendein Idiot hatte ihm den Vorderreifen seines Fahrrades aufgeschlitzt.

Da saß er nun, mit Babsi im einen Arm und einem Chai-Tee in der Hand, auf Babsis Bett. Eine Discourse-Kassette lief. Aber in Gedan-ken war Joschka ganz woanders. Im Kopf wünschte er sich, seinen Eltern all das sagen zu können, was er sich am Telefon nicht getraut hatte. In Gedanken wünschte er sich, all die Klausuren einfach zu ver-brennen. In seiner Fantasie wünschte er sich, den Fahrrad-Demolie-rer mit einem defekten Fahrradschlauch zu erwürgen.

Während seine Emotionen Karussell fuhren, tröpfelten Bhagwans Weisheiten an ihm vorbei. Doch ganz plötzlich traf ihn ein Schwall klarer Worte, und Joschka war sofort wieder im Hier und Jetzt.

Bhagwan redete davon, der Kopf könne genauso als Körperteil ange-sehen werden wie zum Beispiel die Beine. Wenn man die Beine zum Gehen brauche, benutze man sie. Wenn nicht, nicht. Wer auf einem Stuhl sitze und die Beine weiterlaufen lasse, werde zu Recht als Idiot angesehen.

Wer im Kopf seine Gedanken weiterlaufen lasse, obwohl er die Gegenwart genießen könne, sei genauso ein Idiot.

Nur wer lerne, seine Gedanken genauso abschalten zu können wie seine Beine, könne in Harmonie mit der Gegenwart sein.

Die Kunst, dies zu erreichen, bestehe in einem simplen Trick: Man müsse gar nicht das Denken einstellen, sondern das Wünschen. Mit den Wünschen verschwänden die Gedanken von selbst.

Wer das Leben so akzeptiere, wie es ist, bei dem verschwänden die Wünsche. Und sobald es keine Wünsche mehr gäbe, stelle sich ein Zustand grundloser Freude ein.

Und wenn Freude keinen Grund habe, dauere sie ewig.

Joschka verzichtete auf den Wunsch, seinen Eltern die Meinung zu sagen, den Wunsch, die Klausuren zu verbrennen, und den Wunsch, den Fahrrad-Demolierer zu töten.

Und war auf einmal nur noch bei Babsi, Chai-Tee und Discourse-Kassetten.

Dies war der Abend, an dem Joschka Breitner beschloss, sich intensiver für die Techniken zu interessieren, die ihm helfen könnten, den Kopf abzuschalten.

Ein anderes Mal kam Joschka völlig gefrustet von der Sinnlosigkeit seines Tagwerks aus der Uni-Bibliothek.

Abends saß er dann auf Babsis Bett, und die beiden hörten eine Kassette zum Thema »Intelligenz«. Bhagwan erzählte davon, dass jedes Kind intelligent geboren sei, es dann allerdings Schritt für Schritt von der Gesellschaft verdummt werde, um irgendwann in Stumpfsinn zu promovieren.

Joschka dachte an die Berge von Notizen und Unterlagen, die er für seine Doktorarbeit angefertigt hatte:

»Veränderungsprozesse in der Finanzbuchhaltung vor dem Hintergrund von abschreibungsfähigen Verlusten in Zusammenhang mit steigenden Rohstoffpreisen«. Stumpfsinn in Reinform. Zusammengeschrieben aus zig anderen stumpfsinnigen Büchern, belegt durch eine

Zitatenliste, die sich anfühlte wie eine Einkaufsliste in einem Verblödungsgroßhandel.

Und Bhagwan redete weiter: Das Wissen anderer als das eigene Wissen auszugeben, das sei Dummheit.

Jeder Tag bringe andere Fragen des Lebens mit sich. Es gebe darauf schlicht keine vorgefertigten Antworten. Intelligente Menschen fänden eine Lösung aus der Frage heraus. Dumme Menschen würden keine Fragen verstehen, die nicht zu ihren vorgefertigten Antworten passten.

Deswegen seien dumme Menschen auch immer gelangweilt.

Intelligenz sei, der Realität unvorbereitet zu begegnen.

Dies war der Abend, an dem sich Joschka gedanklich aus der Gefangenschaft seiner Promotion befreite.

An einem weiteren Abend konnte sich Joschka eigentlich zu gar nichts motivieren. Es war einer seiner melancholischen Tage. Seit dem Aufstehen hatte er einen Durchhänger. Babsi zuliebe raffte er sich allerdings zu einem gemeinsamen Kassettenritual am Abend auf.

Und als würde Bhagwan genau wissen, wie Joschkas Gefühlslage in diesem Moment aussah, sprach er auf der Kassette von »Traurigkeit«. Manchmal bringe der Augenblick nun mal Traurigkeit. Nur wer auch mit seiner Traurigkeit zufrieden sein könne, werde erleben, wie aus ihr Seligkeit aufsteigen könne. Seligkeit habe nichts mit Freude oder Traurigkeit zu tun. Sondern mit Zufriedenheit. Wer sogar mit Traurigkeit zufrieden sein könne, der sei selig. Der könne das Leben nehmen, wie es sei, was immer auch geschehe.

Dies war der Abend, an dem Joschka Miggertaler anfing, auch seine Traurigkeit zu mögen.

Joschkas Beziehung zu Babsi war etwas ihm bislang völlig Unbekanntes.

Sie waren Seelenverwandte.

Sie führten wunderbare Gespräche miteinander.

Sie hatten tollen Sex.

Aber keiner der beiden wäre wohl auf die Idee gekommen, den jeweils anderen als »seinen« Partner zu beschreiben.

Weil es den beiden völlig egal war.

Joschka wusste, dass Babsi im Ashram freie Liebe praktiziert hatte.

Er verstand den Sinn dahinter nicht so ganz, da er bislang schon mit jeweils einer einzigen Beziehung zum selben Zeitpunkt emotional überfordert war.

Aber mit Babsi war so vieles anders.

Sie lebten, liebten, lachten, wenn sie zusammen waren im Hier und Jetzt.

Und das ging erstaunlich gut.

Allerdings musste sich ihr Konstrukt auch nicht bewähren – solange keine dritte Person von außen hinzutrat.

Joschka gab sein altes Leben nicht auf. Er kreiste nach wie vor einen Großteil des Tages über einer Wüste. Aber er setzte sich regelmäßig in der Oase nieder und benetzte sich dort mit dem erfrischenden Wasser. Er wusste jetzt, dass es fruchtbaren Boden für ihn gab. Und in ihm wuchs der Wunsch, das Wasser der Oase direkt von der Quelle zu schöpfen. Ohne Kassetten. Er wollte, wie Babsi, Bhagwan auch einmal persönlich begegnen. Aber dafür fehlten ihm Zeit und Geld.

Babsi hatte sich in Poona mit der Sekretärin von Bhagwans Sekretärin angefreundet. Die beiden standen in regelmäßigem Briefkontakt. Irgendwann würde Joschka mit Babsi dorthin fahren und das Leben im Ashram selber kennenlernen.

Joschka hängte seine Promotion nicht an den Nagel. Aber er ging immer öfter an der Bibliothek vorbei und setzte sich in einen Hörsaal anderer Fakultäten.

Er hörte Theologen zu, Philosophen, Medizinern. Sein Interesse an der Welt weitete sich. Er fühlte sich befreit von der Enge seines eigenen Horizonts.

Er ging mindestens zweimal in der Woche zur dynamischen Meditation und fand damit einen Weg, seine Wut zu kanalisieren und abfließen zu lassen.

Er wurde innerlich ruhiger.

Joschka veränderte sich auch äußerlich. Er ließ sich seine Haare wachsen und einen Bart stehen.

Mochten seine Eltern seine innere Wandlung noch nicht einmal bemerkt haben, Joschkas äußere Veränderung blieb ihnen nicht verborgen.

Bei seinen ungefähr alle zwei Monate stattfindenden Besuchen erzählte Joschka seinen Eltern von Babsi, von Bhagwan und davon, wie sich sein Leben gerade positiv verändere.

Seinen Eltern von Bhagwans Lehren zu erzählen war ungefähr so sinnvoll, wie vor zwei Eiern zu sitzen und ihnen vom Fliegen vorzuschwärmen.

Die Eier würden das Fliegen aufgrund der unweigerlichen Landung immer als eine existenzielle Bedrohung ihrer Schale empfinden.

Der Vogel im Ei würde fliegen können.

Aber dafür müsste er bereit sein zu schlüpfen.

Und das Ei vorher selber zerstören.

Seine Eltern waren dazu nicht bereit.

Joschka versuchte trotzdem, ihnen seinen Flug über die Wüste und seine Landung in der Oase näherzubringen.

Von da an war Joschka – Einser-Abiturient, BWL-Absolvent, Doktorand – für seinen Vater nicht nur milchbehindert, sondern auch noch der Sektenhippie.

Joschkas Eltern sollten ihre Eier nie verlassen. Jedenfalls nicht lebend.

Ein halbes Jahr, nachdem Babsi aus Poona zurückgekommen war, starben sie bei einem Autounfall.

Dass seine Mutter nach einem Besuch bei Freunden zu ihrem angetrunkenen Mann ins Auto stieg, war nichts Neues.

Dass der Alleebaum diesmal nicht zur Seite sprang, offensichtlich schon.

Beide waren sofort tot.

Wo immer die Seelen seiner Eltern jetzt sein mochten, ihre Werte und Wertvorstellungen weilten noch hier auf Erden.

Erstere in Form eines abbezahlten Einfamilienhauses und eines überschaubaren Sparkassen-Kontos. Letztere in Form eines Testamentes.

Ihren Letzten Willen hatten seine Eltern erst drei Monate vor ihrem Tod geändert. Erben sollten nur die Kinder, die zum Zeitpunkt des Todes der Eltern bereits verheiratet waren und selber Kinder hatten.

Mit anderen Worten: Solange der milchbehinderte Sektenhippie nicht das gleiche Leben führte wie seine Brüder, war er enterbt.

Zunächst ärgerte sich Joschka über diese selbstgerechte Ungerechtigkeit.

Dann empfand er sie als Befreiungsschlag.

Mit ihrem Letzten Willen hatten seine Eltern alle moralisch verpflichtenden Verbindungen zu ihm gekappt.

Er musste sich für nichts mehr rechtfertigen, um es irgendjemandem recht zu machen.

Der Letzte Wille seiner Eltern war ein Freibrief für sein eigenständiges Leben.

Er ließ sich von seinen Brüdern seinen Pflichtteil auszahlen und ging ins Reisebüro.

Er kaufte zwei Flugtickets. Eins für sich. Eins für Babsi.

Beide nach Bombay.

30 KREATIVITÄT

*»Der Realist sieht die Dinge, wie sie sind. Der Kreative sieht die Dinge,
wie sie sein könnten. Der kreative Realist sieht in den vorhandenen
Problemen von heute die Lösungen von morgen.«*

JOSCHKA BREITNER,
»ENTSCHLEUNIGT AUF DER ÜBERHOLSPUR –
ACHTSAMKEIT FÜR FÜHRUNGSKRÄFTE«

DER GLASER WAR FERTIG. Ich bezahlte ihn, wie vereinbart, in bar aus. Anschließend kontrollierte ich noch einmal, ob im Arbeitszimmer und im Flur noch Spuren der letzten Nacht zu sehen waren. Ich sah nichts und fuhr zurück zu meiner Wohnung. Zum Kindergarten. Zu meiner Tochter.

Als ich in der Nemo-Gruppe ankam, war Emily wieder zum Kindergartenkind zurückmutiert.
Sie lief, sie rief, sie wirkte wieder wie vor der Einschulung.
Ich war zufrieden mit dem Ergebnis.
Ich ließ Emily ihre Zeit, sich zu verabschieden, und suchte währenddessen das Gespräch mit Sascha. Eigentlich erhoffte ich mir positive Nachrichten, was die Zukunft von Dieters körperlicher Hülle anging.
Leider hatte Sascha schlechte.
Sein Bekannter bei der Müllverbrennungsanlage war bis Ende nächster Woche zum Tauchen in Ägypten.
Mein Wunsch, Dieters Leiche möge sich kurzfristig in Rauch auflösen, verschwand im Dunst einer Wasserpfeife.
Mich überkam der spontane Impuls, in Panik zu geraten, weil ich, anstatt der scheinbaren Lösung eines Problems nähergekommen zu sein, nun wieder ganz von vorn mit der Suche nach einer anderen Problemlösung anfangen konnte.
Ich sehnte mich danach, ein gut sortiertes Lösungsregal vor mir zu haben, anstatt einem unsortierten Stapel von Problemen gegenüberzustehen.

Das brachte mich in Gedanken wieder zu Joschka Breitner.

Er hatte mir aus dem Krankenhaus heraus exakt sagen können, wie viele Bücher sortiert in seinem Regal stehen müssten – selbst wenn sie wahllos auf dem Boden vor dem Regal verstreut waren.

Weil er im Kopf gut sortiert war.

Herr Breitner trug sein Lösungsregal in sich.

Ich versuchte, meinen Problemen ebenfalls ein ordnendes System zu geben.

Zunächst einmal rein zeitlich.

Wir hatten Donnerstag.

Am Samstag würde Peter Dieter als vermisst ansehen und sich auf die Suche nach ihm machen.

Ich brauchte also bis Samstag eine Lösung für Dieter.

Die Müllverbrennungsanlage war es nicht.

Auch Dieters Auto auf dem Supermarktparkplatz geparkt zu haben, war nur eine suboptimale Zwischenlösung. Am besten verschwände es gleich mit Dieter zusammen.

Am Samstag käme auch Joschka Breitner wieder aus dem Krankenhaus. Ich brauchte also ebenfalls bis Samstag ein neues Exemplar von Freuds gesammelten Werken, Band V, um die vierundachtzig Bücher in Breitners Praxisregal wieder zu komplettieren.

Dazu gehörte auch, dass ich das Tagebuch bis Samstag gelesen haben musste, um es zurückgeben zu können.

Ich hoffte, damit auch bis spätestens Samstag eine Spur zu demjenigen zu finden, der Herrn Breitner misshandelt und Dieter getötet hatte.

Sofern Dieters Mörder nicht Stefans Partnerin war.

So viel zu den Problemen.

Anschließend versuchte ich, die möglichen Lösungen in mein Gedankenregal einzusortieren.

Das Tagebuch würde ich bis Samstag ausgelesen haben.

Das Buch von Freud würde ich heute Nachmittag in einem Antiquariat suchen.

Blieb noch Dieters Leiche.

Das war noch nicht die perfekte Ordnung. Aber es war ein Anfang. Eine Lektion aus Herrn Breitners Achtsamkeitskurs kam mir in den Sinn.

> *Der Realist sieht die Dinge, wie sie sind. Der Kreative sieht die Dinge, wie sie sein könnten. Der kreative Realist sieht in den vorhandenen Problemen von heute die Lösungen von morgen.*«

Ich nahm in Gedanken das Problem »Dieter beseitigen« aus dem Regal und betrachtete es genauer. Und weil ich gerade dabei war, nahm ich auch das Problem »Dieters Auto« aus dem Regal. Was, wenn in diesen beiden Problemen ihre Lösung lag?

»Wenn wir Dieter nicht in der Müllverbrennung entsorgen können … wie wäre es, wenn wir einen tödlichen Autounfall arrangieren? Seinen Wagen haben wir ja«, regte ich Sascha gegenüber an.

»Hm … dann brauchen wir nur noch einen verblödeten Pathologen, der die fortgeschrittene Verwesung vor dem Unfall übersieht und den Messerstich ignoriert«, entgegnete Sascha.

Ich versuchte weiter, kreativ zu bleiben.

»Der Wagen könnte Feuer fangen«, warf ich ein.

Saschas kreative Lunte fing ebenfalls Feuer.

»Fährt Dieter einen Verbrenner oder ein Elektroauto?«

»Meine Güte ….« Die Vorstellung, ausgerechnet von Sascha aus ideologischen Bedenken an einer kreativen Lösung gehindert zu werden, verschlechterte meine Stimmung schlagartig. »Müssen wir bei der Leichen-Entsorgung jetzt etwa auch schon auf CO_2-Emissionen achten?«

»Nein – es geht um die Art des Feuers.«

Das klang nach einem realistischen Einwand.

»Dieter fährt einen Verbrenner«, ergänzte ich erleichtert.

»Das ist doof. Batteriegetriebene Autos verbrennen im Zweifel besser als Verbrenner.«

»Sind eigentlich alle Wörter in der heutigen Zeit nur noch inhaltsleeres Geschwafel?«, wollte ich mich gerade empören, als Sascha seine Ausführungen sachlich erläuterte.

»Ein E-Auto brennt nach einem Unfall länger und heißer als ein Auto mit Verbrennungsmotor, sofern die Batterie beschädigt ist und mehrere Zellen gleichzeitig Feuer fangen. Das Feuer einer brennenden Elektroauto-Batterie kann mit herkömmlichen Feuerwehrmitteln nicht so einfach gelöscht werden und entwickelt dann über einen langen Zeitraum eine solche Hitze, dass dabei die Leiche im Auto komplett zerbröseln würde.«

Das klang nach einem tatsächlichen Nutzungsvorteil im Alltag, an den ich bei Elektroautos bislang nie gedacht hatte.

»Das ist bei einem normalen Fahrzeugbrand nicht der Fall?«, fragte ich nach.

»Da kommt die Feuerwehr, hält den Schlauch drauf, und das Feuer ist aus. Selbst wenn der Wagen komplett ausbrennen würde, hätte das Feuer in der Regel nicht heiß und nicht lange genug gebrannt, um eine darin befindliche Leiche komplett einzuäschern.«

»Ein Verbrennungsmotor hinterlässt also, selbst was die Verbrennung einer darin befindlichen Leiche angeht, mehr Rückstände als ein Elektroauto.«

»Richtig«, bestätigte Sascha.

»Aus krimineller Sicht ist es also geradezu unverantwortlich, eine Leiche ohne Elektroauto zu entsorgen.«

»Absolut.«

Es war erfrischend, sich mit einem Menschen ideologiefrei auf der reinen Sachebene über die Vorteile von Verbrennungs- und Elektromotoren zu unterhalten.

»Woher weißt du so was? Du bist Leiter eines Kindergartens ...«, fragte ich lobend nach.

»Eines Kindergartens, dessen Feuerwehrzufahrt täglich von Eltern mit ihren E-Autos blockiert wird«, erhellte mich Sascha. »In den Sommerferien hatte ich eine Brandschutz-Begehung. Da hat mir das mal ein Feuerwehrmann in Ruhe erklärt. Wenn bei einem E-Auto die Batterie beschädigt ist und alle Zellen gleichzeitig Feuer fangen, dann kann die Feuerwehr erst mal Pause machen, bis das Feuerwerk vorbei ist. Da machste nix. Aber wie du sagst, ist das bei Dieters Auto ja keine Option.«

Ich versuchte, kreativ andere Teile der von mir wahrgenommenen Realität als Lösungsansatz zu benutzen.

»Ich könnte Peters Elektrofahrrad klauen, und wir verbrennen Dieter im Lastenkorb«, regte ich an.

»Wenn du den Lastenkorb vorher wasserfest abdichtest und mit Diesel füllst, würde das gehen«, klärte mich Sascha auf.

»Und ich dachte immer, das elektrische Lastenfahrrad wäre der ideale Ersatz für den Dieseltransporter?«

»In puncto Leichenentsorgung nicht. Wenn du die Leiche erst verbrennst und dann die Urne mit der Asche zum Friedhof fahren willst, wäre das E-Lastenfahrrad bei schönem Wetter sicherlich eine Alternative. Aber sowohl beim Verbrennen der Leiche als auch beim Transport der unverbrannten Leiche hat das elektronische Lastenfahrrad seine Nachteile. Sowohl gegenüber dem Elektroauto mit aufgeschlitzter Batterie als auch gegenüber dem klassischen Dieseltransporter.«

›Die Transformation zu neuer Mobilität erfordert sicherlich kreative Einschnitte in alte Gewohnheiten‹, zitierte ich in Gedanken Peter, dessen Lastenfahrrad als Leichenbeseitigungsmittel erst einmal aus dem Schneider war.

Ich schaute, was noch so an unsortierten Alltagsproblemen neben dem Regal auf dem Boden lag.

»Ich könnte das Elektroauto von Peters Frau klauen, um Dieter darin zu verbrennen. Das habe ich eh mit meinen Steuermitteln mitfinanziert.«

»Und damit hätten wir dann zwei aufgeregte Frauen: eine, deren Auto verbrannt ist, und eine, deren Lebenspartner in dem Auto verbrannt ist. Und keine weiß, warum. Das schafft mehr Probleme, als es löst.«

»Mit anderen Worten: Dieter in einem Elektroauto zu verbrennen würde technisch funktionieren, inhaltlich aber nur dann Sinn machen, wenn das Auto einen logischen Bezug zu Dieter hat.«

»Besser hätte ich es nicht auf den Punkt bringen können.«

»Gut. Bringt uns das jetzt weiter?«, fragte ich Sascha.

»Wenn du ein E-Auto findest, das dieses Kriterium erfüllt, wäre das zumindest eine denkmögliche Lösung.«

»Und eine andere Lösung?«, wollte ich wissen.

»Wir warten ab, bis der Ägyptenurlauber wieder da ist.«

Bis dahin hätte das Problem Dieter in meinem Regal schon so dermaßen zu müffeln angefangen, dass es Peter längst entdeckt haben würde. Ich brauchte also ein Elektroauto mit Bezug zu Dieter.

Bevor ich Emily zurück zu Katharina brachte, schaute ich noch kurz in meiner Wohnung nach, welche Auflage das blutverschmierte Buch von Sigmund Freud hatte, um ein entsprechendes Exemplar in einem Antiquariat zu besorgen.

Beim Öffnen des Buchs fiel mir wieder die Audio-Kassette mit der mysteriösen Aufschrift »A-Frame-House, Confession S-P-Parvaz« in die Hände. Was auch immer dort drauf war, sollte ich mir in jedem Fall auch anhören.

Das Kassettendeck an meiner Stereoanlage im Wohnzimmer hatte leider die letzte Mix-Kassette bereits vor Jahren gefressen. Ich hatte es dank der Erfindung von MP3 nicht für nötig gehalten, den Bandsalat jemals zu entfernen. Das rächte sich nun. Auch Emilys Toniebox würde mir beim Hören dieser Kassette keine große Hilfe sein, solange ich kein Joschka-Breitner-Figürchen obendrauf stellen konnte.

Mir fiel der bislang nutzlos gekaufte, MP3-taugliche Kassettenrekorder ein. Auf dem würde ich mir die Kassette bei Gelegenheit anhören.

Ich legte Buch und Kassette wieder in die Sockenschublade meines Schlafzimmers und holte Emily im Kindergarten ab. Wir fuhren zu Katharina. Dort plauderten wir zu dritt noch ein wenig über den ersten richtigen Schultag und Emilys Ausflug zum Kindergarten.

Die Begegnung mit Hanna spielte für Katharina keine erwähnenswerte Rolle mehr.

Das größte mir bekannte Antiquariat der Stadt befand sich gegenüber dem Hauptgebäude der Universität.

Es war hervorragend sortiert. Schnell fand ich die Abteilung für psychologische Fachliteratur. Auch Freuds *Gesammelte Werke* hatte ich schnell gefunden. Inklusive des Bandes Nummer fünf. Leider stimmte die Auflage nicht mit der zu ersetzenden überein.

Ich wandte mich an den Buchhändler.

Der sehr freundliche Herr konnte mir anhand seines Computer-Verzeichnisses versichern, die gesuchte Auflage im Lager zu haben. Dort müsse er sie allerdings erst noch aus einem Stapel Kartons heraussuchen. Er fragte mich, ob ich nicht noch etwas in der Stadt zu erledigen hätte, dann würde er mich in ungefähr einer halben Stunde anrufen, um mir mitzuteilen, ob er das Buch gefunden habe.

Während der Antiquar damit beschäftigt war, die zukünftige Hülle für Joschka Breitners Tagebuch im Archiv zu suchen, nahm ich mir vor, dessen Inhalt im Café nebenan zu studieren.

31 ENERGIEFELD

»Stell dir vor, du bist acht Jahre alt und bekommst zum Geburtstag einen Hundewelpen geschenkt. Merke dir das Gefühl. Und jetzt denke dir lediglich dein Alter, den Geburtstag und den Hundewelpen weg. Lass das Gefühl bestehen. So fühlt sich das Energiefeld von Poona an.«

JOSCHKA BREITNER,
»GODWORK ORANGE –
MEINE ZEIT MIT BHAGWAN«

BOMBAY WAR EIN KULTURSCHOCK für Joschka.

Die ersten vierundzwanzig Stunden auf dem indischen Subkontinent fühlten sich an wie, rochen nach, hatten den Klangteppich von einem exotischen Abend in einem indischen Restaurant.

Mit der kleinen Realitätsergänzung, dass das Restaurant keine Türen hatte, verhungernde Passanten ihre Notdurft neben den Essenden verrichteten und alle Beteiligten das völlig normal zu finden schienen.

Joschka sah diese fremde Welt zunächst nur aus dem Fenster seines Taxis, auf der Fahrt vom Flughafen zum Hostel. Aber mehr als diese Erfahrung hätte er auch gar nicht verarbeiten können. Er sah Menschen der untersten Kaste, die am Straßenrand vegetierten, direkt neben den an ihnen vorbeifahrenden Luxuslimousinen der Oberschicht.

Vor Dreck starrende Kinder bettelten vor frisch geputzten Schaufenstern für Haarpflegeprodukte.

Früh vergreiste Frauen verhungerten in Lumpen vor luxuriösen Herrenschneidereien.

Joschkas Taxi fuhr durch das absolute Maximum einer nach oben und unten völlig offenen Gesellschaft. Es schien keine roten Linien zu geben, die den Beteiligten ein gesichertes Maß an Würde oder Anstand garantierten.

Das Hostel lag in der Nähe des Victoria-Terminus-Bahnhofs im Süden von Bombay. Von hier sollte morgen der Zug nach Poona abfahren. Joschkas und Babsis Taxi musste vor dem Bahnhof kurz wegen eines abgemagerten Mannes anhalten, der einen mit verdreckten

Leinentüchern bedeckten Holzkarren vor sich her über die Straße schob. Erst auf den zweiten Blick erkannte Joschka, dass unter einem der Tücher eine Hand hervorschaute. Dass die Flecken Blutflecken waren. Dass die Hand zu einem Unterarm gehörte, an dem kein Körper hing.

Der Taxifahrer erklärte ihnen in gebrochenem Englisch, dass dies ein Leichenteile-Sammler sei. Am Bahnhof komme es fast täglich zu tödlichen Unfällen. Wer die Leichenteile von den Schienen sammele und zum Krankenhaus bringe, bekomme eine Prämie.

Joschka beschlich das Gefühl, dass es elementarere Probleme in der Berufswelt geben könne als ein sinnloses Dissertationsthema.

Joschka und Babsi verbrachten nur die erste Nacht in der Millionenmetropole. Am nächsten Tag fuhren sie mit dem Zug sechs Stunden lang ins Landesinnere, nach Poona – ebenfalls eine indische Großstadt, aber außerhalb Indiens weitgehend unbekannt.

Joschka hielt am Bahnhof Ausschau nach dem Leichenteile-Sammler von gestern, er sah ihn aber nicht.

Die Fahrt im Erste-Klasse-Abteil verlief störungsfrei.

Vom Bahnhof in Poona aus ließen sich Babsi und Joschka dann mit einer Rikscha zum Tor des Ashrams fahren.

Bhagwans Ashram in Poona war 1980 ein junges, dynamisches, pulsierendes Gebilde. Vor allem war es sehr schnell gewachsen. Noch bis 1974 hatte Bhagwan von seinem Apartment in Bombay heraus gelehrt und dort seine Anhängerschaft empfangen.

Dieses Arrangement war aufgrund des wachsenden Zulaufs weder für die Besucher noch für die Nachbarn noch für Bhagwan selbst auf Dauer akzeptabel. Für die Nachbarn wurde es zu rummelig, für die Anhänger zu beengt, und Bhagwan selbst litt unter Asthma, hatte Zucker und verschiedene Allergien. Von einem Umzug raus aus dem Smog der Handelsmetropole rein ins Landesinnere versprachen sich alle Beteiligten eine deutliche Verbesserung der Lebensqualität.

Die Keimzelle des Ashrams bildete ein einzelnes Grundstück in einem Vorort Poonas. Eine reiche Erbin hatte es erworben und 1974 an Bhagwan vermacht. Der Philosophie-Professor bezog das großzügige Herrenhaus und nannte es fortan »Lao-Tzu-Haus« – nach dem chinesischen Philosophen. Schnell wuchs auch in Poona seine Anhängerschaft und damit wieder der Platzbedarf. Wie es der Zufall wollte, stand eines Tages auch das rückseitige Grundstück zum Verkauf. Die Sannyasins erwarben es. Wie bei der Zellteilung hatte sich die Keimzelle des Ashrams verdoppelt. Bhagwan gab dem neuen Gebäude nach der hinduistischen Form des Göttlichen den Namen »Krishna-Haus«. Aus den zwei Grundstücken an zwei Straßen wurde ein Grundstück.

Mehr Anhänger kamen. Der Platzbedarf wuchs weiter. Auch die beiden Nachbargrundstücke konnten erworben werden. Neben dem »Lao-Tzu-Haus« stand nun das »Jesus-Haus«. Neben dem »Krishna-Haus« entstand die »Buddha-Halle«. Wieder hatten sich die beiden bestehenden Zellen geteilt, und wie durch natürliches Wachstum hatte sich das Grundstück erneut verdoppelt.

Als Joschka mit Babsi 1980 in Poona ankam, lebten und übernachteten auf den ehemals vier getrennten Grundstücken rund zweihundertfünfzig Menschen. Achthundert weitere kamen täglich hierher, um in der Küche, den Werkstätten, auf dem Gelände zu arbeiten.

Und dreitausend Menschen kamen jeden Monat in den Ashram, um zu meditieren, um an Therapien teilzunehmen und vor allem, um Bhagwan persönlich zu sehen und zu hören.

Der Haupteingang zum Gelände befand sich auf der Straßenseite des Krishna-Hauses.

Orange gekleidete Menschen kamen mit der Rikscha, zu Fuß oder mit dem Fahrrad, stellten Letzteres vor dem Gelände ab und betraten durch ein großes Tor, »the gateless gate« genannt, den Ashram.

Die mannshohen Holzflügel der Tür wurden überdacht von einem weißen Überbau, auf dem in großen blauen Buchstaben »Shree Rajneesh Ashram« geschrieben stand.

Der Eingang wirkte auf Joschka wie die Pforte zu einem seriösen Urlaubs-Resort.

Dahinter grünte es wie in einem tropischen Garten. Linker Hand schien das zeltartige Gebilde der Buddha-Halle durch das Grün. Geradeaus führte der Weg zum Empfangsbereich des Krishna Hauses. Joschka wusste von Babsi, dass es auf dem Gelände neben Meditations-, Therapie- und Veranstaltungsräumen Orte für die verschiedensten Tätigkeiten gab: eine Druckerei, eine Bäckerei, ein Fotolabor, eine Käserei, eine Schneiderei, eine Kosmetikartikel-Manufaktur. Eigentlich gab es Räume zum Ausüben jeder Fähigkeit, die ein Sannyasin mitbrachte.

Hinter dem »*gateless gate*« schlenderten Architekten, Stewardessen, Fotografen und Anwälte in Orange auf den Wegen durch den Garten, die alle Teile des Ashrams miteinander verbanden. Sie saßen auf Mäuerchen, umarmten sich im Stehen oder unterhielten sich in allen Akzenten, die Englisch als Fremdsprache hergab.

Es wirkte wie ein Happening, organisiert von Menschen, die zu wissen schienen, was sie mit Menschen tun sollten, die nicht wussten, was sie tun wollten.

Babsi und Joschka schritten, übermüdet von Reise und Zeitunterschied, durch das Tor.

Babsi war zurück im Paradies. Joschka setzte erstmals einen Fuß hinein.

Joschkas erste drei Assoziationen beim Betreten des Geländes waren: warm, surreal, kraftvoll.

Babsi zog Joschka hinter sich her zur Anmeldung des Ashrams im Krishna-Haus.

Dies war das Reich von Laxmi, Bhagwans persönlicher Sekretärin, dem Mastermind in Poona. Laxmi war eine kleine, zierliche, wache, schlaue Frau.

In einem Comic hätte sie die pfiffige Maus sein können.

Laxmi, die pfiffige Maus, hatte den Ashram in Indien natürlich wachsen lassen.

Lustigerweise hatte die persönliche Assistentin Bhagwans selber eine persönliche Assistentin: Sheela. Die Frau, mit der sich Babsi während ihres letzten Aufenthaltes angefreundet hatte.

Joschka nahm belustigt zur Kenntnis, dass Sheela auf ihn wirkte wie eine clevere Katze.

Er war in einer Welt angekommen, in der eine Katze einer Maus zuarbeitete.

Gott, war er müde.

Babsi wurde herzlich begrüßt. Joschka auch. Ihm fiel auf, wie selbstverständlich sich Babsi hier zu Hause fühlte. Während Joschka von ihrer Anreise erzählte, nahm Babsi nebenbei im Hintergrund eine Teekanne und goss Laxmi, Sheela, Joschka und sich selbst ein. In völliger Selbstverständlichkeit arbeitete sie dem Führungsduo des Ashrams zu.

Die Schlafplätze im Ashram waren heiß begehrt. Und sie wurden nur an Menschen vergeben, die zum einen Beziehungen hatten und zum anderen auch im Ashram arbeiten würden.

Babsi hatte ihre Freundin per Brief über ihre erneute Reise nach Poona informiert.

Babsi und Joschka wurden zwei Betten in einem Dreibettzimmer innerhalb des Ashrams zugewiesen.

Babsi würde für Sheela in der Verwaltung des Ashrams arbeiten.

Joschka war gespannt, was er tun sollte. Er freute sich auf eine handwerkliche Tätigkeit in der Bäckerei, der Küche oder dem Garten. Zur Not würde er auch die Klos putzen. Er sehnte sich nach dem größtmöglichen Abstand zu seiner stumpfsinnigen Arbeit an der Uni.

Er wurde in die Buchhaltung des Ashrams eingeteilt.

Die Verwandlung vom BWL-Doktoranden in Deutschland zum Finanzbuchhalter in Indien war nicht ganz die Kompletterneuerung, die sich Joschka erhofft hatte.

Babsi bemerkte Joschkas Zögern sofort und lachte: »Rette den Ashram durch deine Arbeit. Rette deine Seele in deiner Freizeit. Du wirst sehen – es ist am Ende dasselbe.«

Joschka stellte sein Wünschen ein. Und war dankbar für die ihm ermöglichten Schritte in sein Leben im Ashram.

Am nächsten Tag würde er zum ersten Mal Bhagwan persönlich begegnen. Und dafür hätte er alles aufgegeben und angenommen, was dazu nötig war.

Joschka und Babsi trugen ihr Gepäck in das ihnen zugewiesene Zimmer in eines der Gästehäuser. Das Zimmer war denkbar kahl eingerichtet. Eine offenbar selbst gezimmerte Holztür führte in einen zehn Quadratmeter großen Raum. Die Wände waren mit ockerfarbenem grobem Putz verspachtelt. Der Boden bestand aus breiten Holzdielen. In einem glaslosen Fenster wehte ein orangener Vorhang. Von außen ließ sich das Fenster mit einer Holzjalousie schließen. Die einzigen Möbelstücke im Raum waren ein offensichtlich selbst gezimmertes Regal, ein Tisch und eine Öllampe, die wohl vorherige Bewohner hier vergessen hatten.

Das Zimmer war minimalistisch, aber sauber. Und sie hatten es scheinbar zu zweit für sich allein.

Joschka und Babsi stellten ihr Gepäck in das Regal, legten ihre Isomatten auf den Boden und schlenderten anschließend, übermüdet, aber glücklich, durch den Ashram. Sie starteten an der Info-Tafel mit den Holzplättchen, auf denen der Tagesablauf eingetragen war. Babsi erklärte Joschka, was sich hinter den einzelnen Tagespunkten verbarg. Die erste Veranstaltung jeden Morgen war die dynamische Meditation um sechs, gefolgt vom täglichen »Discourse« Bhagwans von

Viertel vor acht bis zehn in der Buddha-Halle, der mit Abstand größten Veranstaltung des Tages. Bhagwan würde vor Tausenden von Anhängern frei über Fragen des Lebens dozieren.

Im weiteren Tagesverlauf wurde verschiedenste, von Bhagwan modifizierte Meditationsformen für kleinere Gruppen angeboten:

Sufidance – eine Tanzmeditation, basierend auf einem orientalischen Wirbel-Tanz, Tai-Chi – eine fließende Bewegungsmeditation basierend auf einer chinesischen Kampftechnik, Kundalini Meditation – in der die Teilnehmer durch Schütteln zur Ruhe finden, Karate – einer Kampfsportart, deren sinnesschärfende Elemente bewusst genutzt wurden, um inneren Frieden zu finden.

Am Nachmittag gab es außerdem einen »taped discourse«. Sannyasins und solche, die es werden wollten, konnten sich Bhagwans Lehren gemeinsam auf Kassette anhören. Genau so, wie Joschka und Babsi das zu Hause getan hatten. Nur eben in einer größeren Gruppe im Energiefeld des Ashrams.

Abends gab es dann noch eine Musikgruppe.

Dies waren die täglichen, offenen Veranstaltungen für alle Besucher des Ashrams.

Dazu kamen zahlreiche Therapie-Angebote, die einzeln gebucht werden konnten.

Jeden Abend fanden zudem für einen sehr kleinen Kreis sogenannte Darshans statt.

In einem Darshan beantwortete Bhagwan persönlich Fragen seiner Anhänger oder bezeugte, wie sie »Sannyas« nahmen, sich zu einem meditativen Leben bekannten, überreichte ihnen die Mala-Kette mit seinem Foto und gab ihnen einen neuen Namen.

Wieder machte der Grad der Organisation, der hinter all dem steckte, auf Joschka einen sehr professionellen Eindruck.

Der Ashram war kein Ort, an dem sich bloß zufällig ein Rudel Hippies traf.

Der Ashram in Poona war hinter den Kulissen ein ziemlich gut geleitetes Unternehmen.

So gut, dass er nach außen spielerisch den Eindruck vermitteln konnte, als würde sich hier bloß zufällig ein Rudel Hippies treffen.

Joschka und Babsi umrundeten das Krishna-Haus. Neben der Anmeldung befanden sich hier eine kleinere Meditationshalle, ein Fotostudio und mehrere Therapieräume.

Babsi führte Joschka weiter, schräg hinüber zur Buddha-Halle, wo er morgen Bhagwan sehen würde. Die Buddha-Halle war im Grunde ein großes, fest installiertes Zelt. Lange Stoffbahnen waren über ein Gerüst aus Dutzenden von Metallstangen gespannt und bildeten so einen überdachten Raum für mehrere Tausend Personen.

Joschka und Babsi liefen hinüber zum »Kitchen Garden«, der Ashram-Kantine, die bei den Gasthäusern untergebracht war. Sie holten sich zwei Chai-Tea und gingen einmal um das Lao-Tzu-Haus herum, in dem sich nicht nur Bhagwans Privaträume, sondern auch seine Bibliothek und ein kleineres Auditorium befanden. Immer wieder trafen die beiden auf freundliche Menschen, die Babsi noch von ihrem letzten Aufenthalt vor einem halben Jahr kannte. Oder auf Menschen, die beide nicht kannten, die aber ihre Lebensfreude gerne mit anderen teilten.

Joschka fühlte sich sofort in einer Gemeinschaft angenommen, die ihm ein Gefühl des Zu-Hause-Seins vermittelte, das weit über das ihm inzwischen vertraute Gefühl im Meditationskeller hinausging.

Gleichzeitig war er sich dessen bewusst, dass der ihn umgebende Menschenkreis nicht bloß sehr herzlich, sondern auch ziemlich exklusiv war.

Er musste an den Leichenteilesammler von gestern denken.

Er lebte auf demselben Kontinent, im selben Land, aber in einer völlig anderen Welt.

Die Flut der Eindrücke der letzten achtundvierzig Stunden, verbunden mit Jetlag und Übermüdung, ließ Joschka emotional zwischen Skepsis und Begeisterung hin und her pendeln.

Ihm kam ein Satz Bhagwans von den Kassetten in Erinnerung: Man könne einen großen Maler nicht anhand der Bilder alter Meister beurteilen. Dafür sei seine Botschaft zu neuartig.

Joschka beschloss, all die neuen Eindrücke einfach nur als neu auf sich wirken zu lassen.
Er wollte das, was er hier sah, als einzigartiges Kunstwerk betrachten.
Er wollte beobachten, ohne zu urteilen.
Er hatte das Gefühl, der Beobachter eines Bildes zu sein, auf dem er selbst gemalt war, wie er das Bild beobachtete. Er war übermüdet.

Gegen Abend setzten sich Joschka und Babsi mit ein paar Sannyasins auf das Dach eines der Gasthäuser und lauschten der Musikgruppe, deren Klänge jeden Abend den Ashram erfüllten.

Joschka und Babsi schliefen gemeinsam auf ihren Schlafmatten auf dem Boden ihres Zimmers. Über sich hatten sie ein Moskitonetz gespannt. Die Nacht war warm. Joschka wachte ein paarmal auf. Einmal weckten ihn die Geräusche eines in der Ferne liegenden Rangierbahnhofs, ein andermal das Zirpen der Insekten. Er schlief immer wieder sofort ein. Erschöpft, glücklich und gespannt auf den morgigen Tag.

32 ATTRAKTIVITÄT

»Der Mensch besteht in seiner Ganzheit aus seinem Körper und seinem Geist. Das Zusammenspiel macht die Attraktivität aus. So zu tun, als spiele das Aussehen keine Rolle, ist genauso oberflächlich wie die Aussage, der Charakter spiele keine Rolle.«

JOSCHKA BREITNER,
»GODWORK ORANGE –
MEINE ZEIT MIT BHAGWAN«

EINE FRAUENSTIMME RISS MICH zurück ins Hier und Jetzt.

»Björn? Was machst du denn hier?«

Die Stimme kam mir vage bekannt vor. Ich blickte auf. Larissa stand vor mir. Die Studentin aus dem abgebrochenen Tantra-Kurs. Das weibliche Wesen, das Offenheit leben wollte.

Die junge Frau, die ich noch am Freitagnachmittag äußerlich äußerst attraktiv gefunden hatte. Die dann aber im Laufe des Freitagabends einen immer größer werdenden Teil ihrer inneren Attraktivität verlor. Und zwar in dem Maße, in dem sie sich auf den innerlich wie äußerlich für mich unattraktiven Günther einließ. Die Dame mit dem Mini-Cooper.

Oder wie es Katharina so prägnant formuliert hatte: die Bitch.

Larissas äußere Attraktivität war unbestreitbar noch vorhanden, als sie mir plötzlich im Café gegenüberstand. Ihre langen blonden Haare trug sie offen, ihre blauen Augen leuchteten, und ihre weißen Zähne blendeten fast beim Lächeln. Hätte sie sich im türkisfarbenen Bikini in eine Saloon-Tür gestellt, hätte ich sie nicht von Jody Banks im Vorspann von *Ein Colt für alle Fälle* unterscheiden können.

So aber stand sie in Jeans, Turnschuhen und weißer Bluse vor mir und wartete freundlich auf eine Antwort.

»Ich … warte auf ein Buch, das ich im Antiquariat nebenan abholen will«, erklärte ich mich. Hätte ich »Ich habe eine Wassermelone getragen« gesagt, hätte das nicht verblödeter klingen können.

»Und du?«, beendete ich die entstandene Pause.

»Ich arbeite hier. Meine Schicht fängt aber erst in zehn Minuten an. Ist bei dir noch frei?«

Larissa zeigte auf den Stuhl gegenüber. Ich nickte. Sie setzte sich.

»Ihr wart letzten Samstag so schnell weg. Ist was passiert?«, wollte sie wissen.

Ganz offensichtlich war es Larissa nicht in den Sinn gekommen, Günthers Geschlechtsteile seien nicht für alle erwachsenen Menschen ein Grund zum Kommen, sondern für manche auch zum Gehen. Ich sah es nicht als meine Aufgabe an, diese Wissenslücke bei ihr zu schließen, und griff auf die Ausrede zurück, durch die alle Kinder das Leben ihrer Eltern bereicherten:

»Wir mussten zurück zu unserer Tochter.«

Für Larissa reichte das völlig.

»Ihr habt am Samstag noch das Beste verpasst. Kannst du dir vorstellen, dass Dieter und Katja was miteinander angefangen haben?«

Es war bei mir keine Frage des Könnens, sondern des Wollens. Beides war durchkreuzt durch das mir bereits aufgedrängte Wissen.

»Nein. Das glaub ich ja jetzt nicht«, antwortete ich trotzdem, um mein Wissen nicht erklären zu müssen.

»Doch!«, begeisterte sich Larissa. »Und das Allerbeste ist: Dieter hat uns allen was vorgemacht. Er heißt gar nicht Dieter, sondern irgendwie anders. Und seine richtige Partnerin ist dahintergekommen!«

Ich wurde hellhörig.

»Dass er nicht Dieter heißt?«

»Na, dass er am Wochenende fremdgegangen ist.«

»Woher weißt du das?«, wollte ich wissen.

»Von Günther. Dieters Lebensgefährtin hat heute Vormittag aufgeregt im Institut angerufen und nachgefragt, ob Dieter am Wochenende und auch letzte Nacht dort übernachtet hätte.«

Das war nun tatsächlich mal eine Information mit Mehrwert.

Hanna hatte die Polizei also nicht angelogen. Sie hatte tatsächlich erst durch Katharina erfahren, wo Günther am Wochenende gewesen war. Sie machte sich wirklich Sorgen um ihren Partner. Sie hatte sofort im STC angerufen und nach ihrem Stefan, meinem Dieter, gefragt.

Kurz: Hanna hatte vor heute Morgen auch gar kein Motiv, ihren Lebenspartner zu töten.

Sie schied als Mörderin damit aus.

»Und … was hat Günther ihr erzählt?«, fragte ich nach, um diese Information vollständig in meinem Kopf einordnen zu können.

»Ich bitte dich – das Tantra-Center ist ein seriöses Institut!«, empörte sich Larissa. »Günther hat natürlich abgestritten, dass Dieter jemals dort war.«

Ich verschwieg Larissa seriös verlogen, dass es einen elementaren Unterschied zwischen den Begriffen »seriös«, »verschwiegen« und »verlogen« gab.

»Günther fand diesen Dieter ja sowieso scheiße«, fuhr Larissa fort.

Ich hielt kurz inne.

Das Problem bei der Kundenbeschimpfung ist für ein Unternehmen gar nicht die Tatsache, dass diese Beschimpfung irgendwann herauskommt.

Das Problem bei der Kundenbeschimpfung ist für ein Unternehmen vielmehr die Tatsache, dass es über Mitarbeiter verfügt, die keine Vorstellung davon haben, wer am Ende ihr Gehalt bezahlt: der beschimpfte Kunde.

Für das Superconsciousness Tantra Center schien Günther das Problem zu sein.

Nicht Dieter.

»Inwiefern?«, fragte ich nach.

»Na, Günther sagt, dieser Dieter sei offenbar gar kein international tätiger Sicherheitsexperte, wie er behauptet hat. Er sei bloß ein popeliger Privatdetektiv. Objektbeobachtung und so.«

»Was für ein Blender«, sagte ich. Larissa kam gar nicht auf den Gedanken, dass ich damit nicht Dieter, sondern ihren popeligen Vögel-Trainer meinen könnte.

»Unglaublich, oder? Günther hat gesagt, den Job von Dieter könnte jede aufgebrochene Sperrholzplatte aus dem Baumarkt ohne Lebensgefahr genauso erledigen.«

In meinem Gedankenregal rappelte es.

Probleme und Lösungen sortierten sich neu.

Dass Dieter Privatdetektiv war, würde Günther von Hanna erfahren haben.

Dass Dieter sich tatsächlich in Lebensgefahr gebracht hatte, nicht.

Eigentlich müsste Günther, wie Hanna und Larissa, davon ausgehen, dass Dieter mit seiner Hebammen-Affäre durchgebrannt war.

Dass Dieter in Lebensgefahr geraten war, weil sein Mörder eine Sperrholzplatte aufgebrochen hatte, konnte Günther nicht wissen.

Von der Sperrholzplatte vor Joschka Breitners Arbeitszimmerfenster wussten außer mir nur vier Menschen: Joschka Breitner, der Glaser, Dieter – und Dieters Mörder.

Aber warum sollte ausgerechnet Günther in Joschka Breitners Praxis einbrechen und dann dort Dieter erstechen?

Vielleicht war das aber auch alles nur ein Zufall.

Mir drehte sich der Kopf.

»Und … wann hat dir Günther das alles erzählt?«

Larissa sah auf die Uhr.

»Du, sorry. Meine Schicht fängt jetzt an. Wir reden gleich weiter – ist eh nicht so viel zu tun. Ich muss nur kurz die Übergabe machen.«

Sie schaute auf meine leere Espresso-Tasse.

»Soll ich dir gleich einen neuen bringen?«

Ich nickte verwirrt.

Larissa stand auf und ging hinter die Theke.

Ihre Kollegin rechnete bei mir ab.

Ich würde Larissa gleich ein wenig mehr über Günther ausfragen müssen.

Einstweilen las ich weiter in dem Tagebuch.

33 LEBENSDURST

»Ich selbst bin die einzige Quelle, die meinen Lebensdurst stillen kann.«

JOSCHKA BREITNER,
»GODWORK ORANGE –
MEIN LEBEN MIT BHAGWAN«

BABSI WECKTE JOSCHKA um halb sechs am nächsten Morgen. Gemeinsam zogen sie sich an – Babsi weite, orangefarbene Kleidung, Joschka eine kurze Hose und ein T-Shirt –, holten sich einen Chai-Tea im Kitchen Garden und gingen dann zur dynamischen Meditation.

Die »Dynamische« fand unter freiem Himmel statt. Für Joschka hatte das etwas Sinnbildliches. Er war raus aus dem Keller. Er hatte das Gefühl, als sei die Energie der Meditation hier an der Quelle noch einmal viel stärker. Als habe er bislang an einem Apfelbonbon gelutscht und bisse nun zum ersten Mal herzhaft in einen echten Apfel.

Während Joschka in der Dynamischen Ruhe und Kraft schöpfte, füllte sich der Ashram zusehends mit Menschen.

Die Besucher stauten sich bereits um halb acht am Eingang zur Buddha-Halle, in der Bhagwan gleich sprechen würde. Der Grund für den Stau war eine strenge Eingangskontrolle. Die Menschen wurden nicht etwa nach Eintrittskarten oder Waffen kontrolliert. Sie wurden beschnuppert. Zwei Mitarbeiterinnen Laxmis rochen jedem Eintrittswilligen am Haar.

»Ist das ein Begrüßungsritual?«, fragte Joschka neugierig Babsi, während die beiden zum Beschnuppert-Werden anstanden.

»Bhagwan ist allergisch gegen chemische Duftstoffe. Wie in Shampoos und Deos. Würde die jemand in seiner Nähe ausdünsten, würde das seine Konzentrationsfähigkeit beim Diskurs stören«, erklärte Babsi.

»Du veräppelst mich, oder?« Joschka schaute Babsi an. Doch die schien das – fast – ernst zu meinen.

»Na ja, jedenfalls ist das die offizielle Begründung. Inoffiziell gibt diese Art der Einlasskontrolle jedem, der sie passiert hat, bereits ein erstes Erfolgsgefühl. Und jeder, der sie nicht passiert hat, kann lernen, mit Misserfolg umzugehen.«

»Du meinst, das Schnüffeln ist willkürlich?«

»Das Schnüffeln ist ganz bewusst. Das Ergebnis auch. Nur manchmal steht beides nicht miteinander im Zusammenhang. Aber am Ende gibt es jedem die Chance, mit der darin enthaltenen Willkür umzugehen.«

Auch dieses Wissen versuchte Joschka einfach nur auf sich wirken zu lassen.

Joschka und Babsi wurden eingelassen.

In der Buddha-Halle erlebte Joschka erneut, wie bei der Zimmervergabe, dass der Ashram keine klassenlose Gesellschaft war. In den ersten Reihen saßen das Führungspersonal, die Therapeuten sowie VIP-Bewohner und -Besucher. Das waren Schauspieler, Reporter, Society-Größen, die als Multiplikatoren nützlich waren. Manche VIPs waren nach Babsis Aussage auch einfach nur besonders spendable Sannyasins.

Das hatte nichts von Animal Farm.

Hier waren nicht alle Sannyasins gleich und manche eben gleicher.

Ganz im Gegenteil.

Da das Versprechen einer klassenlosen Gesellschaft nie gegeben worden war, konnte es auch nicht gebrochen werden.

Das Versprechen des Ashrams war nicht, dass alle Menschen gleich waren.

Es war, dass hier jeder sein Ego überwinden könne.

Joschka erinnerte sich an eine der ersten Kassetten: Nur ein voll ausgebildetes Ego könne fallen gelassen werden.

Und die größten Egos saßen hier offensichtlich in den ersten Reihen.

All das schien im Grunde ziemlich schlüssig.

Babsi sah eine Gruppe von Menschen, die sie offensichtlich von früher kannte. Joschka ließ sie los und suchte sich, da er schon aufgrund seiner nicht orangenen Kleidung als Neuling zu erkennen war, einen Platz im hinteren Bereich des Zeltes.

Er nahm zur Kenntnis, dass Babsi wie selbstverständlich im vorderen Drittel Platz nahm.

Ein Raunen ging durch die Menge. Bhagwan schien sich zu nähern. Joschka wusste mittlerweile, dass sich Bhagwan jeden Tag in einem kanariengelben Mercedes die hundert Meter vom Lao-Tzu-Haus bis zur Buddha-Halle fahren ließ. Offenbar hatten die Sannyasins rechts neben der Bühne den Wagen bereits erkannt.

Gleich würde Joschka also Bhagwan das erste Mal live gegenüberstehen.

Joschka war nervös wie vor einem ersten Date.

Auf einmal schwirrten ihm tausend Gedanken durch den Kopf.

Er dachte an das erste Gespräch mit Babsi in der WG-Küche.

Er dachte an seine erste dynamische Meditation.

Er dachte an all die ihn aufbauenden Reden auf Babsis Kassetten.

Er dachte an den Leichenteile-Schieber und die VIP-Sannyasins in der ersten Reihe.

Er dachte an die Haarschnüfflerinnen am Eingang.

An die Armut in Bombay und an den gelben Mercedes.

Zweifel machten sich in ihm breit.

War es vielleicht doch einfach nur pervers, was er hier machte?

Dass er mit einem Langstreckenflieger über Kontinente hinwegflog, um sich in einem Wellnessresort die Seele streicheln zu lassen? Dass er sich den Geruch seiner Haare kontrollieren ließ, während draußen vor der Tür Menschen Körperteile einsammelten, um ihren Lebensunterhalt zu verdienen?

Würde er gleich auf einen reichen, satten Blender treffen, der Joschkas übersteigerte Wünsche nach Lebensfreude in Luft auflösen würde?

War die sprudelnde Quelle in seiner Wüste vielleicht in Wahrheit nur ein gigantischer, künstlicher Springbrunnen?

Oder würde er gleich auf die Person treffen, an deren klarer, frischer Weisheit er sich seinen Lebensdurst in Zukunft würde stillen können?

Während er zweifelnd in der hintersten Reihe der Buddha-Halle stand, merkte er, wie die Zweifel einer immer stärker werdenden, ihn mit Frieden erfüllenden Energie wichen. Ihm war, als nähere sich ihm ein Magnet.

Je näher er kam, desto stärker zog es Joschka zu ihm hin.

Ein kraftvolles Schweigen rauschte durch die Menge.

Bhagwan betrat die Buddha-Halle.

Wobei »betrat« nicht im Ansatz die Fortbewegungsweise Bhagwans zu beschreiben vermochte.

Bhagwan schien zu schweben.

Wenn seine Füße überhaupt den Boden berührten, dann mit einer nie gesehenen Leichtigkeit.

Bhagwan wirkte auf Joschka wie die einzige Marionetten-Puppe der Welt, die ihre eigenen Fäden in der Hand hielt und so sich selbst bespielte.

Die Gestalt im strahlend weißen, bodenlangen, frisch gebügelten Gewand, die neben der Bühne erschien, war zart, zerbrechlich, kunstvoll.

Je näher Bhagwan kam, desto zarter wirkte er.

Aber mit einer unvorstellbar energetischen Aura um sich herum.

Bhagwan schwebte also die wenigen Stufen auf die Bühne und zu dem Sessel, der in der Mitte der Bühne stand.

Er hielt vor dem Sessel inne und drehte sich zur ihn erwartenden Menge.

Sein ergrauter, langer Bart schien in der Luft zu ruhen.

Sein ausfallendes Haar ließ seine runde Kopfform noch gütiger erscheinen.

Er faltete die Hände zu einer klassischen Dürer-Geste und ließ seinen Blick über die Menge schweifen. Seine Handkanten zeigten einmal zu wirklich jedem einzelnen Zuhörer im Raum.

Joschka hatte das absurde Gefühl, als würde er dabei physisch Teil eines Energiefeldes.

Schließlich setzte sich Bhagwan.

Für eine Minute schloss er die Augen.

In der Halle herrschte absolute Stille.

Von außen drang das fröhliche Gezwitscher der Vögel in den Bäumen rund um die Buddha-Halle hinein und füllte den Raum mit Leben.

Dann begann Bhagwan zu reden.

Mit seiner sanften, melodischen, freundlichen Stimme.

Wie bereits auf den Kassetten hatte Joschka das Gefühl, Bhagwan spreche gerade ausschließlich für ihn.

Vielleicht nicht ausschließlich zu ihm, aber genau über das Thema, was Joschka noch vor wenigen Sekunden so sehr zweifeln ließ.

Wenn er gefragt würde, begann Bhagwan, ob er ein Guru des reichen Mannes sei, so müsse er dies absolut bejahen. In doppelter Hinsicht. Zum einen, weil er davon ausgehe, dass seine Anhänger reich an Intelligenz seien. Dass sie alles hätten, was die Welt ihnen geben könne, und erkannt hätten, dass es nutzlos sei.

Und zum anderen tatsächlich im materiellen Sinne. Arme Menschen hätten so lange Hoffnung auf materielle Erlösung, solange sie noch nicht vom Reichtum frustriert seien. Niemand könne Geld hinter sich lassen, der noch nicht vom Geld enttäuscht worden sei.

Einem armen Menschen müsse man deshalb verzeihen, wenn er nicht religiös sei.

Bei einem reichen Menschen sei dies eine unverzeihliche Sünde.

Arme Menschen brauchten Brot.

Erst wenn die körperlichen Bedürfnisse befriedigt seien, könne sich der Mensch um seelische Dinge wie Musik, Kunst und Literatur kümmern.

Und erst wenn der Mensch feststelle, dass ihn all diese Dinge auf Dauer nicht befriedigten, dann könne sich der Mensch mit den wichtigen Fragen des Lebens beschäftigen.

Religion sei nun einmal der größte Luxus.

Dies könne allerdings nur erkennen, wer materiellen Luxus als irrelevant erkannt habe.

Und genau deswegen fahre er jeden Morgen die hundert Meter von seiner Wohnung zur Buddha-Halle in seinem knallgelben Luxus-Mercedes: Weil dieser Wagen für ihn absolut keine Bedeutung habe.

Diesen Wagen führe er für die Menschen, die nicht verstanden hätten, wie überflüssig dieser Wagen sei.

Für Menschen, die diesen Wagen als für einen Guru unangemessen empfinden würden.

Für die Menschen, die der Ansicht waren, geistige Vorbilder müssten in Armut leben.

Für die Menschen, die materiellen Dingen immer noch einen Wert zumessen würden.

Für die Menschen, die Bhagwans Worte ohnehin nicht verstehen würden.

Dieser gelbe Wagen sei die ideale Möglichkeit, diese Menschen von einem Besuch des Ashrams abzuhalten.

Ein Lachen ging durch das Zelt.

Bhagwan fuhr fort.

Geld, Kunst, Literatur – all das seien Wege, die nicht wirklich zu einem Ziel führten.

Der Mensch könne all diesen Dingen jahrzehntelang hinterherlaufen, durch die Gegend irren und doch nirgendwo ankommen.

Das zu tun sei auch gar nicht schlimm.

Im Gegenteil.

Das sei eine notwendige Erfahrung.

Aber wenn der Mensch dann diese Erfahrung gemacht habe, dass Reichtum nicht zum Ziel führe, könne er versuchen, einen anderen Weg zu gehen.

Er könne in sich selbst gehen und sofort am Ziel sein.

Nicht Bhagwan sei das Ziel.
Bhagwan zu folgen sei noch nicht einmal der Weg.
Das Leben in Seligkeit sei das Ziel.

Denn das Leben sei wie ein Tanz.
Einige tanzten – die anderen eben nicht.
Ein anderer Tänzer könne in einem stehenden Menschen keinen Tanz auslösen.
Aber der stehende Mensch beginne, in der Gegenwart des Tänzers zu fühlen, was es bedeutet zu tanzen.
Er spüre einen Rest Energie in sich.
Und dann möchte er irgendwann selber anfangen zu tanzen.
Das sei Synchronität.
Das passiere parallel zum Tanz des Tänzers.
Nicht wegen des Tänzers.
Aus dem stehenden Menschen sprudele auf einmal der Tanz heraus.

Und so sei das auch mit der Lebensfreude.
Der einzelne Mensch selbst sei die Quelle seines eigenen Glücks.
Nicht Bhagwan.
Aber das Sprudeln der einzelnen Quelle könne von Bhagwan getriggert werden.

Joschka war von allen vorherigen Zweifeln befreit.
Als der Discourse vorüber war, fühlte er es in sich sprudeln.
Er selbst war die Quelle.
Er selbst hatte es in der Hand, ob es in seiner Wüste Wasser gab oder nicht.

Was für ein befreiender Gedanke.

Ob im Ashram irgendjemand an irgendjemandes Haar schnüffelte oder irgendwo in der ersten Reihe sitzen durfte, war gegen diese Erkenntnis vollständig belanglos. Dem überhaupt eine Bedeutung zuzumessen war eher witzig.

Joschka spürte, dass er der Witz sein könnte, der sich selbst erheiterte.

Mit tausend anderen sprudelnden Menschen tanzte er aus der Buddha-Halle heraus.

34 FREIE LIEBE

»Freie Liebe ist wie *all you can eat*. Sobald man satt ist, verliert es seinen Reiz.«

JOSCHKA BREITNER,
»GODWORK ORANGE –
MEINE ZEIT MIT BHAGWAN«

IN DEN ERSTEN TAGEN in Poona fühlte sich Joschka zweifach geborgen. Er lebte tagsüber in der großen, friedlichen, energievollen Blase des Ashrams.

Und nachts lebten er und Babsi in ihrer kleinen privaten Blase ihrer Unterkunft.

Bereits am zweiten Tag im Ashram kleidete sich Joschka orange ein. Er kaufte sich weite Pascha-Hosen und bequeme Leinenhemden. Einzig an der fehlenden Mala war zu erkennen, dass er noch kein offizieller Sannyasin war. Die Mala wurde von Bhagwan persönlich verliehen. Zusammen mit einem neuen Namen.

Dies geschah in einer eigenen Zeremonie während der exklusiveren, abendlichen Darshans. Hierfür einen Termin zu bekommen brauchte auch im gut organisierten Ashram seine Zeit.

Aber Babsi würde sich darum kümmern.

Es stellte sich schnell ein Rhythmus ein. Joschka ging morgens zur dynamischen Meditation, hörte sich den Discourse an und machte sich danach an die Herausforderung, sich in die Buchhaltung des Ashrams einzuarbeiten.

Er nahm wahr, wie Babsi es genoss, im Führungskreis des Ashrams tätig zu sein. Die Nähe zur Macht verlieh auch ihr Macht. Babsi vergab keine Jobs und keine Zimmer, aber eine Empfehlung von ihr konnte eine Entscheidung beeinflussen. Und diesen Einfluss sah man Babsis Auftreten an.

»Ich kümmer mich drum«, wurde ein fester Bestandteil vieler Gespräche, die sie im Ashram führte.

Joschka wurde allmählich klar, was für finanzielle Dimensionen das Wirken Bhagwans hatte. Er war nicht nur die spirituelle Quelle, die andere Menschen spirituell sprudeln ließ. Er animierte vor allem weltweit unzählige finanzielle Quellen zu sprudeln.

Bhagwan generierte international eine Menge Geld aus dem Verkauf von Büchern und Kassetten. Viele Sannyasins spendeten zusätzlich enorme Beträge, ohne auch nur einen Fuß in den Ashram zu setzen.

Joschka hatte keinerlei Ahnung vom indischen Steuerrecht. Aber er ging davon aus, dass es eins gab. Nur leider fand er in der Buchhaltung nicht die Verbuchung entsprechender Rücklagen für noch zu zahlende Steuern.

Eine stetig wachsende Einnahmequelle waren außerdem die im Ashram angebotenen Therapiegruppen, in die man sich kostenpflichtig einbuchen konnte.

Joschka kannte Therapien als etwas, was ein kranker Mensch machen musste, um danach wieder für das System zu funktionieren.

Im Ashram war das anders.

In Poona stand die Funktionsweise der Gesellschaft nicht am Ende, sondern am Anfang der Therapie. Sie wurde als Grund dafür angesehen, dass es seelische Probleme gab. Nicht als Grund dafür, diese lösen zu müssen.

Es gab Therapien, in denen die Teilnehmer tagelang in völliger Stille über eine einzige Frage meditierten: »Wer bin ich?«

Für Bhagwan war dies eine der wichtigsten Fragen überhaupt.

Eine Antwort darauf gab er seinen Anhängern ganz bewusst nicht. Weil sie schon zu viele hatten.

Es gab Therapien, in denen sich die Teilnehmer intensiv mit dem eigenen Tod auseinandersetzten, um herauszufinden, was eigentlich das Wesentliche im Leben sei.

Es gab Therapien für die Befreiung von Männern und Frauen aus den ihnen anerzogenen Rollenbildern.

Und dann gab es die hochexperimentelle Encounter-Gruppe. Sie verfolgte einen sehr einfachen Ansatz: in jedem Menschen sitze etwas, das tiefe Freude, tiefen Frieden blockiere. Dieses Etwas gelte es rauszulassen. Aggressionen, Angst, Trauer, Gewalt, Verletzungen, Hass, Beleidigungen, Sehnsüchte – alles.
Um alle Hemmungen loszuwerden, wurden in der Gruppe über Tage alle Hemmungen fallen gelassen.
In weiten Teilen nackt, schrien, tanzten, schlugen, weinten, freuten und erlebten sich die Teilnehmer miteinander.
Im Grunde ging es in der Encounter-Gruppe zu wie auf der Weihnachtsfeier einer deutschen Versicherungsgesellschaft gegen halb zwei Uhr nachts.
Nur eben tagsüber. Tagelang.
Und gänzlich ohne Alkohol.
Es ging in Poona der Spruch, die Therapien würden eigentlich nur angeboten, damit die Therapeuten was zu tun hätten. Aber tatsächlich wurde im Ashram sehr viel mit neuen Therapieformen experimentiert. Und verdient. Vor allem die westlichen Besucher waren sowohl experimentier- als auch spendierfreudig.

Joschka hatte noch nie zuvor an irgendeiner Therapie teilgenommen. Er hatte von seinen Eltern beigebracht bekommen, dass bereits eine Laktoseintoleranz eine Behinderung sei, die es zu verschweigen galt. Seelische Probleme überhaupt nur zu erwähnen, wäre bei seinen Eltern undenkbar gewesen. Er spürte, dass dieser Ansatz seiner Eltern nicht die Lösung, sondern das Problem darstellte. Und er spürte, dass ein therapeutischer Ansatz ihm bei der Lösung dieses Problems helfen könnte.
Er informierte sich intensiv über die verschiedensten Therapiegruppen, fühlte sich aber noch nicht reif, eine Entscheidung zu treffen, an welcher er teilnehmen sollte.

Einstweilen brachten die täglichen Discourses viele erhellende Momente für Joschka.

In Joschkas erster Woche im Ashram redete Bhagwan einmal tatsächlich ausschließlich über Sex. Allein schon die offene, humorvolle Art, in der sich Bhagwan über die Verklemmtheit hinwegsetzte, mit der dieses angebliche Tabuthema in der Gesellschaft behandelt wurde, war für Joschka eine Offenbarung.

Bhagwan vertrat eine sehr einfache These:

Das Grundproblem beim Sex sei ein biologisches: Frauen sind zu mehreren Orgasmen in der Lage. Männer bloß zu einem.

Frauen seien am ganzen Körper sexuell erregbar, dies dauere aber eine gewisse Zeit.

Männer seien lediglich lokal erregbar, im Genitalbereich, das aber dafür sofort.

Viele Männer lösten das Grundproblem der unterschiedlichen Orgasmusfähigkeit von Mann und Frau, indem sie ihren Orgasmus so schnell über die Bühne brachten, dass ihre Frauen überhaupt keinen hatten. Damit stellte sich die Frage nach weiteren erst gar nicht.

Frauen, die in einer monogamen Beziehung mit einem solchen Mann lebten, würde so ein Leben lang der Orgasmus verwehrt.

Dies sei insofern tragisch, als dass die orgasmische Erfahrung der Ekstase den Menschen ganz natürlich die Idee von Meditation aufzeigen würde.

Denn im Moment des Orgasmus passierten die zwei Dinge, die auch die Meditation ausmachten: Das Denken höre auf, und die Zeit stehe still.

Für einen winzigen Moment sei alles so, wie es sein solle.

Dieses Potenzial sei in jedem Menschen vorhanden. Es müsse nur geweckt werden.

Frauen, denen man den Orgasmus verwehre, verwehre man eben diese erleuchtungsnahe Erfahrung.

Zwei aus Sicht der Frauen bessere Lösungen des »Orgasmus-Problems« seien es, entweder einen Vibrator zu benutzen oder zum Sex ein paar Freunde einzuladen, die da weitermachen könnten, wo der eigene Mann nach dem einen eigenen Orgasmus aufgehört habe.

Ersteres barg für den Mann die Gefahr, völlig überflüssig zu werden. Letzteres würde ziemlich schnell zu einem Skandal in der Nachbarschaft führen.

Eine für alle Beteiligten befriedigendere Lösung sei dagegen, die biologischen Gegebenheiten zu akzeptieren und Sex als das anzusehen, was er sei: eine Form der Meditation, die zu völliger Ekstase führen könne.

Dazu müsse der Mann sich darauf einlassen, dass der Körper einer Frau wie ein Musikinstrument sei. Die darin vorhandene Sinnlichkeit solle bitte schön durch Vorspiel und Nachspiel entfacht und gewürdigt werden.

Außerdem sollten Männer und Frauen sich nicht in eheähnlichen Verträgen einander die sexuelle Freiheit rauben. Sie sollten sich nicht in dem Irrglauben gefangen halten, sie würden sich gegenseitig etwas schulden. Sie sollten vielmehr ihre Freiheit ausleben. Das gehe aber nur, wenn man gesellschaftliche und religiöse Schranken überwinde. Vor allem, was den Sex angehe.

Sex sei nicht eheliche Pflicht, sondern Spiel.

Sex sei nicht Sünde, sondern Spaß.

Und dabei sei Sex nur *ein* möglicher Weg, um Ekstase zu erleben. Und das auch nur für einen ganz kurzen Moment.

Ein anderer Weg sei die Meditation. Über Meditation könne diese Ekstase sogar sehr viel länger erlebt werden.

Wer Sex als Meditation ansehe, werde feststellen, dass es auf den Orgasmus gar nicht ankomme, um dieses Glücksgefühl zu erreichen, bei dem die Gedanken stoppten und die Zeit stillstehe. Und wer feststelle, dass es auf den Orgasmus gar nicht ankommt, um diesen Zustand zu

327

erreichen, der werde als Nächstes feststellen, dass es auch auf den Sex eigentlich gar nicht ankommt.

Und wer feststelle, dass es auf den Sex gar nicht ankommt, der werde auch feststellen, dass er für dieses Gefühl der Ekstase also gar keinen Partner brauche.

Und frei von Sex, Partner und Orgasmus, werde man irgendwann feststellen, dass dieser durch Meditation erreichte Zustand über Stunden andauern könne.

Wer dies erlebt habe, der habe den Sex überwunden.

Das sei die Transzendenz von Sex. Die erreiche man aber genau über diesen Weg: Indem man Sex in aller Herrlichkeit auslebe und ihn dadurch hinter sich lasse.

Joschka und Babsi sprachen lange über diesen Discourse. Zum ersten Mal verstand Joschka den Sinn von offenen Beziehungen. Er wollte sich darauf einlassen. Auch er wollte Sex in aller Herrlichkeit ausleben.

Joschka und Babsi wollten sich im Ashram ihre Freiheiten lassen.

Sie hatten wunderbaren Sex miteinander.

Und sie hatten im Ashram ganz bewusst auch Sex mit anderen Partnern.

Getragen von der Faszination des Neuen, gelang es Joschka, ein immer wieder auftauchendes Gefühl der Eifersucht erfolgreich zu verdrängen.

Er schlief mit anderen Frauen und erzählte Babsi davon.

Wenn Babsi ihm vom Sex mit anderen Männern erzählte, zog sich etwas in ihm zusammen. Er ging davon aus, dieses Gefühl überwinden zu müssen.

Er ging davon aus, auch deswegen in Poona zu sein.

Die einzige Regel, die sich Joschka und Babsi gaben, war, dass sie ihr Zimmer als gemeinsamen Rückzugsort frei von anderen Partnern hielten.

Diese Regel funktionierte gut.

Bis Babsi Joschka mitteilte, dass sie den dritten Schlafplatz im Zimmer vergeben habe.

Sie – persönlich – habe ihn vergeben.

Es war keine Rede davon, dass sie sich darum »gekümmert« habe.

Joschka nahm wahr, wie Babsi die Macht, die ihr ihr Job in der Führungsebene des Ashrams verlieh, nicht nur genoss, sondern auch stetig erweiterte.

Sie habe den Schlafplatz an einen »schnuckeligen« Fotografen verteilt, der eine Reportage über den Ashram machen wollte.

An jemanden, den sie aus ihrem letzten Aufenthalt im Ashram kannte.

Eifersucht kam in Joschka auf.

Er fragte Babsi geradeheraus, ob sie damals mit diesem Fotografen geschlafen habe.

Babsi musste lachen.

Erstmals hatte Babsis Lachen für Joschka etwas Verletzendes.

»Nein«, sagte Babsi, »bislang noch nicht.«

35 ANTWORTEN

»Die beste Reaktion auf eine Frage, die der Gefragte nicht missverstehen kann, ist eine Antwort, die der Fragende nicht verstehen kann.«

JOSCHKA BREITNER,
»ENTSCHLEUNIGT AUF DER ÜBERHOLSPUR –
ACHTSAMKEIT FÜR FÜHRUNGSKRÄFTE«

»VORHIN, IM AUTO. Nach dem Sex.«

Larissas Stimme zog mich aus dem Tagebuch wieder zurück in die Gegenwart.

Die junge Frau stellte einen Espresso vor mir auf den Tisch und setzte sich mir gegenüber. Ich sah auf. Offensichtlich war ich gerade der einzige Kunde im Café, und Larissa hatte Zeit, das Gespräch von vorhin weiter fortzuführen.

Das Fragezeichen über meinem Kopf schien ihr deutlich zu machen, dass ich keine Ahnung mehr hatte, worauf sich ihre Antwort bezog. Sie klärte mich auf.

»Du hast mich vorhin gefragt, wann Günther mit mir über Dieter gesprochen hat. Vorhin, in Günthers Auto, nach dem Sex.«

Ich empfand jede einzelne Information dieser beiden Sätze als verstörend. Larissa sah dies meinem Gesicht offensichtlich ebenfalls an. Sie fing an zu lachen.

»Hey, guck nicht so angewidert. Noch nie mit einem über sechzigjährigen Mann Handschellen-Sex in einem Tesla gehabt?«

So widerlich ich das Bild fand, das in meinem Kopf entstand, so interessant war doch eine darin enthaltene Information: Günther fuhr also tatsächlich einen Tesla.

Ein Elektroauto, so hatte es Dieter erzählt, stand auch in jener Nacht vor Joschka Breitners Praxis.

»Ehrlich gesagt, hatte ich noch nie Sex in einem Auto. Ich hatte auch noch nie Sex mit einem Menschen, der mehr als zehn Jahre Altersunterschied zu mir hatte. Und ich hatte noch nie Sex mit einem Mann.«

Dass Katharina und ich die Handschellen-Nummer einmal als belanglos abgebrochen hatten, ging Larissa nichts an. Ich fragte mich, ob all dies Anzeichen dafür seien, dass mein Sexleben vielleicht etwas verklemmt sei. Bislang dachte ich das nicht. Larissa sah das offensichtlich anders.

»Du bist so anders als Günther. Der hatte das alles nämlich schon. Wärst du mal bis zum Ende im Tantra-Seminar geblieben ... Ich für meinen Teil habe da die totale Offenheit gelernt«, begeisterte sich Larissa.

»Hm, ist vielleicht eine Frage des Alters, ob man so eine Offenheit überhaupt will«, relativierte ich.

»Wenn du offen bist, spielt Alter keine Rolle mehr. Schau mal, Günther ist über sechzig, aber er schickt mir WhatsApp-Nachrichten wie ein Teenager.«

Ungefragt holte Larissa ihr Handy hervor, tippte vor meinen Augen ihre PIN ein und zeigte mir einen Chatverlauf. In der letzten Nachricht hieß es: »Hey, Hase – 13 Uhr auf dem Parkplatz? Dein Boomer«. Hinter »Hase« war das Emoji eines Hasen abgebildet. Hinter »Boomer« das eines Pferdes mit einer Erektion auf dem Kopf. Wahrscheinlich sollte das ein Einhorn darstellen.

Infantiler Blödsinn – in meinen Augen.

»Süß ....«, sagte ich nichtssagend.

Larissa legte das Handy vor sich auf den Tisch.

»Günther ist so alterslos romantisch. Chattet wie ein Teenager, verabredet sich zum Parkplatzsex wie ein Zwanzigjähriger, vögelt souverän wie ein Dreißigjähriger und ist anschließend gefühlvoll wie ein Mann mit überwundener Midlife-Crisis.«

Das waren alles Informationen, die ich gar nicht haben wollte.

Ganz direkt nach der einzigen Sache zu fragen, die mich in der Tat brennend an Günther interessierte, traute ich mich aber noch nicht. Vielleicht brauchte ich verbal noch etwas Anlauf.

»Und ... wo ist dieser Parkplatz?«, fragte ich stattdessen.

»Der Waldparkplatz am Blaubacher See. Da ist nie was los, und da gibt es viele kleine Parkbuchten. Willst du es auch mal ausprobieren?«

Den Parkplatz kannte ich nicht. Den Blaubacher See schon. Er lag auf halber Strecke zwischen der Stadt und dem Tantra-Center.

»Ich überlege noch«, sagte ich und stellte, um nicht länger überlegen zu müssen, endlich die Frage, die mich tatsächlich interessierte: »Ist bei Günthers Tesla zufällig eine Scheibe kaputt?«

»Woher weißt du das? Ich habe jetzt noch kleine Glasbröckchen in der Hose. Kennst du das Gefühl, wenn dir die ganze Zeit was in der Poritze ...« Sie brach den Satz ab, als ein Pärchen das Café betrat und sich an einen Zweiertisch setzte. Larissa stand auf, um sie zu bedienen. »Ich komme gleich wieder.«

Ihr Handy ließ sie auf meinem Tisch liegen.

Ich war froh, dass sie gerade jetzt aufstand. Die Information mit der Glasscheibe musste ich nun erst einmal sacken lassen.

Es reichte nun ein einziges Wort, um Günther zu beschreiben: Mörder.

Mit Günther als Mörder ergab so vieles jetzt einen Sinn.

Das Elektroauto vor Joschka Breitners Haus, bei dem Dieter die Scheibe eingeschlagen hatte.

Die Glasscherben in Larissas Poritze.

Das Lügen gegenüber Dieters Lebensgefährtin.

Die Tatsache, dass Dieter nicht auf den Einbrecher geschossen hatte – weil er ihn offensichtlich erkannt hatte.

Aus Dank dafür wurde er dann von vorne erstochen.

Wobei mir immer noch nicht klar war, warum Günther in der von Dieter bewachten Praxis von Joschka Breitner dessen Tagebuch an sich bringen wollte.

Nach dem Foto im Tantra-Center zu urteilen, waren die beiden zur selben Zeit in Poona gewesen.

Günther hatte zwar geleugnet, Joschka Breitner zu kennen, aber was Günther sagte, war mittlerweile egal.

Entscheidend war, was er abstritt.

Wenn Günther ein derart großes Interesse an Breitners Tagebuch hatte, dass er dafür sogar tötete, dann war der Grund für dieses Interesse mit Sicherheit in ebendiesem Tagebuch zu finden.

In meinem Sorgenregal standen die Gegenstände jetzt weitestgehend geordnet.
Ich wusste nun, wer in Joschka Breitners Praxis eingebrochen, wer Joschka Breitner misshandelt und wer Dieter ermordet hatte.
Ich wusste nur noch nicht, warum.
Mein Handy klingelte. Es war der Antiquar, der mir mitteilte, er habe Band fünf von Freuds gesammelten Werken in der von mir gesuchten Ausgabe gefunden. Ich fragte mich, ob Freud sein Werk vielleicht noch um drei weitere Bände ergänzt hätte, wenn er jemals Larissa getroffen hätte.
Ich versprach, sofort rüberzukommen.

Ich konnte das blutgetränkte Buch also schon heute ersetzen und würde Joschka Breitners Tagebuch bereits morgen darin zurückgeben können.
Nachdem ich die Antwort auf die Frage nach dem »Warum« darin gefunden hätte.
Danach blieben dann noch zwei ungelöste Fragen übrig.
Zum einen, wie ich Dieters Leiche entsorgen sollte. In dieser Frage zeichnete sich allerdings gerade eine Lösung ab. Schließlich hatte ich nun ein Elektrofahrzeug mit Bezug zu Dieter: Sein Mörder fuhr einen Tesla, und dieses Fahrzeug schien mir nach Saschas Ausführungen als Krematorium mehr als geeignet.

Die andere Frage war gänzlich neu hinzugekommen: Was mache ich mit Günther?

Larissa stand hinter der Theke und bereitete gerade zwei Latte macchiato für die anderen Gäste vor. Ich ging zu ihr und legte das Geld für meinen Espresso auf die Theke.

»Larissa, hat mich gefreut, dich hier getroffen zu haben. Ich muss jetzt los, mein Buch ist da.«

Larissa wirkte fast enttäuscht.

»Schade ... also: war nett, mit dir gesprochen zu haben.« Sie druckste ein wenig rum, sah mich dann mit einem vielsagenden Lächeln an und fragte mit einem Schmollmund: »Magst du nicht vielleicht meine Handynummer haben? Wir beide könnten ja vielleicht auch mal ... whatsappen oder so ... also ... ich bin da sehr offen ... wenn du ver-stehst ... Oder findest du mich etwa nicht attraktiv?«

Ich sah Larissa an. Sie war optisch eine Traumfrau. Sie würde mit ihrem Körper nie Werbung für Dove-Produkte machen können. Aber ich würde nie mit ihr Sex haben wollen. Dafür steckte zu viel Günther in ihr.

Ich schaute ihr in die Augen.

»Larissa, das Einzige, was eine Frau für mich wirklich unattraktiv machen kann, ist die Auswahl ihrer Partner.«

Sie verstand nicht. Anstatt mir die Zeit zu nehmen, ihr meine Antwort zu erklären, schwenkte ich auf moderne Kommunikation über: Ich beantwortete einfach mit nichtssagenden Floskeln eine Frage, die sie gar nicht gestellt hatte.

»Ich bin nicht so der WhatsApp-Typ. Aber ich weiß ja jetzt, wo ich dich treffen kann.«

Ich verließ ein weniger schneller als angebracht das Café.

Larissa konnte mit dieser Bemerkung wahrscheinlich genauso wenig anfangen wie ich mit ihrer Handynummer.

Letzteres lag vor allem daran, dass ihr Handy gerade in meiner Ge-säßtasche das Café verließ.

36 BEDEUTUNGSLOSIGKEIT

»Die Bedeutung von etwas zu unterstreichen hebt lediglich dessen Bedeutungslosigkeit hervor.«

JOSCHKA BREITNER
»GODWORK ORANGE –
MEINE ZEIT MIT BHAGWAN«

ICH HOLTE DAS BUCH im Antiquariat ab und fuhr nach Hause. In der Küche suchte ich nach dem schärfsten Messer, um in Sigmund Freuds fünftem Band Platz zu schaffen für Joschka Breitners Tagebuch. Ich entschied mich schließlich für ein Teppichmesser, das ich noch in einer Küchenschublade herumfliegen hatte.

Ich schlug das neue Buch von Freud an der Stelle auf, an der auch beim alten Buch von Freud die ersten Seiten eingeschnitten waren.

Mit einem Bleistift zeichnete ich zunächst die Konturen des Tagebuchs im neuen Buch nach und setzte anschließend das Teppichmesser an. Bereits beim ersten Schnitt ratschte ich mir in einen Finger der linken Hand, mit dem ich die Seiten straff gehalten hatte.

Der Schnitt war nicht tief, aber sofort sammelte sich Blut in der Wunde.

Das hatte mir noch gefehlt, dass ich die Seiten des neuen Buches, mit dem ich das von Dieter vollgeblutete Buch ersetzen wollte, selbst vollblutete.

Ich holte mir im Badezimmer ein Pflaster, wollte aber, um auf Nummer sicher zu gehen, die Wunde zusätzlich auch selbst ein wenig verkrusten lassen, bevor ich mit dem Schneiden weitermachte.

Ich legte mich mit dem Tagebuch auf die Couch und blätterte mit der rechten, unblutigen Hand an die Stelle, an der ich vorhin im Café aufgehört hatte zu lesen.

Auf den unbekannten Mitbewohner traf Joschka zwei Tage nachdem Babsi dessen Ankunft das erste Mal erwähnt hatte.

Joschka hatte sich beim Mittagessen eine volle Schüssel Curry über die Hose gekippt und wollte Letztere schnell im Zimmer wechseln.

Als Joschka seine Unterkunft betreten wollte, stellte er fest, dass die Tür halb offen stand und ein junger Mann auf einer dritten Isomatte hockte.

Er war mit dem Einlegen eines Filmes in eine Kamera beschäftigt.

Joschkas erster Impuls war, ihn nicht zu stören.

Stattdessen hielt er auf dem Flur vor der Tür inne und beobachtete einen Moment lang in Ruhe diesen anderen Menschen, der sich offensichtlich – ebenso wie Joschka – zu Bhagwan hingezogen fühlte, um das Leben zu lieben.

Und mit dem Babsi »bislang« noch nicht geschlafen hatte.

Der neue Mitbewohner trug, wie fast alle anderen Männer auf dem Gelände, orangene Kleidung zu langen Haaren und Bart. Allerdings mit sofort sichtbaren Unterschieden.

Der junge Mann in Joschkas Zimmer trug keine der sonst auf dem Gelände verbreiteten weiten Hosen aus dünner Baumwolle, kombiniert mit einem weiten Oberhemd.

Er trug eine orange gefärbte Levis 501, dazu ein orangefarbenes, langärmeliges T-Shirt und eine orange Leinen-Weste.

Alles sehr körperbetont. Alles ziemlich modisch. Alles ziemlich affektiert.

Joschka war ein wenig irritiert. Auf ihn wirkte dieser Kerl nicht schnuckelig, sondern albern.

Der Mensch, den er da beobachtete, machte von seiner Kleidung her den Eindruck, als sei er sich seiner Einzigartigkeit so unsicher, dass er sie offensiv zeigen musste.

Im Kleidungsstil des jungen Herrn spiegelte sich noch ziemlich viel zu überwindendes Ego.

Die Bedeutung, die er der Auswahl seiner Kleidung zugemessen hatte, ließ ihn in Joschkas Augen ziemlich bedeutungslos werden.

Sein Blick glitt weiter über den Mann mit der Kamera.

Seine langen Haare waren nicht offen und wild, sondern zu einem

Pferdeschwanz gebunden. In seinem Haupthaar steckte zusätzlich eine John-Lennon-Sonnenbrille mit runden schwarzen Gläsern.

Der Bart des Mannes war kein Rauschebart, wie der der meisten anderen Männer, Joschka eingeschlossen. Der Mann im Zimmer trug einen ordentlich gepflegten Musketierbart.

Um den Hals trug er keine Mala, sondern seine professionell wirkende Spiegelreflex-Kamera.

Er hatte also – wie Joschka – noch kein Sannyas genommen.

Irgendwie hatte Joschka das Gefühl, einen Gockel zu beobachten, der sich lediglich seine Federn orange gefärbt hatte.

Das amüsierte ihn so, dass er kichern musste.

Der junge Mann bemerkte Joschka und blickte auf.

Um sein Kichern zu überspielen, klopfte Joschka an die offene Tür und trat ein.

»Hi – ich bin Joschka. Du bist offenbar unser Mitbewohner.«

Der junge Mann stand auf. Er schien in Joschkas Alter zu sein, Anfang zwanzig. Klar geschnittene Gesichtszüge, sportliche Erscheinung. Auf seinem rechten Jochbein war ein Muttermal – genau wie bei Robert de Niro. Allerdings hatte er etwas Kaltes um die Augen. Joschka empfand das Lächeln seines Gegenübers als aufgesetzt. Er ging auf Joschka zu und streckte ihm seine Hand entgegen.

»Ach, hallo. Ich bin Günther.«

Ich legte das Buch zur Seite. Die Information musste ich erst einmal auf mich wirken lassen.

Herr Breitner und Günther waren nicht nur vor Jahrzehnten bloß zufälligerweise zur selben Zeit am selben Ort gewesen, wie ich anhand des Fotos im Superconciousness Tantra Center vermutet hatte.

Joschka Breitner war vor vierzig Jahren der Zimmergenosse von Günther gewesen.

Und Herrn Breitners erster Eindruck von Günther war derselbe wie meiner vierzig Jahre später: was für ein Gockel.

Das war beruhigend.

Aber dass Günther im Tantra-Center so getan hatte, als wäre ihm der Joschka Breitner auf dem Foto völlig unbekannt, um ihn in der Woche darauf aufzusuchen und zu misshandeln, war weniger beruhigend.

Vor allem, weil mich das unangenehme Gefühl beschlich, als hätte ich Günther mit meiner Reaktion auf das Foto erst auf Joschka Breitner aufmerksam gemacht.

War ich damit der Auslöser für Herrn Breitners Misshandlung?

Aber Herr Breitner hatte doch für mich diesen Tantra-Artikel liegen lassen, um mich auf das Tantra-Center aufmerksam zu machen. Und da war schließlich Günther drin abgebildet. Joschka Breitner wusste also, dass Günther dort als Therapeut arbeitete.

Oder hatte dieser Artikel dort eigentlich gar nicht für mich liegen sollen?

Was war zwischen Herrn Breitner und Günther vor vierzig Jahren vorgefallen, was jetzt zu einer solchen Eskalation der Gewalt bis hin zur Ermordung Dieters führen konnte?

Ich las weiter.

Joschka gab Günther die Hand.

»Du bist nicht das erste Mal hier im Ashram?«, fragte er Günther.

»Nein – ich war vor einem Jahr schon mal hier, auf einem Indientrip. Diesmal will ich hier länger bleiben und dabei eine Reportage machen.«

Günther zeigte auf seine Kamera.

Joschka nickte. »Du bist Fotograf? Für welches Magazin?«

»Freiberuflich. Für die Großen«, wich Günther großspurig einer konkreten Antwort aus.

Die Leitung des Ashrams war sehr an Pressekontakten interessiert. Wenn sich Günther ebenso großspurig als erfolgreicher Magazin-Fotograf angemeldet hatte, würde das erklären, warum er einen der begehrten Schlafplätze im Ashram bekommen hatte.

Sein ganzes Auftreten erklärte für Joschka allerdings nicht, was Babsi an ihm »schnuckelig« fand.

»Bist du gerade erst angekommen?«, hielt Joschka das Gespräch in Gang.

»Wieso? Ach, weil ich heute erst meine Klamotten hierhin gebracht habe? Nein, ich bin seit einer Woche hier.«

Joschka war leicht verwundert.

»Wo hast du …?«

»Geschlafen? Alter, du bist zum ersten Mal hier, was?«

Joschkas leichte Verwunderung ging in eine größere Irritation über.

»Wie kommst du darauf?«

»Na, wenn du hier auch nur zwei Nächte hintereinander im selben Bett schläfst, machst du irgendetwas falsch.«

Joschka war perplex.

Günther sah ihm das offensichtlich an.

»Hey, freie Liebe und so. Wenn ich eins beim letzten Mal gelernt habe, dann, dass das hier der Süßigkeitenladen ist, von dem du immer geträumt hast. Greif zu und bedien dich. Die Süße von gestern Nacht war leider etwas unter Zeitdruck, weil heute ihr Freund ankommt. Da hab ich sie noch schnell im Hotel … Du verstehst.«

Joschka verstand. Und auch wieder nicht.

Wer Bhagwans Lehre in Bezug auf Sexualität auf einen orangefarbenen Swingerclub verkürzte, schien selbst über eine große Leere in Bezug auf Sexualität zu verfügen.

Joschka war hier, um sich an der Quelle selbst zu finden.

Andere nutzten offenbar die Quelle, um sich wie der letzte Freibad-Poser aufzuführen.

Anscheinend sah ihm Günther die Irritation an.

»Sieh's positiv!«, fuhr er fort. »Im Grunde nutze ich den Raum nur, um meine Klamotten irgendwo abzustellen. Du und dein Mitbewohner, ihr könnt hier also ungestört mit hinnehmen, wen ihr wollt.«

Günther zeigte auf Babsis Gepäck. »Wer ist der Kumpel, mit dem du hier bist?«

Günther hatte also nicht die geringste Ahnung, wem er das Zimmer überhaupt zu verdanken hatte.

Die ebenso wissen- wie distanzlose Vertrautheit von Günther ging Joschka entschieden auf den Zeiger.

»Meine beste Freundin«, sagte er.

Günther fing an, höhnisch zu grinsen.

»Du musst hier echt noch erleuchtet werden. Man bringt doch kein schales Bier mit in die Kneipe.«

Joschka war angewidert von der dümmlichen, ordinären Selbstverliebtheit des Typen.

Dieser Günther strahlte eine negative Energie aus, die im völligen Kontrast zu der wohltuenden Energie stand, die Joschka gerade noch so intensiv im Ashram wahrgenommen hatte.

Er nahm sich vor, diese Energie nicht zu sich durchdringen zu lassen.

Wenn der Ashram der erfrischende Apfel war, in den Joschka gerne so herzhaft biss, war Günther die Fruchtfliege auf dem Apfel.

Joschka wollte nur schnell das Thema wechseln und dann verschwinden.

»Wenn das für dich Erleuchtung ist … Du bist also Fotograf?«, fragte er mit Blick auf die Kamera um Günthers Hals.

»Richtig«, antwortete Günther stolz.

»Na, da ist ja bereits die richtige Belichtung schon ein Problem.«

Günther empfand dies als Kompliment.

37 BEDÜRFNISSE UND BEDENKEN

»Jede Entscheidung zu einer Veränderung basiert auf einer einfachen Abwägung von Bedürfnissen und Bedenken. Überwiegen die Bedürfnisse die
Bedenken, werden Sie sich für die Veränderung entscheiden. Überwiegen
die Bedenken die Bedürfnisse, werden Sie alles beim Alten belassen. Voraussetzung für jede Entscheidung ist, dass Sie sich sowohl Ihrer Bedürfnisse als auch Ihrer Bedenken bewusst sind.«

JOSCHKA BREITNER,
»ENTSCHLEUNIGT AUF DER ÜBERHOLSPUR –
ACHTSAMKEIT FÜR FÜHRUNGSKRÄFTE«

EIN KLINGELN AN DER TÜR beendete meine Zeitreise nach Poona. Sascha stand im Hausflur. Ich ließ ihn herein, und er setzte sich an meinen Esstisch.

»Ich hab mich mal im Internet schlaugemacht«, fing er ohne langes Vorgeplänkel an, »über das, was wir heute Nachmittag besprochen hatten. Rein technisch wäre das möglich.«

Ich musste kurz überlegen, was Sascha damit genau meinte, da wir über so einiges gesprochen hatten.

»Meinst du, ein Lastenfahrrad so abzudichten, dass man genug Diesel einfüllen kann, um eine Leiche drin zu verbrennen?«

»Nein. Also ich meine: Darüber habe ich auch nachgedacht, aber das geht physikalisch nicht. Der Lastenkorb wäre durchgebrannt, bevor die Leiche eingeäschert wäre.«

Ich mochte Saschas Fähigkeit, sich in technische Fragestellungen hineinzudenken, auch wenn sie noch so abwegig waren.

»Ich habe aber mal recherchiert, wie man ein Elektroauto so abfackelt, dass es wie ein Unfall aussieht«, ergänzte Sascha.

»Das klingt gut, ich habe nämlich ein Elektroauto mit Bezug zu Dieter aufgetrieben.«

»Erzähl!«, forderte mich Sascha interessiert auf.

»Erst du!«

Wir klangen fast wie verliebte Teenager und nicht wie Hobby-Bestatter.

»Also, die häufigste Ursache für den Brand von Elektrofahrzeugen sind Kurzschlüsse. Diese großen Auto-Akkus bestehen aus Hunderten von kleineren Batteriezellen. Die sehen im Prinzip aus wie Fernbedienungsbatterien mit Fresssucht. So dicke Röhrchen halt.

Jede einzelne Batterie besteht im Inneren aus drei Schichten, die zu einer Wurst aufgerollt sind – einer Anodenfolie, einer Kathodenfolie und einer Trennfolie, damit sich Anode und Kathode nicht berühren. Würden sich die beiden Folien berühren, gäbe es einen Kurzschluss – Hitze, Feuer, Flammen.«

»Wir müssen also nur dafür sorgen, dass sich diese Folien berühren?«

»Richtig.«

»Wie macht man das?«

»Das wäre zum Beispiel der Fall, wenn der komplette Unterboden aufreißt und eine zerstörte Batterie in Berührung mit Wasser kommt. Bei einem Unfall oder so.«

Einen Unfall zu arrangieren, hörte sich schwierig an. Mich interessierte mehr die Oder-so-Alternative.

»Wie funktioniert ›oder so‹?«, fragte ich.

»Man könnte einen leitenden Nagel in so eine Zelle reinhauen. Dann berühren sich Anode und Kathode, und es gibt eine sehr helle, heiße Flamme. Wenn die Hitze der Flamme die Hülle der Nachbarbatterie und deren Trennfolie zum Schmelzen bringt, haben wir schon zwei Flammen. Das führt zu einer Kettenreaktion, und binnen kürzester Zeit lodert der ganze Wagen. Hat sogar einen eigenen Fachbegriff: Propagation.«

»Und der Nagel?«

»Der sollte bestenfalls ebenfalls schmelzen und in dem Klumpen ausgeglühtem Metall später nicht weiter auffallen.«

»Das heißt, wir legen Dieter in ein Elektroauto, und einer von uns beiden hämmert unten einen Nagel rein?«

»Ich würde es eleganter machen und aus zwei Metern Entfernung ein Nagelschussgerät benutzen. Aber rein theoretisch könnte es so funktionieren. Du hast gesagt, du hättest einen entsprechenden Wagen?«

»Ja«, sagte ich stolz.

»Von wem?«

»Von Dieters Mörder. Der fährt einen Tesla.«

Sascha war in der Tat überrascht. Und beeindruckt.

»Wer ist der Mörder?«, wollte er wissen.

»Günther. Unser Tantra-Lehrer.«

Sascha guckte nun wieder ähnlich verstört wie am Vorabend, als er sich weigerte, Details über Dieters Verhältnis zu mir zu erfahren.

»Warum sollte Dieter von seinem Tantra-Lehrer in den Räumlichkeiten deines Achtsamkeitstrainers erstochen worden sein?«

»Ich kenne noch nicht alle Zusammenhänge ...«, druckste ich herum.

»Wird Günther uns seinen Tesla denn freiwillig zur Verbrennung von Dieter zur Verfügung stellen?« Sascha fing an, mit dem Finger über dem wunden Punkt meines unausgegorenen Plans zu kreisen.

»Ich denke mal nicht ... Aber ich habe eine Idee, wie wir ihn mit dem Tesla zu einem abgelegenen Parkplatz am Blaubacher See locken könnten, wo der Wagen dann in Flammen aufgeht.«

»Blaubacher See? Gute Idee. Den Parkplatz kenne ich. Der ist in der Tat abgelegen. Gut, wir haben den Tesla und Günther am Blaubacher See. Im Tesla verbrennen wir Dieter. Was machen wir mit Günther?« Damit legte Sascha den Finger genau auf die bislang noch größte Schwachstelle meiner rudimentären Überlegungen.

»Um ganz ehrlich zu sein: keine Ahnung.«

Am besten wäre, Günther würde einfach verschwinden, dachte ich. *So wie Dieter. In Günthers Auto.*

»Und wenn Günther mit Dieter im Auto säße?«, fragte Sascha, als hätte er meine Gedanken gelesen.

»Ich bitte dich ... Eine Leiche, an deren Tod ich nicht schuld bin, zu verbrennen ist das eine. Den lebenden Mörder gleich mit zu verbrennen, ist eine ganz andere Hausnummer«, empörte ich mich eine Spur zu scheinheilig, damit Sascha gar nicht erst auf den Gedanken kam, meine gelesen zu haben.

»Ist ja nur als Brainstorming gedacht«, beruhigte mich Sascha. »Aber mal ganz hypothetisch gefragt: Was hindert uns moralisch daran, einen Mörder zu ermorden?«

»Das Gewaltmonopol liegt beim Staat. Auch gegenüber Mördern. Alles andere ist Selbstjustiz.«

»Und warum zeigst du Günther dann nicht bei der Polizei an?«

Weil Herr Breitner keine Polizei wollte.

Und weil ich keine Polizei wollte.

Weil dann herauskäme, dass ich das Tagebuch meines Therapeuten geklaut, eine Leiche im Keller und immer noch keine Ahnung hatte, was Günther eigentlich von Herrn Breitner wollte. Weil dann genau das zerstört werden würde, was ich durch meine Handlungen schützen wollte: mein ungestörtes Vertrauensverhältnis zu Herrn Breitner. Die Basis meiner zukünftigen Coaching-Sitzungen.

Würde ich Günther, den Mörder, den Behörden übergeben und damit am Leben lassen, würde ich mein sorgsam eingerichtetes Leben, dessen Qualität zu einem nicht geringen Teil dem Coaching von Herrn Breitner zu verdanken war, anschließend aufgeben müssen.

Kein guter Tausch.

»Weil wir dann jede Menge in Bezug auf Dieters Leiche zu erklären hätten«, murmelte ich vor mich hin.

»Okay – die Polizei wird das Problem Günther also nicht zu deiner Zufriedenheit lösen. Ich frage also nochmals: Was hindert uns daran, Günther auch aus dem Weg zu räumen? Irgendeine Entscheidung sollten wir ja treffen.«

Ich merkte, wie innerlich unentschlossen ich war. Saschas Frage, was mich moralisch daran hinderte, mich dazu zu entscheiden, einen Mörder zu ermorden, triggerte eine Erinnerung in mir.

Eine Erinnerung an eine Coaching-Einheit über das Treffen von Entscheidungen.

Herr Breitner hatte den Prozess, der zu einer Entscheidungsfindung führt, sehr prägnant zusammengefasst:

»Jede Entscheidung zu einer Veränderung basiert auf einer ein-
fachen Abwägung von Bedürfnissen und Bedenken. Überwiegen
die Bedürfnisse die Bedenken, werden Sie sich für die Verände-
rung entscheiden. Überwiegen die Bedenken die Bedürfnisse, wer-
den Sie alles beim Alten belassen. Voraussetzung für jede Ent-
scheidung ist, dass Sie sich sowohl Ihrer Bedürfnisse als auch Ihrer
Bedenken bewusst sind.«

Meine Bedürfnisse waren, mein Leben einfach so weiterleben zu können, wie ich es mir bisher eingerichtet hatte. Mit ganz normalen Alltagsproblemen, die ich einmal im Monat mit meinem Achtsamkeitscoach besprach.
Dieses Leben war durch Günther durcheinandergebracht worden.
Dieses Leben würde durch eine Verhaftung Günthers nicht wieder
ins Lot kommen.
Mein Bedürfnis war, dass Günther verschwand.

Meine Bedenken waren, dass ich es juristisch und moralisch nicht
verantworten konnte, einen noch so schlimmen Menschen bei leben-
digem Leibe verbrennen zu lassen.
Einen Menschen, der, bei aller Bosheit, mich noch nicht einmal direkt angegriffen hatte.
Das war schlicht und ergreifend falsch.

Wahrscheinlich war das die Antwort auf Saschas Frage.
»Warum ich es nicht tue? Weil mich Günther bislang nicht direkt
angegriffen hat. Er hat meinen Therapeuten verletzt und Dieter getötet. Seine Attacken haben Auswirkungen auf mein Leben. Aber mich
hat er noch nie direkt attackiert.«
»Würde es denn einen Unterschied machen, wenn er auch dir persönlich ans Leben gehen wollte?«
Ich horchte kurz in mich hinein.
»Klar, wenn jemand mich umbringen will, habe ich moralisch und

juristisch alles Recht der Welt, mich zu verteidigen. Aus Notwehr dürfte ich ihn im Zweifel sogar töten.«

»Was dir also fehlt, um Günther zu beseitigen, ist im Grunde lediglich ein Angriff von Günther auf dich?«

Ich wollte Sascha an dieser Stelle keinen akademischen Vortrag über die Grenzen der Notwehr und vor allem nicht über das Problem der unzulässigen Notwehrprovokation halten. Ich fand es viel zu rührend, wie er sich bemühte, mir einen Weg durch meine moralischen Bedenken zu bahnen. Und der von Sascha vorgeschlagene Weg verringerte meine Bedenken schon ein wenig. Wenn Günther tatsächlich auf mich losgehen würde, hätte ich in der Tat keinerlei Bedenken, ihn zu töten.

»Was mir fehlt, ist eine Vorstellung davon, wie ein Angriff von Günther auf mich aussehen könnte, den ich damit abwehren könnte, ihn neben Dieter im Tesla zu verbrennen. Richtig.«

»Rein hypothetisch«, ergänzte Sascha.

»Selbstverständlich. Alles reine Theorie.« Ich machte eine kurze Pause und dachte dann laut weiter. »Rein praktisch allerdings wird die Polizei Dieters Verschwinden ab Samstag offiziell als Vermisstenfall ansehen und mit Ermittlungen beginnen. Wenn wir Dieter im Tesla verbrennen wollen, dann sollten wir das morgen über die Bühne bringen. Und dafür sollten wir vielleicht heute schon dafür sorgen, dass Dieter aus unserem Keller verschwindet. Günther hin oder her.«

»Mit anderen Worten: Nur weil wir die ideale Lösung für Günther noch nicht haben, sollten wir uns nicht heute schon die Chance verbauen, sie morgen noch zu finden«, ergänzte Sascha. »Wie also sieht dein Plan bezüglich Dieter und dem Tesla denn bislang aus?«

Ich erklärte Sascha die mir vorschwebenden Details, Günther und den Tesla an den See zu locken. Ich erklärte ihm, wo Dieters Wagen jetzt stand, und Sascha erklärte sich bereit, den Wagen zu holen. Sobald er wieder hier war, würden wir Dieter in seinem Wagen schon einmal zum See fahren.

Zwischenzeitlich war meine Wunde an der linken Hand verkrustet. Ich beendete meine Schnitzerei-Arbeiten am neu erworbenen Buch von Sigmund Freud und widmete mich erneut dem Inhalt des Tagebuches.

38 SANNYAS

»Sannyas nehmen bedeutet, sein Lebensglück nicht mehr im Äußeren zu suchen, sondern in sich selbst finden zu wollen.«

JOSCHKA BREITNER,
»GODWORK ORANGE –
MEINE ZEIT MIT BHAGWAN«

DIE NEGATIVEN EMOTIONEN, die durch das Auftauchen von Günther hervorgerufen worden waren, wurden für Joschka sehr schnell von etwas sehr Freudigem überlagert.

Als Joschka mit sauberer Kleidung, aber dreckiger Laune aus der Unterkunft ins Krishna-Haus zurückkehrte, teilte Babsi ihm mit, dass er am morgigen Abend im abendlichen Darshan »Sannyas nehmen« könne.

Er könnte sich vor Bhagwan als Zeugen zu einem Leben bekennen. Zu einem Leben, das sich der spirituellen Suche verschrieben hatte. Zu einem Leben, das allem entsagte, was ihn daran hinderte, seine Lebensfreude auszuleben.

»Wie wird das ablaufen, wenn ich Sannyas nehme?«, fragte Joschka.

»Orange Kleidung trägst du ja schon, du bekommst morgen also von Bhagwan eine Mala überreicht und einen Sannyas-Namen verliehen.«

»Wie kommt er auf den Namen?«

»Er bastelt ihn.«

»Bhagwan bastelt Namen?«

»Es gibt weltweit bereits über dreißigtausend Sannyasins – erwarte mal nicht, dass sich Bhagwan für all die Namen von der Muse hat wundküssen lassen. Die Namensvergabe ist gutes altes Handwerk aus seinem Namensbaukasten.«

»Seinem was?«

»Jeder Sannyasin-Name besteht aus drei Bestandteilen. Nennen wir sie Vorname, Mittelteil und Hauptname. Der Vorname lautet bei Männern meistens ›Swami‹, das heißt ›Herr über sich selbst‹. Für

Frauen wird ›Ma‹ vergeben, für ›Mutter‹. Dann gibt es im Mittelteil meist ein Beiwort wie ›Anand‹, das heißt ›Seligkeit‹, oder ›Prem‹, das bedeutet Liebe, oder ›Veet‹, was für ›Jenseits‹ steht.

Den Hauptnamen improvisiert Bhagwan dann. Manchmal nimmt er auch einfach den alten Vornamen. Aus ›Joschka‹ könnte er zum Beispiel ›Swami Anand Joschka‹ machen: Joschka, der selige Herr über sich selbst.«

»Aber das ist doch … Blödsinn!«

»Sei dir selbst ein Witz, der dich erheitert. Auch beim Namen.«

»Der Name hat gar keine weitere Bedeutung?«

Babsi wirkte belustigt.

»Nö. Der Name ist einfach Bhagwans Art, dem Sannyasin seine Liebe zu zeigen und ihn mit Aufmerksamkeit zu überschütten. Nichts Spirituelles. Ein Etikett. Klammer dich nicht an Äußerlichkeiten. Bhagwan tut das auch nicht.«

»Okay. Ich komme da also in Orange hin. Bhagwan gibt mir eine Kette und bastelt und erklärt mir einen Namen. Und was ändert sich, nachdem die Zeremonie vorbei ist?«

»Im besten Fall gar nichts«, antwortete Babsi.

»Wie meinst du das?«

»›Sannyas‹ bedeutet, den Weg der Meditation zu akzeptieren. Ein Leben in Freude. Du definierst dich nicht mehr darüber, zu einem Land zu gehören, zu einer Kirche, einer Rasse oder einer Religion. Du bist universell. Aber all das hat mit der Zeremonie gar nichts zu tun. Mit all dem hast du ja schon längst angefangen.«

»Mein Sannyas beginnt also nicht erst, wenn mich Bhagwan an die Kette legt?«

Babsi lachte wieder laut auf.

»Nö.«

»Wozu dann das alles?«

»Willst du Bhagwans oder Sheelas Erklärung hören?«

»Unterscheiden die sich?«

»Sie ergänzen sich.«

»Bhagwans Erklärung zuerst, bitte.«

»Die Kleidung, die Kette, der Name – das sind Spielregeln für Menschen, die an Spielregeln gewohnt sind. Bevor du ein Leben ohne diese albernen Regeln führst, musst du von der Welt mit diesen Regeln in die Welt ohne diese Regeln wechseln. Du musst quasi über eine Brücke gehen. Die Kleidung, die Mala, der Name – all das trägst du für diese Übergangszeit, damit du dich nicht von heute auf morgen nackt fühlst. Für Sannyas, ein Leben in Freude, sind Kleidung, Kette und Name völlig irrelevant.«

»Und was ist Sheelas Erklärung dazu?«

»Neue Kleidung, neue Accessoires, neuer Name – das ist einfach modernes Marketing.«

39 SWAMI ANAND ABHEERU

»Die schönsten Namen beschreiben die Dinge nicht, wie sie von außen erscheinen, sondern wie sie von innen sein könnten.«

JOSCHKA BREITNER,
»GODWORK ORANGE,
MEINE ZEIT MIT BHAGWAN«

DIETER FÜLLTE SEINE ROLLE gut aus. Jedenfalls die ihm zugedachte Teppichrolle im Kindergartenkeller. In Folie verpackt und in der Kühle des Untergeschosses gelagert, war er einen Tag nach seinem Ableben immer noch geruchsneutral und von zwei Personen problemlos transportierbar. Entscheidend war, dass er bis zu seinem großen Auftritt morgen in seiner Rolle blieb.

Erst wenn sichergestellt war, dass ich Günther samt Tesla zum Parkplatz am Blaubacher See gelotst bekam, würde er seine Rolle verlassen können.

Solange musste er im Kofferraum seines Skoda-Kombi auf seinen Auftritt warten.

Sascha und ich fuhren in der Dunkelheit der Nacht in zwei getrennten Autos zum Parkplatz am Waldsee. Sascha fuhr in Dieters Skoda, mit Dieter im Kofferraum, voraus. Ich folgte ihm in meinem Land Rover. Von mir aus sollte all das so zügig wie möglich über die Bühne gehen.

Ich wollte trotz meines Schlafdefizits heute Nacht noch das restliche Tagebuch durchlesen, um zu verstehen, welche Bedrohung Joschka Breitner für Günther darstellte, die so groß war, dass Günther ihretwegen sogar mordete.

Vielleicht würde ich mit diesem Wissen ja dann zu so einer Bedrohung für Günther, dass er auch mich umbringen wollte.

Mein Bedürfnis, zu leben, würde dann die Bedenken überwiegen, ihn zu töten.

Das würde meine Entscheidungsfreude ungemein erleichtern. Wunschdenken.

Am Blaubacher See angekommen, fuhr Sascha vor mir auf den Parkplatz und lenkte Dieter und seinen Skoda in eine versteckte Haltebucht. Er ließ den Scheinwerfer an und stieg aus, als ich neben ihm zum Stehen kam. Das Licht unserer Scheinwerfer erleuchtete die niedrigen Dornensträucher vor uns und verlor sich dahinter in einer gähnend schwarzen Leere. Sascha stand am Rande dieser Leere und schaute nach unten.

»Was ist los?«, wollte ich wissen.

»Hinter dem Parkplatz geht es gut zehn Meter schräg den Hang runter. Ein steiler Abhang mit lauter Felsbrocken. Das ist perfekt.«

»Perfekt wofür?«

»Um einem Tesla, der aus Versehen über den Parkplatzrand schießt, den Unterboden aufzureißen.«

»Warum sollte der Tesla aus Versehen über den Rand schießen?«, fragte ich.

Sascha antwortete mit einer Gegenfrage: »Was für einen Tesla fährt dieser Günther?«

»Model 3, wieso?«

»Model 3 ... Da ist der Gangwahlschalter ein Hebel rechts am Lenkrad. Hebel nach oben ist Rückwärtsgang. Hebel nach unten ist Vorwärtsgang«, murmelte Sascha vor sich hin.

»Ich kann dich hören, aber ich verstehe dich nicht«, unterbrach ich ihn.

»Wenn der Tesla morgen mit der Schnauze nach vorn, zum Abgrund hin, hier geparkt stünde, und die Funktion des Gangwahlschalters umgekehrt wäre, dann würde ein Fahrer, der den Rückwärtsgang einlegt und Vollgas gibt, einen Satz nach vorn machen.«

»Warum sollte Günther im Rückwärtsgang Vollgas geben?«

»Zum Beispiel, weil du hinter dem Wagen stehst und er dich töten will.«

»Warum sollte er das wollen?«

»Nur rein hypothetisch: Wenn Günther morgen so sauer auf dich ist, dass er dich töten will, hättest du doch sicherlich ein paar moralische Bedenken weniger, ihn gemeinsam mit Dieter verbrennen zu lassen, richtig?«

»Richtig. In dieser Notwehrsituation würde mein Bedürfnis, mein Leben ungestört weiterzuführen, meine Bedenken, Günther dafür zu töten, überwiegen. Rein hypothetisch.«

»Und wenn du ihm morgen die Gelegenheit dazu geben würdest, dich zu töten, indem du schutzlos hinter seinem Auto stehst und er nur noch den Rückwärtsgang reinknallen muss, um dich umzubringen, würden wir ja in der Praxis sehen, ob er das tun würde.«

»Richtig. Wenn er das dann in der Praxis täte, wäre ich eine moralische Sorge und auch gleich mein Leben los.«

»Nicht wenn der Tesla so manipuliert ist, dass der Wagen nach dem Reindonnern des Rückwärtsgangs vorwärts den Steinhügel runterrast. Dann würde Günther nicht dich, sondern sich umbringen. Du selbst müsstest dann gar nichts tun.«

»Wie bitte soll das gehen?« Ich war ebenso erfreut wie irritiert.

»Durch Arbeitsteilung. Kümmer du dich um Günthers Wut auf dich. Ich kümmere mich um die Manipulation des Teslas. Und morgen sehen wir weiter. Vielleicht klappt's.«

Mir war nicht im Ansatz klar, wie Sascha seinen Teil der Arbeit in der Kürze der Zeit erledigen wollte. Aber das war auch nicht meine Aufgabe. Meine Aufgabe war es, Günthers Wut auf mich zu lenken, sie sich entwickeln und eskalieren zu lassen.

Eine Aufgabe, die sich sicherlich auf achtsame Weise lösen ließ.

Wir warfen eine Decke über den Teppich mit Dieters Leiche. Sofern bis morgen Mittag überhaupt irgendwelche Spaziergänger hier unterwegs sein sollten, würden sie lediglich den Wagen eines anderen Spaziergängers sehen.

Anschließend fuhr ich Sascha in meinem Land Rover zurück zu seinem eigenen Auto auf dem Supermarktparkplatz, von dem er vorhin Dieters Wagen abgeholt hatte.

Die ganze Tour hatte keine anderthalb Stunden gedauert. Ich war vor Mitternacht wieder zu Hause.

Ich hatte nun Zeit genug, den Rest des Tagebuches im Bett weiterzulesen.

Durch die Sannyas-Zeremonie änderte sich für Joschka nichts.

Nach der Zeremonie änderte sich für Joschka alles.

Außer Joschka nahmen in dem Darshan noch ein halbes Dutzend weitere Sinnsuchende Sannyas. Einer von ihnen war Günther.

Günthers Anwesenheit spielte für Joschka nicht die geringste Rolle.

Die positive Energie im Raum war überwältigend. Bhagwan saß auf einem Sessel vor seinen Anhängern. Zu seiner Rechten saß sein Leibwächter, ein ebenso stattlicher wie sensibler Engländer mit langen Haaren und Vollbart, zu seiner Linken kniete Laxmi, seine persönliche Sekretärin.

Laxmi rief die Namen derer, die Sannyas nehmen wollten, einzeln auf.

Als Joschkas Name aufgerufen wurde, hatte er nicht das Gefühl aufzustehen, sondern aufgestanden zu werden.

Es zog ihn zu dem freien Platz vor Bhagwan.

Er kniete sich vor Bhagwan hin.

Ihm war, als würde er mit dem ganzen Körper in die Quelle der Oase eintauchen. In reines, klares, warmes Wasser. Er spürte das Wohlbehagen körperlich.

Bhagwan hängte Joschka eine Mala über und drückte ihm mit dem Daumen seiner rechten Hand auf Joschkas drittes Auge, einen Punkt in der Mitte seiner Stirn.

Joschka hatte das Gefühl, als würde das Wasser zu sprudeln anfangen.

Anschließend gab Bhagwan Joschka seinen neuen Namen:

Swami Anand Abheeru – der Furchtlose.

Joschka war erstaunt. Dieser Name hatte nicht das Geringste mit ihm zu tun. Bislang hatte Joschka sich grundsätzlich vor allem gefürchtet.

Er war geboren in einen Kokon aus Furcht, gewebt bereits vor seiner Geburt von seinen Eltern. Seine Reise nach Poona war das erste Mal, dass er sich traute, den Kopf aus diesem Kokon herauszustrecken. Aber war er deswegen furchtlos? Gewiss nicht.

Es war, als könnte Bhagwan Joschkas Gedanken lesen.

Er sprach daraufhin ganze drei Sätze mit Joschka.

Mit dem ersten Satz erläuterte er die Bedeutung des Namens für Joschka: Das Leben beginne dort, wo die Furcht ende.

Mit dem zweiten fragte er Swami Anand Abheeru, was ihn daran hindere, furchtlos zu sein.

Joschka antwortete furchtlos, dass er das nicht wisse.

Mit dem dritten Satz lud Bhagwan Joschka liebevoll ein, genau das vielleicht in der Encounter-Gruppe herauszufinden.

Damit hatte Bhagwan die Entscheidung gefällt, vor der sich Joschka gefürchtet hatte – Joschka würde an einer Therapie-Gruppe teilnehmen.

Und zwar direkt an der intensivsten, die der Ashram zu bieten hatte.

Joschka der Furchtlose würde in der Encounter-Gruppe der Frage auf den Grund gehen, was ihn an seiner Furchtlosigkeit hinderte.

Den Rest des Abends feierte Joschka sein Sannyas. Er tanzte mit Babsi durch den Ashram. Er tanzte mit Hunderten anderer Sannyasins zur Musik, die den tropischen Garten von Poona durchfloss.

Irgendwann zog er sich mit Babsi in ihr gemeinsames Zimmer zurück.

Sie zündeten die Öllampe an.

Sie entkleideten sich.

Sie liebten sich.

Zum allerersten Mal hatte Joschka für Minuten das Gefühl, das Denken würde aufhören und die Zeit würde stillstehen.

Er war eins mit Babsi, mit sich, mit Raum und Zeit.

Und er war sich dessen sehr friedvoll bewusst.

Er bemerkte durchaus, wie auf einmal Günther den Raum betrat.

Aber es störte ihn nicht in seinem Frieden.

Auch Günther, der selber vor wenigen Stunden erst Sannyas genommen hatte, strahlte eine ganz andere, völlig positive Energie aus.

Joschka bemerkte, wie Günther Babsi und ihn beim Liebesakt fotografierte.

Joschka nahm wahr, dass sich links von ihm eine Kamera und rechts von ihm sein und Babsis Schatten an der Wand befanden.

Günther fotografierte gar nicht die beiden. Er fotografierte ihre Schatten.

Joschka nahm es wahr.

Er bewertete es nicht.

Er ruhte in sich selbst.

Er war glücklich im Hier und Jetzt.

Ich legte das Buch zur Seite.

Das Foto, das Günther an diesem Abend von Joschka und Babsi aufgenommen hatte, kannte ich.

Es war das Foto aus der Psychologie-Zeitschrift.

Es war das wunderschöne Foto, das den Artikel über Tantra bebildert hatte.

Die beiden in sich verschmelzenden Schatten auf der ockerfarbenen Wand.

Die Bild gewordene Aussage »Tantra ist Achtsamkeit beim Sex«.

Auf diesem Foto waren die Schatten von Joschka Breitner und Babsi zu sehen.

Und geschossen hatte es Günther.

Ich hielt es inzwischen für ausgeschlossen, dass Joschka Breitner mir dieses Foto absichtlich gezeigt hatte.

Ich hatte dieses Foto aus Versehen gesehen – weil Joschka Breitner an diesem Tag völlig neben sich gestanden hatte.

Aber warum? Nur wegen dieses Fotos? Nach über vierzig Jahren? Ich las weiter.

40 MACHT

»Das sichtbarste Zeichen für ein unausgereiftes Ego ist das Bedürfnis nach Macht.«

JOSCHKA BREITNER,
»GODWORK ORANGE –
MEINE ZEIT MIT BHAGWAN«

AUCH GÜNTHER HATTE von Bhagwan einen neuen Namen bekommen: Swami Prem Parvaz – Vogel der Liebe. Joschka interpretierte es als feine Ironie Bhagwans, einem Menschen, der wie ein Gockel auftrat, den Swami-Namen für »Vogel« zu verleihen.

Drei Tage nach dem Darshan hatte Günther das Foto von Joschka und Babsi im Labor des Ashrams entwickelt. Er hatte es auf DIN-A4 vergrößert und zudem hinter Glas in einen Holzrahmen gefasst.

Er überreichte es Joschka und Babsi im Kitchen Garden. Joschka war begeistert. Das Bild brachte exakt das auf den Punkt, was er im Augenblick des Entstehens empfunden hatte. Es verewigte den Moment, in dem Joschka sich fühlte, als könnte er für ewig im Hier und Jetzt verweilen.

So viel künstlerisches Gespür hätte er Günther gar nicht zugetraut.

Auch Babsi war sichtlich gerührt von dem Bild.

»Wie können wir dir dafür danken?«, fragte sie Günther.

»Wenn Joschka mir erlaubt, mit dir zu schlafen, sind wir quitt!«, antwortete der.

Joschka sah ihn fassungslos an.

Günther lächelte nicht.

Er hatte die Bemerkung nicht im Scherz gesagt.

Er meinte das offensichtlich ernst – und vergiftete damit die ganze Situation.

Joschka hatte gerade akzeptiert, dass Sex eine positive Energie freisetzen könne. Unter diesem Gesichtspunkt versuchte er, alle Eifersucht und allen Schmerz runterzuschlucken, die er empfand, wenn Babsi mit anderen Männern schlief.

Aber wenn ein Mann mit einer so negativen Aura wie Günther offen einforderte, als Bezahlung für etwas so Schönes wie dieses unschuldige Foto mit Babsi schlafen zu dürfen, dann war das auf allen Joschka einfallenden Ebenen falsch.

»Hast du noch alle Latten am Zaun?«, entfuhr es Joschka ein wenig gereizter, als er vor Babsi klingen wollte.

»Hey, ganz ruhig, Brauner, bring mal dein Ego unter Kontrolle!«, erwiderte Günther großspurig. »Wusste ja nicht, dass ich damit in ein Spießernest steche … überlegt es euch einfach.«

Günther stand auf, nahm das Foto wieder mit und überließ Joschka und Babsi dem Chaos, das er gerade angerichtet hatte.

»Was bitte sollte das gerade?«, fauchte Babsi Joschka an.

»Hast du nicht mitbekommen, was Günther gerade gemacht hat?«, verteidigte sich Joschka.

»Mit wem ich schlafe, ist ja wohl meine Sache. Darauf hatten wir beide uns geeinigt.«

»Erklär das Günther! *Er* hat *mich* um *meine* Erlaubnis gefragt, *dich* mit ihm schlafen zu lassen. Wenn einer ein Problem damit hat, dass die Auswahl deiner Partner deine Sache ist, dann ja wohl er.«

»Und du hast reagiert wie ein eifersüchtiger Macho! Hast du kein Vertrauen zu mir?«

»Ich habe kein Vertrauen zu ihm.«

»Weil du ihn nicht magst – und das ist einzig und allein dein Problem.«

»Bitte? Dass ich ihn nicht mag, ist das eine. Aber hier geht es doch gar nicht um Sex. Hier geht es um Macht.«

»Vielleicht finde ich ja gerade Macht sexuell erregend ….«, erwiderte Babsi trotzig. Joschka wurde schwindelig. Was passierte hier gerade? Das hatte doch alles nichts mehr mit freier Liebe und Lebensfreude zu tun. Er versuchte, seine Gedanken zu konkretisieren.

»Bitte? Günther hat gerade gesagt, er will mit dir als Bezahlung schlafen. Für ein Foto. Er sieht Sex als Währung an. Und ich soll darüber verfügen.«

»Was ist daran falsch?«, fragte Babsi provozierend.

Joschka glaubte seinen Ohren nicht zu trauen.

»Alles! Vor allem, weil er in Wahrheit mit meinem Einverständnis mit dir schlafen will, um seine Macht zu demonstrieren. Um zu zeigen, dass er etwas Schönes zerstören kann. Das mit uns. Und das scheint ihm ja schon ohne Sex zu gelingen. Darum geht's.«

»Ach, und das alles analysierst du aus einem einzigen Satz von ihm? Bist du jetzt auch schon Therapeut? Arbeite mal an deiner Eifersucht.«

»Arbeite mal an deiner Menschenkenntnis.«

Joschka hatte das Gefühl, als würden er und Babsi streiten wie ein altes Ehepaar. Mit dem kleinen Unterschied, dass seine Eltern sich wahrscheinlich eher selten darüber gestritten hatten, ob seine Mutter als Bezahlung für ein gelungenes Aktfoto mit dem Fotografen vögeln sollte oder nicht.

Wenn das eine neue Bewusstseinsstufe sein sollte, dann war es eine Stufe abwärts.

Einige Minuten saßen sich Babsi und Joschka schweigend gegenüber. Dann machte Babsi den ersten Schritt.

»Wir machen Folgendes. Ich werde nicht mit Günther schlafen, ohne vorher mit dir gesprochen zu haben, okay?«

Ohne den letzten Halbsatz wäre es für Joschka okay gewesen. So log er Babsi zum ersten Mal an:

»Okay.«

Der Streit mit Babsi relativierte Joschkas bisheriges Hochgefühl im Ashram ein wenig. Wenn auch nur für ein paar Tage. Günther spielte zunächst keine Rolle mehr. Für die nächsten Tage ließ er sich im gemeinsamen Zimmer nicht sehen und schien tatsächlich jeden Abend bei oder mit jemand anderem zu schlafen. Nach einer Woche war dann auch sein Gepäck verschwunden. Babsi erwähnte, sie habe ihm ein anderes Zimmer zugewiesen.

Joschka nahm zur Kenntnis, dass dies ein weiteres Stück Macht war, über das sie mit einer selbstbewussten Selbstverständlichkeit verfügte.

Der Humor des Ashrams versöhnte Joschka dann wieder ein Stück weit mit seinen Sorgen bezüglich Günther und Babsi. Swami Prem Parvaz, Vogel der Liebe, wurde im ganzen Ashram sehr schnell nur noch als Swami Prem Pervert – der »lieblose Vögler« – bezeichnet. Sein überbordender Sex-Trieb sorgte selbst im Paradies der freien Liebe für Gesprächsstoff. Joschka war offenbar nicht der einzige Mann – und auch nicht der einzige Mensch –, der einen Unterschied zwischen freier Liebe und sexuellem Freibier sah.

Aber vielleicht war das der Teil von Günthers Ego, den er im Ashram noch überwinden würde.

Die Veränderungen, die nach Joschkas Sannyas-Zeremonie im Ashram stattfanden, waren durchaus gewaltig. Auch wenn diese Ereignisse lediglich in einem zeitlichen und nicht in einem kausalen Zusammenhang standen. Joschka wusste von Babsi – und auch durch seine eigene Arbeit in der Buchhaltung –, dass die derzeitige Situation des Ashrams nicht mehr viel länger tragbar war.

Der Ashram platzte aus allen Nähten und war bei den Behörden nicht gerade beliebt.

Bhagwans Sexualmoral war sogar der indischen Regierung ein Dorn im Auge.

Da selbst Joschka binnen weniger Wochen eine Diskrepanz zwischen den immensen Einnahmen und den geringen Abgaben auffiel, konnte er ein gewisses staatliches Misstrauen gegenüber dem »Unternehmen Ashram« durchaus verstehen.

Die daraus resultierenden, offenen Anfeindungen allerdings nicht.

Laxmi versuchte sich seit geraumer Zeit darin, einen Umzug des Ashrams innerhalb Indiens zu organisieren. Sie scheiterte aber immer wieder an den Behörden oder den Nachbarn der infrage kommenden Immobilien. Mal ging ein Gebäude in Flammen auf, mal wurde ein Brunnen vergiftet.

Wie es schien, waren die Liebe und der Frieden des Ashrams eine Insel im Meer des Hasses.

Joschka kamen dabei immer wieder Bhagwans Ausführungen zum Ego in den Sinn.

Das Ego nährte sich durch das es umgebende Unglück.

Galt das auch für den Ashram? Hatte auch ein Ashram ein Ego, das es zu überwinden galt?

Zumindest musste dies für die den Ashram leitenden Personen gelten, schließlich waren sie auch nur Menschen.

Nach Laxmis erfolglosen Versuchen, ein neues Grundstück für den Ashram in Indien zu finden, wurde sie von Bhagwan ihres Jobs als Sekretärin enthoben.

Laxmis eigene Sekretärin, Sheela, war fortan Bhagwans rechte Hand. Sheela sollte sich nun darum kümmern, dem Ashram ein neues Zuhause zu suchen.

Die clevere Katze hatte die schlaue Maus gefressen.

Und auch Babsi rückte im Schlepptau Sheelas ein Stück näher an die Macht.

Aber all das waren Interna, die nach außen gar nicht so offensichtlich waren.

Das nach außen sichtbarste Zeichen einer massiven Veränderung im Ashram war der Umstand, dass Bhagwan in eine Phase des Schweigens eintrat. Das tägliche Reden vor Tausenden von Zuhörern und seine bisherige Omnipräsenz hätten auch den stärksten Menschen eine Menge Energie gekostet. Und um Bhagwans Gesundheit stand es ohnehin nicht zum Besten. Er litt seit Jahren unter Asthma, Diabetes, Allergien und einem Bandscheibenproblem. Nun redete er nicht mehr.

Er habe ja auch bereits alles gesagt, hieß es. Seine Discourses wurden ab diesem Zeitpunkt nur noch vom Band abgespielt. In den Darshans übertrug er seine Energie wortlos durch das Auflegen seines Daumens auf das dritte Auge.

Das Reden übernahm Sheela. Sie war von nun an Bhagwans Sprecherin.

Für Joschka war dies bedauerlich. Aber selbstredend hatte er für das

Schweigen des Meisters Verständnis. Er war dankbar, Bhagwan noch mit Worten kommunizierend erlebt und bei seiner Sannyas sogar mit ihm gesprochen zu haben.

Bhagwans persönlicher Rat an Joschka war es, die Encounter-Gruppe zu besuchen, um herauszufinden, was ihn daran hinderte, furchtlos zu sein.

Die Befolgung dieses Rates brachte Joschka körperlich und seelisch an seine Grenzen.

41 ENCOUNTER

»Der Sex mit einem geliebten Menschen ist etwas Wunderbares. Es sei denn, man ist nicht dabei.«

JOSCHKA BREITNER,
»GODWORK ORANGE –
MEINE ZEIT MIT BHAGWAN«

»ENCOUNTER« BEDEUTETE WÖRTLICH »Begegnung«. Der Ansatz der Gruppe war ebenso einfach wie brutal: Die Teilnehmer sollten sich selbst begegnen. Schonungslos und offen. In aller darin liegenden Aggression und Verzweiflung. In der Encounter-Gruppe sollten alle – wirklich alle – aufgestauten Emotionen herausgelassen werden. Was auch immer die Lebensfreude der Teilnehmer blockierte, sollte erkannt, durchlebt und überwunden werden.

»Der Weg darüber hinaus führt nicht daran vorbei, sondern dadurch hindurch«, war der geflügelte Satz, der diesen Ansatz umschrieb.

Die Encounter-Gruppe des Ashrams umfasste sechs Frauen, sechs Männer und einen Therapeuten. Die Therapie war auf über eine Woche angesetzt. Die Gruppe traf sich in einem extra dazu eingerichteten Raum: mit gepolsterten Wänden und jeder Menge Decken und Kissen auf dem Boden. Hier konnten sie im wahrsten Sinne des Wortes alle seelischen Schleusen öffnen, die bislang was auch immer zurückgehalten hatten. Hier schrien sich die Teilnehmer an, prügelten aufeinander ein, hielten sich heulend in den Armen oder lagen zuckend auf dem Boden.

Joschka merkte in der Gruppe sehr schmerzhaft, wie viel Weltkrieg er seit zwanzig Jahren mit sich herumtrug.

Wann immer es darum ging, seine Aggression auf irgendetwas zu lenken, lenkte er sie auf seine Familie.

Er prügelte auf die Nazivergangenheit seines Großvaters ein, brüllte seinen verlogenen Vater an, wälzte sich in den Schmerzen, die seine Mutter auf ihn übertragen hatte.

Und wusste gar nicht, warum er das tat.

Bis ihm auf einmal am Rande der Erschöpfung klar wurde, dass die auf ihn übertragene Furcht von zwei Generationen ihn daran hinderte, furchtlos zu sein.

Er brach seelisch zusammen und hoffte, anschließend befreit wieder aufstehen zu können.

Dieses therapeutische Experiment faszinierte, schockierte und inspirierte ihn im stetigen Wechsel.

Da die Gruppe alles andere als eine Wohlfühlveranstaltung war, konnte Joschka es hinnehmen, dass auch Günther an ihr teilnahm. Vordergründig als Fotograf, um die Gruppe in seine Reportage mit aufzunehmen. Aber auch als Teilnehmer, um die Erfahrungen von »Encounter« selber zu erleben.

Während sich ein Teilnehmer nach dem anderen der Gruppe öffnete – manchmal freiwillig, manchmal widerwillig, manchmal auch unter dem Zwang der Gruppe –, versteckte sich Günther tagelang hinter seiner Gockel-Fassade, nahm gern von anderen und gab schlicht nichts.

Am siebten Tag wurde es einem Teilnehmer zu viel.

Alle Gruppenmitglieder saßen nackt im Schneidersitz im Kreis.

Jeder Teilnehmer sollte dem ihm gegenüber sitzenden Teilnehmer offen ins Gesicht sagen, was er von ihm hielt.

Ein kleiner Italiener, Rechtsanwalt von Beruf, sah Günther an und sagte in ruhigem Ton: »Du bist doch nichts als ein lächerlicher Trittbrettfahrer. Hängst dich mit deinen viel zu dünnen Ärmchen an alles, was dich weiterbringt, und schmarotzt dich ganz armselig durch den Ashram. Selbst nackt siehst du genauso albern aus wie in deinem Kinder-Fotografenkostüm. Vögelst alles, was nicht bei drei auf den Bäumen ist, und bist selbst dabei sogar noch richtig schlecht. Wie mir meine Freundin gestern heulend mitgeteilt hat. Du bist genau so, wie dich alle hier nennen: ein liebloser Vögler.«

Sinn der Encounter-Gruppe war es, an genau so einer offenen Anfeindung zu wachsen.

Günther wuchs nicht. Er kochte. Er zitterte vor Wut.

»Los, mach was«, forderte ihn der Therapeut auf. »Oder ist dein ganzer Körper so schlapp wie dein Penis?«

In einer ruckartigen Bewegung schnellte Günther hoch, raste auf den Italiener zu, sprang einen Meter vor ihm hoch und landete mit voller Absicht mit beiden Beinen auf dessen linkem Oberschenkel.

Das Krachen des brechenden Knochens war für alle Teilnehmer zu hören.

Der völlig überraschte Italiener schrie vor Schmerz auf, da trat Günther schon mit voller Wucht auf sein Gesicht ein. Blut strömte aus seinem Mund, als seine Oberlippe platzte.

All dies geschah unglaublich schnell und gezielt. So, als ob sich Günther seinen Angriff vorher genau überlegt hätte.

Die Umhersitzenden zuckten in stummem Entsetzen zurück. Völlig geschockt von dem selbst für eine Encounter-Gruppe völlig exzessiven Ausbruch von Gewalt, schienen sie sich davor zu fürchten, gegen diesen Akt der kalten Brutalität aufzustehen und einzuschreiten.

Nur ein Teilnehmer sprang instinktiv dem Italiener bei: Joschka.

Er hatte keine Furcht mehr in sich, die ihn daran hinderte.

Nach dem dritten Tritt Günthers stand Joschka hinter ihm, riss ihn an der Schulter zurück und boxte ihm gezielt mit der rechten Faust auf die Nase. Das Geräusch der brechenden Nasenscheidewand war ein leises Knirschen im Vergleich zu dem berstenden Oberschenkel des Italieners. Aber es tat seine Wirkung: Günther hörte mit seiner Prügelattacke auf den Italiener auf. Er wollte sich jetzt Joschka zuwenden, aber der holte bereits erneut aus und versetzte Günther einen gezielten Schlag aufs Kinn.

Günther taumelte gegen die gepolsterte Tür des Therapieraumes. Er schien kurz zu überlegen, ob er einen weiteren Angriff auf Joschka wagen sollte. Aber er sah in das entschlossene, furchtlose Gesicht Joschkas. Er sah in die geschockten, abweisenden Gesichter der anderen Gruppenteilnehmer.

Günther wusste, dass er hier nicht das Geringste zu gewinnen hatte.

Im Gegenteil. Günther schnappte sich das nächste herumliegende Kleidungsstück, ein langes, orangefarbenes Leinenhemd, öffnete die Tür und floh.

Ein Aufatmen ging durch die Gruppe.

Joschka spürte die Erleichterung körperlich.

Ihm war gar nicht klar gewesen, dass er dazu in der Lage war, sich zu prügeln.

Aber so geschockt, wie er über Günthers plötzlichen Gewaltausbruch in der Gruppe war, genauso befriedigend war das Gefühl, ihn auf diese Art und Weise furchtlos beendet zu haben.

Am Ende der damit geschlossenen Sitzung gab es einen gebrochenen Oberschenkelknochen, zwei fehlende Zähne sowie eine mit drei Stichen zu nähende Platzwunde an der Lippe des Italieners.

Und eine gebrochene Nase bei Günther.

Doch die schlimmste Verletzung wurde im Anschluss Joschka zugefügt.

Minuten, nachdem eine Teilnehmerin der Gruppe ins Krishna-Haus gerannt war, um einen Krankenwagen für den Italiener zu rufen, kam Babsi in den Therapieraum gestürmt und suchte aufgeregt nach Joschka.

»Gott sei Dank, dir ist ja doch nichts passiert!«, entfuhr es ihr, als sie ihn unverletzt bei dem blutenden Italiener hocken sah. Joschka, der sich seine Hose und sein Hemd wieder übergezogen hatte, stand auf und nahm Babsi in den Arm.

»Was soll mir passiert sein? Ich hab das Ding hier beendet«, beruhigte er sie, noch immer aufgepumpt vom Adrenalin.

»Und dein Bein?« Babsi löste sich aus der Umarmung und sah Joschka von oben bis unten prüfend an.

»Was soll mit meinem Bein sein?«

»Aber ... Günther hat doch jemandem den Oberschenkel gebrochen, mit dessen Freundin er geschlafen hat ...«

»Wieso denkst du dabei an mich ...?«, entfuhr es Joschka, während er im selben Moment die Antwort schon wusste.

Es knackste in ihm. Lauter, als es ein gebrochener Oberschenkelknochen je gekonnt hätte.

Der Bruch von Vertrauen war schmerzhafter als der Bruch jedes Knochens.

»Aber ... Du hattest doch ... Wir hatten doch vereinbart ....«

Auch Babsis Augen füllten sich mit Tränen.

»Ich habe gelogen.«

Jetzt war es Joschka, der fluchtartig den Raum verließ.

Er hatte das Gefühl, alles, woran er bis zu diesem Moment geglaubt hatte, stürze in diesem Augenblick über ihm zusammen. Würde ihn unter sich begraben, wenn er nicht schnell unter den Trümmern hindurch fliehen würde.

Er rannte, soweit er das in den Grenzen des Ashrams konnte.

Hinter der Buddha-Halle kam er völlig außer Atem zum Stehen.

Und übergab sich in den nächstbesten tropischen Busch.

Seine Beine knickten ihm weg.

Heulend sackte er in sich zusammen. Der Ashram wurde schwarz um ihn herum.

Wie lange Joschka ohnmächtig war, wusste er nicht.

Aber der Zusammenbruch war reinigend.

Als Joschka wieder ins Hier und Jetzt zurückkam, sah er einige Dinge auf einmal sehr klar:

Wenn Erleuchtung die Erkenntnis bedeutete, dass alles so ist, wie es sein soll, dann sollte er vielleicht einmal anfangen, die Dinge so zu akzeptieren, wie sie waren.

Er allein war für seine Lebensfreude verantwortlich.

Einzig sein Ego stand ihm dabei im Weg.

Sein Ego hatte Babsi angelogen, als er ihr gesagt hatte, es sei okay, wenn sie mit Günther schlafe, solange sie ihm nur vorher Bescheid sagte.

Babsi hatte sein Ego angelogen, als sie ihm versprochen hatte, das auch wirklich zu tun.

Joschka war hier, um sein Ego zu überwinden.

Er hatte gerade erlebt, dass er davon noch weit entfernt war.

Sein Ego wünschte sich eine Welt ohne Arschlöcher wie Günther.

Um sich über das Unglück zu definieren, dass es Arschlöcher wie Günther gab.

Er müsste das Wünschen einstellen, dass es eine Welt ohne Arschlöcher gäbe. Dann verschwänden auch die grübelnden Gedanken an die Arschlöcher.

Er würde Babsi keinen Vorwurf machen, dass sie nicht war, wie er sie haben wollte.

Er würde Babsi so akzeptieren, wie sie war.

Auch die Joschka irritierenden Veränderungen in ihrem Verhalten, ihr Wille zur Macht, ihre Unwahrheit waren Teil von Babsi.

Sie änderten nichts an dem, was Babsi Joschka gegeben hatte.

Sie hatte ihm den Weg zu Bhagwan gezeigt.

Sie hatte ihm den Weg zu dem gezeigt, der ihm den Weg zeigen würde.

Sie war nicht der Weg.

Auch Bhagwan war nicht der Weg.

Der Weg war einzig und allein in ihm.

Alles war so, wie es sein sollte.

Und: Der Weg darüber hinaus führt nicht daran vorbei, sondern dadurch hindurch.

Vielleicht war die Eskalation in der Encounter-Gruppe vorhin die beste Erfahrung, die Joschka machen konnte.

Er konnte spontan furchtlos sein.

Er würde sich nicht vor der Zukunft fürchten müssen.

Er war Swami Anand Abheeru, der Furchtlose.

Er stellte fest, dass aus seinem ruhelos daherfliegenden Samenkorn ein zartes Pflänzchen geworden war. Das Pflänzchen hatte den ersten tropischen Sturm überstanden. Und würde weiter wachsen. Da, wo es war.

Alles würde irgendwann so sein, wie es sein sollte.

Joschka kam hinter der Buddha-Halle hervor. Er ging in sein Zimmer, wusch sich und lief in den Kitchen Garden. Dort saßen die anderen Sannyasins aus der Encounter-Gruppe zusammen. Und Babsi.
Joschka wurde von einem nach dem anderen liebevoll umarmt.
Zuletzt ging er auf Babsi zu und nahm sie in den Arm.
Jetzt war es Babsi, die heulte.

Der Gruppenleiter hatte darauf bestanden, dass Günther sofort aus dem Ashram geworfen werden sollte. Dem war Günther offensichtlich durch selbstständiges Verschwinden zuvorgekommen. Sein Zimmer war leer, sein Gepäck weg. Ein paar Sannyasins erzählten, sie hätten mitbekommen, wie er sich am Gateless Gate ohne irgendein Wort des Abschieds hektisch eine Rikscha herangewunken habe.

Der Tag war am Ende ein reinigendes Ereignis für Joschka.
Er war seine Furcht und Günther gleich mit los.
Sein sofortiges, instinktives Einschreiten bei Gefahr führte dazu, dass Bhagwans persönlicher Leibwächter Joschka bat, ihn bei Großveranstaltungen zu unterstützen.
Joschka hatte seine Angst transformiert in Mut. Und dieser Mut brachte ihn in die unmittelbare Nähe der Quelle.
Die Ereignisse dieses Tages hätten den Weg frei machen können in eine großartige Zukunft im Ashram in Poona.
Dem stand lediglich entgegen, dass es den Ashram in Poona ein halbes Jahr später nicht mehr geben sollte.

DRITTER TEIL

RAJNEESHPURAM

42 PARANOIA

»Eine gewisse Paranoia dem Wasser gegenüber könnte das Eingeständnis sein, nicht sicher schwimmen zu können.«

JOSCHKA BREITNER,
»GODWORK ORANGE –
MEINE ZEIT MIT BHAGWAN«

BABSI INFORMIERTE JOSCHKA erst am Abend vorher, dass Bhagwan am nächsten Tag den Ashram in Poona aufgeben würde. Zusammen mit Sheela und rund drei Dutzend eingeweihter Sannyasins aus der Führungsriege, zu denen auch Babsi gehörte, würde er in die USA ziehen. Babsi hatte sich darum gekümmert, dass auch Joschka mit an Bord der Boing 747 war, mit der diese Gruppe gen Westen aufbrechen würde. Joschka war zunächst völlig überrumpelt. Aber dann freute er sich, bei diesem Aufbruch von Anfang an mit dabei sein zu dürfen. Er wusste nicht, ob er dies seiner Rolle als Buchhalter und Leibwächter zu verdanken hatte.

Oder ob Babsi inzwischen so viel Macht hatte, dass sie es einfach entschied.

Dass das Gelände in Poona für den Ashram zu klein geworden war, war offensichtlich. Der Umzug war also folgerichtig. Der Umzug war die Geburt von etwas Neuem.

Dieses Neue hatte allerdings zwei schwere Geburtsfehler: die Art der Abreise und den Ort der Ankunft.

Die Art der Abreise war ein einziger Ausdruck des Misstrauens.

Sheela wollte die Aufgabe des Ashrams geheim halten, um zu verhindern, dass ihr irgendjemand im letzten Moment einen Strich durch die Rechnung machte.

Dreitausend treue Sannyasins wurden von jetzt auf gleich in Poona zurückgelassen.

Einen größeren Ausdruck des Misstrauens hätte Sheela nicht in die Welt setzen können.

Das Misstrauen reiste von Anfang an mit.

Der Stachel dieses Misstrauens steckte tief in Sheela.

Das Ziel ihrer Reise war eine Ranch in den Vereinigten Staaten von Amerika.

Die Anhänger des spirituellen Materialismus zogen vom spirituellen Indien in die materialistischen USA.

In Anbetracht der unzähligen westlichen Sannyasins, der freiheitlichen US-Verfassung und der gesundheitlichen Versorgungsmöglichkeiten Bhagwans war diese Wahl nachvollziehbar.

Sheela hatte in Oregon relativ günstig die »Big Muddy Ranch« erworben – hundertsechzig Quadratkilometer Land für sechs Millionen Dollar.

Es war ein bergiges Gelände mit drei zentralen Tälern, zwei Flüssen, die sich auf dem Gelände vereinten, und jeder Menge Steine und Geröll.

Aber Sheela hatte eine Vision, wie dieses unwirtliche Land umgestaltet werden sollte.

Hier sollte keine größere Hippie-Kommune vorübergehend zelten.

Hier sollte eine ganze Stadt entstehen.

Eine Stadt mit zehntausend Einwohnern.

Diese Stadt sollte der Welt zeigen, dass ein Leben nach den Lehren Bhagwan Shree Rajneeshs nicht nur erstrebenswert, sondern auch alltagstauglich war.

Deshalb sollte diese Stadt nach ihrem wichtigsten Bewohner benannt werden: »Rajneeshpuram«.

Einstweilen war es aber verwaltungstechnisch lediglich eine Ranch auf dem Gebiet des dreißig Kilometer entfernten, vierzig Einwohner zählenden Städtchens Antelope.

Den vermeintlich günstigen Kaufpreis sollte Sheela teuer bezahlen. Sie hatte eine winzige Kleinigkeit beim Kauf übersehen. Sie hatte vergessen, sich zu erkundigen, welche Nutzungsbeschränkungen, welche »Zoning-Regelung«, es für die Farm gab.

Und im Nutzungs- und Bebauungsplan für die Big Muddy Ranch stand – offen einsehbar –, dass die Ranch lediglich für sechs Bewohner zugelassen war.

Für sechs Bewohner mit gültigen Aufenthaltserlaubnissen.

Von den 10 000 angestrebten Einwohnern der Stadt Rajneeshpuram würden somit von Anfang an alleine 9994 wegen Verstoßes gegen die Zoning-Regelung illegal auf einer Ranch im Stadtgebiet von Antelope wohnen.

Sofern bei den anderen sechs die Visa in Ordnung waren.

Ein Fehler, der durch akkuratere Planung völlig vermeidbar gewesen wäre.

Neben dem Stachel des Misstrauens in Sheela steckte nun auch der Stachel der Illegalität im neuen Ashram selber.

Und beide Stachel sollten sich entzünden.

Nicht sofort.

Dafür aber umso heftiger.

Joschkas zartes Pflänzchen wurde durch den Umzug in die USA nicht herausgerissen. Es wurde umgetopft.

Seine Wurzeln waren fest in der Botschaft Bhagwans von Lebensfreude, Überwindung des Egos und dem Streben nach Erleuchtung verankert.

Er hatte noch keine Ahnung, wo sein Platz in den USA sein würde.

Aber das würde sich zeigen.

Er war schließlich Swami Anand Abheeru.

Er war furchtlos.

Der Umzug in die USA setzte das nun auch nach außen sichtbare Zeichen des Umbruchs, der bereits in Poona unsichtbar begonnen hatte.

Laxmi hatte nichts mehr zu sagen, Sheela alles.

Bhagwan schwieg.

Laxmi hatte den Ashram wie durch Zellteilung immer wieder natürlich wachsen lassen.

Sheela plante nun die Zellwucherung.

Was in Poona auf vier Grundstücken passiert war, sollte nun eine zusammenhängende Fläche von hundertsechzig Quadratkilometern ausfüllen.

Die Funktion, die in Poona der Fahrradständer vor dem Gateless Gate erfüllte, sollte in Rajneeshpuram von einem eigenen Flughafen übernommen werden.

Was im Garten in Poona durch Fußwege verbunden war, sollte in Zukunft von eigenen Buslinien angefahren werden.

Bei Laxmi passte so lange alles, bis es nicht mehr passte.

Sheela passte nichts, solange sie es nicht passend gemacht hatte.

Das war das Naturell Sheelas.

Und sie sollte damit zunächst Erfolg haben.

Denn was aus Poona ohne jeden Abstrich mit nach Oregon genommen wurde, war die schier unerschöpfliche Energie des Ashrams.

Die drei Dutzend Sannyasins, die über Nacht mit Bhagwan und Sheela in die USA geflogen waren, waren lediglich die Vorhut.

Schnell folgten 2500 weitere: Architekten, Bauingenieure, Macher. Menschen, die für Sheela im Energiefeld des neuen Ashrams im wahrsten Sinne des Wortes Berge versetzten.

Mit Dynamit, Bulldozern und in Handarbeit wurden Felsen gesprengt, Straßen angelegt, Häuser errichtet. Es wurden ein Stausee gebaut, fruchtbarer Boden kultiviert und innerhalb kürzester Zeit aus dem Nichts eine neue Stadt mit kompletter Infrastruktur geschaffen: Rajneeshpuram.

Ein Jahr lang arbeiteten alle Beteiligten in täglichen Zwölf-Stunden-Schichten, egal ob als Gärtner, Baggerfahrer oder Zimmermann.

Wo in Poona Meditation, Therapie und Achtsamkeit den zarten Klang des Alltags bestimmt hatten, schrien in Oregon zunächst einmal Motoren, Trucks und Arbeit.

Und am Ende stand sie da, die neue Stadt. Mit Wohnvierteln, Restaurants, Geschäften, Flughafen, medizinischer Versorgung, Infrastruktur, einem eigenen Badesee sowie einer Meditationshalle für zehntausend Gäste.

Alles auf einer Ranch für sechs Bewohner.

Joschka tat in dieser Zeit endlich das, was er eigentlich von Anfang an in Poona hatte tun wollen: Er packte mit seinen Händen mit an. Er arbeitete sich tagsüber die Finger wund und fiel abends todmüde in sein Feldbett.

Die Arbeit hatte für alle Beteiligten etwas sehr Befriedigendes.

Sie beinhaltete für Joschka aber auch etwas sehr Irritierendes:

Niemand meditierte mehr über die einfache Erkenntnis, dass alles im Moment so sei, wie es im Moment sein sollte.

Alle arbeiteten daran, dass alles erst in Zukunft so werden sollte, wie Sheela es wollte.

Nicht die Akzeptanz stand im Vordergrund, sondern das Wünschen.

Therapien gab es in dieser Zeit des Aufbruchs nicht mehr.

Arbeit war, zumindest vorübergehend, die neue Therapieform für alle geworden.

Auch die Sicherheit des Ashrams regelte Sheela anders als Laxmi. Für das, was in Poona von ein paar Sannyasin übernommen worden war, wurde in Oregon ein ganzer Sicherheitsdienst ins Leben gerufen. Inklusive Uniformen und Bewaffnung. Joschka nahm als ehemaliger Aushilfs-Bodyguard aus Poona in Oregon regelmäßig am Schießtraining teil.

Zunächst fand er es befremdlich, sich mit Waffen auseinanderzusetzen.

Er wollte doch Lebensfreude.

Doch er stellte fest, dass Schießen für ihn durchaus etwas sehr Meditatives an sich hatte.

Das konzentrierte Vorbereiten der Waffe, das Zielen, das Atmen bündelte alle Energie auf den einen, nächsten Schuss. Und die Genugtuung, wenn man sein Ziel erfolgreich getroffen hatte, gab dieser Übung den befriedigenden Abschluss.

Joschka war ein guter Schütze.

Als neben dem Sicherheitsdienst eine eigene Polizei, die »Peace Force« gegründet wurde, gab Joschka den dazu ausgewählten Sannyasin bereits Schießtraining. Und als später für Bhagwan ein eigener Personenschutz mit Uzi-Maschinenpistolen ausgerüstet wurde, trainierte er auch dessen Mitglieder.

Irgendwann bekam er einen von zwei Schlüsseln für die Waffenkammer des Personenschutzes. Gemeinsam mit einem freundlichen Holländer, der eigentlich Wilhelm hieß, aber den Namen Swami Anand Heintje bekommen hatte, kontrollierte er nach den Schießtrainings regelmäßig Zustand und Anzahl von Munition und Gerät.

Ein weiterer der zahlreichen Nebenjobs, wie sie jeder Bewohner auf der Ranch hatte.

»Hauptberuflich« war Joschka weiterhin in der Buchhaltung des Ashrams eingeteilt.

Das Verhältnis von Babsi und Joschka pendelte sich auf der Ranch auf einer neuen Ebene ein. Auf einer freundschaftlichen.

Babsi ging im Führungsstab des Ashrams völlig auf. Sie war in Oregon nicht nur zwölf Stunden pro Tag in ihre Arbeit eingebunden, sondern vierundzwanzig Stunden. An sieben Tagen der Woche.

Es gab so viel zu organisieren, zu planen, zu machen.

Für »Privatleben« hatte Babsi ohnehin keine Zeit.

Joschka und Babsi schliefen schon seit den letzten Wochen in Poona nicht mehr miteinander. Es hatte einfach aufgehört. Joschka hatte Babsi innerlich freigegeben. Sie war seine erste richtige Liebe gewesen. Aber ihre große Liebe war nicht er. Ihre große Liebe war inzwischen die Macht. Wenn Babsi in Oregon sagte »Ich kümmer' mich drum …«, dann bedeutete das nicht mehr, wie in Poona, dass sie lediglich die Entscheidung anderer beeinflussen wollte. In Oregon entschied sie selber. Dinge wie Häuserverteilung, Jobvergaben oder persönliche Treffen mit Sheela wurden inzwischen von ihr alleine entschieden.

Joschka hatte den Eindruck, als würde Babsis Aura jeden Tag parallel zu ihren Kompetenzen wachsen.

Aus dem Samenkorn des WG-Mauerblümchens war ein stolzer Baum geworden.

Sie gehörte nun zum festen Führungszirkel rund um Sheela. Diese Gruppe, fast ausschließlich Frauen, arbeitete nicht nur jeden Tag zusammen. Sie wohnte auch quasi zusammen, im Jesus-Grove, dem Promi-Viertel von Rajneeshpuram.

Nicht nur die Stadt wuchs, auch die Anhänger Bhagwans veränderten sich.

Die Sannyasins nannten sich immer häufiger »Rajneeshees«, Einwohner Rajneeshpurams.

Die orangene Kleidung wechselte zu einem dunklen Rot.

War ein Besuch in Poona durchaus noch ein persönliches Abenteuer gewesen, war die Reise auf die Ranch in organisatorischen Dingen fast mit einem Pauschalurlaub zu vergleichen.

Je weiter die Entwicklungen der Stadt fortschritten, desto geregelter wurde auch wieder Joschkas Alltag. Je mehr Gäste auf die Ranch kamen, desto weniger Sannyasin wurden zwölf Stunden lang für den Bau von Häusern, Straßen und Seen gebraucht. Der Fokus von Joschka verlagerte sich wieder auf die Büroarbeit in der Buchhaltung. Als die Stadt ihre Form angenommen hatte und die Arbeiten weniger wurden, gab es auch wieder einen spirituellen Tagesplan mit den verschiedensten Meditationen, an denen alle Besucher und Bewohner teilnehmen konnten.

Nur als die ersten Therapien in Rajneeshpuram angeboten wurden, musste Joschka feststellen, dass für die Mitarbeiter des Ashrams weiterhin einzig Arbeit als Therapieform vorgesehen war.

Nur zahlende Gäste, Besucher von außen, konnten sich gegen gutes Geld zur Selbstfindung in die verschiedensten Therapien einbuchen. Aber Joschkas Interesse an Therapien bezog sich gar nicht mehr in erster Linie darauf, sich selbst zu finden. Ihn faszinierten mittlerweile rein handwerklich all die verschiedenen Ansätze, auf seelische Bedürfnisse anderer einzugehen.

In ihm wuchs ein Gefühl dafür, was er einmal sein könnte: Therapeut. Nicht als Wunsch. Sondern als Perspektive.

Er redete viel mit den Therapeuten auf der Big Muddy Ranch und nahm als Praktikant an wesentlich mehr Therapien teil, als er das als Teilnehmer je für sich selbst hätte in Anspruch nehmen wollen.

Joschka ruhte in Rajneeshpuram sehr in sich selbst.

So sehr, dass es ihm vollständig egal war, als Günther plötzlich auf der Ranch auftauchte.

43 VERÄNDERUNGEN

»Alles Lebendige verändert sich. Ständig. Ob die Veränderung gut oder
schlecht ist, ist eine rein subjektive Betrachtungsweise.«

JOSCHKA BREITNER,
»GODWORK ORANGE –
MEINE ZEIT MIT BHAGWAN«

GÜNTHER STAND AUF EINMAL in der großen Meditationshalle. Und »groß« war wörtlich zu nehmen. Zehntausend Menschen konnten sich in dem »Rajneesh Mandir« getauften Gebäude versammeln. Es wurde für Feiern, Meditationen oder einfach nur für Versammlungen genutzt. Sheela hielt dort Reden, wenn sie sich in Bhagwans oder ihrem eigenen Namen an die Bewohner Rajneeshpurams wenden wollte.

Am Ende einer solchen Rede wäre Joschka beinahe in Günther gelaufen. Letzterer stand am Rande der Halle. In roter Kleidung. Mit seiner Mala um den Hals. Und seiner Kamera. Er schoss Fotos von den die Halle verlassenden Besuchern.

Ohne die Kamera wäre Günther Joschka wahrscheinlich gar nicht aufgefallen. Er hatte sich verändert. Zumindest äußerlich.

Günthers Haare waren kurz geschnitten, sein Gesicht glatt rasiert.

Seine Nase war – wie Joschka mit Freude registrierte – krummer als früher.

Ohne die Kleidung hätte man Günther nicht als Sannyasin erkannt. In Jeans und Hemd hätte er ein x-beliebiger Einwohner Oregons sein können.

Am erstaunlichsten für Joschka war, wie er selbst emotional auf Günther reagierte: bis auf die Freude über die Nase völlig neutral.

Er nahm wieder die negative Aura Günthers wahr.

Aber auch sie war ihm egal. Weil Günther ihm egal war.

Joschka ging auf Günther zu: »Na, arbeitest du an deiner Erleuchtung oder an deiner Belichtung?«

Überrascht schaute Günther auf, schien ein wenig erschrocken zu sein, Joschka gegenüberzustehen.

»Ach, hallo. Ja, ich … mache hier Fotos. Ich muss dann mal.«

Wie ein geprügelter Hund verzog sich Günther.

Was Joschka lustig fand.

Weil Günther in seinen Augen immer noch ein Gockel war. Wenn auch ein gerupfter.

Als Joschka Babsi bei nächster Gelegenheit auf Günther ansprach, tat sie desinteressiert.

Aus der Encounter-Gruppe von damals sei ja nun niemand außer Joschka mehr auf der Ranch. Günther habe Babsi geschrieben und sich bei ihr, stellvertretend für alle Sannyasins, entschuldigt.

Der Vorfall mit der Prügelei sei also Schnee von gestern.

Jeder habe eine zweite Chance verdient.

Auch Günther.

Babsi habe sich darum gekümmert.

Als Fotograf könne Günther der Stadt nützlich sein.

Seine Fotos seien schließlich gut gewesen.

Joschka hätte auch nicht gewusst, welche andere Fähigkeiten Günthers ihn zu einer Mitarbeit auf der Ranch hätten qualifizieren können.

Verschlagenheit, Selbstüberschätzung, Gewalt und Feigheit sicherlich nicht.

Außerdem, so Babsi, sei es manchmal von Vorteil, wenn sie jemanden habe, der sich frei bewegen könne, ohne Aufmerksamkeit zu erregen.

Als Fotograf hätte Günther dazu ja alle Möglichkeiten.

Diese Bemerkung irritierte Joschka. Aber er hinterfragte sie nicht.

Babsi hatte sich im Dunstkreis der Macht auch sprachlich verändert.

Günther bewegte sich also mit Babsis Segen und seinem Fotoapparat frei auf der Ranch.

Auch im Jesus Grove schien er ein gern gesehener Gast zu sein.

Alles war so, wie es sein sollte. Es gab Arschlöcher. Auch hier, in Rajneeshpuram. Eins davon war halt Günther.

Joschka war es egal.

Rajneeshpuram war klein genug, um sich zwar immer mal wieder zu sehen.

Aber die Big Muddy Ranch war groß genug, um sich aus dem Weg zu gehen.

Für Joschka war Günther inzwischen lediglich eine Maßeinheit seines eigenen Wachstums.

In Poona hatte er sich schon über einen einzigen Günther aufgeregt.

In Rajneeshpuram wären ihm auch drei oder mehr Günther egal gewesen.

Die Zeiten änderten sich.

Obwohl Bhagwan nicht mehr öffentlich redete, waren für alle Sannyasins schleichende Veränderungen an seinem äußeren Erscheinen erkennbar.

Aus dem humorvoll benutzten, kanariengelben Mercedes in Poona war eine Flotte von mehreren Dutzend Rolls-Royce in Rajneeshpuram geworden.

Diente der Mercedes noch dazu, um Menschen mit einem verklemmten Verhältnis zu Reichtum aus Poona abzuschrecken, dienten die Rolls-Royce nun dazu, um die Superreichen auf die Ranch zu locken.

Wer Bhagwan auf sich aufmerksam machen wollte, schenkte ihm einfach einen weiteren Rolls-Royce.

War Joschka bei seinem ersten Gespräch mit Babsi noch das Rolex-Imitat an ihrem Arm als irritierendes Detail aufgefallen, so nahm er jetzt zur Kenntnis, dass Bhagwan stetig wechselnde Luxusuhren mit Dutzenden von Diamanten als Statussymbole trug.

Brachte Bhagwan früher als Quelle des spirituellen Reichtums die innere Quelle seiner Anhänger zum Sprudeln, so ließ er nun als sichtbare Quelle des äußeren Reichtums die Einnahmen durch seine Anhänger sprudeln.

Weltweit schossen neue Ashrams aus dem Boden, eröffneten Therapiezentren, machten Diskotheken auf, verkauften sich Bücher, Kassetten und Zeitungen.

Und alles Geld landete wieder bei der Quelle: auf der Ranch. Es strömte nur so durch die Bücher, die Joschka führte.

Da Bhagwan schwieg, gab es auf der Ranch keine täglichen Discourses mehr. Trotzdem zeigte sich der Meister täglich seinen Anhängern. Er fuhr mit einem seiner Rolls-Royces an ihnen vorbei. Diese »Drive-by« genannten Happenings zogen Hunderte von Rajneeshees an.

Als ihn ein paar Anhänger beim Vorbeifahren mit Rosenblättern bewarfen, eröffnete Bhagwan anschließend umgehend ein Blumengeschäft auf der Ranch. Um sich fortan immer mit Rosen bewerfen zu lassen, die vorher in seinem Blumengeschäft gekauft werden konnten.

Für Joschka ein weiterer Beweis dafür, dass Bhagwan spirituell wie materiell in der Champions League spielte.

Ein gütiger, hochintelligenter, humorvoller Mann aus Indien brachte satten Westlern Lebensfreude, indem er in einem Rolls-Royce an ihnen vorbeifuhr und sich mit Blumen bewerfen ließ, die er den Werfenden vorher verkauft hatte.

Das musste der Witz sein, der die Beteiligten sich selbst waren, um sich zu erheitern.

All das nahm Joschka als lustige Äußerlichkeiten wahr.

Es waren die inhaltlichen Veränderungen, die ihn irritierten.

Als Bhagwan noch sprach, hatte er immer wieder betont, dass er jede einzelne Religion ablehne, aber nicht gegen Religion an sich sei.

Gerade weil, wie Babsi Joschka damals in der WG-Küche erläutert hatte, Religion wie Physik sei: universell.

Jetzt, wo Bhagwan schwieg, präsentierte Sheela die Rajneeshees plötzlich als Religionsgemeinschaft und Bhagwan als ihren religiösen Führer.

Das mochte gegenüber den US-Behörden Bhagwans Anspruch auf ein Visum als religiöser Führer begründen.

Aber das, was Joschka aus Bhagwans Lehre für sich angenommen hatte, spiegelte es nicht wider: die Freiheit von Dogmen.

Auf einmal war der Glaube an Bhagwan das Dogma.

Joschka war sich nach gut einem Jahr in den USA bei vielen Vorkommnissen nicht ganz sicher, ob sie noch Folgen eines zu schnellen Wachstums oder schon Anzeichen einer unkontrollierten Wucherung waren.

Lebensfreude. Sich selbst ein Witz sein. Das Wünschen einstellen. Das Ego überwinden. Im Hier und Jetzt leben.

Das hatte Joschka durch Bhagwan in Poona verinnerlicht.

Und die positive Energie, die er in Poona verspürt hatte, verspürte er auch in Rajneeshpuram.

Tausende von Menschen aus der ganzen Welt waren an einem Ort versammelt, um das Leben an sich zu feiern. Das war großartig.

Als Zuschauer.

Und sicherlich auch auf der Bühne.

Aber hinter dem Vorhang, hinter den Joschka durch Babsi immer mal wieder blicken durfte, sah das offensichtlich anders aus.

Sheela strahlte die Lebensfreude eines CEOs aus: Ihre Laune schien abhängig vom Erfolg.

Joschka wusste nicht, ob sie über sich selbst lachen konnte.

Andere sollten es jedenfalls besser nicht tun.

Wer öffentlich Kritik übte, und sei es nur am Essen, der wurde freundlich, aber unmissverständlich aufgefordert, die Ranch zu verlassen.

Joschka war sich ziemlich sicher, dass Sheela auch der Gedanke, das Wünschen einzustellen, um im Hier und Jetzt anzukommen, nie in den Sinn kommen würde.

Ganz im Gegenteil. Sie hatte ihre ganz konkreten Vorstellungen, wie die Dinge zu laufen hatten.

Das Hier und Jetzt schien ihr nur eine Übergangsphase zu sein.

Joschka war auch überzeugt davon, dass Sheela ihr Ego gar nicht überwinden wollte.

Ihr Ego war die notwendige Insel inmitten des Unglücks.

Und das Unglück trat in das Leben der Rajneeshees in derselben Gestalt, in der es allen Menschen auf der Welt begegnet: in Form der Nachbarn.

44 NACHBARN

»Was die Nachbarn über einen denken, spielt nur für den eine Rolle, der
selbst nicht weiß, was er über sich denken soll.«

JOSCHKA BREITNER,
»GODWORK ORANGE –
MEINE ZEIT MIT BHAGWAN«

WER AUF EINER HUNDERTSECHZIG QUADRATKILOMETER großen Ranch wohnt, hat ziemlich viel Grenze zu Nachbarn. Was zu dem Gedanken verleiten kann, ziemlich viele begrenzte Nachbarn zu haben.

Im dünn besiedelten Gebiet von Oregon war allerdings zunächst einmal die reine Anzahl der Nachbarn der Rajneeshees begrenzt. Eigentlich gab es nur rund vierzig direkte Nachbarn. Und die wohnten alle zusammen gut dreißig Kilometer von der Ranch entfernt.

Im beschaulichen Städtchen Antelope. Einer alternden One-Horse-Town mit bereits Dutzenden an leer stehenden Häusern.

Das Konzept von Antelope war im Grunde der Gegenentwurf zu dem von Bhagwan.

Lebensfreude, freie Liebe und das Überwinden von Traditionen waren den Bewohnern von Antelope Anfang der 1980er Jahre ungefähr so vertrauenswürdig wie ein farbiger US-Präsident, eine Gay-Pride-Parade durch die Main Street oder Frieden mit Russland.

Wahrscheinlich hätten selbst Joschkas Eltern in Antelope als Hippies gegolten.

Aber all das hätte die Rajneeshees nicht zu kümmern brauchen.

Dreißig Kilometer Abstand und eine zahlenmäßig angestrebte Überlegenheit von zehntausend zu vierzig hätten die Basis für ein sehr entspanntes nachbarschaftliches Verhältnis sein können.

Wenn da nicht Sheelas kleiner Anfangsfehler beim Kauf der Ranch gewesen wäre.

Wenn Sheela nicht übersehen hätte, dass laut baurechtlichem Nutzungsplan lediglich sechs Personen legal auf der Ranch hätten wohnen dürfen.

Um diese Bewohnerbegrenzung von sechs auf zehntausend zu erhöhen, brauchte es eine Änderung der Zoning-Regelung durch die zuständigen lokalen Behörden.

Sheela hätte an dieser Stelle mit dem Wünschen aufhören, ihr Ego überwinden und dankbar im Hier und Jetzt lebend einfach den entsprechenden Änderungsantrag stellen können.

Allein die Gewerbesteuern von einem Unternehmen, das täglich an Tausende reicher Menschen vor Ort den Luxus der Lebensfreude verkaufte, hätten ein nicht zu ignorierendes Argument sein können.

Aber Sheela wünschte weiter, bediente ihr Ego weiter und schaute weit in die Zukunft.

Von Natur aus mit Kreativität, Mut und Humor gesegnet, hatte sie für ihr Problem eine ganz einfache Lösung: Warum sich mit den Behörden einer fremden Stadt auseinandersetzen, wenn man auch eine eigene Stadt gründen konnte?

Wenn sich in den USA 150 Menschen mit dem Willen versammeln, eine neue Stadt zu errichten, haben sie laut US-Verfassung das Recht dazu.

Also war ihr Ansatz:

»Wir gründen unsere eigene Stadt mit eigenen Regeln und vor allem mit eigenen Zoning-Vorgaben für die Ranch.«

Die zuständigen Behörden sahen das anders.

»Klar, macht das. Aber bitte irgendwo, wo es noch keine eigene Stadt gibt. Die Big Muddy Ranch liegt bereits auf dem Stadtgebiet von Antelope.«

Das spornte Sheela zu einer anderen, nicht weniger kreativen Lösung an:

»Gut – dann übernehmen wir eben Antelope bei der nächsten Stadtratswahl.«

»Viel Erfolg«, war die Antwort der Behörden. »Die Big Muddy

Ranch hat offiziell sechs Einwohner. Könnte also knapp werden, damit die anderen rund vierzig Einwohner von Antelope zu überstimmen.«

Auch das konnte Sheela nicht aufhalten.

»Dann ziehen unsere anderen Leute eben in die leer stehenden Häuser von Antelope ein«, war ihr nächster Gedanke. »Damit verstoßen wir ja gegen keine Zoning-Regelung.«

»Kein Problem«, sagten die Behörden. »Es stehen dort allerdings lediglich ein knappes Dutzend Häuser zum Verkauf. Könnte also trotzdem knapp werden mit der demokratischen Mehrheit.«

Und so begann das Absurdeste, was Joschka jemals an Stadtentwicklung mitbekommen hatte.

In dem erzkonservativen, moralisch hochsensiblen Städtchen Antelope, in dem selbst den Zuchtbullen nach der Paarung ein schlechtes Gewissen eingeredet wurde, schlenderten auf einmal rot gekleidete Einwohner durch die Straßen und propagierten die freie Liebe.

Jedes freie Haus der verschlafenen Vierzig-Seelen-Gemeinde Antelope, im hintersten Winkel von Oregon, wurde von Sannyasins aufgekauft.

Einzig und allein, um die Mehrheit im Stadtrat zu übernehmen und damit die baurechtlichen Beschränkungen der Ranch aufzuheben.

Weil Sheela beim Kauf des Grundstücks nicht darauf geachtet hatte, wie viele Menschen dort wohnen durften, sollte nun einfach die nächste Stadt übernommen werden, deren Verwaltung das ändern konnte.

Die Alt-Einwohner hatten zunächst keine Ahnung, wie ihnen geschah.

Dass die neuen Bewohner eine andere Sexualmoral an den Tag legten als der durchschnittliche Oregon-Farmer, der sein Steak, seine Kirche und seine Frau liebte – in absteigender Häufigkeit –, war das eine.

Dass das einzige Café der Stadt von Sannyasins übernommen wurde, auf einmal »Zorba the Buddha« hieß und dort nur noch rein vegetarisches Essen und gebratene Bananen verkauft wurden, war etwas ganz anderes.

Das war Krieg.

Was Joschka nicht verstand: Selbst alteingesessene Bewohner, die am einen Tag noch gegen die Übernahme ihrer Stadt waren, entschieden sich von heute auf morgen für den Verkauf ihres Hauses an die Sannyasins und verließen die Stadt.

Und was Joschka auch nicht verstand: Immer wieder tauchte Günther in Antelope auf. In Zivil. Nicht als Sannyasin zu erkennen.

Es kursierten Gerüchte, dass der eine oder andere Rentner nicht ganz freiwillig, dafür aber umso überstürzter zum Verkauf seines Hauses »überzeugt« wurde.

Als Joschka Babsi auf diese Gerüchte ansprach, war sie sehr reserviert und antwortete lediglich: »Ich habe mich darum gekümmert.«

Joschka schwante nichts Gutes. Er wollte aber lieber nicht weiter hinter den Vorhang blicken.

Sobald das Problem mit der Zoning-Regelung gelöst sei, würde sicherlich wieder Ruhe in Antelope einkehren, »Zorba the Buddha« wieder umfirmieren und die Farmer ihr tägliches Steak dort gegrillt bekommen.

Bei der nächsten Gemeinderatswahl gewannen die Sannyasins mit 55 zu 42 Stimmen.

Sie stellten die Mehrheit.

Und den Bürgermeister.

Kritik an der Zoning-Regelung für die Ranch seitens der City of Antelope würde es nicht mehr geben.

Weil es auch Antelope nicht mehr gab.

Die »City of Antelope« hieß nun »City of Rajneeshpuram«.

Frittierte Bananen bei »Zorba the Buddha« waren von nun an das geringste Problem der ehemaligen Bürger von Antelope.

Die feindliche Übernahme einer amerikanischen Kleinstadt durch eine vermeintlich indische Sekte erzeugte jede Menge mediales Aufsehen.

Ins Sportliche übertragen, hatte die millionenschwere Mannschaft der Rajneeshees allerdings lediglich in der Kreisliga einen fulminanten

Sieg über die Seniorenmannschaft des Städtchens Antelope errungen. Der nächste Gegner wartete eine Liga höher, in der Bezirksliga. Das wäre dann Wasco County, mit dem Verwaltungssitz in der kleinen Stadt namens The Dalles. Allerdings bestand dazu weder eine sportliche noch eine tatsächliche Notwendigkeit. Die Rajneeshees hatten bereits alles erreicht, was sie brauchten: Sie konnten sich nun selber verwalten.

Sheela hätte an diesem Punkt mit dem Wünschen aufhören, ihr Ego überwinden und dankbar im Hier und Jetzt leben können.

Doch vielleicht hatte sie der Erfolg hungrig gemacht. Oder die mediale Aufmerksamkeit.

Vielleicht war ihr auch einfach die Niederlage des vermeintlichen Gegners wichtiger als der Zweck des eigenen Sieges.

So stellte sie irgendwann ganz offen die Bemerkung in den Raum:

»Wenn wir mit demokratischen Wahlen die Stadt Antelope übernehmen konnten, können wir mit der Methode doch auch gleich das ganze Wasco County übernehmen.«

Die Gegenargumente waren rein mathematischer Natur:

»Im County gibt es 22 000 potenzielle Wähler. Selbst wenn Rajneeshpuram 10 000 Einwohner hätte – was es noch nicht hat – und alle davon wahlberechtigte US-Bürger wären – was sie nicht sind –, dann wäre die Wahl rein rechnerisch trotzdem nicht zu gewinnen.«

»Gut«, war die Antwort Sheelas, »dann müssen rein rechnerisch eben zwei Dinge geschehen: Es müssen erstens mehr Wahlberechtigte auf der Ranch leben und zweitens müssen weniger Wahlberechtigte aus dem County zur Wahl gehen.«

Wieder war es für Joschka absurd surreal, als er sah, wie Sheela zumindest den ersten Teil ihrer Idee in die Tat umsetzte. Sie brachte tatsächlich Wahlberechtigte auf die Ranch. Ganze Busladungen voll.

Sie hatte Sannyasins in alle großen Städte der USA geschickt, um dort jeden greifbaren, obdachlosen US-Bürger nach Rajneeshpuram zu locken. Wer sich auf freie Kost und Logis inklusive roter Kleidung einließ, wurde mit Bussen auf die Farm nach Oregon gebracht und ins Wahlregister eingetragen. Die Anzahl wahlberechtigter Ranchbewohner wurde somit binnen kürzester Zeit um zweitausend Stimmen erhöht.

Rajneeshpuram wurde mit Obdachlosen geflutet. Nicht, um den Obdachlosen zu helfen. Sondern damit die Obdachlosen Sheela halfen.

Gleichzeitig passierte in The Dalles etwas sehr Merkwürdiges. Die Notaufnahmen der Krankenhäuser wurden von Menschen mit Magen-Darm-Erkrankungen überschwemmt. Zunächst wusste niemand, warum. Dann kristallisierte sich heraus, dass alle Betroffenen vor den ersten Symptomen in einem von mehreren Buffet-Restaurants gegessen hatten. Die Restaurants wurden untersucht: Alle Salat-Büfetts waren mit Salmonellen verunreinigt.

Es gab zwar Kreuzverbindungen zwischen den Restaurants über Lieferanten, Gäste und Personal, aber die schiere Anzahl der betroffenen Lokale und Gäste ließ sich nicht wirklich als ein zufälliges Ereignis erklären.

Über 750 wahlberechtigte Einwohner vom Wasco County waren mit einem Schlag in eine vorübergehende Wahlunfähigkeit versetzt worden. Die ersten Gerüchte kamen auf, die Sannyasins hätten damit etwas zu tun.

Die Wir-gegen-die-Stimmung war wieder da.

Die Medien sprangen auf das nächste sportliche Großereignis an.

Die Verwaltung von Wasco County lehnte die Eintragung der Obdachlosen ins Wählerregister ab, weil die Betrugsabsicht dahinter zu offensichtlich war.

Da Sheela keinen Nutzen mehr von den neuen Bewohnern der Ranch hatte, trennte sie sich wieder von ihnen. Das lief nicht ganz so liebevoll ab wie die Anwerbung, aber genauso schnell. Dutzendweise wurden die Obdachlosen mitten in der Nacht unsanft geweckt, wieder in Busse verfrachtet und in The Dalles buchstäblich aus dem Fahrzeug geworfen.

Joschka fühlte sich in diesem Umfeld zunehmend nicht mehr zu Hause.

Er war dem Guru des reichen Mannes gefolgt, um Lebensfreude zu leben.

Nicht, um armen Menschen die Lebensfreude zu nehmen.

In Poona war er der Obrigkeitshörigkeit, den Dogmen und der Kritiklosigkeit seiner Kindheit entkommen.

In Rajneeshpuram fand er sich nun in einem Umfeld wieder, in dem es Friede, Freude, Eierkuchen für die gab, die kritiklos den Dogmen der Führung gehorchten.

Für alle anderen nicht.

Menschen waren Verfügungsmasse geworden.

Die fantastischen Lehren Bhagwans hatten sich nicht geändert.

Sie wurden weiterhin nach außen propagiert, aber nach innen nicht mehr gelebt.

Die Macht, die von Bhagwans Lehre ausging, war von der Lehre abgekoppelt worden.

Diese Gedanken innerhalb Rajneeshpurams laut zu äußern hätte Joschkas sofortigen Rauswurf von der Ranch bedeutet.

Die Alternativlosigkeit des Handelns der Führung durfte nicht infrage gestellt werden.

Kritik war Hochverrat.

Zum ersten Mal, seit Joschka Bhagwan folgte, hatte er tatsächlich das Gefühl, einer Sekte anzugehören.

Er musste über seine Gefühle mit jemandem reden. Und ihm fiel niemand Besseres dazu ein als Babsi. Babsi hatte ihn zu Bhagwan geführt. Sie führte jetzt die Ranch mit an. Sie würde ihm vielleicht erklären können, welchen Sinn all diese Veränderungen hatten.

Er bat Babsi um ein Gespräch.

Sie lud ihn an einem Dienstagabend um 19 Uhr auf einen Chai-Tea in ihr Apartment im Jesus-Grove ein.

45 REIFE

»Das Konzept des Lebens ist es, dass jede Frucht irgendwann einmal reif ist. Sie kann vom Baum fallen, geerntet, gegessen oder ihr Samen kann weiter verpflanzt werden. Nur eines macht bei einer reifen Frucht keinen Sinn: sie am Baum festzutackern. Dann verrottet sie lediglich in der Luft.«

JOSCHKA BREITNER,
»GODWORK ORANGE –
MEINE ZEIT MIT BHAGWAN«

JOSCHKA WAR ZU FUSS zu Babsis Apartment gelaufen und ein paar Minuten eher dort angekommen als verabredet.

Babsis Apartment war eine kleine Wohneinheit in einem Fertighaus mit mehreren Wohnungen. Das Haus war wie fast alle Gebäude in Rajneeshpuram in sehr amerikanischer Bauweise errichtet worden. Alle Wände waren aus Holz, die Innenwände sehr dünn. Indianerpfeile hätten sie abgehalten. Cowboy-Schüsse nicht.

Joschka klopfte. Niemand antwortete. Er drehte am Türknopf. Die Tür war offen. Er trat ein. Er kannte das Apartment. Die Tür führte sofort ins mit Teppich ausgelegte Wohnzimmer. Hier stand ein großes Sofa, ein kleiner Esstisch, eine Küchenzeile. Nach links ging das Bad ab, nach rechts das Schlafzimmer.

»Babsi?! Ich bin's! Bist du da?«, rief Joschka. Er bekam keine Antwort.

Er schaute ins Schlafzimmer. Auch dort war Babsi nicht. Aber auf dem Bett lag ein Kassettenrekorder mit Kopfhörern. Und ein Köfferchen mit einem Dutzend Kassetten.

Ein warmes Gefühl der Wehmut überkam Joschka. Er erinnerte sich daran, wie er zusammen mit Babsi auf ihrem Bett im WG-Zimmer in Deutschland gesessen hatte, um Kassetten von Bhagwan zu hören. Wie weit war das weg? Und wie nah fühlte es sich immer noch an!

Babsi assistierte nun Bhagwans Sprecherin, hatte ihr eigenes Apartment in Bhagwans eigener Stadt. Und trotzdem saß sie abends offensichtlich immer noch auf ihrem Bett und hörte sich wie damals die alten Bhagwan-Kassetten an.

Joschka versöhnte es sehr, dass es trotz aller Veränderungen auch in Babsis Leben offensichtlich noch Konstanten gab.

Er setzte sich aufs Bett, nahm sich melancholisch den Kopfhörer und startete den Rekorder. Die Stimme Bhagwans erklang. Er hörte die bekannten ›Sssssss‹-Laute. Aber er erkannte den Inhalt nicht sofort. Bhagwan sprach sehr nuschelig. Als ob er im Halbschlaf redete. Oder als ob er etwas vor dem Mund hätte. Es klang nicht, als spräche er vor einer großen Menge an Zuhörern. Was er sagte, klang absurd. Er wolle höher fliegen. Und länger. Er brauche mehr … Lachgas.
Joschka traute seinen Ohren nicht.
Eine andere Stimme kam dazu.
»Ich kann das Mischungsverhältnis noch ein wenig ändern.«
An irgendeiner Apparatur wurde gedreht. Joschka hörte Bhagwan tief atmen.
So sei es besser. Jetzt könne er fliegen.
Joschka stoppte den Rekorder und holte die Kassette heraus. Sie war beschriftet mit »Lao-Tzu-House« und dem Datum vom Vortag.
Dies war kein Discourse. Dies war ein privater Mitschnitt von Bhagwan und irgendjemandem, der ihm Lachgas dosierte.

Joschka schaute sich die anderen Kassetten an. Alle trugen das Datum von gestern und den Namen eines Gebäudes in Rajneeshpuram. Er griff sich wahllos einen weiteren Tonträger heraus. Auf ihm stand »Zarathustra«. So hieß ein großes Lagerhaus mit angrenzenden Büros im Süden der Ranch. Er hörte zwei Stimmen. Die eine hatte einen holländischen Akzent. Er erkannte sie. Das war Swami Anand Heintje, der Sannyasin vom Sicherheitsdienst, mit dem Joschka zusammen die Waffenkammer betreute. Und die andere Stimme war … die von Günther.
»Ich will das nicht mehr …«, sagte Heintje.
»Das ist nicht die Frage. Die Frage ist, ob dir die Konsequenzen klar sind, wenn du aussteigst?«, unterbrach ihn Günther.

»Günther – wir haben mit dieser Salmonellen-Aktion Hunderte von Menschen vergiftet. Ohne jeden Nutzen für die Ranch. Im Gegenteil. Wir haben das ganze County gegen uns aufgebracht.«

Joschka traute seinen Ohren nicht.

»Ach?«, erwiderte Günther. »Als wir dir den Posten als Sicherheitschef angeboten haben, hattest du aber keine Skrupel, Menschen zu vergiften oder die ganzen Penner wieder rauszuschmeißen.«

»Ich bin für den ganzen Scheiß ja noch nicht einmal Sicherheitschef geworden!«

»Hast du sie noch alle? Einer Memme mit Skrupeln geben wir doch keine Führungsposition. Spinner.«

»Ich will aussteigen. Als ich gesagt habe, ich mache mit, war mir nicht klar, welche Formen das annimmt. Dass du tattrigen Rentnern in Antelope Gewalt angedroht hast, damit sie ihre Häuser verkaufen, ist das eine. Hunderte von Unbeteiligten zu vergiften ist eine ganz andere Hausnummer.«

»Ein Wort über das, was hier hinter der Bühne passiert, und du bist tot.«

Joschka drückte auf Stopp. Er wollte nicht hören, was er da gerade hörte.

Die Gerüchte und Befürchtungen über Gewalt und Verbrechen gegen angebliche oder tatsächliche Gegner der Rajneeshees schienen nicht nur zu stimmen.

Günther schien knietief darin verwickelt zu sein.

Und mit welchem Selbstbewusstsein er das tat: »Wir haben angeboten«, »wir geben«, »für uns getan«. Günther schien nicht alleine zu handeln, sondern die Unterstützung von ganz oben zu haben.

Er nahm sich eine andere Kassette, die mit »Post Office, Phone Box #4« beschriftet war.

Wieder hörte er die Stimme von Heintje, diesmal redete er Holländisch. Joschka verstand nicht viel, aber offenbar bat Heintje einen Freund, ihm ein Ticket für einen Flug von Portland nach Amsterdam zu buchen.

»Was machst du da?«, schrie auf einmal eine deutsche Stimme fast hysterisch in den holländischen Dialog.

Babsi rüttelte Joschka an der Schulter wieder zurück in ihr Schlafzimmer.

Joschka nahm den Kopfhörer ab und blickte in das vor Zorn zitternde Gesicht von Babsi.

»Ich hab da … zufällig reingehört … was ist das??«, stotterte Joschka überrascht.

»Du hast da zufällig reingehört?«, brüllte Babsi. »Willst du mich verarschen? Du bist in mein Schlafzimmer gegangen, hast dich auf mein Bett gelegt und bist an meine Sachen gegangen. Hast du sie noch alle?«

»Meine Sachen …« Wenn das Babsis Kassetten waren, dann hatte sie eine Menge zu erklären.

»Was sind das für Tonbänder?«, wollte Joschka wissen.

»Geht dich nichts an. Habe ich selber noch gar nicht gehört«, blockte Babsi ab und begab sich überraschend schnell in die Verteidigungsposition.

Joschka holte die Kassette aus dem Rekorder und hielt sie zusammen mit den beiden anderen gehörten vor Babsi in die Luft.

»Da sind private Aufnahmen von Bhagwan drauf, Geständnisse über Verbrechen, private Telefonate … Wo hast du das her?«

Babsi sah ein, dass sich Joschka ohne eine Erklärung nicht zufriedengeben würde. Sie sah die Beschriftungen der Kassetten.

»Vom Sicherheitsdienst.«

»Warum hört der Sicherheitsdienst Bhagwan ab?«

»Die Sicherheit unserer Ranch ist in Gefahr. Wenn Bhagwan von seinem Arzt falsch behandelt wird, wenn Sannyasins illoyal werden, wenn Leute hinter unserem Rücken rumtelefonieren und den Rajneeshees schaden wollen, dann geht mich das was an. Dann muss ich mich darum kümmern. Ich schütze die Gemeinschaft, indem ich mir anhöre, was auf diesen Kassetten gesprochen wird!«

»Heißt das, das sind alles heimliche Mitschnitte?«

Babsi nickte.

»Aber … woher weißt du vorher, welches Zimmer verwanzt werden muss?«

Babsi schaute Joschka nur an. Sie sagte nichts. Bei Joschka fiel der Groschen mit einem lauten Scheppern.

»Das bedeutet – alle Häuser sind verwanzt? Auf der ganzen Ranch??«
Jetzt ging Babsi wieder in die Offensive.

»Ja, das ist nicht schön. Aber wäre es dir lieber, wenn die ganze Stadt den Bach runtergeht, weil ein paar Leute aus der Reihe tanzen?«

»Babsi, wir sind hier, *um* aus der Reihe zu tanzen. Wir sind zu Bhagwan gegangen, weil er der Tänzer ist, der den Tänzer in uns weckt. Für die Freiheit, aus der Reihe tanzen zu können, sind wir hier auf der Ranch. Es war nie die Rede davon, dass wir uns hier wieder in die nächste Reihe einzureihen haben!«

»Die Freiheit der Ranch ist wichtiger als die Freiheit des Einzelnen. Ich toleriere hier keine Kritiker, die all das hier kaputt machen wollen, was wir aufgebaut haben.«

»Du meinst die Kritiker, die das alles hier mit aufgebaut haben? Das ist doch paranoid! Wie wäre es mit Akzeptanz statt Toleranz? Akzeptiere, dass andere dich kritisieren, und setz dich mit der Kritik auseinander. Aber das hier …« Joschka hob die Kassette mit der Aufschrift »Zarathustra« hoch, »… ist ganz nebenbei keine Kritik. Das ist das Geständnis von Swami Anand Heintje und von Günther, dass die beiden für die Salmonellen-Vergiftung in The Dalles verantwortlich sind.«

Babsi wurde blass. Entweder hatte sie die entsprechende Kassetten noch nicht selbst gehört oder gehofft, Joschka hätte dies noch nicht getan.

»Davon weiß ich nichts«, sagte sie eine Spur zu schnell.

»Swami Prem Pervert, der Knochenbrecher-Vögler aus Poona, schießt hier nicht nur Fotos. Er terrorisiert alte Rentner und vergiftet Wähler. Das Problem ist nicht, dass das rauskommen könnte. Das Problem ist, dass er es getan hat. Das Ausschalten von Kritikern ist nicht die Lösung, sondern das Problem.«

»Gib mir die Kassetten, dann höre ich mir das an und kümmere mich drum ...!!«, flehte Babsi fast. Aus einem Instinkt heraus zog Joschka die Kassetten zurück.

»Ich weiß was Besseres. Ich behalte die Kassetten. Wenn Günther nicht morgen um fünfzehn Uhr mit gepackten Koffern bei mir vorbeikommt, um mir Lebewohl zu sagen, bekommt die Kassetten der County-Sheriff. Und wenn Günther vorbeikommt, können wir gerne zu dritt darüber reden, ob er uns in Richtung Deutschland oder in Richtung County-Sheriff verlässt.«

»Halt dich da bitte raus. Sonst verlieren wir am Ende das alles hier!« Babsi machte mit Tränen in den Augen eine Armbewegung, die die ganze Ranch einzubeziehen schien.

»Wenn das hier alles wäre«, Joschka hielt die Kassetten hoch, »dann hätten wir eh nichts, was sich zu behalten lohnen würde.«

Er ging mit den Kassetten in der Hand beherrscht an Babsi vorbei. Aus dem Schlafzimmer. Aus dem Apartment.

Er verzichtete sogar darauf, die Tür hinter sich zuzuschlagen.

46 GEWALT

»Die Grenze zwischen einem gewalttätigen und einem friedlichen Menschen ist komisch gezogen. Ein Gewalttäter, der sich nur einen halben Tag im Leben Mühe gegeben hat, friedlich zu sein, wird dadurch noch lange nicht zum friedlichen Menschen. Ein friedlicher Mensch, der sich nur einen halben Tag im Leben Mühe gegeben hat, jemanden zu töten, gilt direkt als Gewalttäter.«

JOSCHKA BREITNER,
»GODWORK ORANGE –
MEINE ZEIT MIT BHAGWAN«

NACH EINER FAST SCHLAFLOSEN NACHT war Joschka zu zwei Schlüssen gekommen.

Vor dem Treffen mit Günther musste er mit den Haustechnikern auf der Ranch reden. Und mit Swami Anand Heintje.

Die Techniker waren für die Vervielfältigung der Discourse-Kassetten, das Filmen von Großveranstaltungen und die Wartung aller elektronischen Anlagen zuständig. Kurz: Wenn jemand in die Verwanzung von allen Häusern auf der Ranch involviert gewesen sein musste, dann die Haustechniker. Und von dieser Fähigkeit wollte nun auch Joschka profitieren.

Die Techniker hatten ihre Arbeitsräume in zwei Trailern neben der großen Meditationshalle, der Rajneesh Mandir.

Ohne zu frühstücken oder mit jemand anderem zu reden, ging er nach dem Aufstehen direkt zu ihnen.

Zwei junge Kerle, die Joschka auf maximal sechzehn Jahre schätzte, hörten sich an, was er von ihnen wollte, und sagten ihm zu, es sofort für ihn zu erledigen.

Ein wenig mochte diese Hilfsbereitschaft auch an der Tatsache gelegen haben, dass er behauptete, er gebe nur einen Wunsch von Babsi weiter.

Joschka bedankte sich bei den Technikern und verabschiedete sich im Weggehen mit den Worten, dass er sie dann ja gleich bei sich in der Unterkunft treffen würde. Er müsse vorher nur noch kurz mit Swami Anand Heintje reden.

Die beiden Jungs schauten betroffen.

»Hast du es denn noch nicht gehört?«, fragte der eine.

»Was denn?«, fragte Joschka zurück.

»Swami Anand Heintje hatte gestern Nacht einen Unfall. In der Nähe vom Mahavira-Haus. Sein Auto ist unter einen Steinschlag geraten. Das Wrack mit der Leiche wurde heute Morgen gefunden.«

Joschkas Nieren zogen sich zusammen und schickten eine gnadenlose Kälte hoch in seinen Oberkörper.

Er glaubte sofort, was die Jungs ihm gerade erzählt hatten. Es hatte einen Steinschlag gegeben, und Heintje war tot. Er glaubte nur nicht an diese Reihenfolge.

Es hatte seit dem Kauf der Ranch, bei all den massiven Erdbewegungen, die vorgenommen worden waren, keinen tödlichen Steinschlag gegeben. Der einzige Grund, warum ausgerechnet in der Nähe vom Mahavira-Haus ein Steinschlag abgehen sollte, war die Tatsache, dass beim Mahavira-Haus die Baumaschinen standen, mit denen man Tonnen von Steinen bewegen konnte. Zum Beispiel den Abhang hinunter. Auf ein dort stehendes Auto.

Heintje war tot. Und jemand hatte seinen Wagen unter Steinen begraben.

Und beides war geschehen, bevor er mit irgendjemandem über das reden konnte, was er für Günther getan hatte. So wurde eine Reihenfolge draus.

Joschka hatte sich vom Gespräch mit Heintje eine Bestätigung dessen erhofft, was er auf der Kassette ohnehin schon gehört hatte. Nun war Heintjes Tod diese Bestätigung.

Da das Gespräch somit ausfiel, konnte sich Joschka auch direkt von den Technikern mit zu seinem Haus nehmen lassen.

Joschkas Unterkunft befand sich in einem der zahlreichen A-Frame-Häuser im Alan-Watts-Canyon, im Norden der Ranch, nicht allzu weit vom Jesus-Grove entfernt. Die Häuser hatten ihren Namen aufgrund ihrer Form bekommen. Sie sahen aus, als hätte jemand ein komplettes Spitzdachhaus bis auf das Spitzdach im Boden vergraben.

Kurz: Die A-Frame-Häuser bestanden also nur aus einem Spitzdach, das in Form eines großen As auf dem Boden stand. Im Canyon hatten sich ganze Nester dieser Häuser gebildet. Im Umkreis von weniger als fünfzig Metern rund um Joschkas Häuschen standen über ein Dutzend weitere. Tagsüber gingen alle Bewohner ihren verschiedenen Arbeiten auf der Ranch nach. Die Häuser waren leer.

Die Techniker kamen mit ihrem Auftrag ungestört voran und waren um kurz nach zwölf fertig.

Günther erschien pünktlich um fünfzehn Uhr vor Joschkas Haus. Allerdings nicht mit einem Koffer, sondern mit Babsi. Während Günther aggressiv wirkte, machte Babsi einen verängstigten Eindruck.

»Babsi sagte, du willst mich sprechen?«, presste Günther an der Tür durch seine Lippen.

»Kommt doch rein«, sagte Joschka betont herzlich. »Wollt ihr einen Tee?«

»Nein danke. Komm lieber zur Sache«, lehnte Günther beim Eintreten ab.

»Dann setzt euch doch wenigstens ...« Joschka zeigte auf die kleine Sitzecke.

»Es wird nicht lange dauern«, verneinte Günther kalt. »Du gibst mir die Kassetten, und ich bin weg. Zurück in meinem Apartment. Und du verlässt die Ranch.«

»Warum sollte ich?«, fragte Joschka erstaunt.

»Der einzige Grund, warum ich dich nicht genauso töten werde wie den verblödeten Heintje, ist die Tatsache, dass Babsi sich für dein Leben eingesetzt hat. Wenn du allerdings weiter Zicken machen möchtest, fühle ich mich an diesen Wunsch nicht länger gebunden.«

»Du gibst also zu, dass du Swami Anand Heintje getötet hast?«

»Erwürgt, wenn du es genau wissen willst. Unter fünfzehn Tonnen Geröll sind die Würgemale allerdings nicht wirklich zu erkennen.«

Joschka schaute Babsi an. Sie tat erschüttert. Allerdings tat sie das schlecht.

»Und die Salmonellen-Vergiftungen in den Restaurants …?«

»Ja, ich habe den Hinterwäldlern aus Wasco County zusammen mit Swami Anand Heintje Salmonellen auf ihre spießigen Salat-Büfetts geträufelt. Na und? Ich habe auch die Rentner in Antelope bedroht und nachts rudelweise Obdachlose mit Gewalt von der Farm vertrieben. Ich habe sogar vergiftete Pralinen an Reporter, Beamte und sonst welche Hirnis verschickt, die mir mit ihrer bigotten Feindschaft gegen uns auf den Sack gehen.«

»Aber … warum?«

»Weil Bhagwan nicht Gandhi und das hier kein christliches Disneyland ist. Wenn mir einer auf die eine Wange haut, dann kriegt er von mir links und rechts zwei zurück. Um diesen Ashram zu schützen. Einer muss das schließlich machen. So ist die Welt nun mal. Ich erwarte nicht, dass du mir dafür dankst. Ich erwarte noch nicht einmal, dass du das verstehst. Aber du kleines Licht wirst nichts daran ändern können. Weil du nichts davon beweisen kannst. Weil du mir jetzt die Kassetten gibst und verschwindest.«

»Sonst?«

»Sonst verschwindest du auch. Allerdings nicht lebend.«

Wieder schaute Joschka zu Babsi. Babsi schaute fast flehend zurück.

»Joschka, bitte! Ich hatte keine Ahnung von dem Ganzen. Aber jetzt tu, was er sagt. Ich will dich nicht verlieren.«

Zumindest die Tränen in ihren Augen wirkten jetzt echt.

»Hm.« Joschka tat so, als überlegte er. »Ich fand das mit dem Abhören eigentlich eine ganz gute Idee. Und deshalb habe ich die Jungs vom Audio- und Video-Department vorhin gebeten, diese Hütte hier noch einmal zu verkabeln. Für mich. Dein ganzes Geständnis von gerade, lieber Günther, ist auf einem Kassettenrekorder aufgezeichnet worden, der ziemlich tief irgendwo unter einem der zwölf Nachbarhäuser verbuddelt ist. Wenn du mich tötest, kannst du also gleich mal das Buddeln anfangen und nach dem Kabel suchen. Und die beiden Jungs auch gleich erschießen, die haben nämlich klare Instruktionen, wem sie die Kassette geben sollen, wenn mir etwas zustößt.«

Babsi wirkte geschockt. Günther schien zu überlegen. Joschka fuhr fort.

»Also, anderer Vorschlag: Du packst jetzt endlich deine Sachen und verschwindest.«

Günther stand in aller Seelenruhe auf.

»Ich hatte gehofft, das anders regeln zu können. Aber wenn du es so willst, bitte sehr.«

Günther zog einen Revolver aus seinem Hosenbund. Er zielte damit allerdings nicht auf Joschka, sondern hielt den Lauf an Babsis Stirn. Babsi schrie laut auf. Joschka zuckte zurück.

»Okay, ihr Süßen.« Er nahm Babsi mit der linken Hand in den Schwitzkasten und schaute Joschka provozierend an. »In zwei Stunden bringst du mir diese Kassette an den Aussichtspunkt gegenüber vom Walt-Whitman-Grove. Oder Babsi stirbt. Und dann du, Kassette hin oder her.«

»Joschka – tu bitte, was er sagt!«

Mit der Reaktion hatte Joschka nicht gerechnet. Er war sich über Babsis Rolle nicht ganz im Klaren gewesen. Aber sie schien ebenso überrascht zu sein wie er. Und völlig verängstigt, mit der Waffe an ihrer Schläfe.

»Lass sie los!«, rief Joschka erschrocken. »Ich tue ja, was du willst.«

»Dann gibst du jetzt erst mal die Kassetten zurück, die du gestern gestohlen hast.«

Joschka griff in seine Hosentasche und gab die drei Kassetten an Babsi, die sie mit vor Angst geweiteten Augen und zitternden Händen entgegennahm.

»Sehr schön. Und jetzt fängst du schön an zu buddeln und zu packen. In zwei Stunden habe ich auch die letzte Kassette – und dann verlässt du die Ranch für immer. Falls ich dann nicht doch noch Lust habe, dich zu erschießen.«

Mit diesen Worten ging Günther rückwärts aus dem Haus, weiterhin mit Babsi als Schutzschild vor sich. Die Tür wurde von außen zugeknallt.

Joschka fühlte sich so verloren wie seit dem ersten Gespräch mit Babsi nicht mehr.

47 FOKUSSIERUNG

»Im gezielten Schuss bündelt sich eine ganzheitliche Fokussierung: Atem, Körperspannung, Aufmerksamkeit und Ziel werden eins. Gebündelt wird alles zusammen im Moment des Loslassens. Geht der Schuss ins Ziel, hat alles gepasst. Geht der Schuss daneben, stellt man alles infrage.«

JOSCHKA BREITNER,
»GODWORK ORANGE –
MEINE ZEIT MIT BHAGWAN«

DER AUSSICHTSPUNKT OBERHALB des Walt-Whitman-Grove befand sich nördlich des Flughafens.

Joschka war in seiner ganzen Zeit auf der Ranch kein einziges Mal hier oben gewesen. Er hatte nur davon gehört, dass man von hier aus einen herrlichen Blick in alle drei Täler hatte, über die sich die Ranch erstreckte.

Aber Joschka hatte keinen Sinn für den Ausblick. Er nahm wahr, dass der Hügel karg war, kaum bewaldet und ziemlich steinig. Nach Osten hin fiel der Berg über fünfzig Meter Höhenunterschied sehr steil ab.

Joschka erklomm den Berg zu Fuß. Auf dem Rücken ein Rucksack mit Gepäck. Seine Kleidung, seine Papiere, ein wenig Bargeld. Aber all das war nur als Attrappe gedacht, um Günther in dem Glauben zu lassen, er würde sich dessen Wünschen fügen und die Ranch verlassen. Tatsächlich enthielt der Rucksack zusätzlich nur einen einzigen Gegenstand, den Joschka wirklich brauchte. Einen Gegenstand, den er zu diesem Zweck eigentlich nie benutzen wollte. Er sah aber keine andere Wahl, als es heute zu tun.

Im Rucksack befand sich eine Uzi-Maschinenpistole.

Er hatte sich die erstbeste Waffe aus der Waffenkammer gegriffen. Als ob sie auf ihn gewartet hätte, hatte die Uzi zusammen mit einem fertig aufmunitionierten Magazin auf dem Arbeitstisch neben den mit Zahlenschlössern gesicherten Waffenschränken gelegen. Wahrscheinlich hatte Heintje, der den anderen Schlüssel zur Waffenkammer besaß, sie dort liegen gelassen und war nach seinem Tod nicht mehr dazu gekommen, sie zu verschließen.

Schon aus weiter Entfernung konnte Joschka erkennen, dass Günther – mit Babsi vor sich – am Rand des Aussichtspunktes stand. Unmittelbar vor dem nach Osten steil abfallenden Felsstück. In der rechten Hand hielt Günther seinen Revolver. Mit der linken schien er Babsis rechte Hand hinter deren Rücken fixiert zu haben.

Joschka näherte sich den beiden.

Als er auf fünfzehn Meter herangekommen war, rief Günther ihm zu: »Stopp. Das reicht. Hast du die Kassette?«

»Ja. Hinten im Rucksack.«

»Wirf sie zu mir.«

»Erst lässt du Babsi gehen«, erwiderte Joschka.

»Netter Versuch. Her mit der Kassette.«

Joschka stellte den Rucksack vor sich auf den Boden. Er öffnete die obere Klappe und tat so, als suche er nach der Kassette. In Wahrheit stellte er die bereits im Tal durchgeladene Maschinenpistole von »Gesichert« auf »Einzelfeuer«. Er atmete einmal tief durch. Er nahm die Waffe aus dem Rucksack, erhob sich und brachte in einer fließenden Bewegung die Waffe in Anschlag. Aus fünfzehn Meter Entfernung zielte er auf Günthers Kopf. Er hatte schon aus weiterer Entfernung kleinere Ziele getroffen.

»Lass sie gehen«, forderte er Günther auf.

»Was soll der Blödsinn?«, fragte Günther.

Eine Spur zu cool für Joschkas Geschmack.

»Du erschießt mich ja eh nicht. Aber wenn du die Waffe nicht bald runternimmst, erschieße ich deine Freundin hier.«

Joschka atmete entspannt in den Bauch ein und aus.

»Joschka, tu's nicht. Lass die Waffe fallen«, flehte Babsi.

Joschka atmete ein weiteres Mal ein und aus.

»Alles wird gut, Babsi, wir kriegen das alles geregelt. Bleib ganz ruhig. Diesmal kümmere ich mich«, rief er in die Atempause.

»Waffe runter!«, brüllte Günther.

Joschka atmete ein drittes Mal in den Bauch ein und aus.

»Ich zähle bis drei. Bei drei ist sie tot! Eins ...«, brüllte Günther.

Joschka zielte über Kimme und Korn auf Günthers Stirn.

»Zwei …«, brüllte Günther.

»Nein, Joschka, nicht!«, schrie Babsi.

»… und dr…«

Joschka hatte den Abzug gedrückt. Ein Knall peitschte durch die drei Täler.

Günther riss den Kopf zurück und wurde wortlos über den Abgrund geschleudert.

Joschka wartete auf das befriedigende Gefühl, das er sonst immer nach einem erfolgten Treffer auf dem Schießplatz verspürte.

Aber es kam nicht.

Vor allem deswegen nicht, weil die Ruhe nach dem Knall des Schusses von einem Schrei zerrissen wurde. Babsi schrie ein lang gezogenes »Neeeeiiiiin!«.

Ungläubig sah Joschka zu, wie Babsi wie in Zeitlupe vom leblosen Günther mit in die Tiefe gerissen wurde. Zu spät erkannte Joschka, wie Günther Babsis rechten Arm fixiert hatte: mit einer Handschelle, die an seine linke Hand gekettet war.

Während das Echo des Schusses aus den drei Tälern zurückgeworfen wurde, sah Joschka, wie seine ehemals große Liebe, die Frau, die ihn zu Bhagwan, nach Poona und hier auf die Ranch gebracht hatte, über den Rand des Aussichtspunkts ins Tal stürzte. An den Mann gekettet, den Joschka gerade erschossen hatte.

Für fast eine Minute blieb Joschka wie paralysiert stehen. Dann traute er sich langsam an den Rand.

Fünfzig Meter unter ihm sah er zwei rote Knäuel leblos auf den Felsen liegen.

Wenn sein Schuss Günther nicht sofort getötet haben sollte, dann der Sturz.

Und Babsi, an ihn gekettet, gleich mit.

Joschka wusste in diesem Augenblick, bei diesem Anblick, dass seine Zeit als Sannyasin vorbei war.

Wie ein Film zog sein bisheriges Leben an ihm vorbei.

Das Funktionieren in der Kindheit.

Die Verlassenheit im Studium.

Der grüne Punkt in der Wüste, den Babsi ihm gezeigt hatte.

Die Quelle in Poona.

Die Absurditäten Rajneeshpurams.

All das war jetzt vorbei.

Nur ein einziges Gefühl war nun wieder da.

Ein Gefühl, von dem er dachte, es hinter sich gelassen zu haben: Angst.

Er hatte sich darauf eingelassen, ein Leben zu beenden, um zwei Leben – Babsis und seins – zu retten.

Stattdessen hatte er mit einem einzigen Schuss drei Leben beendet: Babsis, Günthers und das von Swami Anand Abheeru.

Und die Vernichtung von Leben war noch nicht zu Ende.

Würde er sich jetzt der Polizei stellen und das Geständnis von Günther vorspielen, müsste sich nicht nur er für den Tod zweier Menschen verantworten. Viel schlimmer war für ihn, dass damit auch die Existenz von Rajneeshpuram Geschichte gewesen sein würde.

Dieses Geständnis mit der Aufdeckung von Günthers und wahrscheinlich auch Babsis Taten war genau das, was fehlte, um die Rajneeshees endgültig zu diskreditieren.

Auch alles Gute an ihnen.

Joschka wusste also, was er *nicht* zu tun hatte.

Aber er wusste nur grob, *was* er zu tun hatte.

Er nahm seine Mala vom Hals und steckte sie in die Tasche seiner Jacke.

Mit dem Ärmel seiner Jacke wischte er mögliche Fingerabdrücke von der Uzi und schleuderte sie am Tragegurt ebenfalls ins Tal.

Er schulterte seinen Rucksack und verließ die Ranch.

Er verließ Rajneeshpuram, Oregon, die USA.

Er kehrte zurück nach Deutschland.

Und dort begann er unter neuem Namen den nächsten Abschnitt seines Lebens.

Die Nazivergangenheit seines Großvaters erwies Joschka Miggertaler dabei ihren einzigen Dienst. Mit der Begründung, er wolle nicht länger den Familiennamen tragen, der medial durch einen Kriegsverbrecherprozess bekannt geworden war, ließ Joschka den Mädchennamen seiner Mutter als Nachnamen eintragen.

Aus Josef Miggertaler war Swami Anand Abheeru war Joschka Breitner geworden.

Zumindest die Transformation des Namens hatte somit einen vorläufigen Abschluss gefunden.

Es brauchte Jahre, bis Joschka erkannte, dass auch seine Seele eine erfolgreiche Transformation durchlebt hatte. Das Samenkorn, das ziellos über die Wüste geflogen war, hatte dank Babsi eine Oase gefunden. Im Ashram in Poona war Joschka aufgeblüht. In Rajneeshpuram hatte seine Pflanze Früchte getragen. Diese Frucht wurde am letzten Abend auf der Ranch vom Baum getrennt. Diese Frucht hatte er wieder mit nach Deutschland genommen. Joschka Breitners Wurzeln waren weiterhin im Boden von Bhagwan verwurzelt.

Die Frucht, die daraus hervorgegangen war, war er.

Der letzte Absatz des Tagebuches verband dann die Vergangenheit mit der Gegenwart.

»Es hat mehrere Therapien für mich selbst gebraucht, um Frieden mit diesem prägendsten Teil meines Lebens schließen zu können.
Ich habe das Geschenk angenommen, der zu sein, der ich werden durfte.
Ein Mörder zu sein, belastet dennoch nach wie vor jeden Tag mein Gewissen.
Sollte mich meine Vergangenheit je wieder einholen, so ist die beiliegende Kassette Beweis für die Richtigkeit all dessen, was ich geschildert habe.«

48 PLANUNG

»Es hat keinen Sinn, sich bei der Planung einer schwierigen Aufgabe gedanklich mit dem möglichen Scheitern zu belasten. Das Scheitern tritt von ganz alleine ein und braucht keinerlei Planung. Stellen Sie sich stattdessen bei der Planung immer den anschließenden Erfolg vor. Sollten Sie wider Erwarten trotzdem scheitern, kann Ihnen niemand die gute Laune in den Tagen davor wegnehmen.«

JOSCHKA BREITNER,
»ENTSCHLEUNIGT AUF DER ÜBERHOLSPUR,
ACHTSAMKEIT FÜR FÜHRUNGSKRÄFTE«

ICH KLAPPTE das Tagebuch zu.

Mein Blick wanderte hinüber zu der aufgeschlagenen Psychologie-Zeitschrift, die ich vor genau einer Woche in Joschka Breitners Praxis gesehen hatte. Er fiel auf das wunderbar ästhetische Foto von den Schatten des sich liebenden Paares.

Zu den Schatten von Joschka Breitner und der Liebe seines Lebens: Babsi.

Mir war nun klar, dass Joschka Breitner diese Zeitschrift nicht für mich in seiner Praxis hatte liegen lassen.

Ganz im Gegenteil.

Ich hätte diese Zeitschrift nie sehen dürfen.

Joschka Breitner musste laut seinem Tagebuch davon ausgehen, dass nur ein einziger Mensch auf der Welt Abzüge von diesem Foto machen konnte: Günther.

Der Mann, von dem Joschka Breitner seit knapp vier Jahrzehnten ausging, ihn erschossen zu haben.

Dass ihn der unvermittelte Anblick dieses Foto des für ihn so zutiefst intimen Moments in einer Zeitschrift nach nun fast vier Jahrzehnten emotional überwältigt haben musste, war mehr als nachvollziehbar.

Dass Günther mit einem eigenen Foto von sich selbst außerdem noch lebend ein Interview gab, musste ein weiterer Schock für Herrn Breitner gewesen sein.

Der Mensch, dessen vermeintliche Ermordung seit fast vierzig Jahren Joschka Breitners Gewissen belastete, war gar nicht tot.

Und wenn Günther noch lebte, musste sich Joschka Breitner gefragt haben, was war dann mit Babsi?

Mein Entspannungscoach hatte telefoniert, als ich ihn am letzten Donnerstag aufgesucht hatte. Er hatte mir gesagt, er habe am Telefon erfahren, dass eine Freundin vor Kurzem gestorben war.

Und er war nach eigenen Aussagen vor allem davon überrascht gewesen, dass sie überhaupt noch gelebt hatte.

Diese Freundin musste Babsi gewesen sein.

Aber mit wem hatte Joschka Breitner telefoniert?

Er musste seit Jahrzehnten Seelenqualen gelitten haben, weil er glaubte, zwei Menschen getötet zu haben.

Und er musste seit einer Woche noch schlimmere Seelenqualen leiden, weil er wusste, dass er es doch nicht getan hatte.

Das einzig Relevante an diesem Artikel über Tantra, Sex und Achtsamkeit war die Information für Joschka Breitner, dass er fast vierzig Jahre lang mit der Schuld eines Doppelmords gelebt hatte, den er gar nicht begangen hatte.

Und ich Idiot war davon ausgegangen, die Zeitschrift sei ein Hinweis für mich gewesen, mich mit Tantra zu beschäftigen.

Was für ein verheerender Irrtum mit gravierenden Folgen.

Gar nicht mal für mich – das Seminar war eigentlich ganz lustig.

Sondern für Joschka Breitner.

Und auch für Dieter.

Durch meine Missinterpretation, der Artikel sei ein Wink mit dem Zaunpfahl, mich mit Tantra zu beschäftigen, wurde auch für Günther nach all den Jahrzehnten wieder die Verbindung zu Joschka Breitner hergestellt.

Erst durch mich hatte Günther von Joschka Breitners neuem Namen erfahren.

Als ich Joschka Breitner auf dem Foto in der Eingangshalle des Superconsciousness Tantra Center in Günthers Beisein identifiziert hatte. Bis dahin hatte Günther ihn nur als Joschka Miggertaler gekannt und war wahrscheinlich selbst davon ausgegangen, dass dieser längst tot war.

Erst durch mich war ihm klar geworden, dass der einzige Zeuge seiner Verbrechen ebenfalls noch lebte. Der Mann, der Günthers Geständnis damals auf Tonband aufgenommen hatte.

Meinetwegen hatte Günther Joschka Breitner aufgesucht, um herauszufinden, ob es diese Kassette von damals noch gab. Von Breitner musste Günther erfahren haben, dass es nicht nur die Kassette, sondern auch noch ein komplettes Tagebuch gab. Ich hatte Günther am Dienstag dabei gestört, das Versteck des Buches aus Joschka Breitner herauszuprügeln.

Die Suche hatte Günther dann zwei Tage später nachts fortgesetzt.

Und dabei Dieter ermordet.

Ich war kausal verantwortlich für Joschka Breitners Misshandlung.

Und auch für Dieters Tod.

Ich nahm die Kassette aus meiner Kommode. Ich blickte auf die Beschriftung: »A-Frame-House, Confession S-P-Parvaz«.

Jetzt ergaben diese Worte für mich einen Sinn.

Ich steckte das Tape in den Rekorder, den ich wegen Emilys Toniebox gekauft hatte. Zaghaft drückte ich auf die Play-Taste.

Über ein vor langer Zeit stattgefundenes Ereignis aus erster Hand zu lesen war bereits eine beeindruckende Erfahrung gewesen.

Das Gelesene nun anhand der Stimmen der Beteiligten beinahe live mitzuerleben, war noch einmal eine Steigerung. Die Stimmen von Joschka Breitner und von Günther waren mir bekannt. Sie klangen auf dem alten Tonband jünger als heute.

Da war der entscheidende Satz:

>*Der einzige Grund, warum ich dich nicht genauso töten werde wie den verblödeten Heintje, ist die Tatsache, dass Babsi sich für dein Leben eingesetzt hat.*«

Günthers Mordgeständnis. Mord verjährt nicht. Weder in den USA noch in Deutschland.

Wenn ich Günther dazu bringen wollte, auch mich zu töten, müsste ich ihm nur diesen einen Satz vorspielen.

Aber auch Babsi nun eine Stimme zuordnen zu können, hauchte der Geschichte noch einmal zusätzliches Leben ein.

Auf der Kassette war exakt der Wortwechsel zu hören, den Joschka Breitner in seinem Tagebuch wiedergegeben hatte.

> *»In zwei Stunden bringst du mir diese Kassette an den Aussichts-*
> *punkt gegenüber vom Walt-Whitman-Grove. Oder Babsi stirbt.*
> *Und dann du – Kassette hin oder her.«*
> *»Joschka – tu bitte, was er sagt!«*
> *»Lass sie los! Ich tue ja, was du willst.«*

Ich wusste nun, warum Günther Joschka Breitner misshandelt hatte. Ich wusste allerdings nicht, warum Günther überhaupt noch lebte. Ich würde mich an Günther wenden müssen, um zu erfahren, warum er nicht tot war.

Joschka Breitner dürfte auf keinen Fall erfahren, wie tief ich in seine Vergangenheit und in sein Seelenleben eingedrungen war. Wenn er wüsste, wie weit ich die Therapeuten-Patienten-Schranke überschritten hatte, würde genau das geschehen, was ich unbedingt vermeiden wollte: Dann wäre die Basis unserer Coaching-Sitzungen unwiederbringlich zerstört. Wie aber sollte Herrn Breitner dann den Seelenfrieden bekommen, den er offensichtlich brauchte?

Ich nahm mir vor, jetzt noch ein paar Stunden zu schlafen und morgen früh darüber zu meditieren.

Nach erfrischenden zwanzig Minuten Stehmeditation am nächsten Morgen hatte ich ein Bild davon, wie ich mit ein wenig Glück all meine Probleme lösen könnte, ohne dabei moralisch neue auf mich zu laden.

Ich lud Sascha auf einen Kaffee zu mir in die Wohnung ein, und wir besprachen den möglichen Tagesablauf. Sascha hatte allerbeste Laune. Er hatte nicht nur den Kindergartenvormittag bereits so umorganisiert, dass seine Vertretung ihm heute Vormittag den Rücken im Büro freihielt.

Er hatte vor allem eine kleine Skizze gezeichnet, wie er, mit einfachsten Mitteln aus dem Baumarkt, rein mechanisch beim Tesla 3 durch das vermeintliche Einlegen des Rückwärtsgangs einen großen Sprung nach vorne bewirken könnte.

Ich brachte Sascha auf den Stand, dass Günther nicht nur Dieter ermordet, sondern vor Jahren bereits mindestens eine weitere Person getötet hatte. Dass Joschka Breitner der einzige Mensch mit einem eindeutigen Beweis für diesen Mord war. Dass Günther deswegen auch Herrn Breitner umbringen wollte. Und dass Dieter sterben musste, weil er, ohne es zu wissen, dieses Beweisstück bewacht hatte.

Im Grunde hätte das emotional bereits als Begründung gereicht, um Günther einfach zu töten.

Aber Rechtsstaat bedeutet nun mal, jedem Idioten die Chance zu geben, sich selbst immer noch eine Runde tiefer in den selbst gemachten Mist zu drehen, bevor negatives Handeln auch negative Konsequenzen nach sich zieht.

Die Gelegenheit dazu würde Günther heute haben.

Wir verteilten die noch zu erledigenden Aufgaben, und Sascha verabschiedete sich.

Ich nahm Larissas Handy zur Hand und scrollte zur Inspiration durch den Chatverlauf mit Günther. Eine einzige Ansammlung von »Hase«-»Boomer«-Belanglosigkeiten, verziert mit Emojis, unterbrochen von anatomischen Fotos.

Ich fragte mich, warum Milliarden von Steuergeldern gegen Hass und Hetze im Netz ausgegeben wurden. 1 Cent Porto für jeden egal wie belanglosen Post würden die Welt wesentlich schneller wesentlich ästhetischer machen. Egal ob es dabei um rechts, links oder einfach nur Günthers Mitte ging.

Ich entschied mich, von Larissas Handy aus folgende WhatsApp an Günther zu schicken:

»Mein Boomer! 🐎 🌍 13 Uhr auf dem Parkplatz? Denk an die Handschellen 😈. Dein Hase 🦡«.

Keine zwei Minuten später kam eine WhatsApp mit einem Daumen hoch, einem Herzen und einem hechelnden Smiley mit heraushängender Zunge zurück. Ich deutete das als ein ebenso altersgeiles wie infantiles »Ja«.

Während ich Emilys Kreativ-Tonie mit Günthers fast vierzig Jahre altem Geständnis bespielte, besorgte Sascha im Baumarkt ein paar Metallstangen, eine Hochdruck-Nagel-Pistole, etwas Bastelmaterial und auf dem Rückweg ein Klemmbrett.

Den zudem benötigten Gangwahlschalter für einen Tesla 3 hatte er bereits letzte Nacht aus einem entsprechenden Fahrzeug an einer öffentlichen Ladestation herausgebrochen.

49 VERGEBUNG

»Einem anderen zu vergeben ist nur dann möglich, wenn man sich sicher sein kann, dass er überhaupt schuldig ist.«

JOSCHKA BREITNER,
»GODWORK ORANGE –
MEINE ZEIT MIT BHAGWAN«

SASCHA UND ICH hatten meinen Land Rover auf der dem Parkplatz gegenüberliegenden Seite des Sees geparkt und waren zu Fuß zu Dieters Auto gelaufen. In einem Rucksack hatte ich alles dabei, was ich brauchte. In einer Tasche hatte Sascha seine Utensilien.

Als Günthers Tesla um 13.09 Uhr auf den Parkplatz fuhr, versteckten wir uns beide hinter einem Baum im Wald.

Günther stellte sein Auto in eine abgelegene Parkbox, weitestmöglich entfernt vom verwaisten Wagen Dieters am Abhang, und schien auf Larissa zu warten. Sascha und ich pirschten uns in seine Nähe. Larissas Handy in meiner Jackentasche summte. Ich schaute auf das Display.

»Hase! Bin da. Wo bist du? Boomer«

Ohne jedes Emoji. Wie gefühllos. Erst zu spät kommen und dann nicht mit dem Kommen warten können.

Ich schlich mich von hinten an den Tesla heran und hockte mich außerhalb des Fahrersichtfelds neben den Kofferraum. Sascha wartete im Wald, keine zehn Meter vom Auto entfernt.

»*Hinter deinem Auto*«, tippte ich als Larissa zurück.

Ich hörte, wie die Tür des Teslas geöffnet wurde und Günther ausstieg.

»Larissa? Hase?«, rief er fragend über den leeren Parkplatz und umrundete sein Fahrzeug.

Ich stand auf.

»Günther! Sorry, wenn ich dich hormonell irritiert habe. Larissa ist leider verhindert. Aber dafür hast du heute ein anderes Date.«

Günther war für einen Moment völlig perplex, mich zu sehen. Diesen Moment nutzte Sascha aus und näherte sich lautlos von hinten.

»Aber, wieso …?«

»Erklär ich dir nach dem Aufwachen«, erwiderte ich, während Sascha Günther von hinten seine Armbeuge um den Kehlkopf legte und fest zudrückte.

Nach fünf Sekunden war Günther bewusstlos.

Sascha musste Günther noch insgesamt drei weitere Male die Hauptschlagader abdrücken, damit er lange genug bewusstlos blieb, um uns bei unseren Vorbereitungen nicht zu stören.

Bis Günther wieder an der Gegenwart teilhaben durfte, war einiges geschehen.

Sascha hatte den Gangwahlschalter von Günthers Tesla angesägt und kurz hinter dem Lenkrad so abgebrochen, dass er, bis auf einen kleinen Stumpf, mit noch funktionierender Verkabelung an der Lenksäule baumelte.

Den geklauten Gangwahlschalter hatte er mittels einer Rohrschelle an der Lenksäule montiert, unmittelbar vor dem abgesägten.

Den kurzen Stumpf des alten Gangwahlschalters hatte er nun mit etwas Draht über eine Umlenkrolle am Lenkrad mit dem Ende des geklauten Gangwahlschalters verbunden.

Schelle, Draht und Umlenkrolle hatte er vorher mattschwarz angesprüht. Jedem entspannten Autofahrer wäre die Konstruktion spätestens beim zweiten Blick aufgefallen. Aber wir hatten die begründete Hoffnung, dass Günther die Veränderungen stressbedingt nicht auffallen würden, er aber in jedem Fall Wichtigeres zu tun haben würde, als sie zu hinterfragen.

Als Günther wieder zu sich kam, saß er auf dem Fahrersitz seines Teslas. Wir hatten den Wagen umgeparkt. Er stand jetzt neben Dieters Auto.

Mit den Vorderrädern vielleicht drei Meter vom Rand des zehn Meter hinabführenden Steilhangs entfernt.

Dieter saß – ohne Teppich und Folie, die lagen in Günthers Kofferraum – auf der Rückbank. Neben der von ihm eingeschlagenen und zwischenzeitlich von Günther mit einer Plastikfolie provisorisch verschlossenen Fensterscheibe.

Dieter saß ungefähr da, wo sich Larissa am Tag vorher zusammen mit Günther die Scherben in die Poritze gestoßen hatte.

Dieters rechtes Handgelenk war mit Günthers mitgebrachter Handschelle an Günthers linkes Handgelenk gefesselt.

Ungefähr so, wie Babsi am letzten Abend auf der Ranch an Günther gefesselt war.

Nur, dass Günther sich nun vorn befand.

Ich saß auf dem Beifahrersitz.

Günther wirkte desorientiert, als er die Augen öffnete.

»Was ist passiert?«, wollte er zunächst benommen von mir wissen.

Ich sagte erst einmal nichts.

»Was soll das?«, fragte er, als er die Handschelle an seiner linken Hand, verbunden mit einer verfärbten fremden bemerkte. Ein Blick in den Rückspiegel zeigte ihm den leblosen Dieter.

Ich sagte immer noch nichts.

Die Frage »Was ist das?« bezog sich dann auf die Tonie Box auf seinen Oberschenkeln.

»Das«, erklärte ich in Bezug auf die letzte Frage, »ist eine Toniebox. Wenn du dieses Figürchen hier«, ich gab ihm den frisch bespielten Kreativ-Tonie, »auf die Oberfläche stellst, kommst du vielleicht selber auf die Antwort auf die anderen beiden Fragen.«

Ich drückte ihm den Kreativ-Tonie in die freie rechte Hand. Er nahm die Figur und stellte sie mit fragendem Blick auf die Toniebox.

Die unverkennbaren ersten Klaviertöne von »Objects in the Rear View Mirror« erklangen.

Günther schaute mich verdutzt an.

»Sorry«, sagte ich, »falsche Stelle.«

Ich nahm ihm die Toniebox kurz ab. Sie vorsichtig balancierend, damit der Kreativ-Tonie nicht runterfiel. Zärtlich schallerte ich ihr eine auf die rechte Seite und stellte sie ihm wieder auf den Schoß.

Sein Geständnis erklang.

Was vor Jahrzehnten in der Enge eines A-Frame-Hauses in Rajneeshpuram gesagt wurde, hallte nun durch die Enge seines Teslas. Das komplette Geständnis. Inklusive des entscheidenden Satzes:

> »*Der einzige Grund, warum ich dich nicht genauso töten werde wie den verblödeten Heintje, ist die Tatsache, dass Babsi sich für dein Leben eingesetzt hat.*«

Während wir in die Achtzigerjahre und wieder zurück reisten, schien sich Günthers Kreislauf zu stabilisieren.

Die Aufnahme endete mit dem Knallen der Tür von Joschkas Unterkunft.

»Und? Was geht das dich an?«, fragte Günther aggressiv, nachdem der Kreativ-Tonie in seine Phase des Schweigens eingetreten war.

»Joschka Breitner ist mein Therapeut. Wenn du ihn bedrohst, geht das mich etwas an. Seine Anspannung steht nämlich meinem Entspannungscoaching im Weg.«

»Und was willst du von mir?«

»Du erklärst mir jetzt, warum du überhaupt noch lebst, obwohl dich Joschka Breitner erschossen hast. Du erklärst mir, was mit dir und Babsi in all den Jahren geschehen ist, während ihr Joschka Breitner in dem Glauben gelassen habt, ein Doppelmörder zu sein. Und dann schreibst du einen schönen Entschuldigungsbrief an Joschka Breitner.«

»Und dann lässt du mich gehen?«

»Dann lasse ich dich gehen.«

»Und mein Geständnis?«

»Die Toniebox verbrennen wir anschließend gemeinsam.«

»Vergiss es.« Der Tantra-Lehrer wurde wieder aufmüpfig, damit hatte ich gerechnet.

»Mach bitte mal kurz die Augen zu«, forderte ich ihn auf.

»Wieso?«

»Dann eben nicht ….«

Ich nickte kurz und gab Sascha ein Zeichen, der außerhalb von Günthers Blickrichtung neben dem Tesla stand. Mit Dieters Revolver zerschlug er die Scheibe neben Günthers Kopf und hielt ihm die Waffe an die Schläfe. Günther zuckte zusammen, Glassplitter landeten auf seinem Gesicht.

»Wenn du weiter meinst, Faxen machen zu müssen, dann erschießen wir dich gleich hier und jetzt«, erklärte ich ihm. »Also: Was ist passiert, nachdem du von Joschka Breitner erschossen worden bist?«

»Ist ja gut … Ich rede ja schon … Wo soll ich anfangen?«

»Nach dem Knallen der Tür des A-Frame-Hauses vielleicht?«

Und auf einmal wurde Günther gesprächig.

»Babsi und mir war klar, dass Joschka nicht unbewaffnet zu dem Treffen erscheinen würde. Genau das wollten wir ja.«

Ich nickte Sascha zu, er zog sich wieder zurück. Diese Geschichte musste er nicht in jedem Detail mitbekommen.

»Babsi war gar nicht deine Geisel? Ihr habt das Ganze gemeinsam geplant?«

»Babsi steckte da genauso tief drin wie ich. Eigentlich tiefer. Sie hat ja all das in Auftrag gegeben, was Joschka entdeckt hatte: den Terror gegen die Rentner, die Salmonellen-Vergiftungen …«

»Den Mord an Heintje?«

»Auch. Den haben wir beide als notwendig erachtet, um die Ranch zu schützen.«

Die Paranoia zweier verblendeter Glaubenskrieger ging mich nichts an. Ich versuchte, das Gespräch auf den Teil zu lenken, der meinen Entspannungscoach betraf.

»Und warum wolltet ihr, dass Joschka bewaffnet zu dem Treffen an dem Aussichtspunkt kommt?«

»Das war Plan B. Babsi hatte auf Plan A gehofft: dass Joschka schon im A-Frame-Haus die Segel streicht und verschwindet. Ich hatte das von Anfang an bezweifelt. Aber ihn deswegen einfach so zu erschießen, hatte Babsi nicht gewollt.«

»Und wie sah Plan B konkret aus?«, fragte ich nach.

»Plan B war, dass ich Babsi als Geisel nehme und Joschka dazu bringe, mich zu töten. Nach meinem vermeintlichen Tod würde ihm das Geständnis von Heintje nichts mehr bringen. Und mein überraschend aufgenommenes Geständnis ebenso wenig. Wenn Joschka mich getötet hätte, würde es nur noch Schaden anrichten, den Behörden zu erzählen, was auf der Ranch vorgefallen ist. Schaden für Joschka, für Babsi, für Rajneeshpuram – für alle.«

»Aber wie konntest du planen, erschossen zu werden, ohne zu sterben?«

»Ich hatte alles dafür vorbereitet, dass die einzige Waffe, auf die Joschka Zugriff haben würde, nicht geladen sein würde. Nur er und Heintje hatten Zutritt zu der Waffenkammer. Heintje war tot. Seinen Schlüssel hatte ich an mich genommen. Ich hatte bereits am Vormittag vor dem Treffen in Joschkas Haus alle Schlösser an allen Schränken der Waffenkammer geknackt und ausgetauscht. Nur eine einzige Waffe lag mit Magazin offen herum. Und dieses eine Magazin hatte ich mit Platzpatronen geladen.«

»Weil du davon ausgingst, Joschka Breitner würde sich im Gespräch weigern, mit dir zu kooperieren?«

»Nun – Joschka hatte sich im A-Frame-Haus nicht nur geweigert, kooperativ zu sein. Damit war Plan A Geschichte. Er hatte obendrein auch noch sein Haus verwanzt. Damit hatte ich nicht gerechnet. Aber irgendwie machte Joschkas Drohung, mein eigenes Geständnis den Behörden zu übergeben, meine ›spontane‹ Geiselnahme von Babsi noch viel glaubhafter.«

»Das Ganze war von Anfang bis Ende ein abgekartetes Spiel, auch von Babsi?«

»Babsi war nach der Sache mit Joschkas Wanze richtig sauer auf ihn. Sie hat die Nummer am Aussichtspunkt perfekt mitgespielt.«

»Der Schuss, den Joschka Breitner auf dich abgefeuert hatte, war also lediglich eine Platzpatrone?«

»Ja. War aber genauso laut wie ein echter Schuss. Wenn das vermeintliche Ziel zu Boden geht, merkst du als Schütze erst mal keinen Unterschied. Außer, dass kein Blut da ist. Aber daran denkst du in dem Stress gar nicht. Ich habe mich bei dem Knall einfach nach hinten fallen lassen.«

»Aber Joschka Breitner hat doch eure Leichen im Tal gesehen?«

»Er hat zwei Haufen roter Kleidung gesehen. Die hatte Babsi da vorher platziert. Nach dem Schuss bin ich mit Babsi lediglich einen Meter tief auf einen Felsvorsprung hinter dem Aussichtspunkt gefallen. Daneben war eine kleine Höhle, in die haben wir uns gekauert. Joschka ist an den Rand, hat nur das sehen wollen, was er befürchtet hatte, und ist dann geflohen. Wie geplant, war mein Geständnis für ihn von da an völlig wertlos. Er hielt uns ja für tot, und er würde selber wegen Mordes an uns drankommen, wenn er die Kassette irgendwem vorspielen würde. Außerdem würde mein Geständnis auch die Ranch zerstören.

Wie von uns erhofft, verschwand Joschka sofort von der Ranch und machte uns damit den Weg frei, selber unterzutauchen.«

»Und wo seid ihr hin?«

»Wir sind ungefähr ein halbes Jahr gemeinsam durch die Welt getourt. Dann haben wir uns getrennt. Babsi hat einen Typen kennengelernt, mit dem sie nach Südfrankreich gezogen ist. Wir blieben lose in Kontakt. Ihr Kerl ist vor zehn Jahren bei einem Autounfall gestorben. Babsi blieb in Frankreich. Sie hatte keine Kinder. Vor zwei Jahren hat Babsi die Diagnose Krebs bekommen. Als sie nicht mehr allein klarkam, ist sie zu ihrer Schwester auf eine Nordseeinsel gezogen und hat sich die letzten Wochen von ihr pflegen lassen. Sie ist vor einem halben Jahr gestorben.«

Ich erinnerte mich, dass Joschka Breitner Babsis Schwester auf der Nordseeinsel in seinem Tagebuch erwähnt hatte. Wahrscheinlich war das die Frau, mit der Joschka Breitner gerade telefoniert hatte, als ich letzte Woche in die Praxis kam. Die Frau, die ihm mitgeteilt hatte, dass eine Freundin gestorben war, von der er gar nicht wusste, dass sie überhaupt noch gelebt hatte.

»Und warum bist du dann nach all der Zeit mit dem Foto und dem Zeitungsinterview aus der Deckung gekommen?«, wollte ich von Günther wissen.

»Babsi war tot. Ich hatte seit fast vierzig Jahren nichts von Joschka gehört. Inzwischen gab es ja das Internet. Ich habe Joschka Miggertaler gegoogelt und nichts gefunden. Keinerlei Spuren. Ich bin davon ausgegangen, dass auch er längst tot war. Ich wollte endlich wieder frei sein und aus meiner Vergangenheit Kapital für meine Zukunft schlagen.«

Wo Joschka Breitner Wurzeln hatte, sah Günther etwas zum Schlagen.

Noch bezeichnender war allerdings, dass Günther in vierzig Jahren nicht geschafft hatte, wozu Walter keine halbe Stunde gebraucht hatte: die simpelsten Details über Joschka Breitners Leben zusammenzutragen. Zum Beispiel, dass, wo und unter welchem Namen er lebte.

Das hatte ich dann für Günther geschafft. Ich hatte ihn auf Joschka Breitner aufmerksam gemacht.

Mit einer einzigen Bemerkung über ein Foto an der Wand des Superconsciousness Tantra Centers hatte ich die seit Jahrzehnten verschüttete Verbindung zwischen Günther und Joschka Breitner wiederhergestellt.

»Und dann hast du ausgerechnet von mir erfahren, dass Joschka Breitner doch noch lebt?«

»Dass er noch lebt, und dass er offensichtlich den Artikel mit meinem Foto gelesen hatte. Wenn du von ihm den Artikel mit dem Foto gezeigt bekommen hattest, dann musste er wissen, dass ich noch lebe. Und in dem Artikel stand außerdem, wo ich arbeite. Damit war mein Druckmittel weg, dass Joschka schwieg: Wenn er mich gar nicht umgebracht hatte, hatte er keinen Grund mehr, mein Geständnis auf der Kassette zurückzuhalten. Falls er das Geständnis überhaupt noch hatte. Ich habe also ein bisschen nach dem Namen recherchiert, den du mir genannt hast: Joschka Breitner. Und sofort bin ich fündig geworden.

Am ersten Nachmittag ohne Publikumsverkehr bin ich zu ihm in die Praxis, um ihn alleine zu überraschen. Er war genauso stur und korrekt wie früher. Hat gesagt, dass er alle Ereignisse von damals aufgeschrieben und zusammen mit der Kassette versteckt hätte. Hättest du mich am Dienstagnachmittag nicht gestört, hätte ich das Versteck schon noch aus ihm rausgeprügelt. So hab ich's dann erst zwei Nächte später gefunden.«

»In der Nacht, als du Dieter ermordet hast.«

»Wie kann man so einen Vollidioten als Privatdetektiv engagieren? Steht da auf einmal der Typ aus meinem Tantra-Seminar vor mir auf dem Flur, als ich Joschkas Praxis abfackeln wollte. Hat stumpf ›Günther? Was machst du hier?‹ gefragt. Den konnte ich als Zeugen nun wirklich nicht gebrauchen. Hatte ja keine Ahnung, dass er da schon das Tagebuch aus meinem Auto geklaut hatte.«

Damit war die Geschichte rund.

»Hast du Joschka Breitner den Teil mit den Platzpatronen und eurer von vornherein geplanten Flucht erzählt?«, fragte ich nachdenklich.

»Nein. Geht ihn nichts an«, sagte Günther kalt. Ohne jeden Sinn wollte er Joschka Breitner auch nach all der Zeit weiterleiden und im Unklaren über die tatsächlichen Ereignisse lassen. Einfach nur aus eigener Machtgeilheit.

»Ich denke schon.« Ich holte das Klemmbrett aus meinem Rucksack. Ein Briefbogen und ein Umschlag waren daraufgespannt. »Du schreibst Herrn Breitner jetzt einen netten Entschuldigungsbrief, in dem du alles erklärst, was nach dem Schuss auf dich mit dir und Babsi geschehen ist. Das mit deinen Morden kannst du meinetwegen weglassen. Ich brauche kein weiteres Mordgeständnis von dir. Es geht mir nur darum, dass Herr Breitner mit der Sache abschließen kann.«

»Sonst?«

»Sonst steht dieser kleine Kreativ-Tonie ganz schnell bei der Staatsanwaltschaft. Mord verjährt weder in Deutschland noch in den USA. Und in Oregon gibt es offiziell noch die Todesstrafe, auch wenn sie gerade nicht praktiziert wird.«

»Und wenn ich den Brief schreibe?«

»Dann lasse ich dich gehen, und der kleine Tonie wird verbrannt.«

Günther fing stockend an zu schreiben. Bei der ein oder anderen Formulierung war ich ihm behilflich. Aber im Großen und Ganzen schaffte er es selbstständig, auf eineinhalb DIN-A4-Seiten die große Todeslüge zusammenzufassen, in deren Schatten Herr Breitner so lange gelebt hatte. Zum Schluss schrieb er noch die Adresse auf den Briefumschlag.

»Und jetzt?«, wollte Günther wissen.

»Keine Sorge, das Porto spendier ich dir.«

»Ich meine: Jetzt lässt du mich gehen?«

»Jetzt lasse ich dich gehen«, sagte ich mit liebevoller Sanftheit.

»Dann mach endlich die Handschellen los«, entfuhr es Günther ein wenig zu schroff.

»Hm«, erwiderte ich weiterhin freundlich, »wie gesagt: *Ich* lasse dich gehen. Ob Dieter das genauso sieht, klärst du bitte mit ihm. Könnte sein, dass er da weniger tolerant ist. Schließlich ist er wegen dir tot.« Ich öffnete die Beifahrertür.

»Du hast mich angelogen!«

»Nein. Hab ich nicht. Ganz im Gegenteil. Den Kreativ-Tonie verbrennen wir gleich noch, wie besprochen, gemeinsam. Guck du mal mit der freien Hand nach, in welcher Körperöffnung Dieter den Schlüssel für die Handschellen versteckt hat.«

Ich stieg aus und beugte mich wieder ins Wageninnere.

»Oder hast du da irgendwo verklemmte homosexuelle Anteile in dir, Swami Prem Pervert?«

Ich sah, wie Günther die Zornesröte ins Gesicht schoss, und holte seelenruhig mein Handy aus der Tasche.

»Ich ruf in der Zwischenzeit mal kurz Joschka Breitner an und bestätige ihm, was für ein alberner Gockel du immer noch bist.«

Ich schlug die Tür zu, schlenderte am Wagen entlang und stellte mich mit dem Rücken zur Heckscheibe hinter den Tesla. Natürlich telefonierte ich nicht mit Herrn Breitner. Ich hielt das Handy locker zwischen Daumen und kleinem Finger – weil ich Zeigefinger und Mittelfinger über Kreuz hielt.

Weil ich hoffte, dass ich Günther so zur Weißglut gebracht hatte, dass er nun den Rückwärtsgang reinknallen und mich überfahren wollte.

Und weil ich hoffte, dass Saschas Basteltrick geklappt hatte und ich dieses Attentat überleben würde.

Sascha erzählte mir später, dass Günther nicht bloß wütend hinter dem Lenkrad saß.

Er kochte. Er bebte. Er zitterte.

Günther verfolgte im Rückspiegel, wie ich mich seelenruhig und ohne jede Furcht vor Gefahr mit dem Rücken zu ihm vor dem Kofferraum des Teslas positionierte.

Binnen Sekunden musste Günther den Plan gefasst haben, mich zu überfahren.

Er griff mit der freien rechten Hand nach seiner Hosentasche und fühlte dort offensichtlich sein Handy, das über Bluetooth die Bedienung des Teslas für ihn freigab.

Er trat auf die Bremse und schaltete den Wagen damit in den Gangwahlmodus.

Er war so auf mich im Rückspiegel fixiert, dass er die Umlenkrolle und den Draht an der Lenksäule entweder gar nicht bemerkte oder nicht hinterfragte.

Die Frage nach deren Funktion beantwortete sich dann ohnehin mit deren Wirkung: Als Günther den falschen Gangwahlschalter nach oben riss, um den Rückwärtsgang einzulegen, zog er damit den Draht straff, der über die Umlenkrolle mit dem Stumpf des echten Gangwahlschalters verbunden war.

Und zog diesen damit nach unten.

Der Tesla fuhr nicht rückwärts, sondern vorwärts.

Das wurde Günther allerdings erst klar, als er voller Wut auf das Gaspedal trat und der Wagen auf den Rand des Parkplatzes zuschoss.

Vorwärts.

In dem Moment, in dem ich erkannte, dass Günther mich tatsächlich ermorden wollte, waren meine Bedenken verschwunden, ihn zu töten.

Ich hatte nur noch das Bedürfnis, dass er starb.

Und das Tollste war: Ich musste dafür gar nichts mehr tun.

Günther tat gerade alles dafür Notwendige selbst.

Der Wagen mit Günther am Steuer und Dieter auf der Rückbank beschleunigte auf den drei Metern zum Abgrund genug, um am Ende des Parkplatzes schwungvoll den Kontakt zum Boden zu verlieren.

Mindestens dreimal schlug er mit dem Unterboden heftig auf den groben, spitzen Basaltsteinen auf, bevor er am Ende des Steinhügels zum Stehen kam.

Vom Rande des Parkplatzes konnten Sascha und ich erkennen, dass Günther leblos über dem Steuer hing. Offensichtlich war er so heftig mit dem Kopf gegen Türrahmen, Dachhimmel, Kopfstütze oder Lenkrad geschleudert worden, dass er mindestens das Bewusstsein verloren hatte.

Er hätte nichts mehr davon mitbekommen, wenn wir mit der Nagelschusspistole diverse Nägel in die Batteriezellen gejagt hätten.

Doch das war gar nicht mehr nötig.

Als wir uns dem Wagen näherten, sahen wir bereits Rauch und kleine Flammen aus dem Unterboden aufsteigen. Offensichtlich war der Batteriekasten, wie erhofft, von den Basaltsteinen aufgerissen worden.

Oder mindestens eine der zehn Eisenstangen, die Sascha wie Spieße zwischen die Steine gerammt hatte, hatte mindestens eine der Batteriezellen durchstoßen.

Zumindest fing eine Batteriezelle Feuer.

Und entzündete weitere.

Die Propagation nahm ihren Lauf.

Sascha und ich hielten uns zurück.

Binnen Sekunden stand die gesamte Batterie in Flammen.

Dann der ganze Wagen.

Mit Günther ging auch meine Wut auf ihn in Rauch auf.

Als die Rauchsäule eine Höhe von ungefähr fünfzehn Metern erreicht hatte, war ich dazu in der Lage, Günther für sein Eindringen in den sicheren Hafen der Praxis von Herrn Breitner zu vergeben.

Zum ersten Mal in meinem Leben konnte ich mich mit eigenen Augen von der Effektivität eines Elektrofahrzeuges in der Praxis überzeugen.

EPILOG

»Der Fluch der Vergangenheit ist nichts anderes als der gealterte Zauber, der ihr innewohnte, als sie noch der Anfang einer Gegenwart war.«

JOSCHKA BREITNER,
»GODWORK ORANGE,
MEINE ZEIT MIT BHAGWAN«

DAS BESPRECHUNGSZIMMER VON JOSCHKA BREITNER hatte nichts von seiner Vertrautheit verloren. Die Stühle und das Regal standen wieder an ihrem Platz.

Herr Breitner hatte den zerstörten Beistelltisch durch einen neuen ersetzt.

Statt der zerbrochenen, milchigen Teekanne stand nun eine aus klarem Glas auf dem Tisch. Die Kanne und die beiden neuen Gläser boten nun dem Tee und der Zeit die Möglichkeit, ihre Spuren an ihnen zu hinterlassen.

Noch vor Herrn Breitners Rückkehr aus dem Krankenhaus hatte ich das Tagebuch und die Kassette im neuen Sigmund-Freud-Buch verstaut und zu den übrigen auf dem Boden liegenden Büchern gelegt.

Gemeinsam standen die Bücher nun im Regal. Auf sieben Brettern mit je zwölf Bänden.

Meine Klientenakte lag wieder im Arbeitszimmer.

Herr Breitner wirkte so in sich ruhend wie vor den Ereignissen. Seine Jeans, sein Leinenhemd, seine Strickjacke, seine nackten Füße in den Filzpantoffeln – alles strahlte seine mir so vertraute, minimalistische Ruhe aus.

Ein kleines Pflaster auf seiner Nase deutete noch auf seine Verletzung hin.

Aber innerlich wirkte er geheilt.

»So, mit vierzehn Tagen Verspätung«, lächelte er mich freundlich an, nachdem er mir einen grünen Tee eingeschenkt hatte, »herzlich willkommen zu Ihrer monatlichen Coaching-Sitzung. Wie geht es Ihnen?«

Ich fühlte in mich hinein. Ich war wieder zurück in meinem sicheren Hafen. Die Zerstörungen des Sturms, der über ihn hinweggefegt war, waren beseitigt.

Ich fühlte mich vertraut, frisch, frei.

»Gut«, antwortete ich schlicht. Die Nachfrage »Und Ihnen?« verkniff ich mir. Ich wollte so schnell nicht wieder durch eine zufällige Frage aus Versehen auf der anderen Seite der Therapeuten-Klienten-Schranke landen.

»Gibt es etwas, über das Sie heute mit mir sprechen wollen?«, fragte mich Herr Breitner.

Ich war auf die Frage vorbereitet.

»Ja, zwei Dinge. Zum einen habe ich vor vierzehn Tagen eine Zeitschrift mit einem Artikel über ein Tantra-Seminar bei Ihnen gesehen. Und aus Interesse habe ich mich da angemeldet.«

Herr Breitner wirkte kein bisschen überrascht. Ihm schien zumindest mein zufälliger Anteil an den Ereignissen der letzten Wochen bewusst zu sein. Das beruhigte mich.

Ich wollte einen Teilaspekt dessen, was ich über ihn erfahren hatte, kurz offen angesprochen haben, damit er nicht zwischen uns stand. Aber Herr Breitner kam meinen Fragen mit einer Bemerkung zuvor.

»Ah, beim Superconsciousness Tantra Center. Bei dem Kursleiter, der letzte Woche verunglückt ist?«

»Zusammen mit einem Kursteilnehmer von mir, ja.«

»Ich habe davon in der Zeitung gelesen. Die Polizei geht von einem tragischen Unfall aus. Zwei mit Handschellen aneinandergefesselte Männer im Auto auf einem bekannten Sex-Treff-Parkplatz. Beide bis zur Unkenntlichkeit verbrannt. Der Wagen muss einen Satz nach vorn gemacht haben, die Batterie wurde beschädigt und hat dann Feuer gefangen. Schreckliche Sache. Ich kannte den Kursleiter von früher. Wollen Sie über Ihre Gefühle in Bezug auf den Unfall sprechen?«

Der Gedanke war mir, ehrlich gesagt, gar nicht gekommen. Ich wollte über Herrn Breitners Vergangenheit als Sannyasin sprechen. Würde ich hierzu keine Fragen stellen, hatte ich das Gefühl, würde es welche aufwerfen.

»Nein. Ich meine – klar ist das tragisch. Aber es belastet mich nicht. Nein, ich habe in der Eingangshalle des Seminarzentrums ein Bild von Ihnen gesehen. Als junger Mann, zusammen mit Bhagwan.«

»Mit Osho? Das wird das Foto gewesen sein, auf dem ich Sannyas genommen habe.«

»Sie waren ein Sannyasin? Entschuldigen Sie, wenn ich so offen danach frage, aber es interessiert mich.«

»Sie können ganz offen danach fragen. Ich habe in Bhagwan in der prägendsten Zeit meines Lebens einen Menschen gefunden, der mir einen Weg gezeigt hat. Ohne meine Zeit als Sannyasin säßen wir beide jetzt nicht zusammen hier.«

»Inwiefern?«

»Als Sannyasin habe ich gelernt, Lösungen in mir zu suchen, statt Probleme um mich herum zu erfinden. Manche Lösungen waren gut, manche nicht. Aber als Sannyasins wussten wir, es waren immer *unsere* Lösungen. Wir haben nie andere Menschen dazu gezwungen, an unseren Problemen zu leiden. Und schon gar nicht, ihr Leben an unseren Lösungen auszurichten. Und genau das habe ich mir aus meiner Zeit mit Bhagwan mitgenommen: Ich biete Wege an – gehen müssen sie meine Klienten selbst. Und am Ende des Tages können wir uns in die Augen schauen und für den gemeinsamen Weg danken. Oder wir können liebevoll sagen: ›Ich respektiere und achte deinen Weg. Mein Weg ist ein anderer.‹ *Den* Weg gibt es nicht.«

Ich dachte schweigend über diese Antwort nach. Herr Breitner stellte mir eine Frage.

»Hat Ihnen das Tantra-Seminar etwas gebracht?«

»Ich habe es abgebrochen. Ich fand den Kursleiter schrecklich. Ein Gockel.«

Ich bemerkte das bestätigende Lächeln in Herrn Breitners Gesicht.

»Und jetzt wollen Sie als zweites Thema mit mir über Tantra und Sex sprechen?«

Ich war schon wieder überrascht. Ich hatte durch Herrn Breitners Tagebuch bereits mehr Antworten zum Thema Sex bekommen, als ich ursprünglich Fragen hatte.

»Nein, mein zweites Thema ist die Einschulung meiner Tochter.«

»Richtig – Emily ist jetzt ein Schulkind. Wie geht es Ihnen damit?«

Endlich war ich wieder bei meinen Alltagsproblemen angekommen.

NACHWORT

Liebe Leserinnen und Leser,

als Autor errichte ich Fantasiegebäude. Das Fundament dieser Gebäude ist die Recherche. Je tiefer das Fundament in der Wirklichkeit verankert ist, desto höher kann ich die frei erfundenen Etagen darauf stapeln.

Die Recherche zu *Achtsam morden im Hier und Jetzt* war eine unter vielen Gesichtspunkten wunderbare Erfahrung. Ich hatte in Bezug auf das Thema Bhagwan erwartet, nach ein wenig Buddeln auf die Ruinen eines Mitte der Achtzigerjahre verlassenen Gebäudes zu stoßen. Als ich dann allerdings den Spaten in das Thema stach, fing nach wenigen Stichen der Stiel an zu blühen.

Thematisch inspiriert zu meinem Buch hat mich die Netflix-Dokumentation *Wild Wild Country* über die Ereignisse rund um Bhagwan auf der Ranch in Oregon. Sie handelt – ganz grob – von Menschen auf der Sinnsuche und strafrechtlichen Ermittlungen. Also im Grunde den gleichen Grundzutaten, die ich auch in meiner *Achtsam-Morden*-Reihe verwende.

Zu Anfang hatte ich nur die zarte Idee, Joschka Breitner mit auf Bhagwans Big Muddy Ranch in Oregon gewesen sein zu lassen. Die Ausgangsfrage war also: Warum hätte Joschka Breitner das tun sollen?

Da Joschka Breitner frei erfunden ist, dachte ich, müsste meine Recherchefrage genereller lauten: Warum sind Menschen damals Bhagwan gefolgt?

Schnell stellte ich fest, dass auch diese Frage zu eng gestellt war. Menschen folgen Bhagwans Lehre immer noch. Allerdings nennen sie ihn inzwischen Osho.

Also fragte ich mich einfach zeitlos und ohne Bezug zu einer konkreten Person: Was bitte schön ist denn dran an Osho?

Dieses Buch mag Ihnen Antwort genug sein. Vielleicht ist es Ihnen aber auch nur ein erster Einstieg in ein bereicherndes Thema. Falls Sie jenseits meines Fantasiegebäudes ein tiefergehendes Interesse an den Lehren Oshos entwickeln, werden auch Sie nicht tief graben müssen, um selbst auf ein fest im Hier und Jetzt verankertes Fundament für Lebensfreude zu stoßen. Googlen sie zum Einstieg doch einfach mal spaßeshalber irgendeine Emotion, die sie gerade beschäftigt, in Kombination mit dem Namen »Osho«.

Viel Spaß beim Buddeln!

Bei der Recherche zu einem neuen Thema nehme ich – ganz bewusst – nicht aktiv an dem teil, über das ich schreiben möchte. Ich war nie auf dem Jakobsweg pilgern. Ich habe nie an einer Osho-Meditationsform oder einer der zahlreichen auch heute noch angebotenen Seminare oder Therapien teilgenommen.

Um den ganzen Elefanten beschreiben zu können, muss ich ihn aus der Distanz betrachten können. Aber genauso, wie ich mich darauf freue, irgendwann einmal zu pilgern, freue ich mich darauf, irgendwann einmal selbst bei einer dynamischen Meditation eine Wand anzubrüllen.

Dass die Bhagwan-Bewegung Mitte der Achtzigerjahre stark polarisiert hat – und dies vielleicht auch heute noch tut –, ist eigentlich eine physikalische Selbstverständlichkeit. Wo viel Licht ist, ist viel Schatten. Je größer der Abstand eines Menschen von einer Lichtquelle ist, desto größer ist allerdings auch die Fläche, die er selbst verdunkelt. Vielleicht ist genau das das Problem mit der Erleuchtung:

Die einen lassen sich blenden, die anderen beschimpfen ihren eigenen Schatten. Die Wahrheit liegt wahrscheinlich irgendwo dazwischen.

Während meiner Recherchen durfte ich erfahren, wie viele Menschen aus meinem direkten Umfeld Sannyasins waren oder es immer noch sind.

Ich danke Dir, liebe Niloufer, von Herzen für die erste Tasche mit Büchern von Osho, die Du mir zur Verfügung gestellt hast. *Intelligenz des Herzens* aus dem Jahr 1979 war der humorvollste Einstieg in dieses Thema, den ich mir hätte wünschen können.

Ich danke Dir, lieber Deva Advaita, dass Du mich auf die Zeitreise in Deine Vergangenheit mitgenommen hast.

Im Hier und Jetzt danke ich zudem:

Dir, liebe Juli, für den Titel dieses Buches.

Dir, lieber Marcel, für Deine unter jedem Gesichtspunkt bereichernde Begleitung.

Euch, lieber Oskar, liebe Anke , liebe Nora, stellvertretend für alle Mitarbeiter des Heyne Verlags für Euer Vertrauen und Eure Flexibilität.

Ich danke allen Buchhändlerinnen und Buchhändlern, die meine Werke ihren Kunden empfehlen.

Und ich danke Ihnen, liebe Leserinnen und Leser, dass Sie dieses Buch offenbar nicht nur gekauft, sondern bis zur letzten Seite gelesen haben.

Ich wünsche uns allen, dass wir uns selber stets der Witz sein können, der uns erheitert.

Achtsame Grüße

Karsten Dusse

Bewusst ernährt mordet es sich leichter

Gebunden mit Schutzumschlag
ISBN 978-3-453-27387-0
Auch als E-Book: 978-3-641-28670-5
Überall, wo es Bücher gibt

HEYNE ‹

1 RILKE

»Es gibt keine dicken Seelen. Es gibt nur zarte Seelen,
die sich in einem dicken Körper nicht wohlfühlen.«

JOSCHKA BREITNER,
SCHÖNER WOHNEN IM EIGENEN KÖRPER

NOCH EINE WOCHE vor der versuchten Entführung meiner Tochter ließen sich alle Probleme in meinem Leben auf einen einzigen Knopf reduzieren: den Knopf an meiner Jeans. Den über dem Reißverschluss. War der Knopf auf, war ich glücklich. War der Knopf zu, war ich es nicht. Dank Achtsamkeit hatte ich meine Mitte gefunden. Der Knopf wies mich immer wieder schmerzhaft darauf hin, dass sich die Ränder meines Körpers offensichtlich immer weiter von dieser Mitte entfernten. Ich hatte seit längerer Zeit dieses Rilke-Gefühl. Alles bei mir drehte sich um meine Mitte. Und zwar in so kleinen Kreisen, dass ich gar nicht bemerkte, wie Gitterstäbe aus Ereignislosigkeit, Genügsamkeit und Homeoffice an mir vorüberzogen. Den Willen, der ab und an zwischen diesen Gitterstäben hindurch in die erfrischenden Gefahren der Freiheit entweichen wollte, betäubte ich mit Nahrung. So lange, bis mein Körper nicht mehr durch die selbst gesetzten Stäbe passte.

Dank meines Achtsamkeitscoaches Joschka Breitner hatte ich gelernt, Stresssituationen wertungsfrei und liebevoll zu begegnen. Ich wusste, welchen Einfluss mein inneres Kind auf mein Verhalten hatte. Ich war auf dem Jakobsweg dem Sinn des Lebens näher gekommen. Dank Osho wusste ich es zu schätzen, im Hier und Jetzt zu leben.

Mangels akuter Probleme hatten wir den Coachingrhythmus inzwischen auf eine Sitzung alle zwei bis drei Monate heruntergefahren. Nächsten Donnerstag war wieder einer dieser Termine, auf die ich mich regelmäßig freute.

Aber seit ich in mir selbst ruhte, fehlte mir vor allem eines: Bewegung. Geistig wie körperlich.

Immer wenn der Knopf zu war, wurde mir das schmerzhaft bewusst.

Es gab Tage, an denen beschränkte sich mein Bewegungsradius auf das Treppenhaus des Altbaus, in dem ich wohnte. Das Treppenhaus verband alle meine Lebensbereiche miteinander. Ganz oben, in der dritten Etage, unter dem Dach, wohnte ich. In der Etage darunter befand sich meine Rechtsanwaltskanzlei. In der ersten Etage wohnte Sascha, ein Freund und Arbeitskollege. Im Erdgeschoss befanden sich die Räumlichkeiten des von ihm geleiteten Kindergartens, den ich regelmäßig zum Mittagessen aufsuchte. Ich konnte ganze Tage innerhalb meines Wohnhauses verbringen und zwischen Familienleben, Arbeit, Freundschaft und Freizeit wechseln, ohne auch nur ein einziges Mal die Hose schließen zu müssen.

Der einzige Mensch, der mühelos zwischen den Stäben durchkroch und meinen künstlichen Käfig mit Realität flutete, war meine Tochter Emily. Wenn sie, wie heute, bei mir übernachtete, kreiste ich nicht um mich, sondern um sie. In einer gemeinsamen Umlaufbahn mit meiner Ex-Frau. Dass es dabei zu keinerlei Kollisionen kam, lag nicht nur an unserem guten Verhältnis zueinander, sondern auch an unserer guten elterlichen Kommunikation. Wenn sich zwei unterschiedliche Kinderzimmer ein perfektes Kind teilen, dann geht das manchmal nicht ohne logistische Absprache. So wie heute. Während ich mit offener Hose am Schreibtisch meiner Kanzlei saß und zum x-ten Mal die Homepage meiner bevorzugten Tageszeitung aktualisierte, ohne dass sich die Nachrichtenlage der Welt dadurch auch nur einen Hauch änderte, klingelte mein Handy. Es war Katharina, meine Ex-Frau.

»Ist morgen nicht Spieletag in der Schule?«, fragte sie mich ohne langwierige Begrüßungsfloskeln.

Seit Emilys Einschulung vor über einem Jahr hatten wir als Eltern gelernt, uns das Denken in Mon-, Diens-, Donners- oder Freitagen abzugewöhnen. Die Schulwoche teilte sich im Wesentlichen auf in Spiele-, Kuscheltier- und Maltage, an denen, statt Unterricht, Lieblingsspiele oder Lieblingskuscheltiere mitgebracht werden konnten und Lieblingsbilder gemalt wurden. Aufgelockert wurde diese liebevolle Distanz zum Unterricht durch Ausflugs- und Projekttage. Alles, was mich nach eineinhalb Jahren Grundschulalltag tatsächlich noch gewundert hätte, wäre gewesen, wenn es mal eine einzige Woche voller ganz normaler Schultage mit Unterricht gegeben hätte.

»Keine Ahnung«, erwiderte ich. »Diese Woche ist irgendein Projekttag mit Theaterstück *und* ein Spieletag. Aber wann was ist … Stand das nicht in dem Elternbrief?«

»Ist der bei dir?«

»Hast du den nicht?«

Ich war nie ein Freund von digitaler Kommunikation gewesen. Aber auf den Rechnern von zwei getrennt lebenden Eltern wären zwei PDF-Dateien mit Schulterminen der gemeinsamen Tochter wahrscheinlich weniger schnell verloren gegangen als ein einzelner, auf Ökopapier ausgedruckter Elternbrief im Ranzen einer Achtjährigen beim Pendeln zwischen zwei Kinderzimmern. Katharina löste sowohl das Problem der Verantwortlichkeit für das Verlieren des Elternbriefes als auch der daraus folgenden Konsequenzen pragmatisch.

»Da wir nicht am Telefon klären können, wo du den Elternbrief hingelegt hast, tun wir einfach so, als sei jeder nächste Tag Spieletag. Emily will *Kroko-Doc* mit in die Schule bringen. Ich schmeiß dir den Karton gleich kurz rein, damit sie ihn morgen mitnehmen kann, okay?«

»*Kroko-Doc* … Das ist dieses Russisch Roulette für Kinder, richtig?«, erinnerte ich mich. Alle Spieler mussten im Wechsel einem Plastik-Krokodil einen Zahn im Mund eindrücken – so lange, bis durch einen Zufallsmechanismus das Maul zuschnappte und der betroffene Spieler rausflog. Toll für einen Spieleabend. Nichts, wofür der Staat Grundschulen errichten musste.

»Richtig«, bestätigte Katharina. »Ich bin in zehn Minuten vor der Tür. Kommst du runter?«

Ich schaute auf die Uhr. In zehn Minuten wäre ohnehin Cateringzeit im Kindergarten. Eine Uhrzeit, die mir mein Magen mit einem Grummeln bestätigte. Wie üblich, wenn ich alleine schlief, hatte ich heute noch nichts gefrühstückt.

»Alles klar, bis gleich«, verabschiedete ich mich von der Mutter meiner Tochter.

Ich würde von Katharina an der Haustür das Spiel entgegennehmen und dann im Anschluss gleich im Kindergarten im Erdgeschoss etwas essen gehen. Ich würde durch einen einzigen Gang die Treppe hinunter zwei Dinge erledigen können. Das war der Unterschied zwischen Effizienz und Bewegung.

Noch vor vier Jahren hätte ich mir nichts sehnlicher als die heutige Bewegungsarmut gewünscht. Damals war ich als angestellter Anwalt in einer Großkanzlei tätig gewesen. Dort ganz befreit mit offener Hose rumzulaufen, wäre undenkbar gewesen. Ich betreute damals 24/7 einen einzigen Mandanten, Dragan, einen Großkriminellen. Damals sah ich aufgrund meiner Arbeitszeiten meine Tochter nicht, dafür aber meine Ehe in die Brüche gehen. Ein zu enger Hosenknopf als größtes meiner Probleme wäre mein Paradies gewesen. Dank meines achtsamen Lebenswandels hatte sich all dies fulminant geändert. Ich hatte meinen Mandanten getötet, in der Kanzlei gekündigt, mich in Freundschaft von meiner Frau getrennt, arbeitete als Einzelanwalt und hatte viel Zeit für meine sich prächtig entwickelnde Tochter.

In meinem neuen Leben hatte ich nun alles unter einem Dach.

Und fühlte mich trotzdem wie Rilkes Panther.

In moppelig.

Mein neues Leben hatte seinen Preis. Dessen größeren Teil hatte dankenswerterweise mein krimineller Ex-Mandant bezahlt. Mit seinem Leben. Aber damit mein neues Leben unbehelligt funktionierte, musste ich seitdem vor aller Welt so tun, als würde Dragan noch leben, indem ich seine Geschäfte in dessen Namen als sein Anwalt weiterführte. Diesen Preis musste ich zahlen. Täglich. Ein schlechtes Gewissen hatte ich deswegen nicht. Meine private Haltung zum Verbrechen war rein pragmatischer Natur: Es war nun einmal vorhanden. Auch Staatsanwälte und Polizisten konnten ohne Gewissensbisse einen seriösen Beruf darauf aufbauen. Warum also nicht ich? Früher hatte ich Dragans Verbrechen lediglich als Anwalt vertuscht. Heute musste ich sie zusätzlich auch noch planen. Meine persönliche *Schuld* an den illegalen Handlungen, die ich koordinierte, betrachtete ich rein betriebswirtschaftlich: Ich schaute nicht auf die negative Differenz zwischen meinem Handeln und legalem Handeln. Ich schaute nur auf den positiven Saldo im Vergleich zwischen Dragans Brutalität und meiner. Ich als Einzelperson konnte das Verbrechen an sich von außen ohnehin nicht stoppen. Aber von innen konnte ich es zumindest menschlicher gestalten. Nur aussteigen war keine Option. Ich war die zentrale Karte, die mein legal aussehendes Kartenhaus zusammenbrechen lassen würde, wenn ich sie herauszöge. Die Karte, die, gestärkt durch eine achtsame Lebensweise, auch unter der Last weiterer achtsam begangener Morde nicht zusammenbrach.

Dazu bestand auch nicht wirklich Anlass zur Sorge. Ich hatte mir mein neues Leben eingerichtet. Ich hatte den Mut gefunden, Dinge zu ändern, die ich ändern konnte. Notfalls durch Mord. Ich hatte die Gelassenheit gefunden, die Dinge zu akzeptieren, die nicht zu ändern waren. Zum Beispiel die Tatsache, dass ich gemordet hatte. Und während ich nach der Weisheit suchte, diese änderbaren Dinge von den unveränderlichen Dingen zu unterscheiden, stopfte ich Junkfood in mich hinein.

Wie sich herausstellte, war vor allem Dragans autoritärer Führungsstil bei der Vertuschung seines Todes eine große Hilfe. Er hatte von seinen Mitarbeitern stets mit grober Gewaltandrohung absoluten Gehorsam gefordert. Ich machte das anders. Da ich die Begriffe *Gewalt* und *Gehorsam* nicht mochte, basierte mein Führungsstil auf dem wunderbaren Begriff der *Solidarität*. Das lief zwar auf das Gleiche raus – wer aus der Reihe tanzte, wurde ausgegrenzt –, klang aber viel schöner. Meine solidarischen Mitarbeiter waren bei illegalen Aktionen viel begeisterter bei der Stange zu halten als Dragans unterdrückte. Und weil sie bei ihm unter Androhung von Gewalt gelernt hatten, auch die absurdesten Anweisungen eines Psychopathen nicht zu hinterfragen, hinterfragten sie bei mir aus Solidarität auch die Gründe für dessen Abwesenheit nicht.

Ich hatte Dragans Verbrecherorganisation sehr effizient in verschiedene, nach außen legal erscheinende Geschäftssparten eines mittelständischen Unternehmens gegliedert und sie mit kompetenten Geschäftsführern ausgestattet. Seine Rotlichtbetriebe traten nun nach außen als exklusive Begleit- oder Modelagenturen auf. Der Waffenhandel steckte im seriösen Mantel eines Security-Unternehmens. Der Drogenhandel wurde von einer Event-Agentur abgewickelt. Aus einem Sex-, Drugs- und Gewalt-Clan war ein Verbrechensunternehmen geworden, das ebenso bequem wie langweilig mit offenem Hosenknopf im Homeoffice vom Schreibtisch aus geführt werden konnte.

Ein gut organisiertes Mafiaunternehmen unterscheidet sich organisatorisch nicht sonderlich von einem innovativen Start-up. Vor allem, wenn die problematische Frage vermieden werden sollte, was man eigentlich konkret beruflich mache. Diesbezüglich ist Homeoffice eine tolle Sache: Sofern keine Probleme auftauchen, kann man diese bequem per Telefon lösen. Leider kann man kein gemeinsames Feuer entzünden, wenn sich alle Holzscheite im Homeoffice befinden. Und dieses gemeinsame Brennen für eine reale Sache fehlte mir zwischenzeitlich ein wenig.

Früher hatten wir reale Probleme noch mit Eierhandgranaten an Autobahnparkplätzen geregelt. Das war mitunter stressig. Aber man kam zumindest regelmäßig mal vor die Tür. Heute wurden virtuelle Probleme per Zoom-Konferenz besprochen. Gewalt wurde den Teilnehmern nur noch optisch, durch die unkreative Auswahl der virtuellen Hintergründe, angetan. Wenigstens trafen wir uns zweimal im Jahr zu einem Jour-fixe-Abendessen, um uns nicht komplett digital zu entfremden. Das nächste Jour-fixe-Treffen stand sogar morgen an. Aber eines war mir zwischenzeitlich bewusst geworden: Etwas Entscheidendes war auf diesem Weg in die Arbeitsisolation leider verloren gegangen: das befriedigende Gefühl, gemeinsam an realen Lösungen zu wachsen. Die realen Probleme waren irgendwann einfach in irgendwelchen Excel-Tabellen verschwunden. Ganz ehrlich: Sie fehlten mir allmählich ein wenig. Egal ob Knopf auf oder zu.

Selbstverständlich bot meine Nähe zum Verbrechen auch persönliche Vorteile. Als meine Tochter einen Kindergartenplatz brauchte, übernahm ich mit Mafiamethoden eine Elterninitiative. Als Sascha, Dragans ehemaliger Fahrer, Zweifel an Dragans Verbleib bekam, machte ich ihn zum Kindergartenleiter. Wie sich herausstellte, war beides ein Glücksgriff. Wir konnten durch die liebevolle Vergabe von Kindergartenplätzen wesentlich mehr Eltern gefügig machen, als Dragan das durch Drohungen und Gewalt jemals geschafft hätte.

Der Geschäftsbereich *Kindergarten* war eine Oase der Lebensbejahung. Er unterschied sich von allen anderen Geschäftsbereichen vor allem dadurch, dass ich in allen anderen Bereichen jeglichen Bezug zu Minderjährigen ausschloss. Zum Wohle der Kinder.
Wer ein Kind in die Welt setzt, gibt dem Schicksal eine Geisel. Als Vater wusste ich genau, welche Verantwortung damit einherging.
Geburt und Tod sind das Ein- und Ausatmen der Menschheit. Jede neue Generation stellt einen neuen Atemzug dar. Von all den Dingen, die ich in meinem Leben geschaffen hatte, war das Einzige, was für den Fortbestand der Menschheit wirklich zählte, meine Tochter, Emily.
Wer dabei erwischt wurde, dass er Waffen oder Drogen an Kinder verkaufte oder Minderjährige auch nur in den Dunstkreis des Escort-Gewerbes brachte, hatte inoffiziell mit wesentlich härteren Sanktionen zu rechnen, als sie das offizielle Strafrecht zu bieten gehabt hätte.

Ich schaute auf die Uhr: Die zehn Minuten waren um. Ich ging durch das Treppenhaus hinunter zur Eingangstür. Die Holzstufen des Altbaus knarzten unter meinen Schritten. Das zumindest lag nicht an meinem Gewicht. Wahrscheinlich hätten die Stufen auch bei einer Katze geknarzt. Allerdings hatte ich keine Katze, um diese These zu bestätigen. Ich hätte gerne mit einem Haustier meinen und Emilys Alltag bereichert. Aber Katharina wollte keine Haustiere. Wir mussten unserer Tochter vor zwei Jahren den gewaltsamen Tod zweier geliebter Hauskaninchen, Lümmel und Puschel, mithilfe einer Lügengeschichte verschweigen. Emily hatte diese Episode längst vergessen. Katharina nicht. Nie wieder wollte sie den Verlust eines weiteren Haustieres erleben müssen. Deshalb wollte sie erst gar kein neues für unsere Tochter haben. Egal ob in ihrem oder in meinem Haushalt.

Als ich die Haustür öffnete, stand Katharina bereits davor. Meine Ex-Frau war eine attraktive Frau, die sich figürliches Selbstbewusstsein leisten konnte. Sie musste nicht redundant von anderen verlangen, den Gürtel enger zu schnallen. Sie konnte es, ohne Schnappatmung zu bekommen, bei sich selber tun.

»Da bist du ja schon«, begrüßte ich sie herzlich. »Warum klingelst du nicht?«

»Weil ich seit zwei Minuten höre, wie du die Treppe runterpolterst«, war ihre schwerwiegende Erklärung.

»Ja, nun ... Danke, dass du das Spiel für Emily vorbeibringst. Ich hätte es ansonsten natürlich auch abgeholt.«

Was für Politessen Knöllchen waren, waren für Katharina Seitenhiebe. Sie konnte an keiner noch so kleinen Belanglosigkeit vorbeigehen, ohne welche zu verteilen.

»Ach Quatsch, als alleinerziehende Mutter mit Bürojob hab ich doch jede Menge Zeit. Da musst du dich doch nicht wegen eines Kinderspiels von deinen wichtigen Anwaltshomeofficedingen losreißen.«

Katharina arbeitete als Juristin in einer Versicherung. Manchmal hatte ich das Gefühl, als stünden nur zwei Aspekte ihres Jobs ihrer Lebensfreude entgegen: Versicherung und Juristin.

»Wie kommst du darauf, dass ich wichtige Dinge zu tun hätte?« Ich war weniger über ihren ironischen Ton überrascht als darüber, wie sie ihn nun begründete.

»Sonst hättest du bestimmt Zeit gefunden, deine Hose zu schließen«, erklärte Katharina lächelnd und zeigte auf meinen Knopf. Ich machte ihn zu und sog dazu die Luft ein.

»Sorry«, sagte ich mit leicht schmerzverzerrtem Gesicht. Katharina war bei aller Freude an kleinen Spitzen ein sensibler Mensch. Ein Mensch, der mich gut kannte.

»Geht's dir gut, Björn?«, fragte sie mich tatsächlich besorgt.

»Wieso fragst du?«, fragte ich überrascht.

»Du siehst in letzter Zeit immer … wie soll ich sagen … immer aufge-dunsener aus.«

Katharina hatte gut reden.

»Mein Körper ist von der Natur vielleicht einfach nicht ganz so geseg-net worden wie deiner.« Dieser Satz war eigentlich sowohl Mitleid hei-schend als auch als Kompliment gemeint. Die Kombination kam aber offensichtlich nicht ganz so gut an.

»Richtig, Björn«, erwiderte Katharina ungewohnt sarkastisch. »Meine Figur basiert ausschließlich auf gutem Bindegewebe und fünf Litern Wasser pro Tag.«

»Echt jetzt?«

»Natürlich nicht. Fett fällt weder vom Körper noch vom Himmel. Man muss für beides etwas tun. Aber wenn du dir eingestehen müss-test, dass ausschließlich mein Verhalten als Frau für den gesegneten Zustand meines Körpers verantwortlich ist, müsstest du dir auch ein-gestehen, dass ausschließlich dein Verhalten als Mann für den desola-ten Zustand deines Körpers verantwortlich ist. Ich wollte dir diese Lebenslüge nicht zerstören.«

Ich hielt mich als Mann für ziemlich emanzipiert, musste aber aus in-tellektueller Neugier kurz bei meiner Ex-Frau nachfragen:

»Was am Zustand unserer Körper ist jetzt eine Frau-Mann-Nummer?«

»Es ist eine Ich-als-Frau-du-als-Mann-Nummer. Ich als Frau litt mit dickem Bauch unter Wehen. Du als Mann bist mit dickem Bauch weh-leidig. Unsere unterschiedliche Auffassung in Bezug auf Disziplin zeigt sich doch schon daran, dass ich bereits acht Wochen nach der Geburt unserer Tochter wieder einen fitteren Körper hatte als du heute, acht Jahre danach. Beides könnte etwas mit Disziplin und Ernährung zu tun haben. Also heul hier nicht rum mit deiner Wampe. Akzeptier sie oder tu was dagegen.«

Auch schlanke Menschen konnten also schlechte Laune haben. Ich ver-suchte die warum auch immer entstandenen Wogen wieder zu glätten.

»Ja, ich hab vielleicht ein paar Kilo zu viel. Homeoffice und so …«

»Noch so eine Lebenslüge. Wenn es dir drinnen schlecht geht, such dir draußen ein Hobby!«

»Ich hätte ja gerne eine Katze …«

»Ein Hobby! Kein Streicheltier. Irgendwas mit Natur. Etwas, bei dem du mal rauskommst. Täte dir mal ganz gut. Und der Hose auch.«

Ich zuckte akzeptierend mit den Schultern und hoffte auf ein stimmungsaufhellendes Mittagessen.

»Mal sehen …«

»Wie wäre es, wenn Emily auch morgen nach der Schule bei dir vorbeikommt und ihr macht mal einen gemeinsamen Fahrradausflug? Dann könntest du deine väterlichen Pfunde gleich in väterliche Quality-Time umsetzen.«

»So sehr sorgst du dich um meinen Körper?«

»Nein. Aber ich wollte elegant das Thema wechseln und dachte, so klingt es schöner als: Kannst du Emily morgen übernehmen? Ich habe noch ein Meeting in der Versicherung …«

»Ich werde immer für Emily und dich da sein. Auch ohne dass du meinen Körper veralberst«, sagte ich in liebevollem Tonfall.

»Mein lieber Ex-Mann, der einzige Mensch, der deinen Körper veralbern kann, bist du selber. In der Art und Weise, wie du ihn pflegst. Ich danke dir trotzdem wegen morgen.« Katharina gab mir ein Küsschen auf die Wange. Ich versprach ihr, Emily morgen nach der Fahrradtour bei ihr vorbeizubringen.

Mit *Kroko-Doc* in der Hand schlenderte ich zurück in den Hausflur und klingelte an der Kindergartentür. Vielleicht sollte ich tatsächlich einfach mal wieder Sport treiben. Und gesündere Sachen essen. Die Tür ging auf. Sascha grinste mich an.

»Es gibt Chicken-Nuggets mit Erbsen und Kartoffelpüree. Möchtest du was?«, begrüßte er mich. Chicken-Nuggets – heute würde ich nichts an meiner Ernährung ändern. Dafür war Hühnerpressfleisch viel zu lecker.

»Ich will den Kindern nichts wegessen. Jedenfalls kein Gemüse. Ein paar Nuggets reichen.«

»Geh schon mal ins Büro und mach uns zwei Espressi. Ich besorg dir was zu essen«, zeigte Sascha in Richtung seines Arbeitszimmers und verschwand in der Kindergartenküche.

Ich betrat Saschas Büro, das von den Vorbetreibern des Kindergartens sehr stylish eingerichtet worden war: mit Designermöbeln und einer extrem teuren Siebträger-Kaffeemaschine. Neben der Kaffeemühle stand eine ebenso stylishe 2-Liter-Apothekerflasche. Auf dem durchsichtigen Glas war ein Papieraufkleber in Form eines Tigerkopfes befestigt. In indisch anmutender Schrift stand dort *Tiger-Shit* drauf geschrieben. Die Flasche war gefüllt mit grünlichen Knospen. Optisch war der Befund des Inhaltes eigentlich bereits eindeutig. Ich öffnete trotzdem den Deckel, um am Inhalt zu riechen. Ein wohlvertrauter, süßlich-harziger Duft strömte mir entgegen. In einer Intensität, wie ich sie bislang noch an keinen anderen Marihuanaknospen gerochen hatte.

Lesen Sie weiter in:

KARSTEN DUSSE

ACHTSAM MORDEN DURCH BEWUSSTE ERNÄHRUNG